0. LU

MB

NORA

QUATRE SAISONS DE FIANÇAILLES - LIVRE 1

ROBERTS

RÊVES EN BLANC

NORA

QUATRE SAISONS DE FIANÇAILLES – LIVRE 1

ROBERTS

RÊVES EN BLANC

Traduit de l'anglais (États-Unis)
par Maud Godoc

www.quebecloisirs.com

UNE ÉDITION DU CLUB QUÉBEC LOISIRS INC.
© Nora Roberts, 2009
Traduction en langue française :
© Éditions J'ai lu, 2010
Édition canadienne :
© Flammarion Québec, 2010
Titre original : VISION IN WHITE
Publié par The Berkley Publishing Group, une division de The Penguin
Group (USA) Inc.
Tous droits réservés

Dépôt légal — Bibliothèque et Archives nationales du Québec, 2011
ISBN Q.L. : 978- 2-89666-065-0
Publié précédemment sous ISBN 978-2-89077-381-3

Imprimé au Canada

À Dan et Stacy
À Jason et Kat
À tous les moments

« *Séduis mon esprit et tu posséderas mon corps,*
Trouve mon âme et je serai à toi pour toujours. »
Anonyme

« *La ressemblance seule, certes précieuse, ne saurait*
suffire. L'acte implique aussi une complicité,
une proximité... l'acceptation que l'ombre même
de la personne allongée là soit figée à jamais ! »
Elizabeth BARRETT BROWNING

Prologue

À huit ans, Mackensie Elliot avait déjà été mariée quatorze fois. À ses trois amies de toujours, dans le rôle de l'épouse comme celui du mari. Au frère de sa meilleure amie, en dépit des récriminations de ce dernier. Sans oublier deux chiens, trois chats et un lapin.

Elle avait participé à une multitude d'autres cérémonies comme demoiselle ou garçon d'honneur, témoin, et même prêtre officiant.

Malgré les annulations systématiques, toujours à l'amiable, aucune de ces unions ne survivait plus d'un après-midi. L'aspect transitoire du mariage n'avait rien de déroutant pour Mac : ses propres parents en affichaient chacun deux au compteur – aux dernières nouvelles.

Le jeu de la mariée n'avait pas sa préférence, mais elle aimait endosser le rôle du prêtre, du révérend ou du juge de paix. Ou encore du rabbin, depuis la bar-mitsva du neveu de la deuxième épouse de son père.

Et puis, elle adorait les cupcakes et la limonade bien pétillante que Mme Brown avait la gentillesse de prévoir pour la réception.

Parker, elle, vouait une véritable passion à ce jeu. Il se déroulait toujours dans l'immense parc avec ses bosquets et son étang aux reflets argentés. Durant les hivers rigoureux du Connecticut, la cérémonie était transférée devant une belle flambée à l'intérieur de l'imposante maison.

Elles organisaient toutes sortes de mariages, du plus simple au plus sophistiqué. Mariages royaux, fugues amoureuses contrariées par le destin, cérémonies à thème – cirque ou bateaux de pirates. Chaque idée faisait l'objet d'une réflexion sérieuse, suivie d'un vote. Aucun thème ou costume n'était *a priori* considéré comme trop extravagant.

Pourtant, avec quatorze unions à son actif, Mac commençait à se lasser de ce divertissement.

Jusqu'au jour où se produisit la révélation.

Pour son huitième anniversaire, son père, qu'elle ne voyait pour ainsi dire jamais, lui avait envoyé un appareil photo Nikon. Elle n'avait jamais exprimé le moindre intérêt pour la photographie et, dans un premier temps, ce nouveau gadget avait été relégué aux oubliettes avec les autres cadeaux bizarres qu'il lui avait offerts depuis le divorce. Puis sa mère s'était plainte des idées aberrantes de son ex-mari et mamie, la mère de celle-ci, ne s'était pas gênée pour descendre cet « incapable de Geoffrey Elliot » et ses cadeaux d'adulte, inappropriés pour une petite fille qui aurait été bien mieux lotie avec une poupée Barbie.

En désaccord par principe avec sa grand-mère, Mac conçut un regain de curiosité pour l'appareil photo. Bien décidée à embêter mamie – en visite pour l'été alors qu'elle aurait mieux fait de rester à Scottdale dans sa résidence pour seniors où, selon la ferme conviction de Mac, était sa place – elle mit un point d'honneur à s'afficher en toute occasion avec son Nikon. Elle photographiait tout ce qui lui passait par la tête : sa chambre, ses pieds, ses amies. Les clichés étaient immanquablement flous, sombres ou surexposés. Ces échecs répétés et le nouveau divorce imminent de sa mère émoussèrent vite l'intérêt de Mac. Des années plus tard, elle ne s'expliquait pas ce qui l'incita à l'emporter chez Parker par ce bel après-midi d'été.

Le mariage traditionnel dans le parc avait été prévu dans ses moindres détails. Emmaline et Laurel, les futurs époux, échangeraient leurs vœux sous la tonnelle aux roses. Emma porterait le voile et la traîne en dentelle que sa mère avait confectionnés dans une vieille nappe, tandis qu'Harold, le golden retriever vieillissant et docile des Brown, la conduirait à l'autel au bout de l'allée bordée d'invités triés sur le volet – l'imposante collection de poupées et peluches de Parker.

— Ce sera une cérémonie très intime, fit remarquer celle-ci qui s'affairait avec le voile. Suivie d'une petite réception toute simple dans le patio. Bon, où est le témoin ?

Le genou écorché, Laurel émergea d'un massif d'hydrangeas.

— Il a grimpé à un arbre à la poursuite d'un écureuil. Je n'arrive pas à le faire descendre.

Parker leva les yeux au ciel.

— Je vais le chercher. En principe, le marié n'a pas le droit de voir la robe avant la cérémonie. Ça porte malheur. Mac, attache le voile d'Emma et charge-toi du bouquet. Laurel et moi, on s'occupe de Mister Fish.

— Je préférerais m'amuser dans la piscine, dit Mac qui tira sur le voile d'une main distraite.

— On nagera quand je serai mariée, déclara Emma.

— Tu n'en as pas un peu marre de te marier ?

— Pas du tout.

Mac tendit à Emma la poignée de pissenlits et de violettes sauvages qu'elles étaient autorisées à cueillir.

— Tu es jolie, la complimenta-t-elle.

Elle était sincère. La chevelure brune aux reflets brillants d'Emma tombait en ondulations parfaites sous le voile de dentelle blanche. Elle humait le bouquet de mauvaises herbes avec un ravissement qui faisait pétiller ses yeux immenses d'un joli brun chocolat. Comment fait-elle pour être aussi bronzée ? se demanda Mac qui, jalouse de ce hâle doré, jeta un œil mauvais à sa peau d'une blancheur laiteuse.

La malédiction des rousses, avait coutume de critiquer sa mère – c'était de son père qu'elle tenait ses cheveux carotte. À huit ans, grande pour son âge et maigre comme un fil, Mac était en prime affligée d'un appareil dentaire qu'elle détestait.

Emmaline, elle, ressemblait à une princesse gitane.

Parker et Laurel revinrent en gloussant, le félin récalcitrant coincé sous le bras de sa propriétaire.

— Tout le monde en place ! ordonna celle-ci qui fourra le chat dans les bras de Laurel. Mac, dépêche-toi de t'habiller !

— Je n'ai pas envie de faire la demoiselle d'honneur, dit Mac avec un regard noir à la robe de Cendrillon plan-plan étalée sur un banc. Le tissu gratte et on crève de chaud là-dedans. Pourquoi Mister Fish ne serait pas demoiselle d'honneur, et moi le témoin ?

— Parce que tout est déjà réglé. Il est normal d'être nerveuse avant un mariage, fit doctement remarquer Parker qui rejeta ses longues nattes en arrière, puis inspecta la robe sous toutes les coutures.

Satisfaite de n'y trouver aucune tache, elle la tendit à Mac avec autorité.

— Tiens. Nous allons avoir une belle cérémonie avec plein d'amour sincère et de bonheur éternel.

— Ma mère dit que le bonheur éternel, c'est de la blague, déclara Mac.

Un ange passa. Sans être prononcé, le mot « divorce » semblait flotter dans l'air.

— Pas forcément, assura Parker qui lui caressa le bras avec une lueur de compassion dans le regard.

— Je ne veux pas porter cette robe. Je ne veux pas être demoiselle d'honneur. Je…

— D'accord, d'accord. On se contentera d'une fausse. Et si tu prenais des photos ?

Mac réalisa qu'elle avait toujours son appareil autour du cou.

— Elles sont toujours ratées.

— Pas forcément, cette fois. Ça va être amusant. Tu seras la photographe officielle du mariage.

— Prends-en une de Mister Fish et moi, demanda Laurel qui plaqua la joue contre la tête du chat. Vas-y, Mac !

Sans enthousiasme, Mac leva son appareil photo et déclencha l'obturateur.

— On aurait dû y penser plus tôt ! Tu vas faire les portraits officiels des mariés et prendre d'autres photos pendant la cérémonie.

Emballée par sa nouvelle idée, Parker abandonna la robe de Cendrillon sur le massif d'hydrangeas.

— Ce sera génial. Il faut que tu suives la mariée et Harold dans l'allée. Essaie d'en faire quelques belles. J'attendrai avant de mettre la musique. On y va !

Pense aux gâteaux et à la limonade, s'encouragea Mac. Et après, elles s'amuseraient dans la piscine.

Tant pis si les photos étaient ratées. Tant pis si sa mère divorçait encore et si son beau-père, qu'elle trouvait plutôt sympa, avait déjà déménagé. Tant pis si le bonheur éternel, c'était de la blague.

Tout en s'appliquant à mitrailler Emma et l'obligeant Harold, elle imaginait déjà les clichés développés lorsqu'elle les récupérerait chez le photographe : flou artistique et ombres du pouce de rigueur. La routine.

Aux premiers accords de la marche nuptiale, Mac culpabilisa d'avoir dédaigné la robe rêche de demoiselle d'honneur pour la simple raison que sa mère et sa grand-mère l'avaient mise de méchante humeur. Longeant l'allée, elle redoubla donc d'efforts pour prendre une belle photo d'Harold conduisant Emma à l'autel.

Là, elle fit une découverte étonnante : la réalité était différente dans l'objectif. Déjà, elle pouvait zoomer à sa guise sur le visage d'Emma et mettre par exemple en valeur le tombé du voile sur sa chevelure ou le rayon de soleil qui filtrait joliment à travers la dentelle.

Elle multiplia les photos tandis que Parker, très sérieuse dans son rôle du révérend Whistledown, s'adressait à Emma et Laurel, main dans la main, et qu'Harold, couché à leurs pieds, s'endormait en ronflant.

Elle remarqua alors des détails qui, à l'œil nu, seraient passés inaperçus : les cheveux brillants de Laurel qui accrochaient le soleil sous le grand chapeau noir qu'imposait le rôle du marié. Le frémissement des moustaches de Mister Fish lorsqu'il bâilla à s'en décrocher la mâchoire.

Vint alors l'instant de la révélation.

Ses trois amies étaient groupées sous la courbe blanche et luxuriante de la tonnelle, un trio d'adorables jeunes filles. D'instinct, Mac modifia sa position, juste un peu, inclina légèrement son appareil. Elle ignorait qu'il s'agissait d'une composition, juste consciente que c'était plus joli ainsi dans l'objectif.

À cet instant, un papillon bleu voleta dans son champ de vision et se posa sur un pissenlit jaune d'or du bouquet d'Emma. La surprise et le plaisir illuminèrent avec un bel ensemble les trois visages juvéniles sous la tonnelle.

Mac appuya sur le déclencheur.

Elle savait sans l'ombre d'un doute que la photo ne serait ni floue, ni trop sombre, ni surexposée. Son pouce ne masquerait pas l'objectif. Elle savait exactement à quoi le cliché ressemblerait. Sa grand-mère s'était trompée : elle n'était pas trop jeune pour la photographie.

Le bonheur du mariage était peut-être fugitif, mais elle avait envie de saisir d'autres moments aussi heureux que celui-ci. Parce que, sur l'instant, ce bonheur était véritable et, grâce à elle, il durerait éternellement.

1

Mac voulut faire taire son réveil d'un claquement de paume. Elle roula sur elle-même et se retrouva à plat ventre au pied du canapé, dans son studio photo.

— Aïe ! Bonne année, ajouta-t-elle, réalisant qu'on était le 1er janvier.

Hébétée, elle resta vautrée sur le tapis jusqu'au moment où elle se souvint qu'elle n'avait pas réussi à regagner son lit à l'étage – et que l'alarme était celle de son ordinateur, réglée sur midi.

Elle se leva tant bien que mal et tituba jusqu'à la cafetière dans la cuisine.

Pourquoi les gens choisissaient-ils le réveillon du Nouvel An pour se marier ? Pourquoi tenaient-ils tant à transformer en rituel solennel un jour de fête prévu pour une cuite marathon et, à l'occasion, quelques galipettes crapuleuses ? Et il leur fallait en prime y traîner parents et amis, sans oublier les photographes professionnels.

Bien sûr, quand la réception avait pris fin à deux heures du matin, elle aurait pu aller se coucher comme une fille raisonnable, au lieu de télécharger les épreuves du mariage Hines-Myers sur son ordinateur et s'esquinter les yeux à les étudier une à une presque trois heures durant.

Mais, ma foi, elle était satisfaite de son travail. Il y en avait pas mal de très réussies et, dans le lot, quelques perles rares.

Ou alors le brouillard euphorique dans lequel elle baignait avait faussé sa vision, et elles étaient toutes nulles...

Non, non. Ces photos étaient superbes.

Mac ajouta trois cuillerées de sucre en poudre à son café noir et le sirota debout devant la fenêtre, contemplant le manteau de neige immaculée qui tapissait le parc de la propriété des Brown.

Ce mariage était une réussite à tout point de vue, songea-t-elle. Avec un peu de chance, Bob Hines et Vicky Myers s'inspireraient de ce bel exemple et s'appliqueraient à réussir leur vie conjugale.

Quel que soit l'avenir qui les attendait, les petits et grands moments de cette journée demeureraient à jamais gravés sur la pellicule. Une fois les photos retouchées, elle les imprimerait. Et grâce à son travail, Bob et Vicky pourraient revivre leur grand jour dans une semaine ou soixante ans.

Une pensée aussi revigorante qu'un café noir sucré par une froide journée d'hiver.

Mac ouvrit un placard et en sortit un paquet de Pop-Tart. Elle en mangea une sur place et se remémora l'emploi du temps prévu pour la journée.

Mariage Clay-McFearson (Rod et Alison) à dix-huit heures. Arrivée de la mariée et sa suite à quinze heures. Le marié et la sienne, une heure plus tard. Elle était donc libre jusqu'au conseil de guerre à quatorze heures dans le bâtiment principal.

Voilà qui lui laissait le temps de se doucher, s'habiller, revoir ses notes, vérifier et revérifier son matériel. Aux dernières nouvelles, le site de la météo annonçait du soleil et 0 °C. Elle devrait réussir à faire quelques clichés en lumière naturelle, et peut-être même à convaincre Alison – si elle était docile – de poser sur le balcon avec le parc enneigé en arrière-plan.

La mère de la mariée, se rappelait Mac – Dorothy, appelez-moi Dottie –, était du genre pète-sec et exigeante, mais devrait être gérable. Si elle lui posait problème, nul doute que Parker viendrait à la rescousse.

Rien ni personne ne pouvait résister à Parker. Son allant et sa détermination avaient fait de « Vœux de Bonheur » l'un des premiers organisateurs de mariages et d'événementiels dans l'État en cinq ans. Ce succès avait fait renaître l'espoir dans son cœur après la tragédie du décès de ses parents, et la superbe demeure victorienne des Brown était devenue une entreprise unique et florissante.

Un succès auquel elle avait elle-même contribué, songea Mac, avalant la dernière Pop-Tart.

Elle traversa le studio en direction de l'escalier qui menait à sa chambre à l'étage, et s'arrêta devant une de ses photographies favorites. Une mariée rayonnante de bonheur, le visage levé, les bras tendus, paumes vers le ciel, sous une pluie de pétales de roses.

La couverture de *Today's Bride*. Parce que je le vaux bien, plaisanta Mac, non sans fierté.

Avec ses chaussettes en grosse laine et son sweat-shirt sur son vieux pantalon en flanelle préféré, elle monta les marches pour se métamorphoser en photographe de mariage sérieuse et élégante.

Elle ignora le bazar qui régnait dans la chambre et le lit en désordre – à quoi bon se fatiguer à le faire, puisqu'elle s'y recoucherait dans quelques heures ? Alliée au sucre et à la caféine, la douche bien chaude finit de lui éclaircir les idées, lui permettant de se concentrer sérieusement sur la tâche du jour.

À part la mère agressive qui s'imaginait tout savoir, seule ombre au tableau, elle avait une mariée prête à s'essayer au créatif et un marié si éperdument amoureux qu'il ferait tout pour le bonheur de sa future épouse. Et l'un comme l'autre étaient franchement photogéniques.

Ce dernier détail rendait le travail à la fois agréable et stimulant. Comment allait-elle s'y prendre pour fournir à ses clients une odyssée de leur journée à la fois spectaculaire et unique ?

Couleurs retenues : or et argent, se remémora-t-elle, tout en shampooinant ses cheveux roux courts ébouriffés. Élégance et glamour.

Mac avait passé tous les détails au crible : fleurs, pièce montée – qui recevait en ce moment même sa touche finale –, faveurs, linge de table, tenues et coiffures de la famille et autres participants. Elle s'était procuré la liste des morceaux que jouerait l'orchestre et avait surligné les danses qui l'intéressaient : l'ouverture du bal par les mariés, celle de la mère et du fils, celle du père et de la fille.

Bref, durant les prochaines heures, son univers tournerait autour de Rod et Alison.

Elle choisit son tailleur, ses bijoux, son maquillage avec presque autant de soin que son équipement. Chargée comme un baudet, elle franchit la courte distance qui séparait du bâtiment principal l'ancien pavillon de billard abritant aujourd'hui son domaine.

La neige scintillait tel un tapis de diamants pilés sur un manteau d'hermine, l'air était froid et pur comme un torrent de montagne. Elle devait absolument faire quelques clichés en extérieur, à la lumière du jour et en soirée. Mariage d'hiver, mariage blanc... Le décor serait idéal avec la neige immaculée au sol et la glace étincelante qui fondait goutte à goutte sur les branches dénudées des saules au bord de l'étang. Et il y avait bien sûr la superbe demeure victorienne tarabiscotée – le manoir, comme elles l'appelaient parfois – bleu pâle contre celui éclatant du ciel, avec sa myriade de lignes de toit qui s'élançaient en d'audacieuses perspectives, ses fenêtres cintrées et ses œils-de-bœuf. Les terrasses et l'imposant perron arboraient les couleurs de Noël, décorés de guirlandes lumineuses et de branches de pin.

Mac contempla la maison comme elle le faisait souvent en arpentant les allées déneigées. Elle en adorait les lignes, les angles avec leurs délicates touches de jaune pâle et de blanc crème qui ressortaient sur le bleu subtil des murs.

C'était pour ainsi dire le lieu où elle avait grandi. Plus souvent qu'à son tour, elle avait fui les humeurs capricieuses de sa mère pour s'y réfugier. Les parents de Parker étaient chaleureux, accueillants, aimants et – Mac s'en rendait compte aujourd'hui – stables. Ils lui avaient offert un havre de paix dans la tempête qu'avait été son enfance.

Sept ans plus tôt, elle avait pleuré leur disparition presque autant que son amie.

Aujourd'hui, le domaine des Brown était sa véritable maison. Son travail. Sa vie. Une vie enviable à tout point de vue. Elle exerçait un métier qui la passionnait, avec ses meilleures amies de toujours. Que pouvait-elle rêver de mieux ?

Elle entra par l'arrière-cuisine où elle déposa ses affaires, puis franchit le seuil de la cuisine, le domaine de Laurel.

Debout sur un escabeau, son amie et associée disposait méticuleusement des lis calla argentés sur le cinquième étage d'une pièce montée. Chaque fleur s'épanouissait à la base d'une feuille d'acanthe dorée, ajoutant une touche scintillante d'élégance.

— Cette merveille va faire un malheur, McBane.

D'une main aussi assurée que celle d'un chirurgien, Laurel plaça le dernier lis. Ses cheveux blonds étaient noués sur sa nuque en un chignon alambiqué qui mettait en valeur le triangle fin de son visage. Tandis qu'elle s'affairait, ses yeux, d'un bleu jacinthe vif, trahissaient une intense concentration.

— Je suis si contente qu'elle ait choisi les lis, au lieu des traditionnels mariés au sommet du gâteau.

Mac sortit un appareil photo.

— Ça fera une super pub pour le site Web. Je peux ?

— Bien sûr. Tu as dormi ?

— Je ne me suis couchée que vers cinq heures, mais j'ai écrasé jusqu'à midi. Et toi ?

— Au lit vers deux heures et demie. Debout à sept pour finir les desserts – et ceci. Heureusement, nous

19

avons quinze jours de battement avant le prochain mariage. Ne le répète pas à Parker, conclut Laurel avec un clin d'œil.

— Elle est déjà sur le pont, j'imagine.

— Je l'ai déjà vue ici deux fois. Elle est sûrement passée deux fois partout. Je pense avoir entendu Emma arriver. Elles doivent être là-haut dans le bureau.

— Je monte. Tu viens ?

— Dans dix minutes. Je serai à l'heure.

— À l'heure, c'est en retard dans l'univers de Parker, fit remarquer Mac avec un sourire malicieux. Je vais m'efforcer de distraire son attention.

— Contente-toi de lui dire que certaines choses ne se précipitent pas. Et que la mère de la mariée va recevoir tant de compliments pour ce gâteau qu'elle nous fichera une paix royale.

— Un argument qui pourrait faire mouche.

Mac fit un détour par le hall d'entrée et le vaste salon de réception où se déroulerait la cérémonie. Emmaline et ses elfes n'avaient pas chômé, nota-t-elle : toute la pièce avait déjà été débarrassée et redécorée. Chaque mariée avait sa propre vision du grand jour, et celle-ci souhaitait une décoration tout en or et argent avec des tas de rubans. Rien à voir avec le tulle lavande et crème de la veille.

Une flambée était prête dans l'imposante cheminée et serait allumée peu avant l'arrivée des invités. Des chaises drapées de blanc et ornées de nœuds argentés scintillants s'alignaient en rangées impeccables. Emma avait décoré le manteau de la cheminée avec des chandelles dorées dans des bougeoirs en argent, et des bouquets de lis calla blancs, fleur préférée de la mariée, étaient joliment disposés dans des vases fins en cristal de Bohême.

Mac fit le tour de la pièce, réfléchit aux angles des prises de vue, à l'éclairage, aux compositions – et prit encore quelques notes avant de monter au deuxième étage.

Comme elle s'y attendait, elle trouva Parker dans la salle de réunion attenante à son bureau, entourée de son ordinateur portable, son BlackBerry, ses dossiers, son portable et son kit mains libres. Ses épais cheveux bruns étaient attachés en une longue queue-de-cheval. Lisse et sobre, elle s'accordait avec l'élégante simplicité de son tailleur – d'un gris perle très clair – qui mettrait en valeur avec discrétion les couleurs choisies par la mariée.

Aucun détail n'échappait à Parker.

Sans lever les yeux, elle fit un cercle de l'index en l'air sans cesser de pianoter sur son portable. Connaissant le signal, Mac traversa le bureau jusqu'à la cafetière et servit deux tasses. Puis elle s'assit, posa son dossier et ouvrit son calepin.

Parker prit sa tasse et se cala au fond de son fauteuil.

— Celui-ci va être particulièrement réussi.

— Je n'en ai pas le moindre doute.

— Les routes sont dégagées, la météo est favorable. La mariée a pris son petit déjeuner et s'est fait masser. Le marié a eu droit à une séance de sport et quelques longueurs de piscine. Les traiteurs sont à l'heure. Tous les invités ont confirmé, expliqua Parker qui consulta sa montre avec impatience. Où sont Emma et Laurel ?

— Laurel met la touche finale à la pièce montée, qui est prodigieuse. Je n'ai pas vu Emma, mais elle a bien avancé les préparatifs. Très joli. Il me faut des tirages extérieurs. Avant et après.

— Ne garde pas la mariée trop longtemps dehors. On ne voudrait pas qu'elle ait un nez rouge qui coule.

— Tu auras peut-être à intervenir auprès de la mère, pour l'empêcher d'être sur mon dos.

— Déjà noté.

Emma fit irruption dans la pièce, un Coca light dans une main, un dossier dans l'autre.

— Il me manque une personne. Tink. Il a la gueule de bois et ne viendra pas. Soyons brèves, d'accord ?

Elle se laissa choir dans son fauteuil à la table de conférences, faisant tressauter ses boucles brunes sur les épaules de son sweat-shirt.

— La suite de la mariée et le salon d'apparat sont prêts. Le hall et l'escalier sont presque finis. J'ai vérifié les bouquets, petits bouquets de corsage et boutonnières. Nous avons commencé le grand hall et la salle de bal. Je dois y retourner.

— La petite qui accompagne les demoiselles d'honneur ?

— Petit bouquet de roses blanches, ruban or et argent. J'ai préparé son diadème pour le coiffeur. Roses miniatures et gypsophile rose. Il est adorable. Mac, j'ai besoin de quelques photos des arrangements, si tu as le temps. Sinon, je les prendrai moi-même.

— Je m'en occuperai.

— Merci. La mère de la mariée…

— Je m'en charge, intervint Parker.

— Il me faudrait…

Emma laissa sa phrase en suspens à l'arrivée de Laurel.

— Je ne suis pas en retard, fit remarquer celle-ci.

— Il manque quelqu'un à Emma, lui annonça Parker.

— Je peux le remplacer. Je dois encore poser la décoration au sommet du gâteau et arranger les desserts, mais pour l'instant j'ai le temps.

— Passons l'emploi du temps en revue.

— Attends, intervint Emma qui leva sa canette de Coca light. Portons d'abord un toast. Bonne année à nous toutes, quatre filles formidables, superbes et terriblement sexy. Les meilleures copines du monde.

— Tu oublies géniales et fonceuses, lança Laurel qui leva sa bouteille d'eau. Copines et associées.

— À nous, enchaîna Mac, le quatuor de l'amitié et de l'intelligence. Et à la grandiose réussite de Vœux de Bonheur.

— À 2009, renchérit Parker qui leva sa tasse de café. Les copines superbes, sexy, géniales et fonceuses s'apprêtent à vivre leur plus belle année.

— Et comment, approuva Mac qui choqua sa tasse avec les autres. Au mariage, aujourd'hui et pour toujours !

— Aujourd'hui et pour toujours, répéta Parker. Bon, revenons à nos moutons. Où en sommes-nous ?

— Je prends la mariée en charge à son arrivée, commença Mac, puis le marié quand il viendra à son tour. Séance photos sur le vif pendant l'habillage, avec poses étudiées, comme il se doit, suivie des portraits officiels en intérieur et extérieur. Je vais photographier la pièce montée et les arrangements tout de suite, puis je m'occuperai de mes derniers réglages. Tous les clichés individuels des parents et des invités seront réalisés avant la cérémonie. Après, je ne devrais avoir besoin que de trois quarts d'heure pour les photos des mariés avec la famille, et la grande photo de groupe avec l'ensemble des invités.

— La décoration florale dans les suites des mariés devra être terminée pour quinze heures. Le hall, l'escalier, le grand salon, la salle de bal et le salon d'honneur seront prêts pour dix-sept heures, dit Parker qui interrogea Emma du regard.

— Pas de problème.

— L'arrivée du vidéaste est prévue pour dix-sept heures trente, juste avant celle des invités qui s'échelonnera jusqu'à dix-huit heures. Les musiciens – un quatuor à cordes – commenceront à dix-sept heures quarante pour la cérémonie. L'orchestre prendra place dans la salle de bal à dix-huit heures trente. La mère du marié, escortée par son fils, en place à l'étage à dix-sept heures cinquante. La mère de la mariée, escortée par son beau-fils, dans la foulée. Le marié et sa suite en place à dix-huit heures, annonça Parker, lisant le planning. Le père de la mariée, la mariée et sa suite en place à dix-huit heures. Descente de l'escalier et procession. Durée de la cérémonie : vingt-trois minutes. Félicitations, échanges familiaux. Invités conduits au salon d'honneur à dix-huit heures vingt-cinq.

— Ouverture du buffet, enchaîna Laurel. Musique, début du service.

— Dix-huit heures vingt-cinq à dix-neuf heures dix : photos. Dix-neuf heures quinze : discours de la famille, des amis et des mariés.

— Dîner, toasts, continua Emma. On a fait le tour, Parker.

— Je veux m'assurer que le bal sera ouvert pour vingt heures quinze, reprit Parker. La mariée souhaite que sa grand-mère assiste à la première danse. Elle a quatre-vingt-dix ans et pourrait se fatiguer tôt. Si nous pouvons couper le gâteau pour vingt et une heures trente, la grand-mère devrait tenir jusque-là.

— Elle est adorable, commenta Mac. J'ai déjà quelques belles prises d'Alison et elle pendant la répétition. J'ai noté d'en faire d'autres aujourd'hui. À mon avis, je crois qu'elle restera jusqu'à la fin du repas.

— Je l'espère. Le gâteau et les desserts seront servis pendant le bal. La mariée lancera son bouquet à vingt-deux heures quinze.

— Il est déjà prêt, précisa Emma.

— Après le lancer de la jarretière, poursuite du bal. Dernière danse à vingt-deux heures cinquante, champagne et départ des mariés dans la limousine. Fin des festivités à vingt-trois heures, conclut Parker qui consulta de nouveau sa montre. Bon, au travail. Emma et Laurel doivent encore se changer. Que tout le monde pense à son casque.

Le téléphone de Parker vibra. Elle consulta l'écran.

— La mère de la mariée. La quatrième fois depuis ce matin.

— Amuse-toi bien, dit Mac qui s'éclipsa.

Elle passa chaque pièce en revue, veillant à rester à l'écart d'Emma et de son équipe qui s'affairaient dans toute la maison avec des fleurs, rubans et voiles. Elle photographia la pièce montée de Laurel, les arrangements d'Emma, et étudia le cadrage d'autres clichés qu'elle prendrait au cours de la soirée.

C'était une routine qu'elle ne laissait jamais devenir machinale. Elle avait conscience qu'une fois tombée dans ce travers, elle relâcherait ses exigences en matière d'angles et de créativité. Bref, à chaque fois qu'elle sentait sa rigueur professionnelle s'émousser, elle pensait au papillon bleu se posant sur le pissenlit.

L'air embaumait la rose et le lis, résonnait d'échos de voix et de pas. Le soleil entrait à flots par les hautes fenêtres cintrées, faisant scintiller l'or et l'argent des rubans.

— Ton casque, Mac ! s'exclama Parker en dévalant le grand escalier. La mariée arrive !

Tandis que Parker se précipitait à sa rencontre, Mac monta les marches au pas de course. Ignorant le froid, elle jaillit sur la terrasse de la façade à l'instant où une limousine blanche remontait l'allée. Lorsque la voiture s'immobilisa devant le perron, elle prépara son appareil et attendit.

Demoiselle d'honneur, mère de la mariée.

— Bougez-vous, juste un peu, marmonna Mac.

Alison sortit à son tour. Elle portait un jean, des bottes Ugg, une veste en daim usée et une écharpe rouge vif. Très cool, la future mariée. Mac zooma, changea les diaphragmes.

— Alison !

La jeune femme leva les yeux. La surprise se mua en amusement ravi et, pour le plus grand plaisir de Mac, elle leva les bras au ciel en un geste de victoire et éclata de rire, la tête rejetée en arrière.

Voilà où l'aventure commence, songea Mac en immortalisant l'instant.

En l'espace de dix minutes, la suite de la mariée – l'ancienne chambre de Parker – bruissait d'animation. Deux coiffeuses bouclaient, lissaient et modelaient avec dextérité, pendant que les maquilleuses s'affairaient avec leurs fards et pinceaux.

Un univers de boudoir si féminin, se dit Mac qui évoluait avec discrétion dans la pièce. La mariée demeurait son point de mire – aucun stress chez elle, remarqua la photographe. Confiante et rayonnante, Alison bavardait en cet instant comme une pie.

Avec la mère, c'était une autre histoire.

— Mais tu as de si beaux cheveux ! Ne crois-tu pas que tu devrais les laisser détachés ? Au moins en partie. Peut-être...

— Un chignon ira mieux avec le diadème. Détends-toi, maman.

— Il fait trop chaud ici. Franchement, je trouve qu'il fait beaucoup trop chaud. Et la petite Mandy devrait faire une sieste. Sinon, elle va faire des caprices, je suis prête à le parier.

Alison glissa un regard en direction de la fillette et lui adressa un clin d'œil.

— Rassure-toi, tout va bien se passer.

— Franchement, je crois...

— Mesdames ! coupa Parker qui entra dans la pièce, apportant sur une desserte une bouteille de champagne accompagnée d'un appétissant plateau de fruits et de fromages. Les hommes sont en route. Alison, votre coiffure est splendide. Véritablement royale.

Elle servit une flûte et la tendit à la future mariée.

— Si vous voulez mon avis, Alison ne devrait pas boire d'alcool avant la cérémonie. Elle n'a presque rien avalé depuis ce matin et...

— Oh, madame McFearson, je suis contente que vous soyez déjà prête. Vous êtes superbe. Puis-je vous enlever quelques minutes ? J'aimerais vous montrer le salon d'honneur avant la cérémonie. Nous tenons à nous assurer que tout est parfait, n'est-ce pas ?

Parker fourra une flûte de champagne dans les mains de la mère et l'entraîna sur le palier.

— Ouf ! s'exclama Alison avec un éclat de rire.

Durant l'heure qui suivit, Mac se partagea entre la suite de la mariée et celle du marié. Parfum et tulle d'un côté, nœuds papillons et boutons de manchette de l'autre. Comme une petite souris, elle regagna le domaine de la mariée et se faufila parmi les demoiselles d'honneur qui s'habillaient ou s'aidaient à se préparer. Elle trouva Alison seule devant sa robe de mariée. Plongée dans ses réflexions.

Mac la cadra sans bruit dans l'objectif. Tout était là. L'émerveillement, la joie teintée d'une minuscule pointe de chagrin. Avec bonheur, elle captura l'instant où Alison effleura du bout des doigts le bustier rebrodé de perles nacrées.

Le moment décisif, savait Mac, quand tous les sentiments qu'éprouvait la jeune femme se reflétaient sur son visage.

Puis ce fut fini, et Alison se tourna vers elle.

— Je ne m'attendais pas à être aussi émue. Je suis terriblement amoureuse de Rod, si heureuse de l'épouser. Mais il y a ce petit pincement juste ici, dit-elle, caressant des doigts l'endroit de son cœur. Ce n'est pas le trac.

— Juste un soupçon de tristesse. Une page de votre vie se tourne aujourd'hui. Les adieux sont toujours un peu tristes, c'est normal. Je sais qui il vous faut. Attendez-moi.

Un instant plus tard, Mac revint avec la grand-mère d'Alison et, de nouveau, s'effaça de quelques pas.

La jeunesse et l'âge, songea-t-elle. Et l'amour qui relie les générations.

Elle immortalisa leur embrassade, mais ce n'était pas encore tout à fait ce qu'elle attendait. Elle captura aussi le regard brillant de larmes d'Alison. Le déclic n'était plus très loin. La jeune femme posa alors le front contre celui de sa grand-mère et, tandis qu'un sourire s'ébauchait sur son visage, une larme solitaire roula le long de sa joue, faisant écho au scintillement de la robe derrière les deux femmes.

Le papillon bleu. Cette fois, c'était parfait.

Mac fit une nouvelle série de photos sur le vif pendant l'habillage de la mariée. Puis ce fut au tour des portraits officiels, sous une merveilleuse lumière naturelle. Comme elle l'espérait, Alison eut le courage de braver le froid sur la terrasse.

Ignorant les appels pressants de Parker dans son casque, elle se précipita pour répéter l'opération avec le marié.

Elle croisa son amie sur le palier en ressortant.

— Il me faut le marié et sa suite en bas immédiatement, Mac. Nous avons deux minutes de retard sur l'horaire prévu.

— Oh, mon Dieu ! s'exclama Mac avec une horreur feinte, avant de se réfugier en hâte dans l'ancienne chambre de Parker.

— Les invités ont pris place dans le salon d'honneur, annonça Parker dans son casque quelques instants plus tard. Le marié et sa suite prennent position. Emma, rassemble la suite de la mariée.

— J'y vais.

Mac alla se poster au bas des marches, alors qu'Emma mettait les demoiselles d'honneur en rang.

— La suite attend ton signal pour la musique.

— Je lance la musique, répondit Parker. Donne le top à la procession.

La petite Mandy se passerait à l'évidence fort bien de sieste, constata Mac tandis que la fillette dévalait l'escalier monumental en sautillant comme un cabri. Elle s'arrêta net au signal de Laurel puis, d'un pas solennel très étudié, traversa le hall dans sa robe de princesse, avant d'entrer dans l'imposant salon d'honneur et de descendre la travée centrale formée par les chaises.

Les demoiselles d'honneur lui emboîtèrent le pas dans leurs robes argentées, puis vint la meilleure amie qui était témoin, vêtue d'une robe dorée.

Mac s'accroupit pour viser la mariée et son père en haut des marches, main dans la main. Quand les premiers accords de la marche nuptiale s'élevèrent, il porta la main de sa fille à ses lèvres, puis contre sa joue.

Lorsque Mac immortalisa ce geste de complicité émue, ses yeux s'embuèrent.

Où se trouvait son propre père en cet instant ? À la Jamaïque ? En Suisse ? Au Caire ?

Elle chassa cette sombre pensée avec le chagrin qui allait de pair et se concentra sur son travail.

2

Mac travaillait le soir parce que sa journée était souvent occupée par les relations avec les clients, les séances photos, les réunions. Et parce qu'elle aimait travailler tard – tranquille dans son espace personnel, à son propre rythme.

La nuit, seule dans son studio, elle pouvait se concentrer tout à loisir sur la sélection et les retouches des épreuves. Même si elle travaillait presque exclusivement en numérique, elle mettait un point d'honneur à appliquer les techniques traditionnelles de la chambre noire en matière de création. Dans un premier temps, toute imperfection était impitoyablement éliminée. Ensuite, elle affinait zone par zone, variait la densité, ajoutait du contraste. Étape par étape, elle modelait le cliché jusqu'à obtenir un tirage qui exprimait au mieux l'instant capturé, dans l'espoir de faire ressentir au client ce qu'elle-même avait éprouvé.

Le matin venu, après un café bien serré, elle reprenait place devant son ordinateur et vérifiait que son moi diurne était bien en accord avec celui de la nuit.

Ce matin-là ne faisait pas exception à la règle, penchée qu'elle était au-dessus de ses planches en pyjama de flanelle et grosses chaussettes, ses cheveux d'un roux cuivré hérissés en mèches sur son crâne. Dans le silence complet. Pendant un mariage, elle était le plus souvent entourée de gens, baignant dans un maelström de conversations et d'émotions. Elle avait appris à en faire abstraction ou s'en servait pour la quête du bon angle, de la bonne lumière, du bon moment.

Dans son studio, elle se retrouvait enfin seule face aux images. Elle savoura son café, croqua une pomme – pour compenser les Pop-Tart de la veille – et examina avec un soin méticuleux les dizaines de clichés sélectionnés lors de sa séance nocturne.

Son moi diurne félicita celui de la nuit pour la qualité du travail réalisé. Il y avait encore à faire, et lorsqu'elle aurait fini le tri des meilleures photos, elle les travaillerait une dernière fois avant de programmer un rendez-vous avec les nouveaux mariés pour leur présenter le diaporama définitif parmi lequel ils feraient leur choix.

Mais ce serait pour un autre jour. Au cas où sa mémoire la trahirait, elle jeta un rapide coup d'œil à son agenda, avant de monter prendre une douche et s'habiller pour son premier rendez-vous, une séance photos en studio. Un jean et un pull-over feraient l'affaire, mais il lui faudrait changer de tenue pour la consultation préliminaire, prévue l'après-midi dans le bâtiment principal. La politique de la maison exigeait un professionnalisme irréprochable lors de l'accueil de la clientèle.

Mac extirpa de sa penderie encombrée un pantalon et un chemisier noirs. Elle enfilerait une veste de tailleur après la séance et respecterait ainsi le code vestimentaire. Après avoir choisi les bijoux qui reflétaient son humeur du jour, elle appliqua une touche de maquillage à la hâte et considéra sa tâche terminée.

À son avis, la préparation du studio réclamait davantage de soin que la photographe.

Elizabeth et Charles, se remémora-t-elle en installant son matériel. Photo de fiançailles. Ces jeunes gens savaient exactement ce qu'ils souhaitaient : un portrait solennel, simple, sans fioritures.

Avec aussi peu d'exigences, pourquoi n'avaient-ils pas simplement demandé à un ami de les photographier ?

Elle se souvint avec un sourire amusé que cette impertinence avait failli lui échapper – juste avant que Parker, sans doute télépathe, ne la fusille discrètement du regard.

Le client est roi, se rappela-t-elle, déroulant la toile de fond. Puisqu'ils veulent de l'ennuyeux, on va leur en donner.

Elle disposa les projecteurs et un diffuseur – l'ennuyeux pouvait au moins être beau. Elle installa son trépied, surtout parce qu'elle devinait que ses clients seraient rassurés par la présence de matériel, symbole de professionnalisme. Le temps qu'elle choisisse ses objectifs, vérifie l'éclairage et recouvre un tabouret d'un élégant drapé, ils frappaient à la porte.

Ponctualité irréprochable.

— Quel temps, dit-elle, refermant la porte sur une bourrasque glaciale. Permettez que je prenne votre vestiaire.

L'image même de la perfection, songea Mac. Barbie et Ken, modèle haute société. La blonde froide au brushing impeccable flanquée de son héros séduisant, bien élevé… et pressé.

Au fond d'elle-même, Mac mourait d'envie de les ébouriffer, comme ça, pour rire, histoire de les rendre un peu humains.

— Désirez-vous un café ? demanda-t-elle avec un sérieux imperturbable.

— C'est gentil, mais non merci, répondit Elizabeth qui la gratifia d'un sourire tendu. En fait, nous avons un emploi du temps très chargé aujourd'hui.

Tandis que Mac suspendait leurs manteaux, la jeune femme jeta un regard à la ronde. Elle s'approcha d'un groupe de photos encadrées au mur et les contempla.

— Le mariage de la cousine de Charles qui a eu lieu ici en novembre était somptueux. Elle ne tarit pas d'éloges sur votre agence. N'est-ce pas, Charles ?

— Oui. C'est ce qui nous a convaincus de nous adresser à vous.

— Je suis sûre que durant les mois à venir, notre collaboration sera aussi étroite que fructueuse. Y a-t-il un endroit où je pourrais me rafraîchir avant que nous commencions ? s'enquit Elizabeth.

— Bien sûr.

Mac la conduisit jusqu'au petit cabinet de toilette attenant au studio, se demandant comment il lui serait possible de peaufiner encore son apparence. Puis elle revint vers le fiancé, desserrant mentalement son nœud de cravate Windsor parfait.

— Alors comme ça, vous avez un emploi du temps très chargé ?

— Oui. Nous avons d'abord rendez-vous avec Mme Brown, puis nous allons à la mairie régler les formalités. Ensuite, Elizabeth doit rencontrer deux des couturiers recommandés par votre associée pour la robe.

Charles paraissait aussi enthousiaste que pour sa visite semestrielle chez le dentiste.

— C'est passionnant, l'encouragea-t-elle.

— Cela implique une foule de détails à régler. Mais vous avez l'habitude, j'imagine.

— Chaque mariage est unique, vous savez. Pourriez-vous vous tenir debout derrière ce tabouret, s'il vous plaît ? Je vais vérifier l'éclairage et la mise au point pendant qu'Elizabeth se prépare.

Il s'exécuta avec docilité, raide comme un piquet.

— Détendez-vous. Ce sera plus facile et plus rapide que vous ne l'imaginez, et peut-être aussi plus amusant. Quel genre de musique aimez-vous ?

— Pardon ?

Mac traversa le studio jusqu'à sa chaîne et choisit un CD.

— Des ballades de Natalie Cole. C'est romantique et classique. Qu'en dites-vous ?

— Bien. C'est bien.

Mac le surprit à glisser un coup d'œil impatient à sa montre, alors qu'elle feignait de s'affairer auprès de son appareil photo.

— Avez-vous déjà choisi la destination de votre lune de miel ?

— Nous penchons pour Paris.

— Vous parlez français ?

Pour la première fois, le sourire fut spontané.

— Pas un traître mot.

— Vive l'aventure, plaisanta Mac comme Elizabeth les rejoignait, tout aussi parfaite qu'avant.

La jeune femme portait un tailleur d'une coupe impeccable, fort probablement un Armani. Le bleu indigo flattait sa silhouette, et ce n'était sans doute pas un hasard si Elizabeth avait choisi pour Charles un complet gris ardoise qui mettait la couleur en valeur.

— Je pense que nous allons commencer avec vous assise, Elizabeth, Charles debout derrière vous. Juste un peu décalé sur la gauche, Charles. Et, Elizabeth, si vous pouviez vous tourner vers les fenêtres, juste un peu. Penchez-vous vers Charles, le corps détendu. Charles, posez la main sur son épaule gauche. Placez votre main gauche sur la sienne. Vous avez une bague de fiançailles spectaculaire, dites-moi !

Mac prit deux photos, histoire de les mettre en confiance et de leur faire oublier leurs sourires figés.

Charles est timide, réalisa-t-elle, enchaînant les instructions. Face à l'objectif, et face aux gens en général. Quant à Elizabeth, elle affichait un manque de naturel monumental, terrifiée à l'idée de ne pas se montrer à la hauteur.

Elle s'appliqua à les mettre à l'aise mais, en dépit de ses efforts, parvint à peine à faire craquer le vernis.

Elle aurait pu en rester là et leur donner exactement ce qu'ils pensaient souhaiter. C'était mal juger sa conscience professionnelle.

Lorsqu'elle lâcha son appareil, ils se détendirent aussitôt. Elizabeth leva la tête vers Charles, un sourire aux lèvres. Il répondit par un clin d'œil.

Bon, d'accord, se dit-elle, presque soulagée, il y a des humains là-dedans, après tout. Vas-y, tente le tout pour le tout.

— Voilà pour les portraits classiques. Je sais que c'est ce que vous désiriez, mais j'aimerais essayer autre chose.

— Notre temps est vraiment compté, objecta Charles.

— Il ne me faudra pas plus de cinq minutes. Levez-vous, Elizabeth. Laissez-moi juste enlever ce tabouret.

Elle le déposa dans un coin, puis dévissa son appareil du trépied.

— Je voudrais que vous vous preniez dans les bras, d'accord ?

— Je ne crois...

— C'est légal dans le Connecticut, vous savez. Même si vous n'êtes pas fiancés. Juste une petite expérience et d'ici deux minutes, vous serez libres comme l'air, promis.

Mac attrapa son posemètre et se dépêcha de faire la mise au point.

— Elizabeth, posez la joue droite sur le torse de Charles tout en orientant légèrement le visage vers moi. Et regardez par ici. Parfait. Charles, inclinez la tête vers Elizabeth, mais le menton pointé vers moi. Prenez une profonde inspiration et laissez-vous aller. Vous tenez dans vos bras la femme que vous aimez. Détendez-vous et savourez l'instant. Et maintenant, pensez à votre premier baiser.

Voilà !

Les sourires furent spontanés. Ému avec un soupçon d'espièglerie pour elle, radieux pour lui.

— Gardez la pose, juste encore une.

Spontanés, mais fugaces. Elle réussit néanmoins à prendre trois clichés avant qu'ils se raidissent de nouveau.

— C'est terminé. Les épreuves seront prêtes d'ici...

— Pouvons-nous en voir quelques-unes maintenant ? C'est du numérique, n'est-ce pas ? insista Elizabeth. Juste pour avoir une petite idée.

— Bien sûr.

Mac alla glisser la carte mémoire dans son ordinateur et chargea le fichier.

— Elles doivent encore être travaillées, mais vous aurez déjà un avant-goût.

Les sourcils froncés, Elizabeth se concentra sur l'écran tandis que Mac lançait le diaporama.

— Elles sont très réussies. Ah, très bien !

Mac s'arrêta sur un des portraits classiques.

— Celle-ci ?

— C'est ce que j'avais en tête. Elle est parfaite. Nous sommes bien tous les deux et l'angle me plaît. Oui, ce sera celle-ci, je crois.

— Je note. Autant regarder les autres, tant que nous y sommes.

Mac relança le diaporama.

— Oui, elles sont vraiment belles. Superbes. Mais à mon avis, celle que j'ai choisie est…

La photo du couple enlacé apparut à l'écran.

— Oh… c'est charmant. Vraiment charmant, n'est-ce pas, Charles ?

— Ma mère préférera la première que tu as choisie, répliqua celui-ci, debout derrière elle, les mains sur ses épaules.

— Sans aucun doute. Nous lui en offrirons un agrandissement, mais…

Elle regarda Mac.

— Vous aviez raison. C'est celle-ci que je veux. C'est l'image que je veux donner de nous sur notre portrait de fiançailles. Oubliez ce que je vous ai dit en septembre, quand j'essayais de vous apprendre votre métier.

— Pas de problème. Moi aussi, je me trompais. Je crois qu'en définitive, ça va être un plaisir de travailler avec vous.

Sidérée, Elizabeth demeura quelques secondes sans voix, puis éclata de rire.

Mac envoya le jeune couple à Parker qui, espérait-elle, lui serait reconnaissante de les avoir un peu décoincés.

Elle s'occupa ensuite de finaliser des commandes en cours. Une fois les albums dans leurs coffrets, Mac décida qu'elle avait juste le temps d'avaler un reste de salade de pâtes avant d'apporter les photos au manoir.

Elle mangea deux bouchées au-dessus de l'évier. Quel paysage féerique, songea-t-elle, admirant le parc par la fenêtre, un verre de Coca light à la main. Un décor de rêve immobile et parfait.

À la seconde où elle portait le verre à ses lèvres, un cardinal heurta la vitre dans un jaillissement de plumes rouge vif. Le choc mat la fit sursauter et le Coca éclaboussa généreusement le devant de son chemisier.

Le cœur cognant à tout rompre, Mac regarda l'idiot de volatile s'enfuir à tire-d'aile, puis baissa les yeux sur son chemisier.

— Quelle cata !

Elle l'ôta et l'abandonna sur la machine à laver dans le coin buanderie de la cuisine. En soutien-gorge et pantalon noir, elle essuya les dégâts sur le plan de travail. Son téléphone sonna. L'écran affichait le portable de Parker.

— Quoi ? lâcha-t-elle d'un ton contrarié.

— Patty Baker est ici pour prendre ses albums.

— Elle a vingt minutes d'avance. Je serai à l'heure. Occupe-la en attendant, répondit-elle, regagnant le studio. Et ne me casse pas les pieds, ajouta-t-elle avant de raccrocher.

Elle se retourna d'un bloc.

Et se retrouva nez à nez avec un parfait inconnu.

Il écarquilla les yeux, rougit jusqu'à la racine des cheveux, puis fit une brusque volte-face avec un « Oh, pardon » gêné et percuta de plein fouet l'encadrement de la porte.

— Mon Dieu ! Ça va ? s'inquiéta Mac qui jeta le mobile sur une table et se précipita vers l'homme chancelant.

— Euh... oui. Très bien. Désolé.

— Vous saignez à la tête. Dites donc, vous ne vous êtes pas loupé. Vous devriez peut-être vous asseoir.

— Peut-être.

Le regard dans le vague, il se laissa glisser le long du mur.

Mac s'accroupit auprès de lui et repoussa les mèches brunes qui lui tombaient sur le front. Elle découvrit une éraflure qui saignait à peine, mais était déjà en train d'enfler. Il allait avoir droit à un œuf de pigeon impressionnant.

— Il n'y a pas d'entaille. Vous échappez aux points de suture. Mais vous n'y êtes pas allé de main morte. Au bruit que ça a fait, on aurait dit un coup de marteau. Il vous faudrait peut-être de la glace et...

— Excusez-moi ? Euh... je ne suis pas sûr que vous vous rendez compte... vous devriez peut-être...

Elle suivit son regard, et ce fut son tour d'être gênée : tandis qu'elle réfléchissait aux premiers soins, ses seins à peine cachés par la dentelle de son soutien-gorge menaçaient de s'écraser contre le visage du blessé.

— Oups ! J'avais oublié. Restez assis là, ne bougez pas.

Mac se redressa d'un bond et fila comme une flèche.

Sonné, il aurait été bien en peine de se relever, pour l'instant. Il demeura donc sagement où il était, le dos calé contre le mur. Malgré les petits oiseaux qui tournaient en piaillant autour de sa tête comme dans un dessin animé, il n'avait pu s'empêcher de remarquer la beauté de ses seins.

Quand elle revint avec un sac de glace pilée, elle portait un chemisier. Un fugace pincement de déception le prit au dépourvu. Elle s'accroupit de nouveau sur des jambes qui, réalisait-il maintenant qu'il n'avait plus ses seins sous le nez, étaient joliment fuselées.

— Tenez, essayez ça.

Elle lui fourra la poche de glace dans la main et appliqua le tout contre son front qui l'élançait douloureusement. Puis elle s'assit sur ses talons, tel un catcheur derrière les cordes. Ses yeux étaient d'un vert émeraude intense.

— Qui êtes-vous ? s'enquit-elle avec curiosité.

— Pardon ?

— D'accord. Combien de doigts voyez-vous ? demanda-t-elle, deux doigts levés.

— Douze.

Le sourire qui éclaira son visage creusa dans ses joues d'adorables fossettes qui le firent craquer.

— Pas de chance. Essayons une autre question. Que faites-vous dans mon studio – ou plutôt, qu'y faisiez-vous avant de vous assommer ?

— Euh… j'ai rendez-vous. Enfin, non, pas moi. C'est Sherry. Sherry Maguire.

Le sourire pâlit. Les fossettes disparurent.

— Ce n'est pas le bon endroit. Vous devez vous rendre au bâtiment principal. Je suis Mackensie Elliot, la photographe de Vœux de Bonheur.

— Oui, je vous connais. Enfin, je sais qui vous êtes. Comme souvent, Sherry n'a pas été très claire sur le lieu.

— Ni sur l'heure, manifestement, vu qu'elle a rendez-vous à quatorze heures.

— J'aurais dû lui téléphoner par sécurité. Encore désolé pour le dérangement.

— Pas grave. Dites-moi, ajouta-t-elle en inclinant la tête, d'où me connaissez-vous ?

— Oh. J'étais dans la classe de Delaney au lycée. Delaney Brown. Parker était deux ans au-dessous. Vous aussi, donc, tout au moins un temps…

Mac l'observa de plus près. Sa tignasse brune en bataille avait assurément besoin d'une bonne coupe. Il avait de beaux yeux tranquilles d'un bleu transparent encadrés de longs cils, un joli nez aquilin, la bouche volontaire, les traits fins.

Elle avait une excellente mémoire des visages. Alors pourquoi ne parvenait-elle pas à situer celui-ci ?

— Pourtant, je connaissais la plupart des amis de Del.

— Oh, nous ne nagions pas dans les mêmes eaux. Mais je lui ai donné un coup de main quand nous avons étudié *Henry V*.

Le déclic se fit.

— Carter, dit-elle, un index triomphant pointé sur lui. Carter Maguire. Tu n'épouses pas ta sœur, quand même ?

— Quoi ? Non ! Je remplace Nick. Il avait un empêchement et elle ne voulait pas venir seule. Je suis juste… En fait, pour être franc, je ne sais pas trop ce que je fais ici.

— Tu t'appliques à être un bon frère, répondit Mac qui lui tapota malicieusement le genou. Tu vas pouvoir te relever ?

— Je pense.

Elle se redressa et lui tendit une main secourable. Le cœur de Carter entama une petite gigue quand leurs mains se touchèrent. Et le temps qu'il tienne à peu près en équilibre sur ses jambes, il avait l'impression que son crâne abritait les percussions d'un orchestre symphonique.

— Aïe.

— Je compatis. Tu veux de l'aspirine ?

— Un tube ou deux ne serait pas du luxe.

— Je vais en chercher. Pendant ce temps, assieds-toi sur le canapé. Ce sera plus confortable que par terre.

Elle disparut dans la cuisine.

Carter allait s'asseoir, quand la galerie de portraits qui tapissait les murs attira son attention. Il y avait aussi des photos de magazines, nota-t-il. Sans doute les siennes. Uniquement des mariées, dans tous les styles imaginables. Radieuses. Sophistiquées. Sexy. Riant aux éclats. Certains tirages étaient en couleurs, d'autres en noir et blanc pleins d'atmosphère – plus quelques-uns réalisés à l'aide d'un trucage numérique aussi étrange que fascinant, qui consistait à créer un point de mire de couleur intense sur un fond noir et blanc.

Lorsque Mac le rejoignit, il se tourna vers elle, et l'idée saugrenue lui traversa l'esprit que sa chevelure flamboyante constituait aussi un splendide point de mire.

41

— Vous avez, euh… je veux dire, tu as d'autres thèmes de prédilection ?

Elle lui tendit trois comprimés et un verre d'eau.

— Bien sûr, mais dans une agence comme la nôtre, la mariée, c'est quand même un peu le fonds de commerce, si tu me passes l'expression.

— Ces photographies sont splendides – créatives et originales. Mais celle-ci les surpasse toutes.

Il désignait le portrait encadré de trois fillettes, contemplant avec une surprise ravie un magnifique papillon bleu posé sur un pissenlit.

— Ah oui ? Pourquoi ?

— Parce qu'elle est magique.

Elle le dévisagea si longuement que Carter ne sut plus où se mettre.

— C'est le mot qui convient, je trouve aussi… Bon, Carter Maguire, le temps de prendre mon manteau et je t'accompagne au bâtiment principal.

Mac lui reprit la poche de glace presque fondue.

— Nous en trouverons d'autre à côté.

Il est mignon, se dit-elle, montant chercher un manteau et une écharpe. Très mignon, même. L'avait-elle remarqué au lycée ? Peut-être son charme s'était-il révélé sur le tard ? En tout cas, ce jeune homme était plutôt agréable à regarder. Au point qu'elle avait ressenti un petit pincement de regret quand elle l'avait pris pour le futur marié.

Elle enfila son manteau, enroula l'écharpe autour de son cou puis, se rappelant la bourrasque glaciale un peu plus tôt, compléta sa panoplie d'un bonnet en laine vert pomme. Lorsqu'elle redescendit, Carter déposait son verre dans l'évier comme un garçon bien élevé.

Elle souleva un imposant fourre-tout et le lui tendit.

— Tiens, porte-moi ça. C'est lourd.

— Ça fait son poids, dis donc.

— Je m'occupe de celui-ci, ajouta-t-elle, prenant un sac plus petit. J'ai une cliente qui attend ses albums terminés, et une autre les épreuves.

— Encore toutes mes excuses pour tout à l'heure. J'ai frappé, mais personne n'a répondu. J'ai entendu de la musique, alors je suis entré et là…

— Le reste est déjà de l'histoire ancienne.

— Oui. Euh… tu n'arrêtes pas la musique ?

— C'est vrai. Avec l'habitude, je ne l'entends plus.

Mac prit la télécommande et éteignit la chaîne. Carter lui avait déjà ouvert la porte avec galanterie.

— Tu habites toujours à Greenwich ? demanda-t-elle en franchissant le seuil, le souffle presque coupé par le froid.

— Oui, après avoir vécu quelque temps à New Haven.

— Yale.

— C'est ça. J'ai passé un doctorat de troisième cycle et enseigné deux ans là-bas.

— Enseigné à Yale ?

— Oui.

Tandis qu'ils marchaient dans l'allée, Mac le dévisageait à la dérobée.

— Mazette, tu dois avoir un sacré niveau, vu la cote de cette université.

— Maintenant j'enseigne ici. Au lycée Winterfield.

— Tu es revenu enseigner dans notre bon vieux lycée ? Marrant.

— La ville me manquait. Et le travail avec les adolescents me passionne.

Forcément plus mouvementé qu'à Yale, songea Mac, mais passionnant ? Enfin bon, peut-être.

— Tu enseignes quelle matière ?

— La littérature anglaise et l'écriture créative.

— Le pro de *Henry V*.

— Tu as tout compris. Mme Brown m'avait invité ici une ou deux fois. Quand j'ai appris l'accident, j'ai été désolé pour Parker et Delaney. Leur mère était d'une immense gentillesse.

— La meilleure des femmes. Viens, on va passer par-derrière. Avec ce froid, inutile de s'imposer le grand tour.

Elle le fit entrer dans l'arrière-cuisine.

— Tu peux laisser tes affaires ici. Tu as encore un peu d'avance. En attendant, on va se prendre un petit café, enchaîna-t-elle, se débarrassant avec vivacité de son manteau, son bonnet et son écharpe. Il n'y a pas de mariage aujourd'hui, donc la cuisine est libre.

Elle jeta son manteau au petit bonheur sur la patère et ramassa ses sacs, alors qu'il accrochait le sien avec soin.

— Nous allons te trouver un endroit pour...

Mac s'interrompit en voyant Emma se diriger vers la cuisine.

— Ah, tu es là. Parker s'apprêtait à... Carter ?

— Bonjour, Emmaline. Comment vas-tu ?

— Bien, merci. Comment se fait-il que tu sois... ? Bien sûr, Sherry. J'ignorais que tu l'accompagnerais.

— Apporte-lui un café, veux-tu ? lança Mac. Et aussi un peu de glace pour sa tête. Une cliente m'attend.

Elle récupéra le fourre-tout des mains de Carter et s'éclipsa.

Les lèvres pincées, Emma examina la bosse.

— Dis donc, tu ne t'es pas loupé. Comment as-tu fait ton compte ?

— J'ai rencontré un mur. Laisse tomber la glace. Ça va aller.

— Entre donc prendre un café. J'allais justement préparer un plateau pour la réunion avec ta sœur.

Elle désigna un des tabourets alignés devant un long plan de travail couleur miel.

— Tu es venu apporter ton soutien moral aux mariés ?

— Je remplace Nick. Il a une urgence à l'hôpital.

Avec un hochement de tête compréhensif, Emma sortit une tasse et une soucoupe.

— Ah, les médecins... En tout cas, c'est sympa de ta part.

— J'ai bien essayé de me débiner, mais Sherry n'a rien voulu savoir. Merci, ajouta-t-il quand elle le servit.

— Rassure-toi, ton rôle se limitera à rester assis tranquillement dans ton coin à grignoter des biscuits.

Carter versa un trait de crème dans son café.

— Tu peux me le certifier par écrit ?

Elle pouffa de rire et entreprit de disposer des cookies sur une assiette.

— Fais-moi confiance. En prime, tu vas engranger quelques points bonus auprès de ta sœur reconnaissante. Comment vont tes parents ?

— Bien. J'ai vu ta mère la semaine dernière, à la librairie.

— Elle adore son nouveau travail, répondit Emma qui lui tendit un cookie. Mac devrait bientôt avoir terminé. J'apporte ça au salon et je reviens.

— J'imagine que si je restais gentiment planqué ici, je perdrais mes points bonus.

— Cela va sans dire. Je reviens dans une minute.

Carter connaissait Emma depuis l'enfance, par Sherry et l'amitié qui liait leurs parents respectifs. C'était bizarre d'imaginer Emma confectionnant le bouquet pour les noces de sa sœur. Et tout aussi bizarre de penser que sa petite sœur allait se marier.

Aussi déroutant, disons, que de percuter un stupide mur.

Il se tâta le front du bout de l'index avec une grimace. Le plus gênant n'était pas la douleur – bien réelle, pourtant – mais la curiosité que cette bosse allait susciter. Il lui faudrait expliquer en boucle sa maladresse – et à chaque fois, l'image de Mackensie Elliot en soutien-gorge sexy reviendrait le hanter. Ce qui, tout bien réfléchi, ne serait pas pour lui déplaire...

Emma revint chercher un autre plateau.

— Tu ferais aussi bien de venir. Sherry va sûrement arriver d'une minute à l'autre.

— Elle a déjà dix minutes de retard, fit remarquer Carter qui lui prit le plateau des mains. Elle vit dans son fuseau horaire personnel.

La maison était demeurée à peu près telle que dans son souvenir, même si l'or pâle des murs avait remplacé le vert d'eau discret qu'il avait en mémoire. Mais il y avait toujours les larges moulures ornementées impeccablement laquées, les volumes généreux, le mobilier d'époque rutilant.

Les œuvres d'art, antiquités et bouquets joliment composés dans des vases anciens en cristal délicat, enrichissaient les lieux d'une touche d'élégance subtile. Pourtant, la maison ne donnait pas une impression de froideur désincarnée. C'était un véritable foyer.

Il flottait dans l'air un agréable parfum féminin, mélange singulier de senteurs florales et d'agrumes.

Carter pénétra dans une vaste pièce décorée d'un magnifique plafond à caissons. Les quatre associées conversaient gaiement dans un coin salon aménagé devant une imposante cheminée où crépitait une flambée. Le soleil hivernal pénétrait à flots par les trois fenêtres cintrées. Cadet de la fratrie coincé entre deux sœurs, il avait l'habitude d'être en minorité au milieu d'un gynécée.

Il devrait donc survivre à l'heure qui s'annonçait.

Parker jaillit de son fauteuil, tout sourire. En maîtresse de maison parfaite, elle traversa la pièce vers lui, les bras tendus.

— Carter ! Ça fait si longtemps.

Elle l'embrassa sur la joue et, gardant sa main dans la sienne, l'entraîna vers la cheminée.

— Tu te souviens de Laurel ?

— Euh…

— Nous n'étions encore que des gamins, s'empressa d'ajouter Parker qui, avec aisance et discrétion, fit asseoir Carter dans un fauteuil. Emma nous a appris que tu étais revenu enseigner à Winterfield. Ça a dû te paraître bizarre de passer de l'autre côté de la barrière, non ?

— Au début, oui. Je m'attendais toujours à ce qu'on me donne des devoirs jusqu'au moment où je réalisais que le prof, c'était moi. Désolé pour le retard de Sherry. Je pourrais lui tél…

Un coup de sonnette l'interrompit au milieu de sa phrase. À son immense soulagement.

— J'y vais, dit Emma qui se leva.

— Comment va ta tête ? s'enquit Mac, calée contre le dossier de son fauteuil, sa tasse de café nichée entre les mains.

— Mieux, merci.

— Que t'est-il arrivé ? demanda Parker avec curiosité.

— Rien de grave, je me suis juste cogné. Ça m'arrive tout le temps.

— Vraiment ? fit Mac avec un sourire malicieux, le nez dans sa tasse.

— Je suis sincèrement désolée ! s'exclama Sherry qui fit irruption dans le salon avec une gaieté exubérante, véritable tourbillon de couleurs et d'énergie. Je ne suis *jamais* à l'heure. Je déteste ça. Carter, tu es un ange...

Le bonheur qui illuminait son visage rosi par le froid se mua aussitôt en inquiétude.

— Qu'est-il arrivé à ton front ?

— Je me suis fait agresser. Ils étaient trois, mais j'ai réussi à les mettre au tapis.

— Quoi ! Mon Dieu, tu...

— Mais non, je me suis juste cogné la tête.

— Idiot, tu m'as fait peur, soupira-t-elle, avant de se laisser choir sans façon sur l'accoudoir du fauteuil de Carter. Il faut toujours qu'il me charrie.

Carter laissa le fauteuil à sa sœur et demeura planté debout à côté. Sur le canapé, Emma se poussa vers Laurel et tapota le coussin libre.

— Viens t'asseoir ici, Carter. Alors, Sherry, excitée ?

— Au-delà de tout ce qu'on peut imaginer ! Nick avait prévu de venir, mais il a eu une intervention. Voilà ce qui arrive quand on épouse un chirurgien. Alors j'ai pensé que Carter pourrait apporter le point de vue masculin.

Sherry prit la main de Parker avec animation.

— Incroyable, non ? Tu te rappelles qu'on s'amusait à la mariée quand on était petites ? Je me souviens d'y avoir joué plusieurs fois avec vous, les filles. J'ai épousé Laurel, je crois.

— D'aucuns prétendaient que notre couple ne durerait pas, plaisanta celle-ci, déclenchant l'hilarité communicative de Sherry.

— Et me voilà aujourd'hui sur le point de me marier pour de vrai !

Laurel dodelina de la tête.

— Se faire plaquer pour un médecin, quelle déveine...

— Nick est *génial* ! J'ai hâte que vous fassiez sa connaissance. Oh, mon Dieu ! Je me marie ! s'écria Sherry, les paumes pressées contre ses joues en feu. Et je sais à peine par où commencer. Je manque cruellement d'organisation et tout le monde m'abreuve de milliers de recommandations. Je ne sais plus où donner de la tête !

— C'est le but de cette réunion, la rassura Parker qui prit un épais cahier. Si tu commençais par nous expliquer quel genre de mariage tu souhaites ?

— Euh...

Sherry adressa un regard suppliant à son frère.

— Par pitié, ne me regarde pas comme ça, bougonna Carter. Je t'avais prévenue, je n'y connais rien.

— Tu me connais, moi. Dis-moi juste ce que je veux, à *ton* avis.

Grignoter tranquillement des biscuits, tu parles, songea Carter.

— Euh, t'amuser ? suggéra-t-il.

— Excellent ! approuva Sherry, l'index braqué sur lui. Je ne veux pas que ça donne l'impression de ne pas être important, solennel et tout ça, mais je veux m'amuser. Je veux une grande fête folle et joyeuse. Je veux aussi que Nick reste sans voix pendant cinq bonnes minutes quand il me verra m'avancer vers l'autel. Je veux le *scotcher* et que tous les invités gardent de ce mariage un souvenir impérissable – le meilleur auquel ils aient assisté. J'ai été à des mariages vraiment somptueux, mais mon Dieu, qu'est-ce que je me suis barbée ! Vous voyez ce que je veux dire ?

— Tout à fait, acquiesça Parker. Tu veux éblouir Nick et tu souhaites une cérémonie qui reflète votre joie d'être ensemble.

Sherry lui décocha un sourire radieux.

— Exactement.

— Nous avons bien noté la date pour octobre prochain. As-tu une idée approximative du nombre d'invités ?

— Nous allons essayer de nous limiter à environ deux cents personnes.

— D'accord, fit Parker qui griffonnait dans son calepin. Si possible dans le parc, tu disais.

Tandis que Parker discutait des détails avec Sherry, Mac observait la jeune femme. « Bouillonnante » était le premier qualificatif qui lui venait à l'esprit. Une beauté joyeuse, tout feu tout flamme. Cheveux blonds, yeux bleu azur, pulpeuse, nature. Certaines photos dépendraient de la robe, des couleurs choisies, mais la personnalité de la femme qui la portait restait bien entendu prédominante.

Elle mémorisa les détails importants. Six demoiselles d'honneur. Couleurs de la mariée : rose pâle et rose bonbon. Et lorsque Sherry montra une photo de la robe, Mac la demanda d'un geste et l'examina avec un grand sourire.

— Je parie qu'elle sera spectaculaire sur toi. Cette robe est parfaite.

— Tu crois ? C'est ce que j'ai pensé sur le coup. Il ne m'a pas fallu plus de deux minutes pour fixer mon choix, mais après…

— Souvent, la première impulsion est la bonne. C'est le cas ici, la rassura Mac. Elle est à la fois féerique et sexy.

La robe arborait un jupon d'au moins quatre mètres carrés d'un blanc immaculé, un bustier sans bretelles et une traîne aux reflets moirés.

Elle profita d'avoir attiré l'attention de Sherry pour pousser ses pions.

— Est-ce que Nick et toi souhaitez un portrait de fiançailles ?

— Euh… eh bien, oui, mais je n'aime pas ces photos solennelles qu'on voit si souvent. Tu sais, lui debout derrière elle, assise, et souriant tous deux à l'objectif. Mais je ne prétends pas t'apprendre ton métier ou quoi que ce soit.

— Pas de problème. Mon métier, c'est que tu sois satisfaite. Dis-moi ce que vous aimeriez, Nick et toi.

Lorsque Sherry haussa un sourcil suggestif avec un sourire entendu, Mac éclata de rire et s'amusa de voir Carter s'empourprer de nouveau jusqu'à la racine des cheveux.

Très mignon, décidément.

— À part ça ?

— À part ça, nous aimons regarder des nanars sur DVD en nous gavant de pop-corn. Il essaie de m'apprendre à skier, mais les Maguire sont affligés d'un gène de la maladresse très handicapant. Carter s'est ramassé la part du lion, mais je ne suis pas loin derrière. Nous aimons les soirées entre amis, ce genre de choses. Il est interne en chirurgie, alors le temps libre est un bien précieux pour lui. Nous ne planifions pas grand-chose. Nous sommes plutôt du genre spontané.

— Compris. Si tu veux, je pourrais venir chez vous. On ferait une séance photos décontractée dans votre décor plutôt qu'en studio.

— Vraiment ? Cette idée me plaît. On peut le faire bientôt ?

Mac sortit son PDA et afficha son agenda.

— J'ai un ou deux trous cette semaine, davantage de temps la semaine prochaine. Si tu veux, vois avec Nick et donne-moi vos disponibilités. On trouvera un arrangement.

— Formidable.

— Il faudrait que tu regardes des modèles, suggéra Mac.

— J'ai déjà regardé les photos du site, comme me l'avait conseillé Parker. Et aussi celles des bouquets, pièces montées et autres arrangements. Je veux la totale.

— Et si nous jetions un coup d'œil aux différents forfaits ? proposa Parker. Bien entendu, toutes les personnalisations sont possibles.

— Nick m'a laissé carte blanche, mais je ne suis pas beaucoup plus avancée. Carter ?

Aïe, ça recommence...

— Sherry, je n'y connais vraiment rien. Je...

— J'ai la frousse de décider toute seule, objecta-t-elle avec ses grands yeux de biche sans défense, une arme d'une efficacité redoutable depuis qu'elle était toute petite. Je ne veux surtout pas commettre d'erreur, tu comprends ?

— Rien ne t'oblige à décider maintenant, la rassura Parker. Et même, tu pourras toujours changer d'avis plus tard, il n'y a pas de problème. Tu auras des rendez-vous spécifiques avec chacune d'entre nous. Tu y verras déjà plus clair. Aujourd'hui, nous pouvons juste retenir la date. Rien ne t'empêche de signer le contrat plus tard.

— J'aimerais vraiment signer aujourd'hui, histoire de rayer ce point de la liste. Il y a tant à faire. Donne-moi juste ton opinion, Carter, c'est tout.

— Et si tu examinais les forfaits ? proposa Parker à ce dernier avec un sourire engageant en lui tendant un classeur ventru. Pendant ce temps, Sherry, dis-moi : t'es-tu décidée pour un orchestre ou un DJ ?

— Un DJ. À notre avis, ce serait plus informel et nous pourrions discuter avec lui de la liste des morceaux. Pourrais-tu m'en proposer un ?

— Bien sûr, répondit Parker qui sortit une carte de visite d'un autre classeur. J'en connais un excellent. Il a déjà participé à de nombreuses animations ici et je crois qu'il te conviendra. Appelle-le. Vous faut-il aussi un vidéaste ?

Sur le canapé, Carter prit ses lunettes de lecture et se plongea dans la jungle des forfaits.

Il fait si sérieux, songea Mac avec une pointe d'attendrissement. L'attirance qu'il lui inspirait grimpa encore d'un cran. Avec ces lunettes à fine monture d'acier, il avait tout de l'étudiant studieux qui potasse ses examens. Puisque Parker et Sherry étaient occupées, elle décida de lui octroyer une pause.

— Carter, si tu m'aidais à préparer du café ?

L'intéressé leva le nez avec étonnement et la dévisagea de ses beaux yeux bleus.

— Apporte le classeur, tu veux ?

Elle prit l'élégante cafetière en porcelaine et s'avança sans se presser jusqu'à la porte, où elle l'attendit. Il faillit s'érafler le tibia contre la table basse en la contournant.

— Le reste de l'équipe prend la relève, expliqua-t-elle à mi-voix. Comme tu es le grand frère et que tu représentes le marié, ta sœur s'imagine qu'elle a besoin de ton avis. Qu'elle s'empressera, selon moi, de jeter aux orties s'il ne correspond pas à ce qu'elle souhaite.

— D'accord.

Ils retournèrent à la cuisine.

— Est-ce que je peux juste fermer les yeux et choisir au hasard dans le classeur, histoire d'en finir ?

— C'est une possibilité. Mais selon moi, tu devrais plutôt lui conseiller le numéro trois.

Il ouvrit le classeur sur le plan de travail, ajusta ses lunettes et lut le descriptif.

— Pourquoi le trois en particulier ?

— Parce qu'il s'agit d'une formule tout compris et que, si je cerne bien ta sœur, elle n'a pas envie de s'occuper des détails. Ce forfait offre une grande marge en cas de changement ultérieur, ainsi qu'un large choix d'options. Tu pourrais aussi lui conseiller de préférer le buffet au repas assis. C'est plus informel, tout en favorisant un meilleur brassage des invités. Ensuite, elle rencontrera Laurel pour la pièce montée et Emma pour les fleurs. Parker prendra toute l'organisation en charge et tu peux lui faire confiance pour assurer. Pour l'instant, la tâche paraît énorme. Mais une fois le forfait choisi, comme ta sœur a déjà la robe, les étapes s'enchaîneront naturellement.

— D'accord, dit Carter avec un hochement de tête. Va pour le trois. Il couvre un vaste choix d'options et offre une grande marge en cas de changements ultérieurs. Et mieux vaut opter pour le buffet qui est plus informel et permet un meilleur brassage des invités.

— Excellente mémoire.

— Retenir des infos, c'est un jeu d'enfant. Mais si elle me demande de l'aider à choisir son bouquet, je m'enfuis en courant.

Mac lui tendit la cafetière pleine.

— Elles n'ont pas besoin de moi, pour l'instant. Rapporte le café, dis ton texte. Et rappelle à ta sœur de me faire savoir quelle date lui convient pour le portrait de fiançailles.

— Tu ne reviens pas avec moi ?

Il paraissait un peu paniqué. Elle lui donna une petite tape sur la joue.

— Prends les choses du bon côté. Une femme en moins dans le lot. À bientôt, Carter.

Et elle le planta là, avec la cafetière et le classeur.

3

En s'échappant un peu plus tôt, Mac eut le temps de répondre à ses appels, de prendre des rendez-vous, puis d'ajouter une sélection de ses derniers clichés sur le site Web de l'agence. Elle décida ensuite de passer une ultime fois en revue les tirages du réveillon.

La sonnerie du téléphone l'agaça, mais elle se gendarma – les affaires étaient les affaires – et décrocha.

— Mackensie Elliot, photographe de Vœux de Bonheur.

— Mackensie !

Mac ferma aussitôt les yeux, mimant un coup de revolver sur sa tempe. N'apprendrait-elle donc jamais à vérifier l'identité du correspondant ?

— Maman...

— Tu ne réponds à aucun de mes appels.

— Je travaille. Je t'ai dit que j'étais débordée cette semaine. Je t'ai demandé de ne pas appeler mon numéro professionnel.

— Comme ça, au moins, tu réponds. À la différence de mes trois appels précédents.

— Désolée.

Laisse couler, se dit Mac. Elle en aurait sans doute fini plus vite ainsi, puisque c'était de toute façon peine perdue d'essayer d'expliquer à sa mère qu'elle n'avait pas le temps de bavarder.

— Alors, tu as passé un bon réveillon ? s'enquit-elle.

Que n'avait-elle dit là ? Un gémissement étranglé à l'autre bout du fil annonça à Mac qu'une tempête était sur le point d'éclater.

— J'ai rompu avec Martin, ce que je t'aurais annoncé plus tôt si tu avais pris la peine de répondre à mes appels. C'était une soirée horrible. Horrible, Mac, répéta sa mère avec un sanglot. J'ai été anéantie pendant des jours !

Martin, Martin... Mac n'était pas sûre de visualiser cet ex-petit ami.

— Désolée de l'apprendre. Une rupture pendant les fêtes de fin d'année, c'est dur, mais tu pourrais la considérer comme un nouveau départ et...

— Comment oses-tu suggérer une ânerie pareille ? Tu sais à quel point j'adorais Martin ! À quarante-deux ans, me voilà seule et brisée.

Quarante-sept, corrigea Mac. Mais que représentaient cinq petites années entre une mère et sa fille ? Les coudes calés sur son bureau, elle se massa les tempes.

— C'est toi qui as rompu, n'est-ce pas ?

— Quelle différence ça fait ? C'est fini entre nous, alors que j'étais folle de lui. Nous avons eu une terrible dispute. Tu ne peux pas imaginer les horreurs qu'il m'a sorties. Il m'a traitée d'égoïste, tu te rends compte ? Et aussi d'hystérique, entre autres noms d'oiseaux. Que voulais-tu que je fasse, à part rompre ! Il n'est pas l'homme que j'imaginais. Il m'a trompée sur toute la ligne !

— Hmm. Eloisa est retournée à l'université ? demanda Mac, espérant dévier la conversation sur sa demi-sœur.

— Hier. Elle m'a plantée là dans cet état, alors que je suis à peine capable de me lever le matin. J'ai deux filles à qui j'ai sacrifié ma vie, et je ne peux compter sur ni l'une ni l'autre pour me soutenir quand je suis au bout du rouleau.

Comme sa tête commençait à l'élancer, Mac la cala doucement contre son bureau.

— C'est la rentrée universitaire. Elle était obligée de partir. Peut-être que Milton...

— Martin.

— Martin, pardon, va s'excuser et...

— C'est fini, je te dis ! Pas question de faire machine arrière. Jamais je ne pardonnerai à un homme qui m'a traitée aussi bassement. Ce qu'il me faut maintenant, c'est un peu de temps pour me retrouver. Un endroit tranquille pour évacuer le stress de cette affreuse situation. Je me suis réservé une semaine de thalasso en Floride. Partir loin de ce froid atroce, loin des souvenirs et du chagrin. Enfin bref, j'ai besoin de trois mille dollars.

— Trois mille... Maman, tu ne peux pas me demander une somme pareille pour te payer des masques de beauté, sous prétexte que tu es fâchée contre Marvin.

— Martin, bon sang. C'est quand même bien le moins que tu puisses faire. Si j'avais besoin de soins médicaux, chicanerais-tu pour régler les frais ? De toute façon, je n'ai plus le choix. La réservation est faite.

— Et l'argent des étrennes que t'a envoyé grand-mère le mois dernier ?

— J'ai eu des frais. J'ai acheté à cet homme horrible pour Noël une TAG Heuer, édition limitée. Comment aurais-je pu deviner qu'il se métamorphoserait en monstre ?

Elle fondit en larmes.

— Tu devrais la lui réclamer ou...

— Quelle mesquinerie ! Jamais je n'en serais capable. J'en ai rien à faire de cette montre, ou de lui. Tout ce que je veux, c'est changer d'air.

— Très bien. Alors choisis un endroit dans tes moyens ou...

— Cette cure m'est indispensable. À l'évidence, je suis un peu à court financièrement et j'ai besoin de ton aide. Tes affaires sont florissantes, comme tu te plais toujours à me le répéter. Il me faut ces trois mille dollars, Mackensie.

— Après les deux mille de l'été dernier pour ta semaine sous les cocotiers ? Et...

Linda éclata de nouveau en sanglots. Cette fois, Mac coucha carrément la tête sur son bureau.

— Tu refuses de m'aider ? D'aider ta propre mère ? Je suppose que si je me retrouvais à la rue, tu te contenterais de détourner pudiquement les yeux. Continue donc ta petite vie tranquille pendant que la mienne part en lambeaux. Comment peux-tu être aussi égoïste ?

— Je virerai l'argent sur ton compte demain matin. Bonnes vacances, conclut Mac avant de lui raccrocher au nez.

Elle alla à la cuisine et sortit une bouteille de vin.

Il lui fallait un verre. Absolument.

La tête farcie par presque deux heures de tulle, diadèmes, liste d'invités et autres réjouissances nuptiales – et l'organisme boosté par le café et les biscuits –, Carter regagnait sa voiture garée près du studio de Mac. Du fait de ce choix géographique, on lui avait confié la mission de lui remettre un paquet déposé par erreur au bâtiment principal.

Alors qu'il coinçait le colis sous son bras, les premiers minuscules flocons de neige commencèrent à tourbillonner. Il avait hâte de rentrer. Il avait encore un plan de leçon à finir, plus une interrogation surprise à peaufiner qu'il comptait donner à la fin de la semaine.

Il avait besoin de ses livres, et de calme. En plus du sucre et de la caféine, cet après-midi en compagnie féminine l'avait usé. Et sa tête l'élançait à nouveau.

La neige avait obscurci le ciel, si bien qu'à l'ombre de la grande bâtisse l'éclairage de l'allée s'était allumé. Pourtant, remarqua-t-il, il n'y avait aucune lumière dans le studio de Mackensie.

Peut-être était-elle sortie. Ou bien elle faisait une sieste. Ou, si ça se trouvait, elle se baladait encore en petite tenue... Il songea à déposer le paquet sur le paillasson, mais le geste ne lui paraissait guère responsable. En outre, ce colis lui servait de parfait alibi pour la revoir – et revisiter le béguin secret qu'il avait éprouvé pour elle à dix-sept ans.

Carter frappa donc et attendit, le paquet à la main.

Mackensie ouvrit la porte entièrement vêtue – à son soulagement, teinté quand même d'une pointe de déception. Immobile dans la pénombre, elle tenait un verre de vin à la main.

— Euh... Parker m'a demandé de t'apporter ceci.

— Bien, merci. Entre.

— Je voulais juste...

— Viens boire un verre.

— Je conduis, alors...

Mais elle s'éloignait déjà – d'une démarche féline sexy en diable, nota-t-il.

— Je suis déjà servie, comme tu peux le voir, dit-elle, prenant un deuxième verre qu'elle remplit généreusement. Tu ne voudrais quand même pas que je boive seule, n'est-ce pas ?

— Apparemment, j'arrive un peu tard.

Elle pouffa de rire et lui fourra le verre entre les mains.

— Alors rattrape-moi. Je n'en suis qu'au deuxième. Non, trois. Enfin, je crois...

D'où venaient donc cette colère et ce chagrin qu'il devinait derrière son attitude fanfaronne ? Sans toucher à son verre, il tendit la main vers l'interrupteur de la cuisine.

— Il fait sombre, ici.

— J'imagine. Tu as été très sympa avec ta sœur aujourd'hui. Eh oui, il y a des familles sympas. J'observe et je note. Je ne vous connaissais pas beaucoup, Sherry et toi, mais je me rappelle. Famille sympa. La mienne craint.

— Ah bon.

— Tu sais pourquoi ? Je vais te dire pourquoi. Tu as une sœur, hein ?

— Oui. En fait, j'en ai deux. On devrait peut-être s'asseoir.

— Deux, oui, oui… Une sœur aînée aussi. Je ne l'ai jamais rencontrée. Deux sœurs, donc. Moi, j'ai une demi-sœur et un demi-frère – un de chaque parent – bref, ça compte pour un entier. Sans compter la ribambelle de demis auxquels j'ai droit par alliance au gré des remariages de mes parents. Ceux-là vont et viennent. J'ai perdu le fil. Je parie qu'à Noël vous avez fait une fête familiale dans les règles de l'art, hein ? enchaîna-t-elle après une gorgée de vin.

— Euh… oui, nous…

— Tu sais ce que j'ai fait, moi ?

D'accord, compris. Il ne s'agissait pas d'une conversation. Il était une simple caisse de résonance.

— Non.

— Comme mon père est… quelque part – peut-être à Vail, réfléchit-elle avec un froncement de sourcils. Ou alors en Suisse, avec sa troisième femme et leur fils… enfin, il n'était pas de la partie. Mais il m'a envoyé un bracelet hors de prix, non par sentiment de culpabilité ou dévotion paternelle – il n'éprouve ni l'un ni l'autre. Uniquement parce qu'il a l'habitude de claquer l'argent sans compter depuis son plus jeune âge.

Mac se tut et but à nouveau, puis plissa le front.

— J'en étais où ?

— À Noël.

— Ah oui. Le réveillon tel qu'on le pratique chez nous. J'ai rendu la visite de courtoisie obligatoire à ma mère et Eloisa – la demi-sœur en question – le 23 parce que aucune de nous n'avait la moindre envie de passer le réveillon en famille. Pas de dinde aux marrons pour nous. Nous avons échangé nos cadeaux vite fait, bu un verre en nous souhaitant joyeux Noël et bye-bye.

Elle lui adressa un sourire sans joie.

— Pas non plus de chants de Noël autour du piano. En fait, Eloisa s'est éclipsée plus vite que moi pour rejoindre ses amis. Je ne peux pas l'en blâmer. Ma mère est du genre à encourager la consommation d'alcool. Comme tu vois, ajouta-t-elle, son verre levé.

— Je vois, en effet. Allons faire une balade.

— Une balade ? Quelle idée !

— Pourquoi pas ? Il commence juste à neiger.

Il lui prit son verre et le posa avec le sien, encore plein, sur le plan de travail.

— J'aime marcher dans la neige. Tiens, ton manteau.

Les sourcils froncés, Mac regarda Carter le décrocher de la patère. Il l'aida à l'enfiler.

— Je ne suis pas ivre. Pas encore. Et puis, une femme n'a-t-elle pas le droit de boire quelques verres dans sa propre maison pour noyer ses soucis si l'envie lui en prend ?

— Mais absolument. Tu as un chapeau ?

Elle plongea la main dans une poche de son manteau et en extirpa le bonnet vert pomme.

— Ce n'est pas comme si j'avais l'habitude de picoler seule dans mon coin tous les soirs.

— Bien sûr que non, assura-t-il avant de lui enfiler le bonnet sur la tête, puis d'enrouler son écharpe autour de son cou et de boutonner son manteau jusqu'en haut. Voilà qui devrait faire l'affaire.

Il lui prit le bras et l'entraîna vers la porte. Dehors, elle protesta lorsque le froid lui fouetta le visage. Par précaution, il jugea préférable de ne pas la lâcher, au cas où elle tenterait de lui fausser compagnie.

— On était mieux au chaud, bougonna-t-elle, mais quand elle voulut faire demi-tour, il continua de marcher.

— J'aime quand il neige le soir. Enfin, ce n'est pas encore le soir, mais il va tomber vite, on dirait. J'aime regarder la neige tomber par la fenêtre, tout ce blanc sur fond noir.

— On n'est pas à la fenêtre, là. On a carrément les pieds dedans.

Carter se contenta de sourire et poursuivit son chemin. Un vrai dédale d'allées, songea-t-il, toutes dégagées avec soin avant cette averse.

— Qui s'occupe de déblayer tout ça ?

— Tout quoi ?

— La neige, Mackensie.

— Nous, ou bien nous faisons appel à Del ou son copain Jack. Parfois, nous payons des ados. Ça dépend. Nous sommes une entreprise et les allées doivent être impeccables. Pour les parkings, nous avons recours à un chasse-neige.

— C'est beaucoup de travail, une propriété de cette taille, une entreprise aussi diversifiée.

— Comme c'est aussi notre domicile, nous… Oh, je comprends, tu essaies de détourner la conversation, dit soudain Mac qui lui jeta un regard méfiant par-dessous son bonnet, sourcils froncés. Je ne suis pas stupide, juste un peu pompette.

— Ah bon ? Et de quoi parlait-on ?

— De ma famille qui craint un max. Où en étais-je, déjà ?

— Tu en étais restée à Noël, je crois. À ta mère qui t'encourageait à boire.

— Exact. Et voilà comment. Elle vient de rompre avec son dernier petit ami – j'utilise le terme à dessein, parce qu'elle a l'âge mental d'une ado quand il s'agit d'hommes. Avec ma mère, c'est mélo à gogo ! Et bien sûr, maintenant il lui faut à tout prix une cure de thalasso pour se remettre de ce terrible chagrin. Une idée saugrenue, évidemment, mais elle refuse d'entendre raison. Et comme elle est incapable de garder dix dollars en poche plus de cinq minutes, elle attend que j'assume cette dépense, exorbitante au demeurant. Trois mille dollars, figure-toi.

— Tu es censée donner trois mille dollars à ta mère pour une cure de thalasso ?

— Si elle avait besoin d'une opération, est-ce que je la laisserais mourir ? rétorqua Mac qui leva les bras au ciel. Non, non, non, ce n'était pas cet argument-là. Cette fois, elle s'imaginait sans un sou à la rue. Elle a tout un tas d'histoires du même acabit qu'elle me sert au gré de ses humeurs. J'ai peut-être eu droit aux deux. À force, je finis par mélanger. Alors oui, je suis censée payer. Rectification : je *vais* payer, vu qu'elle n'arrêtera pas de me harceler jusqu'à ce que je craque. Et ça m'exaspère de toujours céder. Si tu savais comme je m'en veux !

— Ce ne sont pas mes oignons, mais si tu lui tenais tête, elle finirait par renoncer. Si tu persistes à lui passer tous ses caprices, elle n'a aucune raison d'arrêter.

— Je sais, maugréa-t-elle en lui assenant un coup sec sur le torse. Mais elle est impitoyable et je veux juste qu'elle me lâche. Je n'arrête pas d'espérer qu'elle se remarie avec un quatrième heureux veinard et déménage loin, très loin. Disons, en Birmanie. Qu'elle disparaisse du paysage comme mon père. Ce serait génial si elle rencontrait un type en cure, assise au bord de la piscine à siroter un jus de carotte. Elle en tomberait amoureuse – ce qui lui est aussi facile que d'acheter une paire de chaussures. Non, plus facile, corrigea-t-elle. Puis elle s'exilerait en Birmanie et j'aurais enfin la paix.

Mac soupira et leva le visage vers le ciel. Le froid n'était plus aussi mordant. Les flocons qui tombaient de plus en plus dru s'aggloméraient en un joli manteau qui crissait doucement sous ses pas. Force était d'admettre que cette balade était une meilleure idée que la bouteille de vin.

— Tu es du genre saint-bernard, n'est-ce pas ? dit-elle à Carter. Je parie que tu tiens toujours la porte aux gens qui ont les bras chargés, même si tu es pressé. Que tu écoutes les problèmes personnels de tes étudiants, même quand tu as autre chose à faire. Et que tu invites les femmes désespérées à chasser leurs idées noires sous la neige, conclut-elle, tournant le visage vers le sien.

— L'idée m'a paru raisonnable.

Sa colère était retombée et avait cédé la place à la mélancolie, nota Carter, hypnotisé par ses merveilleux yeux verts.

— Je parie que tu en as marre des bonnes femmes.

— Tu veux dire en général, ou en ce moment précis ?

Mac lui sourit.

— Et je parie aussi que tu es un type vraiment sympa.

Carter réprima un soupir.

— Trop, même. C'est souvent ce qu'on me dit.

Il détourna le regard, à la recherche d'un nouveau sujet de conversation. La raison aurait voulu qu'il ramène Mac au chaud chez elle, mais il avait envie de passer encore un peu de temps en sa compagnie.

— Quel genre d'oiseaux avez-vous par ici ? demanda-t-il, désignant deux jolies mangeoires.

Mac fourra les mains au fond de ses poches.

— Je ne m'y connais pas beaucoup en oiseaux, dit-elle en l'observant, la tête inclinée. Et toi, tu t'intéresses à l'ornithologie ?

— Juste comme ça, en amateur.

Bien joué, se gronda Carter. Arrête les frais avant qu'elle ne te prenne pour un parfait ringard.

— Nous ferions mieux de rentrer. La neige redouble.

— Dis-moi donc quelles races d'oiseaux je peux m'attendre à rencontrer. Emma et moi nous chargeons de remplir les mangeoires situées entre nos deux maisons.

— Emma habite aussi dans la propriété ?

— Oui, là.

Elle désigna une jolie maisonnette d'un étage.

— C'est l'ancienne maison d'amis, et elle utilise les serres attenantes. Moi, j'ai emménagé dans l'ancien pavillon de billard. Laurel et Parker se partagent le deuxième étage de la grande maison, ailes ouest et est. C'est le domaine de Parker, mais pour la bonne marche de l'entreprise, cette solution est la plus raisonnable. Même si nous nous retrouvons souvent dans le bâtiment principal, chacune dispose de son espace personnel.

— Vous êtes amies depuis longtemps.

— Toujours.

— Une vraie famille, n'est-ce pas ? Une qui ne craint pas.

Mac lui adressa un demi-sourire.

— Futé, ce garçon... Alors, ces oiseaux ?

— À cette période de l'année, tu devrais observer des cardinaux.

— D'accord, tout le monde sait à quoi un cardinal ressemble. D'ailleurs, c'est grâce à un de ces volatiles que tu dois de m'avoir vue en soutien-gorge.

— Euh... pardon ?

— Un cardinal s'est cogné à la fenêtre de ma cuisine et, du coup, j'ai renversé mon verre sur mon chemisier. Mais revenons aux oiseaux. À part ces boules de plumes rouges qui percutent les vitres, que penses-tu... d'un hourra chanteur à crête ventrale rayée ? plaisanta Mac.

— Mmm, pas de chance, cette espèce est malheureusement éteinte. Mais dans la région, tu pourras sans doute admirer le moineau soulcie.

— Moineau soulcie ? Si j'arrive à prononcer ce nom sans accrocher, je dois avoir retrouvé toute ma sobriété.

Ils descendirent l'allée ponctuée de spots, alternant de l'ombre à la lumière, tandis que la neige tombait à gros flocons dignes d'Hollywood. La plus belle des soirées qu'on pouvait espérer en janvier, réalisa Mac. Et elle aurait manqué ce spectacle si Carter n'avait insisté – avec la discrétion qui le caractérisait – pour qu'elle accepte la promenade qu'il lui proposait.

— Je me sens un peu obligée de faire remarquer que je n'ai pas pour habitude d'enfiler les verres de vin à la chaîne avant le coucher du soleil. En général, je canalise ma frustration dans le travail ou je vais vider mon sac chez Parker et compagnie. Là, j'étais trop furax pour l'un et l'autre.

— J'avais compris. Quand ma mère est vraiment contrariée ou furieuse, elle fait de la soupe. De grandes marmites entières.

— Personne ne cuisine vraiment ici, à part Laurel et Mme G.

— G comme Grady ? Elle est toujours employée ici ?

— Toujours fidèle au poste, à gendarmer la maison et ses habitantes. Tu ne peux pas imaginer la chance que nous avons. Mais en ce moment, elle est en vacances. Chaque année, elle part pour Saint-Martin le 1er janvier avec la régularité d'une horloge et y reste jusqu'au 1er avril. Comme d'habitude, elle a rempli le congélateur de soupes, ragoûts et autres plats cuisinés par ses soins avant de partir, afin qu'aucune de nous ne meure de faim en cas de blizzard ou de guerre nucléaire.

Arrivée devant chez elle, Mac se tourna vers Carter.

— Quelle journée. En tout cas, tu as tenu le coup. Bravo, professeur.

— Il y a eu quelques moments intéressants. À propos, Sherry a opté pour le forfait numéro trois, option buffet.

— Excellent choix. Merci pour la promenade, et l'oreille attentive.

Carter fourra les mains dans ses poches, ne sachant trop qu'en faire.

— Je ferais mieux d'y aller. Avec cette neige, les routes risquent d'être glissantes. Et puis... il y a école demain.

— Il y a école demain, répéta-t-elle avec un sourire attendri.

Puis elle posa ses mains réchauffées sur les joues fraîches de Carter et lui effleura les lèvres d'un baiser amical, presque fraternel.

Alors le cerveau de Carter disjoncta. Sans réfléchir, il lui prit les épaules, l'attira contre lui et, tout en la plaquant dos contre la porte d'entrée, captura ses lèvres en un long baiser fougueux.

Le fantasme de ses dix-sept ans devenait réalité : la saveur délicieuse de ses lèvres, le contact enivrant de sa langue contre la sienne, l'échauffement brutal de son sang dans ses veines... Dans le silence paisible du parc enneigé, le soupir que Mac exhala fit à Carter l'effet d'un coup de tonnerre.

Les éléments sur le point de se déchaîner.

Elle ne le repoussa pas, n'émit aucun reproche, ni protestation. Qui aurait pu se douter ? Telle fut sa première pensée. Qui aurait pu se douter que le gentil professeur de littérature qui percutait les murs embrassait comme un dieu ?

Puis toute pensée cohérente la déserta, et elle se retrouva emportée dans un étourdissant tourbillon. Elle n'avait jamais cru cela possible. Pourtant...

Ses doigts glissèrent du visage de Carter et plongèrent dans ses cheveux. S'y arrimèrent.

Ce geste fit revenir celui-ci à la réalité. Brusquement. Il s'écarta d'elle, manquant déraper dans la neige qui recouvrait l'allée. Comme pétrifiée, Mac le dévisageait sans un mot.

Qu'est-ce qui t'a pris, pauvre malade ? se dit-il effaré. Tu es devenu complètement dingue ?

— Désolé, bafouilla-t-il, aux prises avec un mélange de honte et d'excitation. C'était... enfin, je ne voulais pas... je suis vraiment désolé.

Bouche bée, Mac le regarda s'éloigner en hâte d'un pas malhabile à cause de la neige fraîche. Au milieu du chaos qui régnait dans son cerveau, il lui sembla distinguer le *bip* du déverrouillage automatique de sa voiture. Après un bruit de portière, elle le vit s'engouffrer à la va-vite dans l'habitacle à la lueur du plafonnier.

Il démarra sans demander son reste.

— Pas de problème, parvint-elle à articuler d'un minuscule filet de voix, tandis que la voiture disparaissait au bout de l'allée.

Encore plus étourdie qu'avec le vin, Mac rentra au radar. Elle fila droit à la cuisine et vida le verre intact dans l'évier, suivi du fond qui restait dans le sien.

— Si je m'attendais à ça... marmonna-t-elle avec hébétude, les coudes calés sur le plan de travail.

4

Certains matins, on ne peut pas se contenter d'une Pop-Tart et d'une dose de café, décréta Mac. Le désagrément d'une gueule de bois lui avait été épargné – merci, Carter Maguire – mais la dizaine de centimètres de neige fraîche signifiait qu'il lui faudrait manier la pelle. Sachant où trouver un petit déjeuner consistant, elle enfila ses bottes et son manteau.

À peine le nez dehors, elle rentra chercher son appareil photo.

Au milieu d'un ciel bleu électrique, le soleil radieux dardait gaiement ses rayons sur un océan d'une blancheur immaculée, d'où émergeaient les arbustes métamorphosés en étranges créatures voûtées.

Mac inspira une grande goulée d'air glacé. Le froid lui picota les poumons telles de minuscules aiguilles. Puis elle l'exhala en un nuage de givre lorsqu'elle cadra un bosquet métamorphosé en palais des neiges.

Les paysages captivaient rarement son imagination. Mais là, ces dégradés de noir et blanc, ces contrastes d'ombre et de lumière sous un ciel d'un bleu presque violent happaient littéralement son objectif. Les dessins extraordinaires formés par les entrelacs de branches saupoudrées de blanc et les textures des écorces offraient une variété infinie de plans.

Et la grande demeure majestueuse émergeait de cet océan immaculé, telle une île élégante et gracieuse.

Expérimentant les angles et exploitant au mieux la lumière, Mac cadra les boules de coton étincelantes d'un massif d'azalées qui se couvriraient d'une explosion de fleurs au printemps. Du coin de l'œil, elle surprit un mouvement et lorsqu'elle pivota pour voir ce qui avait ainsi capté son regard, elle aperçut un cardinal posé sur une branche d'érable enneigée. Il y resta perché, unique tache rouge feu dans le décor, et se mit à chanter.

Mac s'accroupit et zooma plutôt que de risquer de le faire s'envoler en s'approchant. Était-ce l'oiseau qui s'était cogné contre sa vitre ? Si oui, il semblait en pleine forme.

Elle prit trois clichés en succession rapide, avec de légères variations d'angle qui la forcèrent à se déporter sur la gauche, le jean dans la neige.

Soudain, l'oiseau s'envola, traversa le parc à tire-d'aile et disparut.

Emmaline, la belle Emmaline dans son vieux manteau bleu marine, avec son bonnet blanc et l'écharpe assortie, progressait péniblement vers elle dans la neige.

— Je me demandais combien de temps j'allais devoir rester plantée là jusqu'à ce que tu finisses de mitrailler ce maudit oiseau. Il fait un froid de canard, ici.

— J'adore l'hiver.

Mac braqua son objectif sur Emmaline et la photographia.

— Non, arrête ! Je suis affreuse !

— Tu es toute mignonne avec tes Ugg roses.

— Quelle mouche m'a piquée de les acheter en rose ?

Elle rejoignit Mac et toutes deux se dirigèrent vers la maison.

— Je te croyais déjà à l'intérieur, quémandant un petit déjeuner à Laurel, dit Emma. N'est-ce pas toi qui m'as parlé de pancakes au téléphone il n'y a pas une heure ?

— Si, et maintenant on va la harceler à deux. J'ai été retenue par le paysage. C'est si spectaculaire. La lumière, les tons, les textures. Quant à ce maudit oiseau, comme tu dis, c'était la cerise sur le gâteau.

— Il fait moins cinq et après les pancakes, nous allons devoir nous geler à pelleter toute cette neige. Pourquoi l'été ne dure-t-il pas toute l'année ?

— Nous n'avons presque jamais de pancakes en été. Des crêpes oui, mais ce n'est pas pareil.

Tout en frappant du pied pour faire tomber la neige de ses bottes, Emma glissa un regard torve à Mac, puis ouvrit la porte.

Une délicieuse odeur de café monta aussitôt aux narines de Mac. Elle se débarrassa de ses affaires, posa délicatement son appareil photo sur le sèche-linge et se précipita à la cuisine. Elle étreignit Laurel avec effusion, manquant l'étouffer.

— Je savais que je pouvais compter sur toi !

— Je t'ai vue par la fenêtre et je me suis dit que tu ne tarderais pas à débarquer en criant famine.

Ses cheveux blonds attachés en arrière, les manches relevées, Laurel mesurait la farine.

— Je t'adore, et pas seulement pour tes pancakes des jours de neige.

— Très bien, alors mets la table. Parker est déjà dans son bureau à répondre à ses mails.

— Elle fait venir quelqu'un pour déblayer ? s'enquit Emma. J'ai trois rendez-vous aujourd'hui.

— Pour le parking seulement. D'un commun accord, il n'y a pas assez de neige pour appeler les troupes à la rescousse. Nous nous chargerons du reste.

Le beau visage d'Emma s'assombrit en une moue boudeuse.

— Je déteste déneiger.

— Pauvre Emma, compatirent Mac et Laurel à l'unisson.

— Méchantes !

— J'ai une histoire pour le petit déjeuner, annonça Mac qui ajouta un sucre dans le café qu'elle s'était servi. Une histoire *croustillante*.

La main sur la poignée du placard où s'empilaient les assiettes, Emma s'arrêta net.

— Crache le morceau.

— Quand nous serons à table. Et de toute façon, Parker n'est pas encore là.

— Je vais la chercher de ce pas. *Manu militari,* s'il le faut. Une histoire croustillante ne sera pas de trop pour me réchauffer pendant que je déblayerai cette maudite neige.

Emma fila à toutes jambes.

— Une histoire croustillante ? Hmm, fit Laurel qui, observant Mac d'un air songeur, prit sa cuillère en bois pour mélanger la pâte. Je ne m'avance pas beaucoup en supposant qu'elle doit concerner Carter Maguire. Il est plutôt craquant, c'est vrai. Mais pas ton type d'homme habituel.

— Ah bon, j'ai un type d'homme, moi ?

— Tu sais bien. Sportif, aimant le fun, penchant créatif accepté mais pas obligatoire, trop passionné ou sérieux s'abstenir. Rien dans ton passé n'inclut le genre beau gosse intello.

Ce fut au tour de Mac de faire la moue.

— J'aime les intellos. Je n'en avais peut-être pas encore rencontré un avec qui ça fasse tilt, voilà tout.

— En prime, il est la douceur incarnée. Pas ton genre, ça, la taquina Laurel.

— Tu rigoles. Goûte un peu mon café !

Hilare, Laurel posa la pâte pour sortir un mélange de fruits rouges du congélateur.

— Mets donc la table, Elliot.

— À vos ordres, chef.

Tout en disposant les couverts, Mac repensa à la remarque de Laurel. Peut-être avait-elle raison sur son type d'homme – jusqu'à un certain point.

— Parker, elle, aime les hommes qui réussissent, cultivés, aux bonnes manières irréprochables.

— Être bilingue est un plus, ajouta Laurel en lavant les baies. Et ils doivent être capables de faire la différence entre Armani et Hugo Boss à vingt mètres.

— Quant à Emma, pas virils s'abstenir.

Laurel éclata de rire à l'instant où celle-ci revenait.

— Qu'est-ce qu'il y a de drôle ?

— Toi, ma grande. La plaque est chaude, annonça Laurel. Bon, allez, on s'active.

— Bonjour, les associées !

Parker fit son entrée d'un pas alerte – pull-over en cachemire sur jean foncé, cheveux ramassés avec soin en une queue-de-cheval impeccable, maquillage subtil. Une pensée fugace traversa l'esprit de Mac : comme il lui serait facile de détester Parker, si elle n'était pas sa meilleure amie.

— Je viens de prendre trois rendez-vous avec des clients potentiels. J'adore les fêtes de fin d'année. Tellement de couples se fiancent à cette époque. Et bientôt nous serons à la Saint-Valentin, avec de nouveaux clients à la clé. Des pancakes ?

— Sors le sirop d'érable, lui dit Laurel.

— Les routes sont dégagées. Je ne pense pas que nous aurons des annulations sur le planning d'aujourd'hui. Oh, j'ai reçu un mail des Paulson : ils viennent juste de rentrer de leur lune de miel. Je les citerai dans notre site.

— Interdiction de parler affaires, l'interrompit Emma. Mac a une histoire croustillante.

— C'est vrai ? fit Parker qui posa le sirop d'érable et le beurre sur la table du coin-repas. Raconte-nous tout.

— Comme souvent avec mes histoires croustillantes, celle-ci commence au moment où j'ai renversé du Coca light sur mon chemisier.

Mac se lança dans son récit, tandis que Laurel apportait un plateau de pancakes sur la table.

— Il a prétendu s'être cogné dans un mur, commenta Emma. Pauvre Carter !

Avec un rire moqueur, elle coupa une mince lamelle de l'unique pancake qu'elle s'était autorisé.

— Il l'a carrément percuté, précisa Mac. Dans un dessin animé, il aurait traversé le mur et laissé un trou en forme de Carter dedans. Il s'est retrouvé assis par terre, à moitié sonné, et alors que je me penchais pour évaluer l'étendue des dégâts, je lui ai fourré mes seins sous le nez par inadvertance – ce qu'il m'a fait très poliment remarquer.

— Du genre « excusez-moi, mademoiselle, mais vous me fourrez vos seins sous le nez » ?

Mac agita sa fourchette en direction de Laurel.

— Presque. Sauf qu'il n'a pas dit « seins », et qu'il a bafouillé. Alors je suis allée chercher un chemisier propre dans le sèche-linge et je lui ai apporté une poche de glace. Heureusement, son cas ne relevait pas des urgences médicales.

Elle poursuivit son récit tout en entamant avec appétit sa coquette pile de pancakes noyée sous le sirop d'érable.

— Je suis un peu déçue, je dois dire, déclara Laurel. Dans mon esprit, une histoire croustillante doit comporter du sexe – pas seulement tes seins, sans vouloir te vexer.

— Je n'ai pas fini. Le deuxième épisode commence à mon retour chez moi, lorsque j'ai malencontreusement répondu au téléphone. Ma mère.

Le sourire de Parker s'évanouit.

— Pas croustillant du tout, ça. Je t'ai dit de filtrer tes appels, Mac.

— Je sais, mais c'était la ligne professionnelle et je n'ai pas réfléchi. De toute façon, ce n'est pas le pire. Elle a rompu avec son dernier jules en date et s'est lancée dans une de ses tirades habituelles. Elle est bouleversée, anéantie, blablabla. Enfin bref, son chagrin exige une semaine de thalasso en Floride et trois mille dollars de ma poche.

Emma ouvrit de grands yeux effarés.

— Dis-moi que tu n'as pas…

Mac haussa les épaules et planta rageusement sa fourchette dans une grosse bouchée.

— J'aurais aimé être capable de dire non.

— Ma grande, ça ne peut pas continuer, soupira Laurel. Tu dois mettre fin à ce chantage affectif.

Sous la table, Emma caressa le genou de Mac avec compassion.

— Je sais, mais j'ai craqué. Après quoi, j'ai entrepris de noyer mon écœurement dans un cru millésimé.

— Tu aurais dû revenir ici, dit Parker qui allongea une main sur la sienne. Nous en aurions parlé.

— Je le sais aussi. Mais j'étais trop furieuse contre moi, et honteuse. Et alors, devinez qui a frappé à ma porte ?

— Oh, oh, fit Laurel en écarquillant les yeux. Ne me dis pas que tu as couché avec Carter pour te consoler de tes malheurs – mais si c'est le cas, n'omets aucun détail.

— Je l'ai invité à boire un verre.

— Bigre, ça s'anime ! s'exclama Emma qui, toute guillerette, picora une nouvelle lamelle de pancake.

— Je lui ai balancé tout ce que j'avais sur le cœur au sujet de mon horrible famille. Le pauvre, il passe juste déposer un paquet et se tape les pleurnicheries d'une fille à moitié ivre qui s'apitoie sur son sort. Il m'a prêté une oreille attentive, ce que je n'ai pas trop compris sur le moment, comme j'étais déjà pas mal imbibée et en pleine diatribe. Enfin bref, il m'a écoutée patiemment, puis m'a emmenée faire une balade. Figurez-vous qu'il m'a mis mon manteau, l'a boutonné jusqu'en haut comme si j'avais trois ans, et m'a entraînée dehors par la main. Où il m'a encore écoutée déverser mon fiel jusqu'à ce que j'épuise à peu près le sujet. Ensuite, il m'a raccompagnée et…

— Vous avez couché ensemble, suggéra Emma, pleine d'espoir.

— Tu prends tes rêves pour la réalité, ma vieille. En fait, je me sentais un peu gênée, et vraiment reconnaissante, alors je lui ai fait une bise sur la bouche, comme entre copains, pour rigoler. Et avant d'avoir eu le temps de dire ouf, je me suis retrouvée au milieu d'un baiser torride à vous griller les neurones. Le genre d'étreinte sauvage et passionnée qui vous laisse coites.

— Oh, fit Emma avec un frisson de pure extase. J'adore ces baisers-là.

— Tu adores tous les types de baisers, fit remarquer Laurel.

— Oui, oui, c'est vrai. J'aurais pensé que Carter serait plus timide et moins entreprenant.

— Attends, je termine… Au moment où j'étais en train de me consumer sur mon paillasson, le voilà qui s'arrête brusquement et bredouille de vagues excuses incompréhensibles avant de s'enfuir jusqu'à sa voiture. Le temps que je reprenne mes esprits, il avait démarré.

Parker repoussa son assiette et attrapa son café.

— Si tu veux mon avis, tu dois absolument lui mettre le grappin dessus. C'est l'évidence même.

— L'évidence même, approuva Emma qui chercha du regard l'assentiment de Laurel.

Celle-ci haussa les épaules.

— Attention quand même. Ce n'est pas ton type d'homme et il a un comportement pour le moins irrationnel. Je flaire des complications.

— Parce qu'il est mignon, gentil, un peu maladroit et embrasse comme un dieu ? objecta Emma qui flanqua un coup de pied à Laurel sous la table. D'après moi, ça sent l'histoire d'amour à plein nez.

— Tu sentirais une histoire d'amour dans un embouteillage sur la 95.

— Peut-être, mais tu as envie de connaître la suite, ne le nie pas, dit Emma à Mac. Après un baiser pareil, tu ne peux pas en rester là.

— Pourquoi pas ? Pour l'instant, c'est une jolie histoire croustillante et personne n'en souffre. Bon, il faut que j'appelle la banque. J'ai trois mille dollars à jeter par la fenêtre, marmonna Mac qui s'extirpa de la banquette. Je vous retrouve dehors avec les pelles.

Après le départ de Mac, Parker prit une framboise dans le compotier.

— Elle ne va pas en rester là, j'en suis sûre. Ça va la rendre folle.

— Je suis prête à parier qu'elle le revoit dans les quarante-huit heures, approuva Laurel. La peau de vache ! s'exclama-t-elle, outrée. Elle en a profité pour filer sans aider à débarrasser la table !

Assis à son bureau dans sa classe, Carter passait en revue les sujets qu'il comptait aborder durant son dernier cours de la journée. Entretenir l'énergie et l'intérêt des élèves était capital en dernière heure, quand la liberté était enfin à portée de main – cinquante minutes, une éternité pour certains. La bonne approche permettait de capter l'attention vagabonde de ceux qui surveillaient la pendule d'un peu trop près.

Et, qui sait, peut-être apprendraient-ils quelque chose ?

Le hic, c'était qu'aujourd'hui, il avait toutes les peines du monde à demeurer lui-même concentré.

Devait-il téléphoner à Mac pour lui présenter à nouveau ses excuses ? Et s'il lui écrivait un mot ? Il était plus doué pour l'écrit que pour l'oral.

Autre solution envisageable, la plus simple : laisser glisser. L'incident remontait à deux jours déjà. Un jour et deux nuits, pour être précis.

Il se prenait trop la tête avec cette histoire, il en avait conscience.

Laisse glisser et inscris l'épisode sur la liste – déjà longue – des « Exploits embarrassants de Carter », lui soufflait la voix de la raison.

Mais il ne pouvait s'empêcher de penser à elle.

Il avait l'impression d'être revenu douze ans en arrière, lorsqu'il souffrait de son pathétique béguin pour Mackensie Elliot.

Il s'en remettrait. La dernière fois, il y était bien parvenu. Enfin presque.

Ce n'était qu'un moment d'égarement. Bien compréhensible, étant donné les circonstances.

77

Quand même, un mot d'excuses s'imposait.

Chère Mackensie,
Je tiens à te présenter mes sincères excuses pour mon comportement fâcheux le soir du 4 janvier. Mon attitude était inqualifiable et je la regrette vivement.
Bien à toi,

Carter.

Pouvait-on être plus guindé et ringard ? De toute façon, elle avait sans doute déjà oublié cette péripétie, sûrement après en avoir bien rigolé avec ses copines. Comment lui en vouloir ?

Tire un trait, s'admonesta-t-il, et concentre-toi plutôt sur la discussion du jour : « Rosalinde, femme du XXIe siècle. »

Comment l'héroïne de Shakespeare tirait-elle parti de sa double identité sexuelle dans la pièce, et comment celle-ci influençait-elle l'évolution du personnage ?

Facile de capter l'attention des ados, se dit-il, il suffit de prononcer le mot « sexe ».

À cet instant, on frappa à la porte.

— Entrez, lança-t-il distraitement, tout en parcourant ses notes encore quelques secondes avant de lever la tête.

L'esprit tout entier tourné vers la sémillante Rosalinde, il se retrouva nez à nez avec Mackensie Elliot.

— Salut, navrée de t'interrompre.

— Pas de problème, bredouilla-t-il, jaillissant de sa chaise. J'allais justement…

Plusieurs feuilles glissèrent par terre. Il se pencha pour les ramasser, et se cogna la tête contre celle de Mac qui avait fait de même.

— Excuse-moi, je suis vraiment désolé.

Il resta accroupi et croisa son regard amusé.

— Décidément.

Le sourire malicieux de Mac fit apparaître les adorables fossettes.

— Bonjour, Carter.

Il prit les feuilles qu'elle lui tendait.

— Euh... bonjour. Je finissais juste de revoir quelques idées de discussion sur Rosalinde.

— Rosalinde ?

— L'héroïne de Shakespeare dans *Comme il vous plaira*.

— Le personnage que joue Emma Thomson ?

— Non. Ça, c'est *Beaucoup de bruit pour rien*. Rosalinde est la nièce du duc Frederick. Bannie de la cour, elle se déguise en jeune homme, Ganymède.

— Son jumeau, c'est ça ?

— Tu penses sans doute à *La Nuit des rois*.

— Je les confonds toujours.

— S'il existe certains parallèles entre *Comme il vous plaira* et *La Nuit des rois*, en ce qui concerne notamment le thème du travestissement, les deux pièces ont une manière tout à fait différente d'aborder... Désolé, déformation professionnelle.

Carter posa les documents sur le bureau, ôta ses lunettes et s'apprêta à rendre compte de ses actes.

— Je tiens à te présenter mes excuses pour...

— Tu l'as déjà fait. Présentes-tu des excuses à toutes les femmes que tu embrasses ?

— Non, mais...

Laisse tomber, Carter.

— Que puis-je pour toi ? s'enquit-il.

Mac lui tendit un paquet en papier kraft.

— J'avais prévu de le laisser au secrétariat en bas, mais on m'a dit que tu avais une heure de libre et que tu étais dans ta classe. Alors je suis montée te le remettre en main propre. Vas-y, ouvre-le, l'encouragea-t-elle comme il restait planté là, l'air troublé. C'est un petit cadeau de remerciement pour m'avoir épargné une gueule de bois l'autre soir.

Carter ouvrit le paquet avec soin en détachant le scotch et dépliant les coins. Il en sortit une photographie ornée d'un cadre noir tout simple. Sur le fond noir et blanc formé par les arbres et la neige se détachait la fragile silhouette rouge feu d'un cardinal.

— Elle est magnifique.

Elle l'examina à son côté.

— Plutôt réussie. Un de ces coups de chance qui se produisent parfois. Je l'ai prise tôt hier matin. Ce n'est pas le fameux hourra chanteur à crête ventrale rayée, mais c'est quand même notre oiseau.

— Et tu es venue m'en faire cadeau ? Je croyais que tu serais fâchée après...

— M'avoir embrassée à m'en faire perdre la raison ? termina-t-elle. Voilà qui serait stupide. Et puis, si j'avais été fâchée, tu en aurais pris pour ton grade sur-le-champ.

— C'est vrai, j'imagine. Pourtant, je n'aurais pas dû...

— J'ai beaucoup apprécié.

Mac pivota sur ses talons et déambula dans la pièce.

— Alors, c'est ta classe.

— Eh oui.

Pourquoi avait-il soudain tant de mal à coordonner son cerveau et sa bouche ?

— Je n'étais plus revenue ici depuis des années. Je n'ai pas l'impression qu'il y ait eu beaucoup de changements, non ? Certains prétendent que l'école leur paraît plus petite quand ils y reviennent à l'âge adulte. Au contraire, ça me paraît grand. Ouvert, lumineux. Si ma mémoire est bonne, j'ai dû avoir cours dans cette classe.

Elle s'avança entre les pupitres jusqu'au trio de fenêtres qui s'ouvraient au sud.

— J'étais assise ici et je regardais par la fenêtre au lieu d'écouter. Je me suis bien plu dans ce lycée.

— Vraiment ? Beaucoup de gens n'ont pas de bons souvenirs de cette époque de leur vie. Lycée égale souvent conflits de personnalités et guerre des hormones.

Un grand sourire illumina le visage de Mac.

— Tu devrais faire imprimer cette belle définition sur un tee-shirt. En fait, je n'appréciais pas tant que ça le lycée en lui-même. Je m'y plaisais parce que Parker et Emma y étaient. D'ailleurs, je n'y suis restée que deux semestres, mais je préférais Winterfield à Jefferson High. Même si Laurel était là-bas, c'était si immense qu'on n'avait pas souvent l'occasion de se voir.

Elle se retourna.

— Et toi ? Puisque tu es revenu, je parie que tu as adoré chaque minute de tes études ici.

— Pour moi, le lycée, c'était la jungle où il fallait s'appliquer à survivre. Les intellos sont une des strates inférieures de la pyramide scolaire, tour à tour avilis, ignorés ou ridiculisés par les autres. Je pourrais écrire un essai entier sur la question.

Mac le dévisagea avec curiosité.

— Moi aussi, j'ai été vache avec toi ?

— Ne pas remarquer, ce n'est pas pareil qu'ignorer.

— Parfois, c'est pire, murmura-t-elle.

— Pour revenir à ton commentaire sur l'autre soir... pourrais-tu préciser ta pensée, au cas où je me méprendrais ?

Elle lui décocha un sourire.

— Te méprendre ? Ça m'étonnerait, mais...

— Professeur Maguire ?

Une jeune fille hésitait sur le seuil, irradiant la fraîcheur de la jeunesse dans l'uniforme bleu marine impeccable de l'établissement. Mac nota les symptômes – joues empourprées, yeux enamourés. Méchant béguin pour le prof, conclut-elle.

— Euh... Julie. Oui ?

— Vous m'aviez dit que je pourrais passer pour mon exposé.

— C'est vrai. Juste une minute...

— Je file, sinon je vais me mettre en retard, le sauva Mac. Contente de vous avoir revu, *professeur* Maguire.

Elle l'abandonna à la jolie Julie et s'éloigna d'un pas tranquille dans le couloir.

Carter la rattrapa dans l'escalier.

— Attends !

Il posa une main sur son bras.

— Si je ne me suis pas mépris, est-ce que je peux t'appeler ?

— Tu peux, oui. Ou me retrouver après les cours pour boire un verre.

— Tu connais le Coffee Talk ?

— Vaguement. Je trouverai.

— Seize heures trente ?

— Disons plutôt dix-sept.

— Dix-sept heures. Parfait. Alors... à tout à l'heure.

Parvenue au pied de l'escalier, Mac jeta un regard en arrière. Carter se tenait immobile au milieu des marches, les mains dans les poches de son pantalon en velours, sa veste en tweed un peu avachie, les cheveux négligemment ébouriffés.

Pauvre petite Julie, songea Mac en poursuivant son chemin, je sais exactement ce que tu ressens.

— Tu lui as donné rendez-vous au Coffee Talk ? Tu as perdu la tête ou quoi ?

La mine renfrognée, Carter rangea ses dossiers et ses livres dans son porte-documents.

— Quel est le problème avec le Coffee Talk ?

— C'est le café préféré des profs et des élèves, expliqua Bob Tarkinson, professeur de mathématiques et expert autoproclamé en affaires de cœur, qui secoua tristement la tête. Quand on veut conclure avec une femme, il faut l'emmener dans un joli bar à vin, Carter. Un endroit qui possède un minimum d'atmosphère et d'intimité.

— Un rendez-vous avec une femme n'a pas forcément pour objectif de conclure, comme tu dis.

— Presque tous.

— Tu es marié, je te signale. Et bientôt papa.

— Voilà justement pourquoi je sais, rétorqua Bob qui cala une fesse sur le bureau de Carter, affichant sa mine de monsieur Je-sais-tout. Crois-tu que j'ai convaincu une femme comme Amy de m'épouser en lui offrant un café ? Bien sûr que non. Tu sais comment j'ai assuré le coup avec Amy ?

Oui, Bob, tu me l'as raconté un millier de fois.

— Au deuxième rendez-vous, tu lui as préparé un dîner et elle est tombée amoureuse de toi devant tes brochettes de poulet aux herbes.

Bob agita l'index d'un air docte.

— Personne ne tombe amoureux devant un café, Carter. Fais-moi confiance.

— Elle ne me connaît même pas, enfin pas vraiment. Alors tomber amoureux est hors de propos. Et puis arrête, tu me rends nerveux.

— Tu l'étais déjà avant. Bon, d'accord, tu es coincé avec le café, alors vas-y, tu verras bien. Si ça colle entre vous, appelle-la demain, après-demain au plus tard, et invite-la à dîner.

— Il est hors de question que je fasse des brochettes de poulet aux herbes !

— Tu es nul en cuisine, Maguire. Invite-la d'abord au restaurant. Quand tu te sentiras prêt, je te donnerai une recette. Un truc simple.

Carter se massa entre les sourcils, à l'endroit où commençait à s'accumuler une tension très désagréable.

— Voilà pourquoi j'évite toujours de sortir avec une fille. C'est l'enfer.

— Tu évites de sortir parce que Corrine a sapé ta confiance en toi. Tu fais bien de te remettre en selle, et avec quelqu'un en dehors de ta sphère, l'encouragea Bob avec une claque virile sur l'épaule. Elle fait quoi, tu disais ?

— Elle est photographe. Elle a une agence de mariage avec trois de ses amies. Elles s'occupent de celui de Sherry. Mackensie et moi avons été au lycée ensemble.

— Attends une seconde. Mackensie ? La rousse pour qui tu en pinçais grave ?

Nouveau pétrissage entre les sourcils.

— Je n'aurais jamais dû t'en parler.

83

— Mais, Carter, c'est la vengeance de l'intello ! s'exclama Bob avec animation. Ta grande chance de rattraper une occasion perdue.

— Ce n'est qu'un café.

Les joues rougies par l'enthousiasme, Bob se leva d'un bond et saisit un morceau de craie. Au tableau, il traça un cercle.

— Évident, le cercle. Tu prends un point A et un point B...

À l'intérieur du cercle, il dessina deux points qu'il relia par une droite horizontale.

— ... qui rejoignent le point C, reprit-il, marquant un troisième point au sommet qu'il relia aux autres par deux diagonales. Tu vois ?

— Oui, je vois un triangle dans un cercle. Écoute, je dois y aller.

— C'est le triangle du destin dans le cercle de la vie !

Carter prit son porte-documents.

— Rentre chez toi, Bob.

— Tu ne peux pas contester les maths, Carter.

Carter s'éclipsa en hâte, traversant les couloirs quasi déserts qui résonnaient sous ses pas.

5

Mac avait un quart d'heure de retard. Peut-être ne viendrait-elle pas du tout. Elle avait pu avoir un empêchement. S'il avait eu un brin de jugeote, il lui aurait donné son numéro de portable.

Maintenant, il allait devoir attendre ici. Seul.

Combien de temps ? se demanda-t-il. Une demi-heure ? Une heure ? Poireauter ici seul pendant une heure ferait-il de lui un loser pathétique ?

Sans doute, conclut-il.

Idiot, se dit-il, feignant de boire son thé vert. Il n'en était pas à son premier rendez-vous – loin de là. Il avait eu une relation sérieuse pendant presque un an. Sérieuse, elle l'était : ils avaient même vécu ensemble.

Jusqu'à ce qu'elle le plaque pour un autre.

Mais là n'était pas la question.

Il s'agissait juste d'un café – enfin, d'un thé dans son cas. Et il se faisait une montagne d'un banal tête-à-tête. Idiot.

Il recommença à faire mine de lire son bouquin tout en faisant semblant de siroter son thé. Et il s'obligea à ne pas guetter la porte du café tel un chat affamé devant un trou de souris.

Il avait oublié combien l'endroit était bruyant. Et aussi le nombre de ses élèves qui le fréquentaient. Bob avait raison, admit-il, parcourant du regard le café bondé aux couleurs tapageuses et à l'éclairage agressif : il n'avait pas assuré.

— Désolée pour le retard. La séance s'est éternisée.

Il cligna les yeux avec étonnement lorsque Mac se glissa dans le fauteuil en face de lui.

— Tu avais l'air captivé par ton livre, fit-elle remarquer, inclinant la tête pour déchiffrer le titre. Lawrence Block ? Ne devrais-tu pas plutôt lire Hemingway ou Trollope ?

— La fiction populaire est une force vitale de la littérature. Lire pour le plaisir, c'est l'assurance d'une nouvelle lecture. Désolé, déformation professionnelle.

— Le métier de prof te va plutôt bien.

— J'imagine que ça vaut mieux devant une classe. Je n'avais pas réalisé que tu travaillais. Nous aurions pu nous retrouver plus tard.

— Juste deux rendez-vous avec des clients et une séance photos. Une future mariée qui, bizarrement, tient à ce que chaque étape des préparatifs soit immortalisée par un photographe professionnel. Moi, je n'y trouve rien à redire, et mon compte en banque non plus. Aujourd'hui, c'était l'essayage de la robe en présence de sa mère qui pleurait comme une madeleine, d'où le contretemps.

Elle ôta son bonnet, redonna du volume à ses cheveux du bout des doigts, et parcourut le café du regard.

— Je n'étais encore jamais venue ici. Sympa comme endroit.

Son sourire s'épanouit d'un cran à l'adresse de la serveuse venue prendre la commande.

— Bonjour, vous désirez ?

— Un latte macchiatto double à la vanille, s'il vous plaît.

— Tout de suite. Un autre thé vert, professeur Maguire ?

— Non, merci.

— Tu n'aimes pas le café ? lui demanda Mac quand la serveuse s'éloigna.

— Pas si tard dans la journée. Mais il est très bon ici. J'ai l'habitude de passer prendre un cappuccino avant le début des cours. Ils vendent aussi du café en grains.

Écoute, j'ai un aveu à te faire, sinon je suis incapable de réfléchir. Et si je ne peux pas réfléchir, ma conversation inepte ne va pas tarder à t'endormir malgré le double latte.

Mac cala son menton sur son poing.

— D'accord, vas-y.

— Au lycée, j'étais amoureux de toi.

Elle se redressa dans son fauteuil, les sourcils en accents circonflexes.

— De moi ? Sérieux ?

— Euh... oui, enfin pour moi ça l'était. Et c'est mortifiant d'évoquer ce fait une douzaine d'années plus tard, mais il apporte une certaine coloration à la situation actuelle. De mon point de vue, en tout cas.

— Mais... je me souviens à peine que tu m'aies adressé la parole.

— Je ne l'ai pas fait. Je ne pouvais pas. À l'époque, j'étais d'une timidité maladive. Surtout avec les filles. Ou plutôt les filles qui m'attiraient. Et tu étais si...

— Double macchiatto latte vanille, annonça la serveuse qui posa sur la table une grande tasse et quelques biscottis miniatures dans la soucoupe.

— Ne t'arrête pas en si bon chemin, reprit Mac lorsque la serveuse se fut éloignée. J'étais si... ?

— Euh... si toi. Tes cheveux, tes fossettes, tout.

Mac prit un biscotti et, calée dans son fauteuil, en grignota une extrémité en observant Carter.

— Au lycée, je ressemblais à un grand haricot vert avec des carottes qui me poussaient sur la tête. J'ai des photos qui le prouvent.

— Pour moi, tu étais intelligente, vive, pleine de confiance en toi. Je me sens ridicule de te faire ces confidences, mais je n'arrête pas de gaffer à cause de ça. Alors voilà.

— Le baiser de l'autre soir serait-il le résultat de cet ancien béguin ?

— Je suis forcé de reconnaître qu'il a joué un rôle. Le contexte était si surréaliste.

Mac attrapa sa tasse.

— Nous ne sommes plus ni l'un ni l'autre ceux que nous étions au lycée.

— J'espère bien. À l'époque, j'étais complètement déboussolé.

— Qui ne l'était pas ? Dis-moi, Carter, es-tu toujours aussi franc avec les filles que tu invites à boire un café ?

— Je n'en sais rien. Tu es la seule pour laquelle j'aie jamais eu le béguin.

— Bigre.

Carter se ratissa les cheveux avec nervosité.

— C'était stupide. Maintenant, je t'ai fichu la frousse. Tu vas imaginer que j'ai un autel avec ta photo, sur lequel j'allume des cierges en psalmodiant ton nom. Aïe, j'aggrave encore mon cas. Si tu veux t'enfuir, vas-y, je ne t'en tiendrai pas rigueur.

Elle éclata de rire et dut reposer sa tasse avant que le liquide ne passe par-dessus bord.

— Je reste si tu me jures que tu n'as pas d'autel.

— Juré, assura-t-il, une main levée. Si tu restes parce que je te fais pitié ou que tu adores ce café, ça marche aussi pour moi.

— Le café est vraiment excellent, le taquina Mac avec un clin d'œil, sirotant une gorgée. Puisque nous en sommes aux confidences, dis-moi pourquoi tu as choisi l'enseignement, si tu es d'une timidité maladive ?

— Il a bien fallu que je la surmonte. Je voulais enseigner.

— Depuis toujours ?

— Presque. Avant, je voulais devenir un super-héros. Peut-être un des X-Men.

— Le prof mutant. Tu aurais pu être Educator.

Il lui sourit.

— Mince, tu as démasqué mon identité secrète.

— Alors, comment le timide étudiant est-il devenu le puissant Educator ?

— À force de travail. Et aussi de soutien pratique, notamment un cours d'expression orale que j'ai suivi à l'université. Les deux premières semaines, la panique me tétanisait littéralement. Mais l'épreuve a fini par payer. En guise de première expérience, j'ai aussi travaillé comme assistant à la fac. En deuxième année, j'avais en charge un des cours de Delaney.

Il faisait tourner sa tasse entre ses mains.

— Pour le cas où le fait viendrait sur le tapis, je lui demandais – occasionnellement – des nouvelles de toi. Et des autres aussi, par discrétion. Il vous appelait le « Quatuor ».

— Ça lui arrive encore aujourd'hui. Il est devenu notre avocat d'affaires.

— À ce qu'il paraît, il est doué.

— Le meilleur. Del s'est occupé du montage juridique et financier de notre agence. Au décès de leurs parents, Parker et Del ont hérité de la propriété. Lui ne voulait pas y vivre. Il avait déjà son appartement. Parker n'avait pas les moyens de l'entretenir juste pour y habiter. Et quand bien même elle les aurait eus, elle n'aurait pas voulu rester seule dans cette grande maison, avec tant de souvenirs.

— Trop éprouvant, c'est sûr. Mais travailler et vivre là-bas à quatre, c'est différent.

— Nos vies en ont été bouleversées. Ce projet lui trottait déjà dans la tête à l'époque. Elle nous en a fait part, puis a demandé son avis à Del. Il a été formidable. Après tout, c'est son héritage à lui aussi. Il prenait un gros risque financier avec nous.

— Il semble qu'il ait fait le bon choix. D'après ma mère et Sherry, Vœux de Bonheur est incontournable à Greenwich.

— Nous avons commencé doucement. La première année a été très incertaine et plutôt angoissante. Nous avions investi toutes nos économies dans cette aventure, plus ce que nous avions réussi à emprunter à droite et à gauche. Frais de lancement, licences, stock, équipement, aménagement de l'ancien pavillon de billard et de la maison d'amis. Le coût du projet était conséquent, même si Jack a dessiné les plans gratuitement. Jack Cooke, tu le connais ? Del et lui se sont rencontrés à l'université.

— Oui, un peu. Je me souviens qu'ils étaient proches.

— Yale est un petit village, commenta Mac. Il est architecte. Il a consacré beaucoup de temps aux transformations et nous a épargné des tas de frais et de faux départs. La deuxième année, nous avons tout juste réussi à maintenir la tête hors de l'eau en travaillant toutes les quatre à côté pour joindre les deux bouts. La troisième, nous avons enfin commencé à entrevoir le bout du tunnel. Je sais ce que c'est, de devoir surmonter sa panique pour réaliser son rêve.

— Pourquoi la photographie de mariage ? Je n'ai pas l'impression que tu aies choisi cette activité uniquement parce qu'elle rentre dans le cadre de votre association.

— Pas seulement ça, non. En fait, j'aime photographier les gens. Les visages, les corps, les expressions, les mouvements. Avant la création de Vœux de Bonheur, je travaillais dans un studio photo. Tu sais, le genre qui donne dans les portraits d'enfants et les tirages publicitaires. Ça payait les factures, mais…

— Ce n'était pas gratifiant.

— Pas du tout. J'aime photographier les gens aux moments forts de la vie. Le mariage en fait partie.

Un sourire aux lèvres, elle leva sa tasse à deux mains.

— Drame, pathos, mise en scène, amour, joie, peine, passion, humour… tout y est. À moi de faire transparaître ces émotions dans mes photographies. De reconstituer l'aventure de cette grande journée – et, avec un peu de chance, de saisir l'instant magique qui transcende l'ordinaire en événement unique. Une façon vraiment alambiquée de dire que j'adore mon métier.

— Je comprends, et aussi la satisfaction que tu en retires. C'est comme quand je vois l'esprit d'un élève s'ouvrir et absorber ce que je m'efforce d'inculquer. Cet instant-là compense toutes les heures gangrenées par la routine.

— Je n'ai sans doute pas donné beaucoup de ces instants-là à mes profs. Je n'avais qu'une envie : en finir le plus vite possible et filer là où je pouvais faire ce que je voulais. Je ne les ai jamais considérés comme des êtres créatifs. Davantage comme des matons. Quelle élève minable j'étais !

— Tu étais intelligente.

— Qu'en sais-tu ? Nous n'avons jamais eu de cours ensemble. Tu étais deux ans au-dessus de moi, c'est ça ? Oh, attends ! Si ma mémoire est bonne, tu as été assistant dans un de mes cours de littérature.

— M. Owen en première, littérature américaine.

— Exact. Bon, je ne fuis pas, mais j'ai une autre séance photos. Le portrait de fiançailles de ta sœur, en fait.

— Si vite ?

— Ton futur beau-frère n'est pas de garde ce soir, alors nous nous sommes arrangés. Excuse-moi, mais il faut que j'y aille. Je dois d'abord me familiariser avec leur environnement et voir comment ils fonctionnent ensemble.

— Je te raccompagne à ta voiture.

Carter coinça le montant de l'addition sous la soucoupe de sa tasse.

Il l'aida à enfiler sa veste, puis lui ouvrit la porte et sortit à sa suite dans un froid à couper le souffle.

— Je suis garée à presque deux rues d'ici, lui dit-elle. Tu n'es pas obligé de venir. Il fait glacial.

— Ça va. De toute façon, je suis venu à pied de chez moi.

— Tu es venu à pied ?

— Je n'habite pas très loin.

— Décidément, tu aimes la marche. Excuse-moi de sauter du coq à l'âne, reprit Mac tandis qu'ils longeaient cafés et restaurants, mais le sujet a été court-circuité par le tour qu'a pris notre conversation. *Professeur* Maguire ? Tu as passé ta thèse de doctorat ?

— L'année dernière, enfin.

— Enfin ?

— Comme elle a été le centre de mon existence pendant une dizaine d'années, « enfin » est le mot qui convient. J'avais commencé à y réfléchir dès ma deuxième année de fac.

Ce qui faisait sûrement de lui le roi des intellos ringards.

— Tu veux bien me revoir ? s'enquit-il à brûle-pourpoint. C'est une question malvenue, je sais, mais elle me trotte dans la tête. Si c'est non, j'aimerais autant le savoir tout de suite.

Mac garda le silence jusqu'à sa voiture, puis observa Carter en sortant ses clés.

— Je parie que tu as de quoi écrire sur toi.

Glissant la main sous son manteau, il extirpa un calepin et un stylo de la poche intérieure de sa veste en tweed.

Avec un hochement de tête, Mac les prit et ouvrit le carnet à une page blanche.

— Mon numéro perso. Appelle-moi quand tu veux.

— D'accord. D'ici une heure, c'est trop tôt ?

Elle pouffa de rire en lui rendant le calepin et le stylo.

— Il n'y a pas de doute, tu sais flatter mon ego, Carter.

Elle se tourna pour ouvrir la portière, mais il la devança. Touchée et amusée, elle s'assit au volant et le laissa claquer la portière, avant d'abaisser la vitre.

— Merci pour le café.

— Il n'y a pas de quoi.

— Rentre donc au chaud. Tu vas attraper la crève.

Mac démarra, et il ne quitta pas la voiture des yeux jusqu'à ce que les feux arrière aient disparu. Puis il rebroussa chemin et parcourut les trois pâtés de maisons qui le séparaient de chez lui.

Le creux passager de l'activité en janvier laissait trop de temps libre à Mac. Elle savait qu'elle devrait en profiter pour faire le tri dans ses fichiers et mettre à jour ses diverses pages Web. Ranger le capharnaüm ahurissant qui régnait dans sa penderie ou rattraper sa correspondance en retard. Ou encore lire un bon bouquin, glander devant la télé en se gavant de pop-corn.

Mais elle ne tenait pas en place, et décida d'aller squatter le bureau de Parker. Elle se laissa choir sur la causeuse.

— Je travaille, dit Parker sans lever les yeux.

— Prévenez les médias : Parker travaille !

Celle-ci continua de pianoter sur son clavier.

— Après cette courte pause, nous sommes retenues pour des mois d'affilée. Des mois, Mac. Cette année promet d'être la meilleure. Toutefois, il nous reste encore deux semaines disponibles en août. Je réfléchis à un forfait spécial fin d'été, pour les mariages en petit comité, faciles à organiser. Nous pourrions faire de la publicité au moment de notre opération portes ouvertes en mars, si ces créneaux ne sont toujours pas réservés.

— Et si on sortait ?

— Hmm ?

— Si on sortait, toutes les quatre ? Emma a sans doute un rendez-vous galant, mais on la convaincra d'annuler et de briser le cœur d'un pauvre garçon qu'aucune de nous ne connaît. On s'amuserait bien.

Parker cessa de taper et fit légèrement pivoter sa chaise vers son amie.

— Sortir ? Où ça ?

— Ça m'est égal. Au cinéma, en discothèque. Boire, danser, draguer à donf. Et pourquoi pas même louer une limousine et aller faire la fiesta à New York, histoire de voir les choses en grand ?

— Tu veux aller en limousine à New York boire, danser et... draguer à donf ?

— Bon, d'accord, on laisse tomber la drague. Mais sortons juste un peu prendre l'air, Parker.

— Nous avons deux réunions plénières demain, plus nos rendez-vous respectifs.

— Et alors ? objecta Mac qui leva les mains au ciel. On est jeunes, on a de la ressource. Allons à New York briser le cœur d'inconnus que nous ne verrons plus jamais ensuite !

— Je trouve cette idée bizarrement fascinante. Mais j'aimerais bien savoir quelle mouche t'a piquée ?

Mac se leva d'un bond et arpenta la pièce à grands pas. C'était un si beau bureau. La perfection selon Parker, songea-t-elle. Des teintes douces et subtiles. Un vernis d'élégance et de sophistication sur une efficacité à la limite du brutal.

— Je n'arrête pas de penser à quelqu'un qui n'arrête pas de penser à moi. Et cette idée me perturbe au plus haut point. J'ignore si je pense à lui parce qu'il pense à moi. Ou parce qu'il est mignon, drôle, tendre, séduisant. Il porte une veste en tweed, Parker.

Elle s'immobilisa et leva de nouveau les bras au ciel.

— Ce sont les papys qui portent du tweed. Les vieux croûtons dans les films anglais rétro. Pourquoi je trouve ça sexy sur lui ? Cette question me hante.

— Carter Maguire.

— Oui, oui, Carter Maguire. *Professeur* Carter Maguire, s'il vous plaît – il a sa thèse. Il boit du thé et parle de Rosalinde.

— Rosalinde comment ?

— La Rosalinde de Shakespeare.

— Ah oui, *Comme il vous plaira*.

— La vache, j'aurais dû me douter que tu le saurais. C'est toi qui devrais sortir avec lui.

— Pourquoi sortirais-je avec Carter Maguire ? Outre le fait qu'il ne montre aucun intérêt pour ma personne.

— Parce que tu as fait tes études à Yale, toi aussi. Je sais pertinemment que ça n'a rien à voir, mais... Oh, et puis, laisse tomber. Je veux juste sortir et m'éclater. Je *refuse* de rester ici à attendre son appel. Sais-tu quand je me suis abaissée pour la dernière fois à attendre qu'un type me téléphone ?

— Laisse-moi réfléchir… Jamais.

— Exactement. Je ne mange pas de ce pain-là.

— Depuis combien de temps attends-tu, dans le cas présent ?

Mac jeta un coup d'œil à sa montre.

— Dix-huit heures environ. Figure-toi qu'il avait le béguin pour moi au lycée. Quel genre d'homme fait ce type de confidence, hein ? dis-moi. Et maintenant je suis terrifiée par ce pouvoir qu'il a mis entre mes mains. Allons à New York.

Parker pivotait de droite à gauche dans son fauteuil.

— Aller à New York briser le cœur d'inconnus va résoudre le problème, tu crois ?

— Oui.

— Alors va pour New York, acquiesça Parker qui décrocha son téléphone. Préviens Laurel et Emma. Je m'occupe des détails.

— Youpi !

Mac entama une gigue de victoire, se précipita sur Parker et lui planta un baiser sonore sur la joue, avant de quitter le bureau en coup de vent.

— Mouais, marmonna Parker en composant le numéro préenregistré de l'agence de location de limousines. On verra si vous danserez encore demain matin, toi et ta gueule de bois.

À l'arrière de la longue limousine noire, Mac étira ses jambes, mises en valeur par une minijupe noire. Elle avait ôté ses chaussures à talons dès le début du trajet de deux heures vers Manhattan, et sirotait sa deuxième flûte du champagne dont Parker avait fait provision.

— C'est génial. J'ai les meilleures amies du monde.

— Tu parles d'une galère, dit Laurel qui leva son verre. Limousine, champagne, une des discothèques les plus branchées de New York – grâce aux relations de Parker. Quel sacrifice on fait pour toi, Mackensie !

— Emma a même annulé un rancard.

— Pas un vrai rancard, corrigea celle-ci. On avait juste prévu de peut-être faire un truc ce soir, c'est tout.

— Tu as quand même annulé.

— Oui. À charge de revanche.

— Merci à toi, fit Mac. Et aussi à Parker qui a tout organisé. Comme d'hab.

Elle leva son verre en l'honneur de son amie, assise au fond de la limousine, en conversation avec une cliente sur son portable.

Parker leur adressa un signe de la main.

— On arrive, les filles. Parker, raccroche, ajouta Mac.

— Haleine, maquillage, coiffure, récita Emma qui ouvrit un miroir de poche.

Elles croquèrent des pastilles à la menthe, refirent leur maquillage, puis renfilèrent leurs chaussures.

Et Parker raccrocha enfin.

— Quelle galère ! La demoiselle d'honneur de Naomi Right vient de découvrir que son petit ami – frère et témoin du marié – a une liaison avec son associée. Elle est folle de rage, comme on peut s'y attendre, et refuse d'assumer son rôle si le salaud n'est pas interdit de cérémonie. La mariée est dans tous ses états et soutient sa demoiselle d'honneur. Le marié est en rogne et veut étrangler son frère, mais ne se sent pas le droit de l'exclure ou de prendre un autre témoin. Les futurs époux s'adressent à peine la parole.

— Le mariage Right, réfléchit Laurel, les yeux plissés. C'est bientôt, n'est-ce pas ?

— Samedi en huit. Au dernier comptage, cent quatre-vingt-dix-huit invités. Ça va être un vrai casse-tête. J'ai réussi à calmer la mariée. D'accord, elle est furieuse, d'accord, elle a le droit de soutenir son amie. Mais elle ne doit pas oublier pour autant que ce mariage concerne son fiancé et elle, et que l'homme qu'elle aime se retrouve dans une position très délicate alors qu'il n'a commis aucune faute. J'ai rendez-vous avec eux demain pour tenter d'apaiser les esprits.

— Si la demoiselle d'honneur et le tombeur assistent ensemble à la cérémonie, ça va saigner, fit remarquer Mac.

— Oui, approuva Parker avec un soupir. Mais on gérera. C'est juste un peu plus grave que ça : l'associée en question est sur la liste des invités – et le frère volage affirme que si elle ne vient pas, lui non plus.

— Une belle ordure, commenta Laurel avec un haussement d'épaules. Le marié doit avoir une conversation sérieuse avec son frère, histoire de lui remonter les bretelles.

— C'est aussi sur ma liste de suggestions. En termes plus diplomatiques.

— Mais les affaires, c'est pour demain. Pas d'appels professionnels pendant une sortie en boîte thérapeutique.

Parker ne commenta pas le décret de Mac, mais glissa son portable dans son sac à main.

— OK, les filles, c'est parti, lança-t-elle, rejetant sa chevelure en arrière. Allons leur montrer de quoi nous sommes capables !

Elles descendirent de la limousine et remontèrent la queue qui s'étirait devant la porte de la discothèque. Parker donna son nom au portier. Quelques instants plus tard, elles se retrouvaient au cœur d'une muraille sonore.

Mac jeta un coup d'œil à la ronde. Les tables et banquettes sur deux niveaux bordaient une vaste piste de danse. De part et d'autre, sous une pluie de spots multicolores, s'étiraient deux longs bars en inox.

Les corps se contorsionnaient au rythme des pulsations sourdes de la musique. Et son moral remonta de plusieurs crans.

— J'adore les plans de dernière minute.

Elles se mirent d'abord en quête d'une table, et Mac considéra de bon augure qu'elles réussissent à en dénicher une petite, avec une banquette circulaire sur laquelle elles se serrèrent toutes les quatre.

97

— Observer l'espèce locale et ses mœurs avant toute tentative d'acclimatation, telle est ma première règle, déclara-t-elle.

— N'importe quoi. Je vais commander à boire. On reste au champagne ? s'enquit Emma.

— Prends une bouteille, décida Parker.

Emma réussit à s'extraire de la banquette et se dirigea vers le bar le plus proche. Laurel leva les yeux au ciel.

— Tu sais bien qu'elle va se faire aborder une douzaine de fois avant de commander quoi que ce soit, et se sentira obligée de faire la conversation avec tous ces types qui lui baveront dessus. Nous allons mourir de soif avant son retour. Parker, vas-y, toi.

— Laisse-lui d'abord quelques minutes. Alors, Mac, ce stress ?

— En baisse. Je n'arrive même pas à imaginer le charmant professeur Maguire dans un endroit tel que celui-ci. À une soirée lecture, oui, mais pas ici.

— Ça, vois-tu, c'est un cliché fondé sur la profession. Comme si, sous prétexte que je fabrique des pneus, je dois avoir la tête du Bibendum.

— Oui, je sais, mais ça sert ma cause. Je ne veux pas m'engager avec lui.

— Parce qu'il a un doctorat ?

— Oui, et des yeux superbes, d'un bleu très doux qui me tourne la tête dès qu'il porte ses lunettes. Et puis il y a le fait que, contre toute attente, il embrasse comme un dieu, ce qui pourrait me faire oublier une vérité fondamentale : nous ne sommes pas faits l'un pour l'autre. En outre, toute relation avec lui qui dépasserait le cadre de la simple amitié serait forcément *sérieuse*. J'en ferais quoi, hein ? dis-moi. Sans compter qu'il m'a aidée à enfiler mon manteau. À deux reprises.

— Mon Dieu, quelle horreur ! s'exclama Parker, ouvrant de grands yeux faussement effarés. Tu dois absolument étouffer cette relation dans l'œuf, de manière ferme et définitive. Je comprends tout, maintenant.

Comment un homme peut-il oser faire une chose pareille ? Les mots me manquent.

— Oh, tais-toi. Bon, j'ai envie de danser. Laurel va venir avec moi pendant que tu vas sauver notre champagne – et Emma.

Mac dansa à s'en étourdir et ne lésina pas sur le champagne. Dans les toilettes des femmes rouge et argent, elle massait ses pieds endoloris alors qu'Emma rejoignait la cohorte de femmes agglutinées devant la rangée de miroirs.

— Combien de numéros as-tu collectés jusqu'à présent ?

Emma appliqua avec soin une nouvelle couche de gloss.

— Je n'ai pas compté.

— Approximativement ?

— Une dizaine, je dirais.

— Et comment comptes-tu les distinguer plus tard ?

— C'est un don, répondit Emma qui jeta un coup d'œil par-dessus son épaule en direction de Mac. Tu as une touche, j'ai remarqué. Le type en chemise grise. Il bouge bien sur la piste.

— Mitch, bon danseur, super sourire, l'air sympa.

— En personne.

— Je devrais avoir plein de frissons partout, réfléchit Mac, et pourtant je ne ressens rien. Je suis peut-être immunisée. Ce serait affreusement injuste.

— Si ça se trouve, c'est parce que tu craques pour Carter.

— Il est possible de craquer pour plus d'un homme à la fois, je te signale.

— Ce n'est pas à moi que tu vas l'apprendre. Mais moi c'est moi, et toi c'est toi. Ma philosophie, c'est que les hommes sont là pour m'émoustiller, et si je peux leur rendre la pareille, alors tout le monde est content. Toi, tu es plus sérieuse.

— Je ne suis pas sérieuse ! Quelle horreur de dire un truc pareil ! Je retourne de ce pas m'éclater avec Mitch.

Je vais te faire ravaler tes paroles, Emmaline. Avec de la sauce au chocolat.

Peine perdue, se désola Mac en s'installant au bar en compagnie de Mitch après une série de slows. Pourtant, il était canon, drôle, cultivé. Et avait un métier intéressant – journaliste pour un guide touristique – sans la barber avec des tas d'anecdotes sur ses aventures.

Il ne le prit pas mal et n'insista pas quand elle repoussa sa suggestion d'aller dans un endroit plus tranquille. Ils finirent par échanger leurs numéros de téléphone professionnels et partirent chacun de son côté.

— Oublions les hommes, commenta Mac lorsqu'elle crapahuta dans la limousine à deux heures du matin. J'étais venue pour m'amuser avec mes meilleures copines. Mission accomplie. Rassurez-moi, il y a de l'eau ici ?

Laurel lui tendit une bouteille.

— Mes pieds, gémit-elle. Ils hurlent comme des damnés.

— J'ai passé une super soirée, dit Emma qui s'allongea sur la banquette latérale et se cala la tête sur les mains. Nous devrions recommencer une fois par mois.

Avec un bâillement, Parker tapota son sac à main.

— J'ai deux nouveaux contacts commerciaux, plus une cliente potentielle.

Et voilà comment chacune de nous se définit, songea Mac tandis que la limousine prenait la direction du nord. Du bout des orteils, elle ôta ses chaussures qui lui faisaient un mal de chien, ferma les yeux et dormit durant le reste du trajet.

6

Au matin, le soleil était juste un peu plus aveuglant qu'il n'aurait dû, de l'avis de Mac. Sinon, tout allait bien.

Tu vois, se dit-elle. Jeune et pleine de ressource.

En pyjama, elle grignota un muffin avec son café et observa les oiseaux qui virevoltaient et fondaient sur la mangeoire. Mme Cardinal appréciait elle aussi son petit déjeuner, nota-t-elle. Ainsi que son compagnon au plumage écarlate, et quelques voisins non identifiés.

Il lui faudrait son zoom pour les observer de plus près. Sans doute aussi un guide des oiseaux, car à moins qu'il s'agisse d'un merle ou d'un moineau, elle serait bien en peine de les reconnaître d'un simple regard...

Soudain, Mac s'écarta brusquement de la fenêtre. Depuis quand s'intéressait-elle aux oiseaux ? Comme si elle comptait s'orienter vers la photographie ornithologique !

Agacée de sa réaction, elle alla à son bureau vérifier son agenda et ses messages. Elle avait un rendez-vous l'après-midi avec une ancienne cliente qui était maintenant enceinte et souhaitait une série de portraits. Voilà qui promettait d'être amusant.

Cela lui laissait le reste de la matinée pour boucler les commandes en cours, assister à la réunion avec les autres et jeter un coup d'œil aux portraits de mariage de sa cliente, histoire de s'en inspirer.

Elle appuya sur la touche *play* de son répondeur et donna suite aux appels qui le nécessitaient, se félicitant de son professionnalisme. Ensuite, elle vérifia sa ligne privée.

Trois messages. Un frisson la parcourut.

— Doux Jésus, lâcha-t-elle entre ses dents, alors que la voix de Carter l'atteignait tel un direct au creux de l'estomac.

— Euh... bonjour, c'est Carter. Je me demandais si ça te dirait de sortir dîner ce soir. Ou peut-être au cinéma. À moins que tu ne préfères une pièce de théâtre. J'aurais dû regarder le programme avant d'appeler. Ou si tu veux, on peut juste boire un café. Je ne suis pas très doué avec les répondeurs. Enfin bref... Si tu es intéressée par l'une ou l'autre de ces propositions, rappelle-moi. Merci. Euh... à bientôt.

— Maudit Carter Maguire, comment peut-on oser être aussi mignon ? Tu devrais m'agacer. Alors pourquoi je me sens toute chose comme ça ? Bon sang, je *sais* que je vais te rappeler. Je suis dans une galère noire.

Elle calcula qu'il était sans doute déjà parti travailler. L'idée de parler à son répondeur lui plaisait mieux.

Quand la machine s'enclencha, elle se détendit. À la différence de Carter, elle était douée avec les répondeurs.

— Carter, c'est Mac. Il se pourrait que j'aie envie de sortir au restaurant, au cinéma ou peut-être au théâtre. Je n'ai pas non plus d'objection pour un café. Que dis-tu de vendredi, comme il n'y a pas école le lendemain ? Choisis et tiens-moi au courant.

Et je te refile la patate chaude.

Tu vois, ça n'a pas besoin d'être sérieux, se rassura-t-elle. Il suffit que je donne le *la*. Il n'y a rien de mal à s'amuser un peu avec un garçon sympa.

Satisfaite, Mac décida de s'accorder une première heure de travail en pyjama. Puis elle s'habilla et participa à la réunion dans le bâtiment principal, avant de regagner ses pénates avec un peu d'avance pour sa séance photos.

Un nouveau message clignotait sur son répondeur.

— Euh... c'est Carter à nouveau. J'espère que je ne te dérange pas. J'ai vérifié mes messages en rentrant déjeuner. Je me disais que tu aurais peut-être appelé. Ce qui était le cas. En fait, vendredi, je dois assister à un dîner entre collègues de la faculté. Je t'inviterais bien, mais si tu acceptais, tu ne voudrais plus jamais sortir avec moi. Je préfère ne pas courir le risque. Si un autre soir te convient, même s'il y a école le lendemain – ah, ah –, je serais très heureux de t'inviter au restaurant, puis au cinéma. À moins que ça soit trop pour une seule soirée. Sans doute que oui. Je m'embrouille. Je tiens quand même à préciser, même si ça semble peu croyable, que je n'en suis pas à mon premier rendez-vous.

Le sourire qui avait éclairé le visage de Mac durant le message s'élargit encore.

— D'accord, Carter, que dis-tu de ça ?

Elle appuya sur la touche de rappel et attendit le *bip*.

— Salut, professeur, devine qui c'est ? J'apprécie que tu m'épargnes le repas de la faculté. Cette preuve de bon sens et de galanterie t'a fait gagner des points. Que dis-tu de samedi soir ? On pourrait commencer par dîner et on verra ensuite. Tu peux passer me prendre à dix-neuf heures. Mais rappelle-moi quand même pour confirmer.

D'excellente humeur, Mac mit de la musique et s'installa à son ordinateur. Tout en chantonnant, elle ouvrit le dossier de sa cliente de l'après-midi et passa en revue ses photos de mariage.

Elle choisit un fond ivoire qui mettrait en valeur le teint mat de la jeune femme, ses cheveux bruns et ses yeux noirs de princesse des *Mille et Une Nuits*. Se souvenant qu'elle était un peu timide et pudique, Mac décida d'attendre pour la photo décisive d'avoir mis la future maman en confiance.

Mais elle pouvait déjà préparer le terrain. Elle décrocha son téléphone et appuya sur la touche d'Emma en ouvrant la porte de son placard à accessoires.

— Coucou, il me faudrait un sachet de pétales de roses rouges. J'ai une cliente qui doit arriver d'une minute à l'autre, sinon je serais venue les voler moi-même. Peux-tu me les apporter ? Oh, et peut-être aussi quelques roses rouges à longue tige. Elles peuvent être en soie. Merci, salut.

Pleine d'énergie, elle vérifia le contenu de la boîte métallique rose vif qu'elle destinait à ses produits de maquillage professionnels, puis mit un CD de style new age qui conviendrait à la séance. Elle réglait les projecteurs quand Emma entra.

— Tu n'as pas précisé le rouge des roses. C'est important, tu sais.

— Pas ici. Et au cas où, je pourrai toujours modifier la couleur avec Photoshop, expliqua Mac qui s'avança vers Emma et prit celles qu'elle tenait. Elles sont parfaites.

— Les pétales sont vrais, alors…

— Je les facturerai. Écoute, puisque tu es ici, peux-tu rester pour les essais ? Tu as à peu près la même taille que ma cliente. Tiens, dit-elle, rendant les roses à Emma. Viens par ici et prends une pose trois quarts, face à la fenêtre, le visage tourné vers l'objectif.

— C'est pour quoi ?

— Un portrait de grossesse.

— Ah oui, Rosa, dit Emma qui s'exécuta. Laurel s'est occupée du gâteau pour sa soirée la semaine dernière. N'adores-tu pas ces clients qui nous sont fidèles ? On suit toutes les étapes importantes de leur vie.

— Bien sûr que si, j'adore. OK pour l'éclairage, je pense. Tout au moins pour les prises standard.

— Que comptes-tu faire avec les pétales ?

— Ils sont pour plus tard, pour la vraie photo – quand j'aurai convaincu Rosa de se dévêtir.

— Un nu avec Rosa ? s'exclama Emma qui éclata de rire, les yeux au ciel. Bonne chance !

— Tu la connais, n'est-ce pas ? Je veux dire, avant qu'elle devienne cliente chez nous. Elle est ta cousine au troisième degré, si ma mémoire est bonne.

— La petite-fille d'un cousin de l'oncle de ma mère par alliance. Mais oui, je la connais. Je connais tout le monde et tout le monde me connaît.

— Pourrais-tu rester un peu ? lui demanda Mac. Tu m'aiderais à la mettre à l'aise.

Emma jeta un coup d'œil à sa montre.

— Je peux t'accorder un peu de temps, avant tout parce que je meurs d'envie de voir comment tu comptes réussir à la faire se déshabiller.

— Pas un mot là-dessus, lui souffla Mac alors qu'on frappait à la porte. Je dois d'abord préparer le terrain.

Mazette, quelles courbes ! Telle fut sa première pensée en ouvrant la porte. Aussitôt, son esprit fusa en tous sens pour les exploiter aux mieux, tandis qu'elle faisait entrer la jeune femme.

La présence d'Emma se révéla un atout de taille : personne n'avait son talent pour mettre les gens à l'aise.

— Rosa, regarde-toi ! Quelle splendeur ! s'extasia Emma, ouvrant les bras vers elle avec chaleur.

Rosa secoua la tête avec un rire timide, pendant que Mac lui prenait son manteau.

— Je suis énorme.

— Épanouie, tu veux dire, rectifia Emma. Je parie que tu es très impatiente. Asseyons-nous une minute. Vous avez déjà choisi le prénom ?

— Nous n'arrêtons pas de changer d'avis, révéla Rosa qui se laissa glisser en douceur dans un fauteuil avec un petit soupir, la main sur son ventre proéminent. Aujourd'hui, nous sommes fixés sur Catherine Grace si c'est une fille, Lucas Anthony si c'est un garçon.

— Adorable.

— Vous ne connaissez pas le sexe ? s'enquit Mac.

— Nous préférons ne pas le connaître.

— Moi aussi, j'adore les surprises, approuva Emma. Et c'est génial que Mac te photographie.

— Ma sœur m'a tellement asticotée qu'elle a fini par me convaincre. J'imagine qu'un jour je serai contente de me revoir quand je donnais l'impression d'avoir gobé une montgolfière.

— Vous êtes superbe, la complimenta Mac. Je vais vous montrer. Êtes-vous prête pour les essais ? Ou souhaitez-vous d'abord boire quelque chose ? De l'eau ? Un thé ?

Rosa sortit une bouteille d'eau minérale de son sac.

— Merci, j'ai ce qu'il faut.

— Les toilettes sont par là, en cas de besoin. Et si vous désirez faire une pause, surtout n'hésitez pas.

La jeune femme s'extirpa péniblement du fauteuil.

— D'accord. Ma coiffure, ça va ? Et ma tenue ?

Elle avait ramassé ses cheveux noirs en une queue-de-cheval impeccable. Mac comptait bien y remédier. Elle avait choisi un pantalon noir tout simple et un pull-over bleu vif qui épousait la forme de son ventre. Elles commenceraient par là.

— Vous êtes parfaite, la rassura-t-elle. Bon, d'abord quelques essais. Vous voyez la croix sur le sol, là-bas ? Placez-vous dessus.

— Je ne vois même pas mes pieds.

Mais Rosa s'exécuta et se tint avec raideur, tandis que Mac vérifiait la lumière à l'aide du posemètre.

— Tournez-vous sur le côté, le visage vers moi. Levez légèrement le menton, pas trop. Voilà. Posez les mains sur votre ventre.

Mac glissa un regard en direction d'Emma, qui comprit le signal et vint se placer derrière elle.

— Vous avez aménagé la chambre ?

Alors que Rosa bavardait gaiement avec Emma, Mac prit un premier Polaroïd. Elle le frotta sur sa cuisse afin d'activer le développement, puis ôta le film protecteur et s'avança vers la jeune femme.

— Vous voyez ? Vous êtes superbe.

Rosa examina le cliché.

— Je suis peut-être énorme, mais j'ai l'air heureuse, sans aucun doute. C'est vraiment joli, Mac.

— Nous allons faire encore mieux. Essayons quelques prises dans la même pose.

Rosa commençait à se détendre et la conversation avec Emma y était pour beaucoup. Mac prit tout un rouleau de portraits. Très jolis, certes, mais aussi très ordinaires.

— Essayons autre chose. Un autre angle, un autre haut.

— Oh, je n'ai pas apporté d'autre tenue…

— Pas d'inquiétude. J'ai ce qu'il faut.

Rosa tapota son ventre.

— Sûrement rien à ma taille.

— La taille ne posera pas problème, faites-moi confiance, répondit Mac qui sortit une grande chemise d'homme blanche de son placard à accessoires. Nous allons la laisser déboutonnée.

— Mais…

— Ce que je recherche, c'est le contraste entre les lignes bien marquées du tissu et la courbe de votre ventre. Et si vous n'aimez pas le résultat, pas de souci.

— Oh, ça va être superbe, déclara Emma avec entrain.

— Je suis enceinte de trente-huit semaines. Mon ventre ressemble à l'Everest.

— La courbe est superbe, assura Mac. Et vous avez un très joli grain de peau.

— Et puis, nous sommes entre filles, lui rappela Emma. Tu vas voir, la lumière est très flatteuse.

— Hmm, peut-être. Mais, à mon avis, je vais juste ressembler à une baleine.

À contrecœur, Rosa ôta son pull-over.

— Je veux le même ! s'exclama Emma qui ne put s'empêcher de passer une main légère sur la courbe généreuse de son ventre. Désolée, mais c'est comme… un aimant. Notre privilège, à nous les femmes.

— La célébration de la féminité, dit Mac qui enfila la chemise sur Rosa, arrangea les plis et remonta les manches en plusieurs épaisseurs. Les cheveux détachés, ce sera mieux. Encore une histoire de contraste. Et c'est plus féminin. Nous allons ajouter une petite touche de gloss pour davantage de profondeur.

La pauvre en est toute troublée, constata-t-elle en s'affairant avec un professionnalisme rassurant. Mais ce n'était pas un problème. Elle pouvait en tirer parti.

— Cette fois, davantage de trois quarts, l'épaule en avant. Bien ! Placez les mains sous votre ventre. Très joli. Il me reste juste à régler la lumière.

— Êtes-vous sûre que je n'ai pas l'air stupide ? Ou vulgaire ? J'ai l'impression d'être une vache qui aurait manqué la traite depuis un bout de temps.

— Rosa, soupira Emma, tu es terriblement sexy.

Mac captura la surprise, le plaisir et, pour finir, la fierté.

— Un grand sourire, d'accord ? Droit vers moi. Voilà, ça c'est génial ! Parfait. Ça va ? Vous avez besoin d'une pause ?

— Non, ça va. Je me sens juste un peu bête.

— Vous n'avez pas l'air bête, croyez-moi. Emma, peux-tu arranger un peu la manche droite ? Comme ça… parfait. Et maintenant, Rosa, tournez-vous légèrement vers moi. Encore un peu. Très bien. Les mains sur les côtés de votre ventre. Parfait.

Mac sentait approcher le moment magique. Elle y était presque.

— Je voudrais que vous regardiez vers le bas, mais en levant les yeux – juste les yeux – dans ma direction. Pensez au merveilleux secret que vous possédez. À ce pouvoir. Voilà ! Rosa, vous êtes *fabuleuse* !

— J'aurais aimé porter un plus joli soutien-gorge.

Mac s'engouffra dans la brèche. Elle abaissa son appareil.

— Enlevez-le, suggéra-t-elle simplement.

Rosa pouffa de rire, interloquée.

— Pardon ?

— Nous allons essayer une étude de silhouette. Vous allez adorer. Mais reposez-vous une minute, cela exige un peu de préparation. Je vous en prie, asseyez-vous.

— Que veut-elle dire par « étude de silhouette » ? souffla la jeune femme à Emma, tandis que Mac disparaissait dans son placard aux accessoires. Je dois poser nue ?

— On va le savoir très vite, j'imagine, répliqua celle-ci en lui prenant le bras. Viens t'asseoir. On va bien voir ce qu'elle mijote… Mac ! appela-t-elle quand la sonnerie du téléphone retentit. Veux-tu que je réponde ?

— *Non !*

Mac jaillit du placard, un tabouret à la main.

— Il se peut que ce soit… qui tu sais. J'ai commencé un petit jeu entre nous.

Elle posa le tabouret sur la croix et entreprenait de le draper d'un tissu ivoire lorsque la voix de Carter résonna dans le studio :

— Tu devines qui c'est, j'imagine. Samedi, d'abord dîner et puis, euh… on verra. Dix-neuf heures. Parfait. C'est génial. Euh… y a-t-il quelque chose que tu adores manger – ou que tu détestes ? Tu l'aurais mentionné si tu étais végétarienne, non ? À mon avis, tu en aurais parlé. Enfin bref, je réfléchis encore trop. Bon, voilà qui conclut notre petite partie de cache-cache, j'imagine. Je te verrai samedi. À moins que tu veuilles m'appeler pour… Cette fois, je me tais. Salut.

— Il a l'air mignon, commenta Rosa qui se retourna vers Mac.

— Il l'est.

— Premier rendez-vous ?

— En théorie, le deuxième. Ou même peut-être le troisième, officieusement. Rosa, il y a un drap dans la salle de bains. Allez vous déshabiller. Si vous êtes gênée, enveloppez-vous dans le drap. Mais à ce qu'il paraît, la pudeur en prend un coup pendant l'accouchement, alors vous allez voir, ce sera un jeu d'enfant.

— Je ne peux pas faire un nu, Mac. Pas seulement parce que… Qu'en ferais-je ?

— Vous déciderez ensuite, mais je vous promets que ce portrait ne sera ni embarrassant, ni suggestif. C'est juste l'étape suivante dans le développement artistique du thème. L'aventure dans laquelle vous vous êtes engagée.

— Je ne sais pas si je...

— Le but, c'est de faire transparaître la vie et la lumière qui vous habitent. L'amour aussi.

— Oh.

Les yeux humides, Rosa croisa les mains avec délicatesse sur son ventre.

— Eh bien... je peux au moins essayer, je suppose. Vous supprimerez ces photos si elles me mettent mal à l'aise ?

— Absolument.

— Alors d'accord. Je dois aller aux toilettes.

— Prenez votre temps.

Emma attendit que Rosa entre dans les toilettes et ferme la porte.

— Tu es un génie, Elliot.

— Oui, oui, je sais.

— Plus un rancard samedi soir.

— Apparemment. Suis-je folle de me lancer dans cette aventure, Emma ?

— L'aventure a déjà commencé, ma grande. Et tu serais folle de ne pas voir où elle va te mener. J'aimerais pouvoir rester jusqu'à la fin de la séance, mais le travail m'attend.

— Je te montrerai les épreuves.

— Tu possèdes non seulement le génie d'une artiste, mais un optimisme à toute épreuve... Rosa ! Je dois retourner travailler !

La porte s'entrebâilla.

— Tu es vraiment obligée ? J'aimerais que tu restes juste encore un peu.

— Moi aussi. Mais avec Mac, tu es entre de bonnes mains. Si je ne te revois pas avant, je te souhaite le plus superbe des bébés, adorable et en pleine santé.

Emma récupéra son manteau au passage.

— Bonne chance, articula-t-elle à l'adresse de Mac avant de s'éclipser.

Peu après dix-sept heures, Mac fit une incursion dans la maison principale. Elle avait envie d'un repas digne de ce nom, dans le genre de ceux dont Mme G bourrait le congélateur. Son ordinateur portable sous le bras, elle entra dans la cuisine et trouva Parker assise sur un tabouret du coin bar, le regard perdu au fond d'un verre de vin.

— Ta journée est déjà finie ? Il n'est pas dans tes habitudes de t'asseoir et de boire du vin aussi tôt.

— Je viens juste de finir avec Naomi et Brent. J'ai bien mérité ce verre.

— Le problème est réglé ?

— Bien sûr, mais ça n'a pas été une mince affaire. Enfin bon... maintenant, les futurs époux sont unis dans leur détermination à avoir leur mariage *à eux*. La pétasse d'associée, nom de code PA, est hors course. Le marié va avoir une conversation sérieuse avec son frère : s'il se sent incapable d'assumer son rôle de témoin, ce sera son problème. De son côté, la mariée va parler à sa demoiselle d'honneur : elle se montrera certes compatissante, mais également ferme sur le fait que ce mariage, c'est leur grand jour. Malgré sa colère envers le témoin du marié, il n'en reste pas moins son frère. Et puis elle ajoutera le bonus d'un mec canon qui assistera au mariage comme cavalier de la demoiselle d'honneur et fera passer le frère pour l'idiot qu'il est.

Parker se tut et reprit son souffle.

— Comme je disais, j'ai bien mérité ce verre.

— Qui est le mec canon ?

— J'ai soudoyé Jack, répondit Parker avant de boire une gorgée. Ça me coûte une caisse de pinot noir, mais le jeu en vaut la chandelle.

111

— C'est vrai qu'il est canon, approuva Mac. Bien joué, maestro.

— Je suis épuisée. Comment s'est passée ta séance photos ?

— Bizarre que tu me poses cette question. Et si je te montrais, plutôt ?

Elle alluma son portable et, pendant qu'il chargeait, entreprit d'explorer le congélateur.

— Tu manges quoi pour le dîner ?

— J'en sais rien. Il n'est que cinq heures.

— J'ai sauté le déjeuner et je meurs de faim. Tourte à l'émincé de dinde sauce champignon. Hmm… prenons ça, dit Mac en sortant la barquette.

— Très bien. Mais d'abord je veux un long bain chaud. J'ai envie de manger en pyjama.

— Beau programme. Pourquoi n'y ai-je pas pensé ? Tiens, jette un coup d'œil.

Mac afficha à l'écran les clichés de la première série.

— Seigneur, elle est vraiment énorme ! s'exclama Parker qui se pencha sur l'ordinateur en riant. Elle a l'air à la fois si heureuse et sidérée de ce qui lui arrive. Jolies photos, Mac.

— Oui, pas mal.

Elle passa à la seconde série.

— Elles sont formidables. Sexy, pleines de féminité et d'humour. Je les adore. Celle-ci en particulier, où elle a la tête baissée et juste le regard tourné vers l'objectif. Elle a un petit côté ensorceleur qui me plaît. Et l'éclairage y contribue.

— Je vais l'affiner. Attends, je te montre la dernière série.

Mac lança le diaporama et recula d'un pas.

Parker se redressa sur sa chaise.

— Mon Dieu, Mac, celles-ci sont stupéfiantes. Incroyable… On dirait une déesse grecque de la fertilité.

Elle examina chaque cliché. À partir de la taille, le drapé ivoire s'évasait en plis majestueux autour du ventre nu de la jeune femme enceinte et finissait à ses pieds en un artistique bouillonné, telle une rivière parsemée de pétales de roses d'un rouge profond. Les cheveux en cascade sur les épaules, un bras masquant ses seins, elle tenait l'autre main posée sur le promontoire que formait son ventre.

De nouveau, elle avait les yeux rivés droit sur l'objectif.

— J'adore les courbes, les plis, les lignes. Et cette lumière qui fait ressortir la profondeur de son regard. Le savoir et la force qui en émanent. Elle les a vues ?

— Toutes. Elle était si nerveuse que j'ai été obligée de lui montrer l'ensemble. Elle voulait avoir la certitude que je supprimerais celles qu'elle n'aimerait pas.

— Qu'en a-t-elle pensé ?

— Elle a pleuré. Dans un sens positif. Sans doute une réaction hormonale. Les larmes se sont mises à couler le long de ses joues, ça m'a fichu la frousse. Puis elle m'a fait le plus touchant des compliments, expliqua Mac qui marqua un temps d'arrêt, émue à ce souvenir. Elle m'a dit que jamais plus elle n'aurait l'impression d'être énorme et gauche, parce que ces photos la révélaient dans toute sa féminité.

— Dis donc.

— Je sais. Moi aussi, j'en ai eu les larmes aux yeux. Elle voulait commander tout de suite. J'ai réussi à la convaincre d'attendre les retouches, car je préfère qu'elle ne soit plus sous le coup de l'émotion lorsqu'elle fera son choix.

— C'est gratifiant de rendre les gens heureux grâce à notre travail, tu ne trouves pas ? Nous voilà, fourbues et affamées, mais nous pouvons être fières de notre journée.

— Et si on se faisait une soirée cocooning, tu me prêterais un pyjama ?

— Mets donc ça dans le four à mijoter tranquillement, on va monter toutes les deux se chercher un pyjama.

— Ça marche. Je me ferais bien un film de filles. Dîner plus DVD, ça te dit ?

— Voilà qui me semble une excellente idée.

— À propos de dîner et de film, je sors au restaurant avec Carter samedi soir.

Parker agita un index victorieux.

— Je le savais.

— Je tiens à ce que ça reste une histoire simple. Je n'exclus pas que nous finissions au lit à un moment ou un autre, mais sans complications.

— Poser des limites à une relation avant même de l'avoir entamée, voilà qui est sage.

— Il me semble déceler une subtile pointe de sarcasme, fit remarquer Mac qui referma la porte du four et s'adossa contre. Hier, ce n'était qu'une anomalie, un accès de panique dû au manque d'hommes intéressants dans ma vie ces derniers temps.

— Tu as raison, je n'en doute pas, assura Parker qui se leva et, un bras autour des épaules de Mac, l'entraîna hors de la cuisine. Les hommes intéressants sont une denrée rare par ici, à moins de s'appeler Emma.

— Tu ne prends pas le temps de sortir, non plus.

— Je sais. Bon, quel genre de film ? Mélo ou comédie ?

— Forcément une comédie, surtout avec la tourte dinde champignon.

— Choix judicieux. Et si on demandait aux autres si elles veulent en être ?

Elles entamèrent la montée au troisième étage.

— Dis-moi, Parker, que feras-tu quand tu seras trop vieille pour monter toutes ces marches ?

— Je ferai installer un ascenseur. Il n'est pas question pour moi d'abandonner cet endroit. Jamais.

— La maison, ou l'agence ?

— Les deux.

Avant qu'elles atteignent la dernière volée, le mobile accroché à la taille de Parker sonna.

114

— La barbe. Va choisir un pyjama, je règle ça et je te rejoins, dit-elle à Mac, ouvrant le portable après un rapide coup d'œil au correspondant. Salut, Shannon ! Alors, prête pour la semaine prochaine ?

Elle s'éloigna en riant vers son bureau.

— Je sais. Il y a des milliers de choses à penser. Ne t'inquiète pas, tout est sous contrôle…

Ah, les mariées, songea Mac sur le palier du troisième étage. La plupart d'entre elles se faisaient un sang d'encre pour les détails les plus insignifiants. Si jamais elle se mariait – une éventualité hautement improbable – elle se concentrerait sur la symbolique de l'événement.

Et laisserait les détails à Parker.

Elle entra dans la chambre de son amie. La couette dans sa housse jaune paille était tirée avec soin sur le somptueux lit à baldaquin, et un bouquet de fleurs fraîches aux couleurs printanières était joliment arrangé dans un vase. Aucun vêtement qui traînait, pas de chaussures jetées dans les coins.

Pas un grain de poussière, pas le moindre désordre, se dit Mac en ouvrant le tiroir de la commode où elle trouva – comme elle s'y attendait – quatre pyjamas pliés avec soin.

— J'aime la propreté, bougonna-t-elle, mais je ne suis pas maniaque à ce point.

Elle en apporta un dans la chambre d'amis et le lâcha sur le lit. Un long bain chaud, l'idée était trop tentante pour la laisser passer. Elle s'en fit couler un, y versa des sels parfumés. En se glissant dans la mousse, elle réfléchit aux options de films pour filles avec happy end.

Les films – sentimentaux en tout cas – devraient *obligatoirement* avoir un dénouement heureux, car la vie était trop souvent décevante sur ce plan-là. Un faux pas et l'amour pouvait casser net comme une brindille. Et il fallait alors une semaine de thalasso pour se remettre du traumatisme, songea Mac avec amertume. Aux frais de la princesse.

Elle connaissait les sentiments de Parker au sujet de cette maison, de l'agence. Mais, de son côté, elle était persuadée que rien ne durait pour la vie.

À part l'amitié, avec un peu de chance – et, de ce côté-là, elle était vernie.

En amour, c'était une autre paire de manches. Fidélité éternelle ne faisait assurément pas partie de son vocabulaire.

Une soirée au restaurant avec un homme qui l'attirait, voilà qui suffisait amplement à son bonheur. Inutile de se projeter plus loin. Qui savait comment la vie pouvait tourner ?

Voilà à quoi servaient les photographies : à immortaliser le présent avant l'immanquable bouleversement du lendemain.

Mac s'enfonça jusqu'au menton dans la mousse à l'instant où Laurel entra.

— Que fais-tu ici ? Il n'y a plus d'eau chaude chez toi ?

— Non, je me délasse agréablement. Suite du programme : tourte dinde champignon et film de filles. Ça te dit ?

— Pourquoi pas ? Je viens juste de revoir – pour la cinquième fois – les détails de la pièce montée du mariage Holly-Deburke. Je ne serais pas contre la tourte.

— Elle est à réchauffer dans le four. Il reste à prévenir Emma.

— D'accord. Je m'en occupe et je te laisse faire trempette.

Mac ferma les yeux et soupira. Ah, l'amitié… L'unique chose sur laquelle une femme pouvait compter !

Le lendemain matin, toujours vêtue du pyjama de Parker, Mac regagna son studio. Elle s'était réveillée peu après le point du jour, recroquevillée comme une crevette sur le canapé du salon, couverte d'un jeté en cachemire.

Après deux portions de la délicieuse tourte à la dinde de Mme G, la perspective du petit déjeuner la rebutait quelque peu. Un café, par contre...

Mais avant de préparer sa dose du matin, elle fit un détour – d'un pas nonchalant – vers son répondeur.

Aucun nouveau message.

Une pointe de déception la prit au dépourvu. Elle se sentit bête. Après tout, elle n'était pas restée assise sur son canapé à attendre son appel et avait profité de sa soirée. Et puis, c'était à elle de téléphoner, si elle entendait respecter les règles du petit jeu qu'elle avait imposé.

Arrête donc d'être stupide, s'admonesta-t-elle. Pas question de perdre son temps à penser à Carter Maguire, sa veste d'un autre âge, ses lunettes sexy et sa bouche... Stop ! Elle avait un café à préparer, son métier à assurer, une vie à mener.

— Tu sors avec elle samedi soir ? Alors là, c'est majeur.

Pourquoi, se demanda Carter, *pourquoi* avait-il ouvert la bouche ? Comment avait-il pu croire que l'information ne donnerait lieu qu'à une petite conversation devant la machine à café de la salle des profs avant le début des cours ?

— Bon, eh bien, je ferais mieux de revoir le contrôle que...

— Majeur, insista Bob, plantant l'index avec vigueur sur le comptoir. Tu dois lui acheter des fleurs. Pas des roses. Les roses, ça fait trop officiel, trop symbolique. Une fleur moins connotée, ou alors un bouquet composé.

— Je verrai. Peut-être.

Et encore un souci de plus.

— Ni trop gros ni tape-à-l'œil. Elle voudra les mettre dans un vase avant de partir, et ça te donnera l'occasion de briser la glace. Pense à prendre en compte le délai nécessaire. À quelle heure as-tu réservé ?

— Je ne l'ai pas encore fait.

— Tu dois t'en occuper dès maintenant.

Bob hocha la tête avec son air de monsieur Je-sais-tout et sirota son café crème allégé.

— Tu l'emmènes où ?

— Je ne sais pas.

— Il te faut un endroit juste au-dessus de la moyenne. Ne sors pas le grand jeu la première fois, mais ne choisis pas non plus un boui-boui. Un restaurant bien établi, plein d'atmosphère, sans être non plus trop guindé.

— Bob, tu vas finir par me donner un ulcère.

— Je te briefe, c'est tout, Carter. Il faudra aussi commander une bonne bouteille de vin. Et… ah oui, après le dîner, si elle dit ne pas vouloir de dessert, suggère qu'elle en choisisse un que vous partagerez. Les femmes *adorent* partager un dessert. Elles trouvent ça sexy. Au cours du repas, ne la bassine pas non-stop avec ton boulot. Plantage assuré. Fais-la parler du sien, de ses goûts. Ensuite…

— Suis-je censé prendre des notes ?

— Ça ne nuirait pas. Si le dîner se termine, disons, vers vingt-deux heures ou au-delà, il faudra que tu aies prévu un endroit de repli. De préférence avec de la musique. S'il finit plus tôt, choisis l'option cinéma. À condition, bien sûr, qu'elle ne t'envoie pas les signaux « chez moi ou chez moi ? », auquel cas…

— N'en dis pas plus, Bob, ne t'aventure pas sur ce terrain-là.

Sauvé par le gong, songea Carter quand la sonnerie retentit.

— Bon, je file, j'ai cours en première heure.

— Nous reprendrons cette conversation plus tard. Je vais essayer de trouver un moment pour te faire une check-list.

— Génial.

Carter prit la fuite et se fondit dans le flot d'élèves et de professeurs dans le couloir.

Il redoutait de ne pas tenir jusqu'à samedi. Tout au moins, sain d'esprit.

7

Il acheta des fleurs. Ce qui l'agaça prodigieusement parce qu'il en avait eu l'intention au départ. Mais les instructions de Bob avaient changé ce simple geste en acte tellement lourd de symboles et d'embûches qu'il avait d'abord décidé de laisser tomber.

Une de ses meilleures amies était fleuriste, n'est-ce pas ? Mackensie pouvait tapisser son studio de fleurs, si tel était son bon plaisir.

Puis, dans la voiture, l'angoisse l'avait saisi. Et si, en n'apportant pas ces maudites fleurs, il commettait un faux pas ? Au bout du compte, il avait fait demi-tour – il avait prévu une avance confortable pour le trajet jusque chez Mackensie – et s'était précipité au super-marché, où il était resté planté une éternité devant le rayon des fleurs, à se triturer les méninges jusqu'à ce que la sueur perle sur son front.

Bob, supposait-il, aurait à coup sûr une remarque cinglante sur les bouquets de supermarché. Mais il s'y était pris trop tard pour un fleuriste, et il ne pouvait quand même pas se précipiter chez Emma...

Il aurait dû en rester au café. Ils auraient passé un moment sympa à bavarder, puis chacun serait parti de son côté, comme l'autre jour. Tout ceci était trop compliqué, trop intense. Mais il pouvait difficilement lui téléphoner maintenant et inventer une excuse, à condition d'abord qu'il fût capable de s'en sortir par un mensonge, probabilité pour ainsi dire égale à zéro.

Arrête de stresser avec ce rendez-vous, se morigéna-t-il. Tu ne vas quand même pas en mourir ! Il empoigna un bouquet composé qui lui semblait faire l'affaire et fonça à la caisse rapide.

Dans la queue, le doute le prit de nouveau. Les couleurs étaient jolies, tenta-t-il de se rassurer. Surtout les deux gerberas orange vif, à la fois simples et gais. En plus, ce bouquet sentait bon. Et aucune rose tant redoutée qui, selon le code de Bob, équivaudrait à une demande en mariage.

La caissière au regard gentil lui adressa un sourire chaleureux.

— Comme elles sont belles ! Une surprise pour votre femme ?

— Non, non. Je ne suis pas marié.

— Ah. Pour votre petite amie, alors.

Soudain gauche, il sortit son portefeuille de sa poche.

— Pas tout à fait. Juste, euh… Trouvez-vous ces fleurs appropriées pour un rendez-vous ? Elles sont pour une amie que j'invite à dîner.

— Bien sûr. La plupart des gens aiment les fleurs, non ? Surtout nous, les filles. Elle va vous trouver vraiment gentil, et attentionné aussi.

— Mais pas trop… ?

Tais-toi, Carter.

La caissière prit son billet et lui rendit la monnaie.

— Tenez, dit-elle avant de glisser le bouquet dans un sachet en plastique transparent. Je vous souhaite une très bonne soirée.

— Merci.

Plus détendu, Carter regagna sa voiture. S'il ne pouvait pas faire confiance à la caissière du supermarché, alors à qui ?

Il jeta un coup d'œil à sa montre et calcula qu'à moins d'un carambolage, il serait encore en avance. Même s'il se sentait bête, il sortit de sa poche la liste

122

que Bob lui avait imprimée et raya avec soin *Acheter des fleurs (pas de roses)*.

Suivaient plusieurs suggestions de phrases d'introduction telles que *Tu es superbe, Jolie robe, Quand je les ai vues (fleurs), elles m'ont fait penser à toi*.

Carter s'empressa de fourrer la liste dans sa poche avant qu'une de ces phrases ne s'imprime dans son cerveau. Mais non sans avoir noté l'instruction *Régler l'autoradio sur une station classique ou jazz, à faible volume*.

Il finirait peut-être par assassiner Bob.

Il parcourut les derniers kilomètres, obsédé par la question de la musique d'ambiance, avant d'éteindre rageusement l'autoradio. Tant pis pour la musique. Il bifurqua dans la longue allée sinueuse de la propriété.

— Et si elle ne porte pas de robe ? bougonna-t-il.

En dépit de ses efforts, la liste de Bob ne cessait de le hanter.

L'image de Mac en pantalon noir et soutien-gorge blanc fit malencontreusement son apparition dans son esprit.

— Par pitié, ce n'est pas le moment... Non, je veux dire, elle portera peut-être *autre chose* qu'une robe. Je dis quoi, dans ce cas ? Joli pantalon ? Tenue ! Oui, c'est le mot approprié. Jolie tenue. Oh, bon sang, tais-toi donc...

Il contourna le bâtiment principal et suivit l'allée qui s'étrécissait jusque chez Mac.

Les lumières étaient allumées au rez-de-chaussée et à l'étage, illuminant toute la maison. Par les généreuses baies vitrées du rez-de-chaussée, il voyait le studio, les projecteurs, un rideau bleu foncé maintenu par de grandes pinces argentées. Devant le rideau, flanquée de deux fauteuils, trônait une petite table bistrot sur laquelle scintillaient deux verres à vin.

Voulait-elle d'abord lui offrir à boire ? Il n'avait pas prévu le temps pour un verre. Devait-il décaler sa réservation ? Il descendit de voiture et s'engagea dans l'allée. Puis rebroussa chemin pour récupérer les fleurs qu'il avait oubliées sur le siège du passager.

Carter se prit à souhaiter que cette soirée soit déjà terminée. Sincèrement. L'estomac noué, il se força à frapper. Il voulait être déjà demain, dimanche. Il profiterait de la matinée pour corriger ses copies, lire, faire une balade. Retourner à sa routine rassurante.

Puis elle ouvrit la porte.

Il n'aurait su dire ce qu'elle portait. Il ne vit que son visage – son teint de porcelaine encadré de mèches flamboyantes, ses yeux verts ensorceleurs, ses fossettes au charme malicieux.

— Bonsoir, Carter.

— Bonsoir, Mackensie.

Aucune des suggestions de Bob ne lui vint à l'esprit. Il lui tendit le bouquet.

— Tiens, elles sont pour toi.

— J'espère bien. Entre, l'invita-t-elle, refermant la porte derrière lui. Ces fleurs sont superbes. J'adore les gerberas. Je vais les mettre tout de suite dans l'eau. Tu veux boire quelque chose ?

Il lança un regard vers la table.

— Euh… si tu as prévu quelque chose…

— Ça ? Non, c'est le décor d'une séance photos de cet après-midi.

Elle se dirigea vers la cuisine, l'invitant à le suivre d'un petit geste.

— Des photos de fiançailles. Des mordus du vin. En fait, elle est journaliste pour une revue d'œnologie, et lui est critique gastronomique. D'où l'idée du décor bistrot.

Elle sortit un vase et entreprit de déballer le bouquet.

— C'est formidable de savoir adapter tes portraits aux personnes que tu photographies. Sherry adore les siens.

— C'était facile. Un jeune couple follement amoureux enlacé sur le canapé.

— Ce n'est facile que si tu devines que Sherry et Nick n'apprécieraient pas de se retrouver dans un bistrot branché devant un verre de vin – ou assis sur un tapis entourés de livres, avec un matou obèse.

— Les fiançailles Mason-Collari. C'était dans le journal d'aujourd'hui, n'est-ce pas ? Tu as l'habitude d'éplucher la rubrique des mariages ?

— Seulement depuis que je t'ai retrouvée.

— Beau parleur, va.

Personne ne lui avait jamais appliqué ce qualificatif. Il ne sut que répondre.

Mac posa le vase au centre du plan de travail.

— Elles me mettront de bonne humeur le matin, même avant le café.

— La caissière du supermarché m'a assuré que tu les aimerais. J'avais quelques doutes, qu'elle m'a aidé à dissiper.

Les fossettes firent leur apparition.

— On peut toujours compter sur les caissières de supermarchés.

— C'est ce que je me suis dit.

Elle sortit de la cuisine et alla prendre son manteau sur l'accoudoir du canapé.

— Je suis prête, si ça te va.

— D'accord.

Il la rejoignit et lui prit le manteau des mains. Comme il l'aidait à l'enfiler, elle le regarda par-dessus l'épaule.

— Chaque fois que tu fais ça, je voudrais avoir les cheveux plus longs pour les dégager du col.

— J'aime ta coupe courte. Elle met ta nuque en valeur. Tu as une très jolie nuque.

Mac se retourna et le dévisagea.

— Nous sortons dîner, je sais...

— Oui, j'ai réservé. Dix-neuf heures trente au...

— Oui, justement. Ce que je veux dire, c'est qu'il ne faut pas interpréter mon geste comme une invitation à rester ici, mais si je veux profiter du repas sans y penser tout le temps, il me semble que je n'ai pas le choix.

Elle se hissa sur la pointe des pieds et, les bras noués autour de son cou, joignit ses lèvres douces et tentantes aux siennes. Carter eut l'impression d'être transpercé par une décharge électrique et dut résister à l'envie de l'étreindre comme la première fois, tant son désir accumulé ne demandait qu'à exploser. Il remonta les mains par-dessus son manteau jusqu'à ses épaules, puis redescendit avec une lenteur méritoire.

Ce fut Mac qui interrompit leur baiser. Elle le contempla, les joues joliment rosies.

— Nous ferions mieux d'y aller, ou je risque de me convaincre que nous pouvons nous passer de ce dîner.

Comme il restait sidéré, elle arriva avant lui à la voiture et ouvrit elle-même sa portière.

Son parfum, sa voix, son rire… elle emplissait l'habitacle de sa simple présence. Aussi étrange que cela pût paraître, Carter sentit sa nervosité s'apaiser.

— Tu conduis toujours exactement à la vitesse autorisée ? s'enquit-elle.

— C'est énervant, n'est-ce pas ?

Il glissa un regard dans sa direction et, quand il vit ses yeux rieurs, ne put s'empêcher de sourire.

— Si je dépasse la limitation de dix kilomètres-heure, j'ai l'impression d'être un criminel. Corrine me disait toujours…

— Corrine ? insista-t-elle tandis qu'il laissait sa phrase en suspens.

— Juste quelqu'un que ma conduite au volant agaçait.

Et tout le reste, manifestement.

— Une ancienne petite amie.

— Personne d'important, vraiment.

Il regretta de ne pas avoir allumé l'autoradio.

— Tu vois, tu en fais tout un mystère et maintenant ma curiosité est piquée. Je vais te parler d'abord d'un de mes ex, histoire d'amorcer la pompe.

Elle pivota vers lui et il sentit de nouveau ses yeux verts pétiller.

— Il se prenait pour une future star du rock. J'étais tellement raide dingue de lui que je le voyais comme le sosie de Bon Jovi – le talent en moins. Son prénom, c'était Greg, mais il aimait se faire appeler Rock.

— Rock comment ?

— Euh… Rock tout court. Comme Prince, ou Madonna. Enfin bref, à vingt ans, il semblait incroyablement cool et sexy. Et dans mon aveuglement, j'ai consacré beaucoup de temps, d'énergie et d'argent à faire des photos de lui et de son groupe, sans oublier la pochette du CD qu'ils avaient produit eux-mêmes. Je leur servais aussi de chauffeur. J'ai joué la groupie pendant plus de deux mois. Jusqu'à ce que je le surprenne à rouler des pelles à son bassiste. Un certain Dirk.

— Aïe. Une bien triste histoire.

— Il me semble discerner une pointe d'amusement.

— Pas si tu as été sincèrement blessée.

— J'étais effondrée. Pendant au moins cinq minutes. Après, j'ai été furax pendant des semaines. J'avais servi de larbin à ce connard. Je tire ma satisfaction du fait qu'aujourd'hui il vend de l'électroménager à Stamford. Même pas des gros appareils. Des mixers et des mini-fours.

— C'est très pratique, un mini-four.

Mac pouffa de rire. Il s'engagea dans un parking.

— Les Saules – bon choix, Carter. On y mange toujours bien. Laurel a travaillé ici comme chef pâtissier avant Vœux de Bonheur.

— Je l'ignorais. Je n'ai pas mangé ici depuis plusieurs mois, mais la dernière fois que je suis venu avec…

— Corrine.

— Non, répondit-il. Avec un couple d'amis qui m'avait organisé un rendez-vous arrangé. Une soirée très étrange, mais le repas était délicieux.

Il sortit de la voiture et voulut la contourner pour ouvrir la portière à Mac. Mais elle descendit avant. Lorsqu'elle lui donna la main, en toute décontraction, il sentit son cœur faire un bond dans sa poitrine.

— Pourquoi « étrange » ?

— Elle avait une voix de crécelle, comme le crincrin d'un violon dont on a oublié de passer l'archet à la colophane. C'est vache comme commentaire, mais assez juste. En prime, elle venait de commencer un régime sans sel, sans matières grasses et sans hydrates de carbone. Elle a mangé en tout et pour tout une salade de crudités sans assaisonnement en mastiquant chaque bouchée pendant une demi-heure. C'était... déconcertant.

— Je mange comme un ogre.

— Difficile à croire.

— Tu verras.

À l'instant où ils atteignaient la porte, elle s'ouvrit. Un homme sortit du restaurant en coup de vent, manteau ouvert, sans gants ni écharpe. Le vent ébouriffa aussitôt les mèches brunes qui encadraient un visage d'une beauté renversante, à la bouche bien dessinée et aux yeux d'un indigo profond comme l'océan. Dès qu'il reconnut Mac, ses traits s'illuminèrent d'un sourire radieux.

— Salut, Macadamia ! s'exclama-t-il avant de la décoller du sol par les coudes et de lui plaquer un baiser sonore sur les lèvres. De tous les restos de la ville, il faut qu'on... Carter ?

Il reposa Mac sur la terre ferme et tendit à Carter une main amicale.

— Comment vas-tu ?

— Bien, Del. Et toi ?

— Bien aussi. Ça fait un bail. Que faites-vous ici tous les deux ?

— Il paraît qu'ils font à manger, alors on s'est dit qu'on allait essayer.

Del décocha un grand sourire à Mac.

— Bon plan. Alors comme ça, vous venez dîner. Tous les deux. Je n'avais pas réalisé que vous étiez ensemble.

— Nous ne sommes pas ensemble, répondirent-ils en chœur.

Carter s'éclaircit la voix.

— Nous venons dîner, c'est tout.

— D'accord, voilà qui est clair. Je viens d'avoir un rapide rendez-vous d'affaires devant un verre, et maintenant je dois retrouver des amis à l'autre bout de la ville. Sinon, je vous aurais volontiers accompagnés. Mais bon, il faut que je file. À plus.

Mac regarda Delaney Brown s'élancer en direction du parking.

— C'était qui, ce type ? plaisanta-t-elle, faisant rire Carter.

En se glissant sur la banquette, Mac se demanda si Carter avait réservé un box en angle ou s'ils avaient juste de la chance. Elle appréciait la touche d'intimité que leur apportait cette table dans ce lieu à l'élégance branchée. Elle déclina le cocktail qu'on lui proposait.

— Alors, la crécelle herbivore : il n'y a pas eu de suite ?

— Je ne crois pas que l'un ou l'autre en avait envie.

— Tu vas souvent à des rendez-vous arrangés ?

— C'était la première et la dernière fois. Et toi ?

— Jamais. Trop effrayant. Et puis, toutes les quatre, nous avons fait le serment il y a des années de ne jamais essayer de nous caser mutuellement. Nous avons toujours tenu parole. Bon, voulez-vous partager une bouteille de vin, professeur Maguire ?

Il glissa la carte des vins vers elle.

— Tu choisis.

— Courageux de ta part, fit-elle remarquer en parcourant la liste. Je ne suis pas une spécialiste, je me contente de les prendre en photo. Mais ils ont ce syrah que j'aime bien.

À cet instant, le serveur s'arrêta devant leur table avec une bouteille de syrah.

— Quel service excellent, commenta Mac, sidérée.

— Monsieur Maguire ? M. Brown a téléphoné et vous offre cette bouteille avec ses compliments. Ou tout autre cru de votre choix, si celui-ci ne convient pas.

Mac dodelina de la tête.

— Ces enfants Brown, ils sont infaillibles. Oui, je prendrai un verre avec plaisir, dit-elle au serveur. D'accord ? demanda-t-elle à Carter.

— Bien sûr. C'est terriblement gentil de sa part.

En effet, songea Mac. C'était aussi un clin d'œil subtil. À la première occasion, il ne manquerait pas de la taquiner à mort.

Selon Carter, Mac était loin de dévorer comme un ogre, sans pour autant chipoter sur une pauvre salade pendant une heure et demie. Il aimait la façon dont elle agitait son verre de vin ou sa fourchette en parlant. Et aussi lorsqu'elle lui prit une bouchée de son bar dans son assiette sans demander s'il n'y voyait pas d'inconvénient.

— Tiens, goûte-moi ce steak, proposa-t-elle, coupant un morceau.

— Non, merci, ça va.

— Tu manges de la viande rouge ?

— Oui.

— Alors goûte.

— D'accord. Tu veux un peu de mon riz ?

— Du riz ? Non. Qui voudrait du riz ? Enfin bref, revenons à nos moutons. Tu as vraiment fait regarder *Clueless* à ta classe de littérature anglaise pour illustrer l'actualité d'*Emma* de Jane Austen ?

— Une démonstration éclatante que la littérature et la narration ne sont pas des formes figées, que les thématiques, les dynamiques, et même les mœurs sociales d'*Emma* trouvent leur équivalent dans la société contemporaine.

— J'aurais aimé avoir des professeurs tels que toi. Tu as aimé *Clueless* ?

— Oui. C'est futé.

— J'adore les films. On en a regardé deux hier soir, mais j'ai fait une overdose de tourte à la dinde et piqué du nez pendant *Le Come-back*. Avec Hugh Grant, précisa-t-elle, agitant de nouveau son verre. Et *Raison et Sentiments*, tu l'as vu ?

— Oui. J'ai trouvé que c'était une adaptation brillante et très fidèle. Tu as lu le livre ?

— Non. Je sais, c'est horrible. Mais j'ai lu *Orgueil et Préjugés* et j'ai adoré. Quelle est ton adaptation favorite d'un roman au cinéma ?

— Mon adaptation favorite ? *Du Silence et des ombres*, sans hésitation.

— Oui, avec Gregory Peck. J'ai lu le livre, ajouta-t-elle. Il est génial, mais Gregory Peck est formidable dans le rôle d'Atticus Finch. Le père parfait. Cette scène à la toute fin où elle... comment s'appelle-t-elle, déjà ?

— Scout ?

— C'est ça. Elle est la narratrice, et tu le vois par la fenêtre au chevet de son fils. Ce moment me bouleverse. Il est si émouvant. Quand je regardais ce film enfant, j'imaginais qu'Atticus était mon père. Ou Gregory Peck – l'un ou l'autre m'aurait convenu. Il aurait été là le matin, à mon réveil. Apparemment, je ne m'en suis toujours pas remise. Pitoyable.

— Je ne trouve pas. J'ignore comment c'est de grandir sans père. Tu ne vois pas le tien souvent ?

— Non, pour ainsi dire jamais. Quand ça m'arrive – tous les deux ou trois ans – il me submerge d'affection, puis m'abandonne sans état d'âme aussitôt après. Il vit dans l'instant présent. Si tu n'es pas dans cet instant avec lui, tu n'existes pas.

— Tu en souffres ?

— Oui, à chaque fois. Mais c'est un sujet trop déprimant pour un dîner aussi agréable. Cite-moi donc plutôt une autre adaptation que tu aimes.

Carter avait envie de lui caresser les cheveux, d'enrouler un bras autour de ses épaules. Mais ce n'était pas le genre de réconfort qu'elle cherchait. Il réfléchit un instant.

— *Stand by Me.*

Mac fronça les sourcils.

— Je ne connais pas celui-là. Qui en est l'auteur ? Steinbeck ? Fitzgerald ? Yeats ?

— Stephen King. C'est tiré d'une de ses nouvelles, *Le Corps*.

— C'est vrai ? Tu lis King ? Il me fiche la frousse, mais je ne peux pas résister. Attends, c'est une histoire de gamins qui partent à la recherche d'un enfant mort, peut-être renversé par un train ? Oui, je me souviens... Kiefer Sutherland jouait un affreux truand. Il était génial.

— Un bel exemple d'amitié et d'apprentissage de la loyauté.

— Tu as raison, approuva-t-elle en le dévisageant. Je parie que tu es un professeur vraiment fascinant.

Elle repoussa son assiette, puis se cala dans son fauteuil, son verre de vin à la main.

— Que fais-tu en dehors de l'enseignement, de la lecture et du visionnage d'adaptations ?

— Ça fait déjà beaucoup.

— Golf, varappe, philatélie ?

Il secoua la tête avec un sourire.

— Non.

— Espionnage international, aquarelle, chasse aux canards ?

— J'ai dû renoncer à l'espionnage international parce que je souffrais du décalage horaire. En fait, je suis plutôt ennuyeux.

— Faux. Et pourtant, crois-moi, je suis la première à m'y attendre.

— Euh... merci ?

Elle se pencha en avant, lui tapota le bras du bout de l'index et se recala contre son dossier.

— D'accord, Carter, maintenant que tu t'es autorisé... bigre, presque trois quarts d'un verre de vin !

— Je conduis.

— En respectant les limitations de vitesse. Le moment est venu de me parler de Corrine.

— Oh, eh bien, il n'y a vraiment rien à dire.

Elle surprit une lueur fugace dans son regard.

— Elle t'a fait souffrir. Excuse-moi, je suis insensible et indiscrète.

— Faux. Et pourtant je suis le premier à m'y attendre.

Elle sourit.

— Comme tu es mignon quand tu fais le malin. Mais c'est de bonne guerre. Et si tu commandais le dessert pour que je puisse faire ma mijaurée en n'en prenant pas... avant d'avaler la moitié du tien ?

Mac avait oublié comme c'était agréable d'avoir une longue conversation à bâtons rompus avec un homme devant un bon repas. Un homme qui lui prêtait une oreille attentive – et n'était pas forcément obnubilé par le bonus éventuel en fin de soirée.

Il la faisait réfléchir. Et l'amusait aussi. Sans compter qu'il avait un charme fou, ce qui ne gâtait rien. Un charme naturel, tout en retenue.

Et puis, lorsqu'il chaussait ses lunettes pour lire le menu, elle se sentait fondre.

— Veux-tu qu'on aille ailleurs ? s'enquit-il quand ils regagnèrent la voiture. Il est sans doute trop tard pour le cinéma. Une discothèque ?

— Je suis sortie en boîte avant-hier avec les filles.

Une autre fois, se dit-elle. Elle réalisa qu'elle s'était peut-être trompée sur toute la ligne en supposant que Carter Maguire ne serait pas à sa place en discothèque.

— Je ferais mieux de rentrer, reprit-elle. J'ai eu plusieurs journées chargées cette semaine et j'ai encore du travail à rattraper demain.

Il lui ouvrit la portière.

— Tu as envie qu'on se revoie ?

Mac ressentit un petit tressautement au creux du ventre du fait qu'il lui pose la question, justement en ces termes. De nouveau, il lui donnait le pouvoir. Terrifiant.

— J'y pense.

— D'accord.

Quand il s'assit au volant et mit le contact, elle se tourna vers lui.

— Donne-moi cinq raisons pour lesquelles tu voudrais me revoir.

— Doivent-elles être classées par ordre d'importance ?

Bon sang, il lui plaisait vraiment trop.

— Non, juste comme ça, sans réfléchir.

— D'accord. J'aime ta façon de t'exprimer. J'aime ton physique. Je veux mieux te connaître. J'ai envie de faire l'amour avec toi. Et quand je suis avec toi, je me sens...

— Tu te sens comment ?

— Vivant.

— Bonnes réponses, dit-elle après un silence. Excellentes, même.

— Et toi, tu me donnes les tiennes ?

— J'y travaille encore. Mais dans un souci de franchise totale, tu dois savoir que si j'assure pour les rendez-vous, j'ai de moins bonnes notes dans une relation plus suivie.

— Ah bon ? Comment est-ce possible, alors que tu fréquentes tes trois amies depuis toujours ?

— Je ne couche pas avec.

— Voilà un argument intéressant, mais l'amour physique n'est qu'une composante des relations qui vont au-delà de la simple amitié.

— Voyons, Carter, le sexe, ça dépasse tout. Sans parler des efforts qu'il faut consentir pour entretenir une relation amoureuse. Mais concentrons-nous sur le sexe juste une minute, veux-tu ?

— Je ne suis pas sûr que ce soit futé quand je conduis.

— Et si nous arrivons à ce stade et que c'est un fiasco ? On fait quoi après ?

— Si tel était le cas, j'appliquerais d'abord le principe élémentaire bien connu, selon lequel la plupart des choses s'améliorent avec la pratique. Et je serais partant pour pratiquer beaucoup.

— Mignon. Mais si ce n'est pas un fiasco, c'est à ce moment-là que les choses commencent à se compliquer.

Il glissa un regard dans sa direction.

— Tu vois toujours tout en noir comme ça ?

— Dans ce domaine, oui. Je ne suis restée amie avec aucun de mes ex. Je veux dire, je ne leur souhaite pas une mort atroce ou de vendre des mini-fours pour l'éternité. Mais quand c'est fini, nous coupons les ponts, point final. Et toi, je t'aime bien.

Il roula un moment en silence.

— Laisse-moi résumer. Tu m'aimes bien, c'est déjà un point positif. Mais tu penses que si nous couchons ensemble et que c'est un fiasco, il n'y aura plus d'amitié possible entre nous. Et si c'est bien, nous compliquerons les choses et finirons par ne plus nous apprécier.

— Dit comme ça, ça paraît stupide, je sais...

— J'aime les casse-tête. Ça fait travailler les méninges.

Elle pouffa de rire.

— Toujours à la ramener, hein, Carter ? Mais en finesse, ça me plaît.

— Et moi, ce qui me plaît chez toi, c'est ta façon de mettre les pieds dans le plat. Alors j'imagine que notre relation est vouée d'avance à l'échec.

Elle le fusilla du regard avec un sourire en coin. Lorsqu'il se gara devant son studio, il lui rendit son sourire.

— Je pense à toi tout le temps, Mackensie. Que tu sois là ou non.

Il descendit de voiture et raccompagna Mac sur le pas de sa porte.

— Si je t'appelais demain, ce ne serait pas trop pressant ?

— Non, répondit-elle, les yeux au fond des siens tout en cherchant ses clés dans son sac. J'envisage de t'inviter à entrer.

— Mais...

— Hé, c'est moi qui suis censée dire « mais ».

— À mon avis, ce ne serait pas une bonne idée. Pas encore. Quand, enfin *si* nous couchons ensemble, il ne faudrait pas que ce soit pour prouver un argument, mais parce que nous avons envie l'un de l'autre.

— Quel homme raisonnable tu es, Carter ! Embrasse-moi donc pour me souhaiter bonne nuit.

Il s'approcha d'elle et prit son visage entre ses mains. De longs doigts fuselés, songea-t-elle, frais contre sa peau. Ses yeux d'un bleu si doux plongèrent au fond des siens avec une intensité qui la déstabilisa. Le contact se prolongea un instant, puis un autre, si bien que son cœur s'affola avant même que les lèvres de Carter n'effleurent les siennes.

Avec tant de tendresse et de spontanéité que son cœur affolé en soupira d'aise.

Tandis qu'elle se laissait envahir par une agréable chaleur, il l'attira contre lui et leurs langues entamèrent une danse sensuelle qui finit de la faire chavirer.

Carter la sentit s'abandonner entre ses bras, et le long soupir étouffé qu'elle laissa échapper signa sa reddition. Il mourait d'envie de caresser sa peau, de pétrir ses adorables seins dans ses paumes, de suivre du bout des doigts la courbe de son dos, de sentir ses jambes nouées autour de ses hanches…

Il voulait davantage qu'un homme raisonnable ne pouvait désirer.

Il interrompit leur étreinte et s'écarta, se contentant d'effleurer du pouce sa lèvre inférieure.

— C'est vrai, ce serait peut-être une erreur… murmura Mac.

Elle se faufila en hâte à l'intérieur, referma la porte et s'adossa au battant. Et se demanda si l'erreur était de ne pas l'avoir laissé entrer.

8

Mac consacra quatre bonnes heures aux retouches et tirages d'épreuves. Le travail l'aidait à se concentrer et à garder son calme. Pas question de laisser son esprit vagabonder autour d'un séduisant professeur alors que ses clients attendaient d'elle – et méritaient – le meilleur.

Elle se concentra sur l'équilibre des couleurs et des contrastes, afin de traduire au mieux l'atmosphère et les émotions.

Elle rendit plus nets les mariés qui descendaient en riant la travée centrale, main dans la main, et fondit l'arrière-plan en un élégant flou artistique. Il n'y avait plus qu'eux deux, songea-t-elle, éperdus de bonheur en ces premières secondes de leur mariage. Tout le reste était plongé comme dans un rêve, faisant ressortir leurs visages, leur union.

Satisfaite, elle fit un premier tirage afin de tester son papier. Une fois imprimé, elle l'examina avec soin à la recherche de défauts.

Comme cela lui arrivait parfois, elle ajouta le cliché à la commande déjà passée. Un petit cadeau pour les nouveaux mariés. Elle changea de poste de travail, déballa les albums que ses clients avaient choisis et entreprit d'y disposer les photographies qui racontaient l'histoire de la journée.

Elle fit de même avec les albums plus petits et les clichés sélectionnés par la famille.

De retour à son ordinateur, elle imprima les cartes de remerciement avec le portrait retenu par les mariés. Puis elle les rangea par boîtes de vingt-cinq qu'elle ferma à l'aide d'un fin ruban de satin blanc, avant de faire une pause.

Elle avait encore à s'occuper de l'encadrement d'une douzaine de portraits pour la galerie personnelle de ses clients et leurs cadeaux.

Mais elle terminerait dans la journée, se promit-elle en se levant avant de s'étirer comme un chat. Sur sa lancée, elle contacterait ses clients dès le lendemain matin pour organiser la livraison.

Elle se plia en deux vers l'avant, les bras relâchés. On frappa à la porte.

— C'est ouvert ! lança-t-elle sans quitter sa position.

— Tu n'as toujours pas de fesses.

Mac tourna la tête et vit Delaney à l'envers.

— J'avais un pressentiment.

— Je suis passé déposer de la paperasse et bavarder avec Parker avant d'aller chez Jack voir le match, expliqua-t-il, ôtant son manteau qu'il jeta sur le canapé. Alors, comment était le vin ?

— Excellent. Merci pour cette gentille attention.

— Alors, toi et Carter Maguire ?

Comme chez lui, il alla dans la cuisine. Mac entendit le réfrigérateur s'ouvrir, puis sa voix contrariée :

— Mac, pas étonnant que tu n'aies pas de fesses. Pourquoi n'as-tu que du Coca light dans ton frigo ?

— Pour être sûre de ne pas me faire siffler ma réserve par des parasites comme toi.

Elle se redressa lorsqu'il revint avec, à la main, une canette dont il ouvrit l'opercule.

— Nécessité fait loi, comme on dit. À ce qu'il paraît, Carter et toi sortez ensemble parce que sa sœur est une de vos clientes.

— Nous nous sommes retrouvés par hasard. Il l'accompagnait.

— Et à la première occasion, tu exhibes tes seins sous son nez.

Mac haussa les sourcils.

— Parker ne se serait pas exprimée ainsi, et c'est d'elle que tu tiens l'info. Si tu veux à tout prix me tirer les vers du nez comme une curieuse, on devrait papoter sur le canapé en se faisant des tresses.

— Tu n'as pas les cheveux assez longs, rétorqua-t-il avant de boire une gorgée de soda. Beurk, fit-il avec une grimace. Mais revenons à nos moutons. Un homme est forcément curieux et un brin soupçonneux, quand un autre tourne autour de sa petite sœur de cœur.

Mac alla aussi se chercher un Coca.

— Nous avons dîné au restaurant. Selon mes sources, c'est une activité humaine des plus banales.

— Le deuxième rendez-vous, d'après ma source d'une fiabilité à toute épreuve. Sans compter le strip-tease, enchaîna-t-il en agitant les sourcils.

— Il n'y a pas eu de strip-tease, juste une absence momentanée de chemisier, espèce de pervers.

— Eh oui, j'ai beaucoup de surnoms. Et tes réponses évasives m'incitent à me demander si c'est du sérieux.

— Je ne suis pas évasive, et d'abord quel est ton problème avec Carter ?

— Je n'ai pas de problème avec Carter. Je l'ai toujours apprécié, répliqua Del qui s'assit sur l'accoudoir du canapé. Je ne l'avais pas revu depuis son retour. J'avais entendu dire qu'il sortait avec Corrine Melton. Elle travaille pour un client de Jack qui la trouvait pénible.

— Que sais-tu d'elle ?

— Ah, ah ! Alors c'est du sérieux.

— Ferme-la. Raconte.

— Impossible de faire les deux à la fois.

— Arrête, Del.

— Je ne sais rien, à part qu'elle agaçait Jack et l'aurait dragué, figure-toi. Alors qu'elle était encore avec Carter. Ce qui, je suppose, n'est plus le cas.

— À quoi ressemble-t-elle ? Elle est jolie ?

— Bon Dieu, Mac, là c'est toi la grande curieuse. Je n'en ai aucune idée. Demande à Jack.

La mine renfrognée, elle pointa l'index vers la porte.

— Si tu n'as pas d'infos, prends ta canette et débarrasse le plancher. J'ai du travail.

Il lui décocha un grand sourire. Le sourire assuré et charmeur des Brown.

— Dommage, je m'amuse comme un fou.

— Si tu ne me dis rien, je reste muette comme une carpe. C'est donnant-donnant.

Le téléphone sonna. Elle vérifia l'écran, mais ne reconnut ni le nom ni le numéro.

— Vœux de Bonheur, Mackensie Elliot.

— Mackensie ! Bonjour de Floride où il fait un soleil radieux !

— Maman...

Elle se plaqua l'index contre la tempe et fit mine de se tirer une balle.

Del reposa son manteau sur le canapé. On ne laissait pas une amie dans le pétrin. Et si Linda était au téléphone, celui-ci n'était pas loin.

— Je passe des moments formidables ! J'ai l'impression d'être une autre femme !

— C'est le téléphone de qui ?

— Oh, d'Ari. J'ai laissé le mien dans ma chambre et nous sommes au bord de la piscine. Enfin, moi. Il est allé chercher nos cocktails. Quel amour. C'est le paradis ici. J'ai un soin bientôt, mais je tenais d'abord à te parler. Voilà pourquoi Ari m'a prêté son téléphone. Un vrai gentleman.

Non, mais je rêve, se dit Mac.

— Je suis contente que tu passes du bon temps.

— Cette cure a un effet extraordinaire. Sur ma santé et mon bien-être. Mon bien-être mental, émotionnel et spirituel. J'ai besoin d'une deuxième semaine.

Mac ferma les yeux.

— Je ne peux rien pour toi.

— Bien sûr que si ! Chérie, je dois poursuivre cette cure. Sinon, je suis sûre de replonger dès mon retour. Tout aura été vain, comme si tu avais jeté ton argent par la fenêtre. Il me faut juste encore mille dollars. Disons deux mille par sécurité.

— Je n'ai plus d'argent à te prêter.

Mac songea au travail qu'elle avait fait. Plus de quatre heures un dimanche.

— Tu n'as qu'à faire un virement, insista Linda dont la voix grimpa d'un cran dans les aigus. Je ne te demande pas de descendre jusqu'ici avec du liquide, pour l'amour du Ciel. Il te suffit de contacter le centre pour leur communiquer tes coordonnées bancaires et ils s'occuperont du reste. Je les ai déjà prévenus de ton appel et...

— Tu ne peux pas continuer à me faire ce coup-là, l'interrompit Mac d'une voix qui menaçait de se briser. Tu ne peux pas me demander de payer tout le temps comme ça. Je...

Mac sursauta lorsque Del lui arracha le combiné de la main.

— Ne t'en mêle pas, protesta-t-elle, mais il la fit taire d'un regard.

— Linda ? Bonjour, c'est Delaney Brown. Désolé, Mackensie est occupée.

— Nous n'avons pas fini...

— Si, Linda, vous avez fini. Quelles que soient vos exigences cette fois-ci, votre fille a dit non, et maintenant elle est occupée.

— Vous n'avez pas le droit de me parler sur ce ton. Parce que vous êtes un Brown, parce que vous avez de l'argent, vous vous imaginez que vous pouvez vous interposer entre ma fille unique et moi ?

— Non, je pense en avoir le droit parce que je suis son ami. Je vous souhaite une bonne journée.

Il raccrocha et se tourna vers Mac qui se tenait derrière lui, toute la misère du monde dans les yeux.

— Ne pleure pas, lui ordonna-t-il.

Elle secoua la tête et se jeta droit dans ses bras, le visage enfoui contre son épaule.

— Bon sang, pourquoi je la laisse faire ?

— Parce que si tu avais le choix, tu serais une fille affectionnée. Mais elle ne te laisse pas le choix. C'est de sa faute, Mac. Encore de l'argent ?

— Oui, une fois de plus.

Il lui frotta le dos.

— Tu as fait ce qu'il fallait. Tu as su dire non. Maintenant, je veux que tu me promettes de ne plus répondre au téléphone quand elle rappellera. Si tu ne me donnes pas ta parole, je te traîne *manu militari* jusque chez Jack et je te force à regarder le match avec nous.

— Promis. Je n'aurais pas décroché, mais je n'ai pas reconnu le numéro. Elle a utilisé le portable d'un certain Ari et m'a appelée sur ma ligne professionnelle. Elle sait y faire.

— Filtre tes appels, d'accord ?

— D'accord. Merci, Del.

— De rien. Je t'aime, ma grande.

Elle recula d'un pas en souriant.

— Je sais. Moi aussi. File regarder le foot.

Il reprit son manteau.

— D'accord. Si tu as besoin de moi...

— Je t'appelle. Promis.

Mac ne put se remettre au travail. Pas avant de s'être vidé la tête et d'être à nouveau capable de se concentrer. Et la crise de larmes qu'elle sentait monter n'allait rien arranger.

Une promenade, se dit-elle. La dernière fois, avec Carter, cela lui avait fait du bien.

Ce n'était pas le soir et il ne neigeait pas, mais l'air était vif et froid. Les autres étaient bien au chaud à l'intérieur, mais tout près. Si elle avait besoin de compagnie, elle saurait où la trouver.

Elle se souvint des mangeoires à oiseaux et traversa la pelouse enneigée pour les remplir. La réserve diminue, constata-t-elle en soulevant le couvercle de la boîte en fer. Un achat à ajouter sur la liste des courses.

Graines pour oiseaux du ciel en sac de cinq kilos. Un litre de lait. Une bonne dose de courage.

Dommage qu'on ne puisse acheter ce dernier article au supermarché du coin. Elle allait devoir s'endurcir dans ses relations avec Linda Elliot Meyers Barrington.

Après avoir refermé avec soin le couvercle de la boîte, Mac marcha jusqu'à l'étang et s'arrêta sous un saule. Elle essuya la neige sur le banc protégé par l'éventail des longues branches souples et s'assit un moment. Le sol était encore recouvert d'un tapis blanc, mais le soleil avait fait fondre la neige sur les branches qui se dressaient, tels des squelettes décharnés, vers le ciel d'un bleu passé.

Elle apercevait la tonnelle aux roses prisonnière des tiges entrelacées et hérissées d'épines. Et, au-delà, la pergola que couvrait la glycine dénudée.

Un tableau paisible, sans doute, aux couleurs et à la vie endormies pour l'hiver. Mais en cet instant, le seul mot qui lui vint à l'esprit était « solitude ».

Mac se leva pour rentrer. Elle serait mieux à travailler. Son cafard finirait bien par passer.

Elle mettrait de la musique. Fort pour ne pas avoir à entendre ses pensées.

Quand elle ouvrit la porte, elle entendit les pleurs, puis la voix sanglotante de sa mère.

— Comment peux-tu être si froide, si cruelle ? J'ai besoin de ton aide. Juste quelques jours encore, Mackensie. Le temps de…

À son immense soulagement, le répondeur coupa la communication.

Mac referma la porte et ôta son manteau avec lassitude. Travailler ? Quelle bonne blague.

Elle se blottit sur le canapé. Elle allait dormir pour oublier.

Lorsque le téléphone se remit à sonner, elle se recroquevilla en position fœtale.

— Oh non, par pitié, fiche-moi la paix…

— Euh… bonjour, c'est Carter. Tu dois travailler, ou alors tu es sortie. Ou alors tu n'es tout bonnement pas d'humeur à parler.

— Je ne peux pas, murmura-t-elle du canapé. Parle-moi, toi.

Elle ferma les yeux et se laissa bercer par sa voix apaisante.

Carter raccrocha. Le chat roux à trois pattes qu'il avait baptisé Triade sauta sur ses genoux. Distraitement, il le gratta entre les oreilles. Il aurait aimé parler à Mac. Même juste une minute. S'il l'avait fait, il ne serait pas assis dans ce fauteuil à penser à elle, au lieu de s'occuper de ses corvées du dimanche.

Il avait la lessive à faire, ses cours du lendemain à revoir, des copies à corriger et les plans des histoires de son atelier d'écriture à évaluer. Sa présentation sur la dualité des personnages féminins chez Shakespeare n'était pas encore terminée, et il n'avait pas consacré autant d'attention qu'il l'aurait souhaité à sa nouvelle en cours.

Et ce soir, il était attendu pour dîner chez ses parents.

Son esprit s'évadait vers Mac à longueur de temps et il avait beau en avoir conscience, il ne pouvait rien y changer.

— D'abord la lessive, dit-il au chat qu'il déposa sur le fauteuil qu'il venait de quitter.

Après avoir lancé une première machine dans la minuscule buanderie attenante à la cuisine, il mit l'eau à chauffer pour un thé, puis se ravisa. Y avait-il une loi qui lui interdisait de boire du café au milieu de l'après-midi ? Non, décréta-t-il.

Il monta à l'étage, dans la plus petite des deux chambres aménagée en bureau. Il entreprit de corriger des copies et soupira devant le C moins qu'il fut contraint d'infliger à l'un de ses élèves les plus brillants – et les plus paresseux. Il sentait la convocation se profiler à l'horizon. Inutile de la repousser, décida-t-il avant d'écrire sous la note : *Viens me voir après le cours.*

Quand le minuteur sonna, il descendit transférer ses vêtements dans le sèche-linge et chargea une deuxième machine.

144

De retour à son bureau, il évalua les plans de ses écrivains en herbe. Au stylo rouge, il inscrivit ses commentaires, suggestions et corrections. Il adorait ce travail – c'était passionnant de voir comment ses élèves organisaient leurs pensées, créaient leur propre univers.

Une fois son travail accompli et la lessive achevée, il lui restait encore plus d'une heure à tuer avant de partir chez ses parents. Il mit ce temps à profit pour chercher des recettes de cuisine sur Internet.

Cela ne signifiait nullement qu'il inviterait Mac à dîner chez lui. C'était juste en prévision. S'il perdait l'esprit et suivait les conseils de Bob, il serait utile d'avoir un plan.

Rien de trop sophistiqué ou compliqué, se dit-il, car ce serait un désastre. Mais rien de trop basique ou ordinaire non plus.

Il imprima plusieurs choix et nota des menus potentiels. Avec les vins. Mac aimait le vin. Il n'y connaissait rien, mais il apprendrait. Il rangea le tout dans un fichier.

De toute façon, il l'inviterait sans doute au cinéma. La sortie classique, film plus pizzeria. En toute décontraction, sans pression ni attentes particulières. C'était la solution pour laquelle il opterait le plus probablement, conclut-il en passant dans sa chambre enfiler une chemise propre.

Ce serait pourtant une bonne idée d'acheter quelques bougies, peut-être même des fleurs. Il jeta un regard à la ronde et imagina Mac dans sa chambre. Il l'allongerait sur son lit et, sans quitter des yeux son visage baigné par les lueurs dansantes et dorées des bougies, explorerait sa peau nue du bout des doigts.

Tu t'emballes, Carter.

Après avoir inspiré un grand coup, il baissa les yeux vers le chat qui le fixait.

— Elle a raison. Le sexe, ça dépasse tout.

La maison de Chestnut Lane avec son grand jardin et ses arbres centenaires était une des raisons pour lesquelles Carter avait renoncé à son poste à Yale. Avec ses volets bleus, ses bardeaux blancs, sa robuste terrasse et ses grandes lucarnes, elle lui avait manqué. Ses habitants aussi.

Il ne pouvait pas dire qu'il y venait plus souvent maintenant que lorsqu'il vivait à New Haven. Mais il avait la satisfaction de savoir qu'il pouvait passer si l'envie lui en prenait. Il traversa le vestibule et entra dans le salon où Chauncy, le cocker de la famille, dormait en boule sur le canapé.

Le chien n'avait pas le droit de monter sur les coussins, et le savait pertinemment. Avec un air penaud et des battements de queue, il implora donc son silence.

— Je n'ai rien vu, murmura Carter qui poursuivit son chemin en direction du vaste espace cuisine et salle à manger d'où lui parvenait du bruit. La maison embaumait le rôti aux oignons de sa mère. Il reconnut le rire de sa sœur cadette, ponctué d'éclats de voix masculines.

Le match avait commencé.

Il s'arrêta sur le seuil pour étudier le tableau. Sa mère, la silhouette robuste et le visage osseux, comme taillé dans le granit de la Nouvelle-Angleterre, remuait un plat qui mijotait sur la cuisinière, tandis que Sherry, adossée au plan de travail auprès d'elle, lui parlait avec animation, agitant le verre de vin qu'elle tenait à la main. Les poings sur les hanches devant la baie vitrée, sa sœur aînée, Diane, observait ses deux enfants qui dévalaient la pente enneigée du jardin sur des luges de couleur vive, emmitouflés jusqu'aux yeux.

Son père, son beau-frère et Nick s'exclamaient de plus belle devant le match de l'autre côté du coin-repas. Comme le football lui donnait soit la migraine, soit envie de dormir, Carter choisit le clan des femmes dans la cuisine. Il s'approcha de sa mère par-derrière et se pencha pour l'embrasser sur les cheveux.

146

— Je croyais que tu nous avais oubliés, dit Pam Maguire qui tendit à son fils une cuillerée de la soupe aux pois cassés qui mijotait dans un faitout.

— J'avais plusieurs choses à finir. Hmm, c'est bon, approuva-t-il après avoir docilement goûté la soupe.

— Les enfants ont demandé après toi. Ils s'imaginaient que tu serais là pour faire de la luge avec eux.

Il crut déceler un soupçon de reproche dans le ton de Diane. Conscient que sa sœur aimait râler pour un oui ou pour un non, il la rejoignit et l'embrassa sur la joue.

— Content de te voir aussi.

— Prends du vin, Carter, dit Sherry qui leva les yeux au ciel dans le dos de Diane. Nous ne pouvons pas manger avant la fin du match, de toute façon. Nous avons tout le temps.

— Chez nous, il n'est pas question de repousser le dîner en famille à cause du sport, fit remarquer Diane.

Ce qui expliquait pourquoi son beau-frère profitait des règles moins strictes de la famille Maguire, songea Carter.

Les fans de foot bondirent du fauteuil et du canapé à grand renfort d'acclamations enthousiastes. Essai.

— Pourquoi ne prends-tu pas un verre de vin avec nous, Diane ? proposa Pam qui tapota sa cuillère sur le rebord du faitout, puis baissa le feu. Les enfants ne craignent rien dehors. Nous n'avons pas eu d'avalanche depuis plus de dix ans maintenant. Michael ! Ton fils est là.

Mike Maguire leva un bras, l'index dressé, puis l'autre en geste de victoire quand le botteur transforma l'essai, marquant un point supplémentaire.

— Excellent !

Il sourit à Carter par-dessus son épaule, sa peau claire d'Irlandais rosie de plaisir, encadrée par son collier de barbe argentée.

— Les Giants mènent de cinq points !

Sherry tendit un verre à Carter.

— Puisque tout est sous contrôle ici et de l'autre côté, dit-elle, désignant l'écran, assieds-toi donc et parle-nous un peu de Mackensie Elliot.

— Mackensie Elliot ? La photographe ? *Vraiment ?* enchaîna Pam d'une voix traînante qui ne laissait rien augurer de bon.

— Je crois que je vais regarder la fin du match.

— Pas question, intervint Sherry qui le repoussa contre le plan de travail. J'ai entendu dire qu'on vous avait vus ensemble au Coffee Talk.

— Nous avons pris un café et nous avons bavardé. Rien de plus normal.

— Et aussi que vous étiez encore plus intimes aux Saules hier soir. Alors ?

Sherry n'avait pas son pareil pour laisser traîner ses oreilles au bon endroit, songea Carter avec lassitude. Sa sœur était une sorte de radar humain ultraperfectionné.

— On s'est vus une ou deux fois.

— Tu fréquentes Mackensie Elliot ? demanda Pam.

— Apparemment.

— La Mackensie Elliot pour laquelle tu as eu le béguin pendant des mois au lycée ?

— Comment sais-tu que je... (Question stupide, sa mère savait toujours tout.) Nous avons juste dîné. Ça n'a rien d'un scoop national.

— Ici, ça l'est, corrigea Pam. Tu aurais pu l'inviter ce soir. Quand il y en a pour neuf, il y en a pour dix.

— Maman... nous n'en sommes pas aux repas en famille. Ce n'était qu'une sortie au restaurant.

— Rendez-vous numéro deux avec le café, rectifia Sherry. Tu vas la revoir ?

— Probablement. Peut-être. Je n'en sais rien, marmonna-t-il, fourrant les mains au fond de ses poches.

— J'ai entendu parler d'elle en bien, et il paraît qu'elle fait un excellent travail. Sinon, elle ne s'occuperait pas du mariage de Sherry.

— N'est-elle pas la fille de Linda Elliot ? Ou plutôt Barrington, maintenant ?

— Je n'ai pas rencontré sa mère. C'était un dîner en tête à tête.

Le tour que prenait la conversation attisa la curiosité de Diane, qui s'arracha à la fenêtre.

— Linda Barrington, oui, bien sûr. Sa fille est une grande amie des Brown, d'Emmaline Grant et encore une autre. Elles dirigent à quatre cette agence de mariage, Vœux de Bonheur.

— J'imagine que c'est elle, confirma Carter.

— Linda Barrington, répéta Diane qui pinça les lèvres avec réprobation. C'est la femme qui a eu une liaison avec Stu Gibbons et brisé son couple.

— La fille peut difficilement être tenue pour responsable du comportement de sa mère, objecta Pam qui ouvrit le four pour vérifier la cuisson de son rôti. Et c'est Stu qui a brisé lui-même son couple.

— Ah bon ? J'ai entendu dire que cette femme l'avait poussé à quitter Maureen et, comme il refusait, avait révélé elle-même leur liaison à Maureen. Celle-ci a tondu Stu avec le divorce – qui pourrait l'en blâmer ? – et bizarrement, Linda Barrington n'était plus si intéressée que ça au bout du compte.

— On parle de Mackensie ou de sa mère ? s'étonna Pam.

Diane haussa les épaules.

— Je dis juste ce que je sais. Les gens racontent qu'elle est toujours à la chasse au mari, surtout si c'est celui d'une autre.

— Je ne sors pas avec la mère de Mackensie, fit remarquer Carter d'un ton si calme et glacial que le regard de sa sœur s'embrasa.

— Qui a dit une chose pareille ? Mais tu connais le proverbe sur les chats et les chiens. Tu devrais faire attention, c'est tout, pour ne pas te retrouver avec une deuxième Corrine Melton sur le dos.

— Diane, pourquoi te sens-tu toujours obligée de sortir des vacheries ?

— Je ne dirai plus rien.

— Bonne idée.

Pam leva les yeux au ciel quand Diane regagna son poste devant la fenêtre d'un pas furibond.

— Elle est de mauvaise humeur depuis son arrivée.

— Depuis sa naissance, tu veux dire, bougonna Sherry.

— Ça suffit. Si ma mémoire est bonne, cette Mackensie Elliot est une jolie fille. Et comme je l'ai dit, j'ai entendu parler d'elle en bien. Il faut beaucoup de courage et les reins solides pour réussir dans la vie sans parents pour vous soutenir.

Carter embrassa sa mère sur la joue.

— Tout le monde n'a pas autant de chance que nous.

— C'est bien vrai. Diane, dis aux enfants de rentrer se laver les mains. On mange dans deux minutes.

À table, après une reconstitution animée du match, la conversation porta sur la pièce de théâtre dans laquelle jouait sa nièce à l'école, avant de dévier sur le mariage de Sherry, puis son neveu qui voulait à tout prix avoir un chiot. Carter se détendit. Sa relation avec Mac – s'il y en avait une – ne fut pas abordée.

Nick débarrassa, un geste qui lui avait valu l'affection de Pam depuis son premier repas sous ce toit. Mike se cala contre son dossier et parcourut du regard les convives rassemblés de part et d'autre de la longue table de la salle à manger.

— J'ai une nouvelle à vous annoncer.

— Tu vas m'acheter un chien, papy ?

Mike se pencha vers son petit-fils.

— Laisse-moi travailler ta mère encore un peu, murmura-t-il avant de se redresser. Votre mère et moi fêtons notre anniversaire de mariage le mois prochain. Tu es toujours l'élue de mon cœur, ajouta-t-il avec un clin d'œil à l'intention de Pam.

— J'avais pensé à une petite fête au club, suggéra Diane. Avec juste les parents et les amis.

— C'est gentil, Diane, mais mon épouse et moi célébrerons nos trente-six années de bonheur conjugal sous le soleil d'Espagne. À condition qu'elle soit d'accord, bien entendu.

— Michael !

— Il y a deux ans, nous avons dû reporter le voyage que nous avions prévu quand j'ai été nommé à la tête du service de chirurgie. Alors, qu'en penses-tu, chérie ? À nous la paella !

— Laisse-moi juste cinq minutes pour faire mes bagages ! s'exclama Pam qui se leva d'un bond et courut se laisser choir sur les genoux de Mike.

— Vous pouvez vous lever de table, dit celui-ci avec un salut de la main à ses enfants.

Voilà aussi pourquoi il était revenu auprès de ses parents, songea Carter.

Pour la constance des sentiments qui les unissaient.

9

Une humeur de chien n'était pas une excuse pour faire faux bond au petit déjeuner de travail du lundi matin. Mac traîna donc la sienne, des plus hargneuses, jusqu'à la salle de conférences. Laurel et Parker étaient déjà installées dans l'ancienne bibliothèque des Brown, grignotant des muffins aux airelles.

Les livres étaient restés et contribuaient au décor. Une belle flambée crépitait gaiement dans la cheminée. L'ancienne table de bibliothèque en chêne ciré accueillait la machine à café, et la console gravée renfermait une réserve d'eau minérale en bouteilles.

Ses amies avaient pris place autour de la table ronde au plateau en marqueterie, au milieu de la pièce. Toutes deux pétillantes et pimpantes. Pas un cheveu ne dépassait de leurs coiffures impeccables à huit heures du matin. Rien qu'à les regarder, elle se sentait mal fagotée et godiche dans le jean déchiré qu'elle avait enfilé à la va-vite.

Laurel souleva sa tasse d'un cappuccino que Mac savait préparé à la perfection.

— Et quand je lui ai demandé une explication, il m'a répondu texto : « Je ne sors jamais sans ma brosse à dents. »

Elle laissa échapper un ricanement de dérision, puis sourit à Mackensie.

— Tu viens de rater mon récit intitulé *Comment j'ai largué Martin Boggs*. Pourquoi diable suis-je sortie avec un type appelé Martin Boggs, pour commencer ? J'espère que tu as passé une meilleure soirée que moi.

— C'était pas mal.

— Petite cachottière, elle était si bonne que ça ?

— Pas mal, j'ai dit, bougonna Mac qui posa brutalement son ordinateur sur la table et alla se planter d'un pas rageur devant la machine à café. Bon, on peut commencer ? J'ai un boulot monstre aujourd'hui.

— Dis donc, on s'est levée du pied gauche ce matin, persifla Laurel.

Mac la gratifia d'un doigt d'honneur.

— Je te rends la politesse, ma vieille, riposta Laurel.

— Les filles, les filles, s'interposa Parker avec un long soupir. Je ne vais pas devoir vous séparer, quand même. Mac, prends un muffin.

— Je n'en ai rien à faire de ton foutu muffin. Ce que je veux, c'est en finir au plus vite avec cette réunion qui est une perte de temps, de toute façon.

— Nous avons trois événements ce week-end, Mac, lui rappela Parker.

— Qui ont tous été prévus, organisés, discutés, minutés, disséqués jusqu'au plus infime détail. Nous savons ce que nous faisons. À quoi bon perdre notre temps en blabla inutile ?

— Bois donc un café, suggéra Parker d'un ton nettement rafraîchi. Tu sembles en avoir besoin.

— Je n'ai pas besoin de café, ni d'un stupide muffin, protesta Mac qui fit volte-face vers elle. Laisse-moi faire un résumé de la situation. Des gens vont venir. Deux d'entre eux vont se marier – très probablement. Si un problème survient, il sera réglé. Si un invité est ivre, on s'occupera de son cas. Il y aura à manger et de la musique. Puis les gens partiront et nous serons payées. Les deux qui se seront très probablement mariés divorceront tout aussi probablement dans les cinq ans. Mais là n'est pas notre problème. Fin de la réunion.

— Dans ce cas, tu sais où est la porte, rétorqua Laurel avec un grand geste.

Mac claqua sa tasse sur la console.

— Bonne idée.

— Eh, attends une minute ! intervint sèchement Parker. C'est de notre travail qu'il s'agit. De notre entreprise. Si tu trouves à redire sur sa gestion, nous programmerons une réunion afin que tu puisses exprimer tes griefs. Mais pour l'instant, ta crise n'est pas inscrite à l'ordre du jour.

— Bien sûr, j'avais oublié que nos vies sont réglées sur le tout-puissant ordre du jour. Si ce n'est pas planifié dans le sacro-saint tableur ou le BlackBerry magique, ce n'est pas digne de Parker. Les clients sont autorisés à croire qu'ils sont de véritables humains dotés d'un cerveau et d'émotions sincères, alors qu'en fait, ils ne sont que de pauvres marionnettes dont tu tires les ficelles. Tout le monde en rang devant Parker, ou ça va barder !

Parker se leva avec lenteur.

— Si tu as un problème avec mes méthodes de gestion, nous en discuterons. Mais j'ai un groupe dans environ cinquante minutes pour une visite. J'ai une heure libre à quatorze heures aujourd'hui. Nous reprendrons cette conversation à ce moment-là. Pour l'instant, je trouve l'idée de Laurel excellente : la porte est là.

Les joues rosies par le froid, Emma fit irruption dans la pièce.

— Je n'aurais pas dû être en retard, mais j'ai laissé tomber tout un...

Elle écarquilla les yeux avec stupéfaction lorsque Mac la bouscula et poursuivit son chemin sans même se retourner.

— Qu'est-ce qui lui arrive ? Que s'est-il passé ?

— Mac nous fait sa crise, expliqua Laurel qui prit sa tasse, des éclairs dans les yeux. Nous avons refusé d'entrer dans son jeu.

— Et vous lui en avez demandé la raison ?

— Elle était trop occupée à nous incendier pour nous en laisser le temps.

— Quelle poisse. Je vais la rattraper.

— Ne fais pas ça, l'arrêta Parker. Elle t'enverrait paître. J'attends des clients potentiels, et nous en avons trois autres qui réclament notre attention. Nous allons nous passer d'elle pour l'instant.

— Parker, quand l'une de nous a un problème, c'est celui de toutes. Et pas seulement dans le travail.

— Je sais, Emma, dit Parker qui pressa les doigts contre ses tempes. Mais, même si elle daignait t'écouter maintenant, ce qu'elle ne fera pas, nous n'avons pas le temps.

— Et puis, si nous pétions les plombs à chaque rendez-vous foireux, cette pièce serait un vrai charnier, ironisa Laurel.

Emma secoua la tête, sceptique.

— Mac et Carter ? Ma mère a parlé à celle de Carter hier soir et m'a appelée dans la foulée pour essayer de me tirer les vers du nez. Autant que je sache, leur sortie au restaurant s'est bien passée.

— Quoi, alors ? insista Laurel. Qu'est-ce qui a pu la mettre dans un état pareil ? Oh… bien sûr, reprit-elle, fermant les yeux. Sa mère. Franchement, nous sommes stupides. Il n'y a personne qui fasse autant sauter Mac au plafond que sa mère.

— Je la croyais en Floride.

— Crois-tu que la distance soit un remède contre le fléau de l'humanité nommé Linda Elliot ? répliqua Laurel à Parker. C'est peut-être l'explication. Très probablement, même, au moins en partie. Mais ce n'est pas une raison pour s'en prendre à nous comme elle l'a fait.

— Nous allons nous en occuper. Mais nous avons trois mariages à la suite et il faut à tout prix passer les détails en revue.

Emma ouvrit la bouche, puis se ravisa en voyant Parker prendre un Mentos du rouleau qu'elle sortait de sa poche. Inutile d'avoir deux amies fâchées, se dit-elle.

156

— En fait, je voulais vous parler de la décoration florale pour vendredi.

— Parfait, approuva Parker qui se rassit. Au travail.

Mac avait conscience d'avoir dépassé les bornes. Pas besoin d'un muffin comme si elle était une gamine de deux ans. Et pas besoin non plus que ses amies lui montrent la sortie.

Elle connaissait son travail. N'était-elle pas en train de le faire en ce moment même ? Elle coupa le premier passe-partout pour les photos qu'elle n'avait pas eu le courage de finir la veille. D'ici quelques heures, elle aurait bouclé sa commande et aurait des clients très satisfaits. Parce qu'elle maîtrisait son métier sur le bout des doigts, sans expliquer chaque détail du processus à ses associées.

Chacune faisait son boulot et tout le monde était content. Elle ne lésinait ni sur son temps ni sur ses efforts, tout comme les autres d'ailleurs. Elle...

Flûte, elle avait mal coupé son passe-partout.

Écœurée, elle fit voltiger la feuille cartonnée à travers le studio. Elle en prit une autre, vérifia et revérifia ses mesures. Mais lorsqu'elle souleva son cutter, sa main tremblait.

Elle le reposa et recula de deux pas.

Oui, elle savait quand elle avait dépassé les bornes. Et quand il lui fallait reprendre le contrôle d'elle-même. Comme maintenant, par exemple. Elle savait aussi, admit-elle avec un soupir, quand elle devait des excuses à deux des personnes qui lui étaient le plus chères au monde.

Elle regarda l'heure. Impossible d'aller soulager sa conscience maintenant. Parker était occupée à escorter des visiteurs dans la maison.

« Nous offrons un service intégral et pouvons adapter chaque détail à vos goûts et vos envies. Oh, et voilà notre photographe hystérique qui immortalisera pour vous cette merveilleuse journée. »

Ce serait la goutte d'eau.

Elle alla dans le cabinet de toilette s'asperger le visage d'eau froide. Elles étaient ses amies. Elles lui pardonneraient. C'était la règle.

Un peu rassérénée, Mac regagna son studio.

Elle laissa son répondeur prendre les appels et se concentra sur sa tâche en cours. Lorsqu'elle eut terminé, elle était satisfaite. Jamais ses clients ne devineraient que leur commande avait été réalisée par une garce hystérique en pleine crise de repentir. Les paquets chargés dans sa voiture, elle fit un détour par le bâtiment principal.

Elles lui pardonneraient, d'accord. Mais il lui fallait d'abord faire amende honorable. Et ça, c'était une autre paire de manches…

Elle entra par l'arrière-cuisine et découvrit Laurel occupée à dessiner des monogrammes sur des cœurs en chocolat avec la précision d'un chirurgien.

Sachant d'expérience qu'il ne fallait pas l'interrompre, Mac garda le silence.

— Je t'entends respirer, finit par dire Laurel. Va-t'en.

— Je suis venue présenter mes excuses.

— Sois brève. J'en ai encore cinq cents comme celui-ci.

— Je suis désolée de m'être comportée comme je l'ai fait et d'avoir dit des horreurs que je ne pensais pas. Je suis désolée d'avoir quitté la réunion.

Laurel posa sa poche à douille et se tourna vers elle.

— D'accord. Maintenant, la question est : pourquoi ?

Mac voulut s'expliquer, mais sa gorge se noua brusquement. Elle ne put que secouer la tête tandis que les larmes lui montaient aux yeux.

— Voyons, voyons, fit Laurel qui s'avança vers elle et la prit dans ses bras. Ça va aller. Viens, assieds-toi.

— Tu as cinq cents cœurs à décorer.

— Il m'en reste plutôt quatre cent quatre-vingt-quinze, je dirais.

— Oh, mon Dieu, Laurel, je suis si stupide !

158

— Oui, en effet.

Avec la rapidité et l'efficacité qui la caractérisaient, Laurel fit asseoir Mac devant le plan de travail avec une boîte de mouchoirs et une petite assiette de cœurs encore vierges.

— Je ne peux pas manger tes chocolats.

— Ne t'inquiète pas, j'en ai plein.

Mac renifla et en prit un.

— Ce sont les meilleurs.

— Que s'est-il passé, ma grande ? Est-ce à cause de ta mère ?

— Pourquoi est-ce que je n'arrive pas à encaisser, Laurel ?

— Parce qu'elle sait exactement sur quel bouton appuyer pour te manipuler. Et tu auras beau encaisser, elle en demandera toujours plus.

C'était, reconnut Mac, le cœur du problème.

— Ça ne changera jamais.

— *Elle* ne changera jamais.

— Je sais que c'est à moi de faire un effort, répondit Mac qui croqua de nouveau dans le chocolat. J'en ai parfaitement conscience. D'ailleurs, j'ai dit non. J'étais sincère et j'aurais tenu bon, même si Del m'a aidée en me prenant le téléphone des mains pour lui raccrocher au nez.

Laurel sortit un verre d'un placard et lui jeta un coup d'œil par-dessus son épaule.

— Del était là ?

— Oui, il était venu me taquiner à propos de Carter – un tout autre sujet, où je me demande aussi ce qui me prend – et elle a téléphoné de Floride. Elle voulait me taxer deux mille dollars supplémentaires pour rester une semaine de plus.

— C'est tout à l'honneur de Del de lui avoir raccroché au nez, mais il aurait dû revenir ici pour nous prévenir.

— Je lui ai demandé de s'abstenir.

— Et alors ? S'il avait une once de bon sens, il aurait agi dans ton intérêt au lieu de t'obéir. Ça t'aurait évité

159

de ruminer toute la nuit et de te monter le bourri-chon.

Elle posa un verre d'eau près de l'assiette.

— Bois ça. Tu es probablement déshydratée. Combien de fois a-t-elle rappelé après le départ de Del ?

— Deux fois. Je n'ai pas décroché, soupira Mac. Je suis vraiment désolée de m'en être prise à vous...

— À quoi servent les amies, sinon ?

— Espérons que Parker sera du même avis. Je peux lui en monter un ou deux, histoire d'arrondir les angles ?

Laurel choisit deux cœurs en chocolat blanc et les ajouta sur l'assiette.

— Elle ne résiste pas au chocolat blanc et tu pour-rais en avoir besoin. Moi, ce n'est pas grave, tu m'as juste énervée. Elle, c'est différent, tu l'as blessée.

— Je sais, marmonna Mac. Merci.

Connaissant Parker, elle se rendit tout droit à la bibliothèque. L'*incident* s'y était produit et la logique de Parker imposait que la suite se déroule dans le même décor.

Comme Mac s'y attendait, Parker travaillait à la table sur son irremplaçable BlackBerry. Le feu crépitait désormais tranquillement, conférant un confort intime à la pièce, et le café avait cédé la place à la bouteille d'eau minérale qui ne quittait presque jamais son amie. Son ordinateur portable était ouvert sur la table, flan-qué d'une pile de dossiers.

Quand Mac franchit le seuil, Parker repoussa son BlackBerry. Son visage froid ne laissait transparaître aucune émotion.

— Ne dis rien, je t'en supplie. Je suis venue avec du chocolat et toutes les excuses imaginables. Tu peux en exiger autant que tu veux. Mon comportement était inqualifiable. Toutes les horreurs que je t'ai dites, c'était sous le coup d'une stupide colère. Comme je ne peux les retirer, tu es forcée de me pardonner. Tu n'as pas le choix.

Elle posa l'assiette sur la table.

— Il y a du chocolat blanc.

— Je vois.

Sans un mot, Parker étudia le visage de son amie. Même si elle n'avait pas connu Mac presque toute sa vie, elle aurait remarqué les traces de pleurs récents.

— Tu oses entrer ici pour présenter tes plates excuses, après tous mes efforts pour que nous réglions notre contentieux les armes à la main et que je t'oblige à ramper ?

— Oui.

Après un instant de réflexion, Parker prit un cœur en chocolat blanc.

— J'imagine que tu t'es déjà excusée auprès de Laurel.

— Exact. D'où le chocolat. J'ai déjà chialé tout ce que je savais, mais si tu ne manges pas ces trucs en signe de réconciliation, je sens que je vais recommencer. C'est comme un symbole. Après une bagarre, les hommes se serrent la main. Nous, nous mangeons du chocolat.

Les yeux rivés sur Mac, Parker croqua dans le cœur.

— Merci, Parker, soupira Mac qui se laissa choir dans un fauteuil. Je me sens tellement stupide…

— C'est bon signe. Bon, mettons les choses au point. Si tu as un problème avec ma gestion, nous devons pouvoir en discuter, en tête à tête ou en groupe.

— Je n'en ai pas, Parker. Comment le pourrais-je ? Nous avons toutes conscience qu'en réglant des milliers de détails, tu nous permets de nous consacrer tranquillement à notre partie. Tu penses à tout, même à ce qui concerne chacune de nous, si bien qu'à chaque mariage, on assure un max.

— Je n'ai pas évoqué la question pour que tu flattes mon ego, fit remarquer Parker qui croqua un morceau de chocolat. Mais je t'en prie, continue.

Retour à la normale, songea Mac, amusée.

— C'est un fait, Parker : tu es maniaque, obsessionnelle, et tu fiches un peu la frousse avec ta mémoire d'éléphant pour les détails les plus infimes. Mais si

161

nous cartonnons à ce point, c'est en grande partie grâce à toi.

Mac jeta un coup d'œil à la pile de dossiers.

— Tu m'avais sorti le grand jeu, histoire de me prouver que j'avais tort, n'est-ce pas ?

— J'étais prête à t'écraser comme un cafard.

Mac hocha la tête et prit un cœur au chocolat noir.

— C'est mieux de manger du chocolat.

— Et comment.

— Alors… comment s'est passée la visite ?

— Ils sont venus avec leurs mères, une tante. Et une gamine de deux ans, la petite-fille de la tante. Elle était mignonne – et très, très alerte sur ses petites jambes. Ils avaient rendez-vous à Felfoot Manor hier et à Swan Resort la semaine dernière.

— Ils visent haut. On se place comment ?

— Ils veulent un samedi en avril l'année prochaine. Un samedi entier.

— On a déjà décroché le gros lot ? Après une simple visite ?

— Ne crions pas victoire trop vite, modéra Parker qui but une gorgée de sa bouteille d'eau. La mère de la future mariée – qui avait un superbe sac Prada avec le chéquier à l'intérieur – veut nous rencontrer toutes ensemble avant de prendre sa décision. Elle a des idées.

— Aïe.

— Non, de vraies idées, du genre qui ferait de cette journée un événement majeur. Le père de la mariée est Wyatt Seaman.

— Le Seaman des Meubles Seaman ?

— Lui-même, et sa femme nous juge à la hauteur. Nous n'en sommes pas encore à l'engagement ferme, mais la présentation que nous allons lui faire va casser la baraque.

Le défi illumina le visage de Parker.

— Après quoi, elle sortira son chéquier de son superbe sac Prada et devant l'acompte qu'elle nous laissera, nos cœurs entonneront l'alléluia.

162

— Quand a lieu la présentation ?

— Dans une semaine jour pour jour. Il va te falloir des nouveautés. Nous devons nous montrer à la pointe de la création. Ils ont déjà jeté un coup d'œil à l'espace d'Emma qui leur a fait un rapide topo. Vu ton amabilité du jour, j'ai pris soin d'éviter ton studio.

— Sage décision.

— Mais je lui ai montré les exemples de ton travail que nous avons ici, et elle a déjà pu se faire une idée. Lundi prochain, nous mettrons en avant tous tes clichés publiés dans la presse spécialisée. Quant au reste… tu sais ce que tu dois faire.

— Et je vais m'y employer de mon mieux.

Parker poussa un dossier à travers la table.

— Voici un compte rendu de mes recherches sur Google au sujet de nos clients potentiels. Plus les plannings des trois mariages à venir avec les points à retenir.

— Je vais bachoter.

— Parfait, dit Parker qui lui tendit une bouteille d'eau. Et maintenant, explique-moi ce qui s'est passé.

— Juste une crise de *lindaïte* aiguë, une de plus. La fièvre est retombée et ça va mieux.

— Elle ne pouvait pas vouloir encore de l'argent. Tu viens juste de… commença Parker, laissant sa phrase en suspens devant l'expression de Mac. Déjà ?

— J'ai dit non – à plusieurs reprises. Puis Del lui a raccroché au nez.

— C'est tout mon frère, commenta Parker avec fierté. Je suis contente qu'il ait été là. Del pourrait sans doute faire davantage que lui raccrocher au nez. Une action légale. Le moment est peut-être venu, Mac.

Celle-ci broyait du noir, le regard perdu dans la contemplation du feu.

— Tu aurais pu agir ainsi avec ta propre mère ?

— Je n'en sais rien. Mais je pense que oui, probablement. Je suis plus méchante que toi.

— Je le suis déjà pas mal.

Parker posa une main sur celle de son amie.

163

— Je suis méchante. Laurel est une dure à cuire et Emma une bonne pâte. Toi, tu te situes quelque part entre les deux. À nous quatre, nous couvrons toute la gamme. Voilà pourquoi nous travaillons si bien en équipe. Pourquoi as-tu demandé à Del de ne rien me dire ?

— Comment le sais-tu ?

— Parce que, sinon, il l'aurait fait.

Mac poussa un soupir.

— Je ne voulais pas vous aspirer à nouveau dans le vortex Linda. Alors j'ai boudé et ruminé tout ce que je savais, je me suis réveillée remontée à bloc et, au bout du compte, je vous y ai entraînées quand même.

— La prochaine fois, saute les étapes du milieu et souviens-toi que nous sommes toujours d'accord pour nous faire aspirer.

— Pigé. Et maintenant, avant de retourner gagner ma vie et être un membre productif de l'équipe, j'ai une question. Coucherais-tu avec Carter Maguire ?

— Eh bien, il ne me l'a pas demandé. Il me paierait d'abord à dîner ?

— Je suis sérieuse.

— Moi aussi. Il ne peut pas espérer que je saute dans un lit avec lui sans même se fendre d'un repas. Mais si nous parlions de toi, ajouta-t-elle en désignant Mac avec sa bouteille, je te demanderais si tu le trouves attirant sexuellement.

— On ne peut pas coucher avec tous les types qu'on trouve attirants sexuellement. Même si le dîner est compris.

— Exact, sinon on ne ferait rien d'autre. À l'évidence, il te plaît. Tu penses à lui, tu passes du temps avec lui – et tu envisages de coucher avec lui.

— Il y en a eu d'autres.

Parker croqua le deuxième cœur en chocolat blanc.

— À ce que j'ai entendu.

— Je ne sais pas pourquoi j'en fais tout un foin. Je devrais être capable d'assumer. Coucher avec lui une fois pour toutes et aller de l'avant.

— Tu es une grande romantique, Mackensie. Toujours aveuglée par les étoiles que tu as dans les yeux.

— Voilà pourquoi je travaille dans le mariage.

Ce n'était pas à proprement parler un détour de passer par le lycée en allant voir ses prochains clients. Elle avait un peu de temps avant le rendez-vous. Et puis, elle n'avait pas donné suite à l'appel de Carter. Une petite visite réparerait cette impolitesse.

Il serait sûrement en classe. Elle jetterait un coup d'œil – elle tenait à voir ça – puis lui laisserait un mot au secrétariat. Quelque chose de léger et spirituel, histoire de relancer leur petit jeu et de mettre la balle dans son camp.

Les couloirs étaient-ils si silencieux à l'époque où elle fréquentait ce lieu ? Y avait-il autant d'écho ? se demanda-t-elle, ses pas résonnant sur le carrelage comme autant de coups de feu.

Les escaliers qu'elle gravit étaient les mêmes qu'une douzaine d'années plus tôt. Autant dire une autre vie. Si longtemps en tout cas qu'elle n'avait plus qu'une vague image d'elle-même à cet âge, telle une photo jaunie au fil du temps.

Il lui semblait marcher au côté de son fantôme, plein de potentiel et de promesses.

Un fantôme téméraire.

Où était donc passée cette fille-là ?

Mac s'approcha de la classe et glissa un regard par le hublot de la porte.

Carter portait à nouveau sa veste en tweed sur une chemise, cravate et pull-over en V. Dieu merci, il n'avait pas ses lunettes, sinon elle se serait littéralement liquéfiée sur place.

Calé contre son bureau, un demi-sourire aux lèvres, il écoutait une élève avec grand intérêt.

Elle le regarda hocher la tête, répondre, puis porter son attention sur un autre élève.

Il est amoureux, réalisa Mac. Amoureux de tous ces moments qui constituent la vie de sa classe. Ses élèves réalisaient-ils qu'il se donnait à fond ? Qu'il était là à cent pour cent pour eux ? Avaient-ils conscience du miracle que cela représentait ?

La sonnerie retentit et Mac sursauta, une main plaquée sur le cœur. Il y eut des raclements de chaises, puis des martèlements de pas. Elle eut à peine le temps de dégager le passage que la porte s'ouvrait à la volée.

— Lisez l'acte III pour demain et réfléchissez à des éléments de discussion. Ça vaut aussi pour toi, Grant.

— Oh, soyez cool, monsieur Maguire.

Elle échappa à la ruée, habilement positionnée dans un angle mort près de la porte, et vit trois élèves s'arrêter devant le bureau. Carter les écouta patiemment, puis chaussa ses lunettes – doux Jésus ! – pour lire une copie que l'une d'elles lui tendait.

Mackensie, tu es cuite, se dit-elle, sous le feu roulant des hormones.

— Tu as fait quelques bonnes remarques aujourd'hui, Marcie. Nous essaierons de les développer demain quand nous aborderons l'acte III. Je serai…

Du coin de l'œil, il aperçut Mac dans l'embrasure de la porte. Après une seconde d'étonnement, il ôta ses lunettes.

— Je serai content d'écouter ton point de vue.

— Merci, monsieur Maguire. À demain.

Tandis que le brouhaha de la fin des cours enflait dans les couloirs, il reposa ses lunettes sur le bureau.

— Mackensie.

— J'étais dans le quartier et je me suis souvenue que je n'avais pas répondu à ton appel, dit-elle, s'avançant dans la classe vide.

— C'est beaucoup mieux de venir.

— Plus intéressant pour moi en tout cas. Tu as l'air très professionnel, fit-elle remarquer, agitant doucement sa cravate.

— Oh, ça. Réunion administrative du lundi matin.

— Toi aussi ? J'espère qu'elle était plus agréable que la mienne.

— Pardon ?

— Rien. J'ai apprécié de te voir dans ton habitat naturel.

— Ça te dirait d'aller boire un café ? C'était mon dernier cours. Nous pourrions...

— Eh, Carter, je vais prendre... Oh, pardon ! Je ne voulais pas vous interrompre, s'excusa l'homme trapu avec une épaisse sacoche en bandoulière qui venait de passer la tête dans l'embrasure.

Avec un regard déconcerté à Mac, il entra dans la classe.

— Euh... Mackensie Elliot. Un collègue, Bob Tarkinson.

— Enchantée, dit-elle, tandis que Bob écarquillait les yeux derrière ses lunettes en écaille. Vous enseignez la littérature, vous aussi ?

— La littérature ? Euh... non, je suis professeur de maths.

— J'aimais bien les maths. Surtout la géométrie dans l'espace.

— Mackensie est photographe, expliqua Carter, avant de se rappeler que Bob le savait déjà, ainsi qu'un certain nombre d'autres choses.

— D'accord. La photographie, les angles, tout ça. Alors, Carter et vous...

— On va prendre un café, s'empressa de le couper Carter. On se voit demain, Bob.

— Je me disais que... Ah, oui, d'accord, se reprit Bob quand le déclic se fit. À demain. Content de vous avoir rencontrée, Mackensie.

— Au revoir, Bob, répondit Mac qui se tourna vers Carter.

Bob en profita pour lever les pouces dans son dos avec un sourire enthousiaste.

— Alors, ce café ? s'enquit Carter.

— J'aimerais bien, mais j'ai des clients à voir. Et après, je dois rentrer potasser dur.

— Ah bon ?

— Gros contrat en vue. Nous avons une semaine pour préparer une présentation nickel et décrocher la timbale. Mais si tu as fini ta journée, tu peux me raccompagner à ma voiture.

— Bien sûr.

— Vous aviez de l'allure dans votre classe, professeur Maguire. Et je ne parle pas du costume. L'enseignement te va bien.

— Ah. Franchement, je me contentais d'animer la discussion. C'était à eux de faire tout le travail. Un peu comme...

Une lueur malicieuse s'alluma dans le regard de Mac.

— Carter, dis juste merci.

— Merci.

Dehors, ils descendirent l'escalier principal et s'engagèrent dans l'allée qui menait au parking des visiteurs.

— Il ne fait jamais trop froid pour traîner quand on est ado, fit remarquer Mac.

Les élèves bavardaient par petits groupes sur la pelouse, assis sur les degrés de pierre ou dans le parking.

— J'ai eu mon premier baiser sérieux ici même, expliqua-t-elle, désignant le pignon. John C. Prowder m'a roulé une pelle un jour de match, juste après le défilé de la fanfare. J'ai dû débusquer Parker et Emma à l'intercours pour leur raconter l'événement à grand renfort de détails.

— Je t'ai vue l'embrasser un après-midi sur les marches. J'en ai eu le cœur brisé.

— Si seulement j'avais su, à l'époque ! Il ne me reste plus qu'à me faire pardonner.

Elle se tourna vers Carter, noua les bras autour de son cou et pressa ses lèvres contre les siennes. Ils s'embrassèrent dans l'ombre du bâtiment dont les couloirs résonnaient encore des rêves du passé.

— Bravo, monsieur Maguire ! claironna un élève, suivi de plusieurs sifflets approbateurs.

Avec un sourire malicieux, Mac tira de nouveau sur la cravate de Carter.

— Maintenant, j'ai gâché ta réputation.

— Ou plutôt, tu l'as sérieusement améliorée.

Lorsqu'ils atteignirent la voiture, Carter s'éclaircit la gorge.

— Tu vas être occupée toute la semaine avec ta présentation, je suppose.

Il lui ouvrit la portière.

— Oui, mais il faudra bien que je souffle de temps en temps.

— Je pourrais t'inviter à dîner chez moi, jeudi peut-être, si ça te va.

— Tu cuisines ?

— Je n'en suis pas tout à fait sûr. C'est un pari risqué.

— J'ai le goût du risque, surtout en matière culinaire. Dix-neuf heures chez toi ?

— Ce serait parfait. Je vais t'écrire mon adresse.

Elle s'installa au volant.

— Je trouverai. J'apporterai le dessert, ajouta-t-elle avant d'éclater de rire devant l'expression de Carter. Ce n'est pas une métaphore d'ordre sexuel. Je parlais d'un vrai dessert.

— Compris. N'empêche, j'adore les bonnes métaphores.

10

Carter vérifia pour la troisième fois la table dressée. Il l'utilisait rarement, préférant manger sur le comptoir de la cuisine ou dans son bureau. En fait, c'était la première fois qu'il la recouvrait d'une nappe.

Des assiettes blanches sur une nappe bleu marine, égayée par les rayures jaunes des serviettes. Il pensait avoir trouvé le ton juste entre sophistication et décontraction. Tout au moins l'espérait-il.

Il ôta de la table le trio de chandelles. L'effet lui semblait trop étudié. Il les remit aussitôt, estimant le décor inachevé.

Après s'être trituré les cheveux avec nervosité, il s'ordonna d'arrêter de se prendre la tête et tourna le dos à la table, direction la cuisine.

C'était là qu'était le vrai souci, après tout.

Le menu avait été approuvé par une collègue qui enseignait l'économie familiale. Il avait pris en compte ses suggestions et adopté sa recette de vinaigrette au miel pour la salade verte aux noix.

Elle lui avait établi un planning et fourni d'utiles suggestions de présentation.

Apparemment, la présentation comptait autant que la nourriture elle-même. D'où la nappe et les serviettes qu'il possédait maintenant.

Il lui restait presque une heure pour perdre complètement la raison. Sentant la panique monter, il ouvrit le tiroir qui renfermait la check-list de Bob, qu'il s'était pourtant promis d'ignorer.

— Musique d'ambiance. Bon sang, marmonna-t-il.

Il se précipita au salon pour parcourir en hâte sa collection de CD.

— Pas Barry White, même si ça cartonne à tous les coups, dixit Bob. Nous n'allons pas tomber dans les clichés, n'est-ce pas ?

Triade donna un coup de tête affectueux contre son genou. À cet instant, la porte d'entrée s'ouvrit et Sherry fit irruption dans le salon.

— Salut ! Je peux laisser ça ici ?

— Oui. Qu'est-ce que c'est ?

— Mon cadeau de la Saint-Valentin pour Nick. C'est une sacoche de médecin. Je l'ai fait graver à son nom. Il va adorer ! Mais je me connais : si je la rapporte à la maison, je ne résisterai pas à l'envie de la lui offrir maintenant. Alors tu dois la cacher. Tu cuisines ? demanda-t-elle soudain, humant l'air.

— Oui, pourquoi ? C'est en train de brûler ?

Il bondit comme une flèche.

— Non, ça sent bon. Très bon, même.

Comme il s'était précipité dans la cuisine, elle lui emboîta le pas.

— Et ce n'est pas les croque-monsieur que tu as l'habitude de… Dis donc, Carter ! Il y a un plat qui cuit dans le four. Oh, la table est drôlement jolie. Bougies, verres à vin… Carter, tu as une invitée.

Elle lui appuya sur le ventre avec l'index, une manie qu'elle avait gardée depuis l'enfance.

— Mackensie Elliot !

— Arrête, par pitié. Ça me rend déjà cinglé, protesta Carter qui sentait la panique lui enserrer l'estomac.

— Je trouve ça merveilleux. Et si adorable. Nick m'a invitée à dîner chez lui au début lorsqu'on sortait ensemble. Un vrai désastre. J'ai adoré, soupira-t-elle avec nostalgie.

— Tu as adoré le désastre ?

172

— Il avait fait tant d'efforts. Trop, car en réalité il se débrouille bien aux fourneaux. Il a tout raté à vouloir m'impressionner. C'était si mignon, soupira-t-elle de nouveau, une main sur le cœur.

— J'ignorais qu'on était censé tout rater. Pourquoi n'existe-t-il pas de manuel pour ce genre de choses ?

— Non, non, ce n'est pas forcément la marche à suivre. Ça a marché pour lui parce que… enfin, parce que.

Elle ouvrit le réfrigérateur et y jeta un coup d'œil.

— Tu as fait mariner du poulet. Toi ? Ça doit être le grand amour.

— Dépêche-toi de filer.

— C'est ce que tu comptes porter ce soir ?

— Je suis hyper énervé, Sherry, lâcha-t-il d'un ton menaçant.

— Change juste de chemise. Mets donc la bleue, celle que maman t'a achetée. Elle te va vraiment bien.

— Si je promets de changer de chemise, tu pars ?

— Oui.

— Avant de partir, peux-tu choisir de la musique ? La pression est trop forte pour moi.

— Je m'en occupe. Monte te changer, répondit Sherry qui le prit par la main et l'entraîna hors de la cuisine. Je serai partie avant que tu redescendes. Prends le cadeau, d'accord ? Ne me révèle pas la cachette, au cas où je serais prise d'une irrésistible envie de fureter avant le jour J.

— Pas de problème.

Il commença à gravir les marches.

— Carter ? Allume les bougies une dizaine de minutes avant l'heure prévue.

— D'accord.

— Et passe une bonne soirée.

— Merci. File, maintenant.

Dans sa chambre, il prit son temps pour se changer, puis rangea le paquet-cadeau dans le placard de son bureau.

173

Quand il redescendit, il trouva un Post-it sur son lecteur CD. *Appuie sur play cinq minutes avant son arrivée. Bisous.*

— Elle ne va pas s'y mettre aussi, marmonna-t-il, froissant le message avant de retourner à la cuisine s'occuper du poulet.

Il émença la viande marinée, la fit revenir dans un poêlon et, lorsqu'elle fut dorée, la déglaça au vin blanc – le tout en ne se brûlant qu'une fois. Tandis que le poulet mijotait doucement, répandant un délicieux fumet dans la cuisine, il alluma les bougies sur la table et sur l'étroite console. Puis il sortit les coupelles d'olives et de noix de cajou. Cinq minutes avant l'heure fatidique, il alluma la chaîne hi-fi. Alanis Morissette.

Bon choix.

À dix-neuf heures pile, Mac frappa.

— J'ai été éduquée à la Parker, s'excusa-t-elle. D'où mon obsession de la ponctualité. J'espère que ça te va.

— Ça me va parfaitement. Donne-moi ton manteau et…

— Tiens, le dessert, dit-elle en lui tendant un carton à pâtisserie Vœux de Bonheur. Génoise au mascarpone de Laurel, un de mes gâteaux préférés. Jolie maison, Carter. Très… toi, ajouta-t-elle, découvrant le salon avec ses rayonnages couverts de livres. Oh, tu as un chat.

— Je n'ai pas pensé à demander si tu es allergique.

— Je ne le suis pas. Salut, le matou.

Elle commença à se baisser puis s'immobilisa, la tête penchée.

— Tu as un chat à trois pattes.

— D'où son nom, Triade. Il a été renversé par une voiture.

— Oh, le pauvre ! s'exclama Mac qui s'accroupit et caressa avec effusion le chat ravi. Ça a dû être terrible pour vous deux. Heureusement, tu étais à la maison.

— En fait, non, je rentrais du lycée en voiture. La voiture qui me précédait l'a percuté et a poursuivi sa route. Je ne comprends pas comment on peut être

174

aussi cruel. Quand je me suis arrêté, j'ai cru qu'il était mort. Il gisait, inerte, sur le bas-côté. Le vétérinaire n'a pas réussi à sauver sa patte, mais il va bien.

— Il a l'air, approuva Mac qui leva les yeux vers Carter tout en caressant le chat de plus belle.

— Veux-tu un verre de vin ?

— Avec plaisir, acquiesça-t-elle en se relevant. Et j'aimerais voir ce qui sent si bon.

— Je croyais que c'était toi.

— À part moi, répliqua-t-elle, tandis qu'il suspendait son manteau dans la penderie de l'entrée.

Il la prit par la main et l'entraîna dans la cuisine.

— Tu es superbe. J'aurais dû te le dire tout de suite.

— Sauf si tu as appris ton texte par cœur.

Il se crispa. À son grand soulagement, l'attention de Mac était concentrée sur la cuisine, et non sur son visage. Elle s'approcha de la cuisinière.

— Ça sent délicieusement bon, dis donc. Qu'est-ce que tu nous as préparé ?

— Alors… salade des champs aux noix et au miel, poulet au romarin sauce vin blanc, pommes de terre et asperges.

Mac en resta bouche bée.

— Tu plaisantes ?

— Tu n'aimes pas les asperges ? Je peux…

— Non, non, j'adore. Je veux dire, c'est toi qui as fait tout ça ?

Elle souleva le couvercle du poêlon et huma le contenu.

— C'est de la vraie cuisine, pas juste un steak grillé ou de la bolognaise en boîte réchauffée. Tu as dû y passer du temps. Je suis bluffée. Et regardez-moi cette jolie table !

Elle referma délicatement le poêlon et passa dans le coin-repas.

— Tu aimes faire bien les choses, n'est-ce pas ?

— Pourquoi n'ai-je pas pensé à la bolognaise en boîte ?

Carter prit la bouteille de vin qu'il avait débouchée.

— J'ai choisi du blanc à cause de la sauce, mais j'ignorais tes goûts. Il est censé être bon.

— Censé ?

— Je ne m'y connais pas beaucoup en vin. J'ai fait des recherches.

Mac prit le verre qu'il lui tendait et goûta sans le quitter des yeux.

— Pas mal du tout.

— Mackensie…

Il se pencha vers elle et lui effleura les lèvres d'un baiser.

— Voilà, je me sens mieux. Mieux sans doute que tous les hommes dans un rayon de trente kilomètres, parce qu'ils ne peuvent t'embrasser.

— Quel charmeur.

— C'est le but. J'ai encore un peu de travail. Assieds-toi donc en attendant.

— Je pourrais t'aider.

— J'ai mon organisation – enfin, j'espère. Je me suis entraîné mardi soir, alors je pense maîtriser la situation.

— Tu t'es entraîné ?

J'aurais mieux fait de tourner ma langue sept fois dans ma bouche avant de parler, songea-t-il, réglant la flamme sous le poêlon.

— Euh… eh bien, je n'étais pas sûr du résultat et en plus, il faut s'habituer à minuter afin que tout soit prêt au bon moment. Alors j'ai organisé, disons… une répétition du dîner.

— Une répétition ?

— La femme de Bob avait une réunion à son club de lecture. Il est venu manger à la maison, histoire de tester mon menu. Comme ça, tu ne devrais pas avoir de mauvaise surprise. Et ton travail pour lundi ?

— Je suis plus que prête. Heureusement parce que, à compter de demain, nous avons du boulot non-stop. Après une réunion générale ce matin, nous avons enchaîné deux répétitions l'après-midi. La seconde était pleine d'embûches car la demoiselle d'honneur et le témoin du marié ne s'adressent plus la parole depuis que la liaison de ce dernier avec son associée a été révélée au grand jour.

— Comment gérez-vous ce genre de situation ?

— Comme des bâtons de dynamite. Le mariage n'est pas un métier pour les fillettes.

— Je vois ça.

— Et lundi, nous éblouirons Mme Seaman, des Meubles Seaman, avec une présentation qui nous vaudra une *standing ovation*.

— Votre client potentiel, ce sont les Meubles Seaman ?

— Oui, enfin, la fille, mais c'est la mère qui paie la note.

— Nous allons manger sur une table et des chaises que j'ai achetées chez eux. Je dirais que c'est de bon augure.

Le dîner se déroula comme dans un rêve. Les chandelles, le vin, la musique... Mac était complètement sous le charme.

Et s'en délectait avec un plaisir non dissimulé.

— Tu sais, Carter, c'est si délicieux que j'ai cessé de culpabiliser sur le fait que tu as mangé ce même repas deux fois cette semaine.

Assis près de la chaise de son maître, le chat gardait ses yeux jaune d'or imperturbablement fixés sur lui.

— Triade attend sa part, on dirait.

— Il n'a pas l'habitude de me voir manger à cette table. En général, je m'installe plutôt sur le plan de travail. Ça doit le perturber. Tu veux que je le fasse sortir ?

— Non, j'aime les chats. En fait, j'en ai même épousé plusieurs.

Carter haussa un sourcil amusé.

— Je l'ignorais. J'imagine que ça n'a pas duré entre vous.

— Je garde un souvenir attendri de ces unions, en dépit de leur brièveté. Quand nous étions enfants,

177

toutes les quatre, nous jouions à la mariée. Très souvent, expliqua Mac en riant. J'imagine que nous étions prédestinées, même si nous ne le savions pas encore. Nous avions une collection de costumes et d'accessoires, et Parker assurait la répartition des rôles. Nous avons été des tas de fois mariées les unes aux autres, ou alors avec les animaux de la maison. Et même avec Del, quand Parker arrivait à le soudoyer.

— La photographie dans ton studio, celle avec le papillon ?

— Mon père m'avait offert un appareil photo. J'étais sans doute encore trop jeune pour ce genre de cadeau, et ma grand-mère maternelle a saisi l'occasion pour lui casser du sucre sur le dos. Une fois de plus. Enfin bref, c'était un bel après-midi d'été. Il faisait très chaud et je voulais piquer une tête dans la piscine au lieu de jouer à la mariée. Pour m'amadouer, Parker m'a nommée photographe officielle au lieu de demoiselle d'honneur.

— Une vocation précoce.

— J'imagine. L'arrivée de ce papillon juste au moment où je prenais la photo a provoqué en moi comme une révélation. J'ai réalisé que non seulement j'étais capable de saisir un instant, mais aussi que ça me plaisait vraiment.

Elle mangea une nouvelle bouchée de poulet.

— Je parie que tu as forcé Sherry à jouer à l'école, enchaîna-t-elle.

— De temps en temps, sans doute. Elle se laissait acheter avec des autocollants.

— Classique. Je ne sais pas si nous sommes chanceux ou plutôt ennuyeux, à savoir ce que nous voulions faire si jeunes.

— À l'origine, je projetais de transmettre ma sagesse dans l'atmosphère élitiste de Yale, tout en écrivant le plus grand roman américain de tous les temps.

— Vraiment ? Et pourquoi ne l'as-tu pas fait ?

— Je me suis rendu compte que j'aimais enseigner au lycée.

C'est vrai, songea Mac. Elle l'avait vu de ses propres yeux.

— As-tu écrit ton roman ?

— J'en ai un en cours, comme tout professeur de littérature qui se respecte. Et il risque d'en rester toujours à ce stade. Il fait deux cents pages, pour l'instant.

— Non ! Quel est le sujet ?

— Ça parle de grand amour, de trahison, de sacrifice, de courage. Enfin tu vois, les trucs habituels. J'envisage d'y inclure un chat à trois pattes et peut-être un palmier en pot.

— Qui est le personnage principal ?

— Ça ne peut pas sérieusement t'intéresser.

— Si ça ne m'intéressait pas, je ne te le demanderais pas. Qui est-il ? Que fait-il ?

Carter remplit le verre de Mac. Il pourrait toujours la reconduire à la maison.

— Eh bien, commença-t-il avec un sourire, le principal protagoniste – attention, ça va être un choc pour toi – est un enseignant. Il est trahi. Par une femme, bien sûr.

— Bien sûr.

— Sa vie est brisée, ainsi que sa carrière, son âme. Il doit trouver le courage de recoller les morceaux et repartir de zéro. Il doit réapprendre à accorder sa confiance, à aimer. Je crois que le palmier en pot sera vraiment nécessaire.

— Pourquoi l'a-t-elle trahi ?

— Parce qu'il l'aimait sans la voir. Elle a gâché sa vie pour qu'il la voie, je pense.

— Le chat à trois pattes serait donc une métaphore pour son âme blessée et sa détermination à continuer de vivre avec ses blessures.

— Excellent. Je te donne un A.

— Et maintenant, la question capitale, ajouta Mac qui se pencha vers lui. Y a-t-il du sexe, de la violence, du vocabulaire pour adultes ?

— Il y en a.

179

— J'achète. Tu dois absolument le terminer. N'y a-t-il pas une obligation de publication dans ton domaine ?

— Pas forcément un roman. J'ai déjà publié des articles, des essais, des nouvelles, histoire d'assurer mes arrières de ce côté-là.

— Des nouvelles ? Sérieux ?

— Seulement chez de petits éditeurs, rien qui sorte de la sphère universitaire. Tu devrais publier tes photographies. Un livre d'art.

— J'y pense parfois, concéda Mac. Mais c'est comme ton roman, j'imagine. Quand ce n'est pas ton activité principale, c'est toujours repoussé aux calendes grecques. Parker nous a soufflé l'idée de créer une collection de beaux livres sur le thème du mariage. Il s'agirait d'y montrer ce que nous savons faire de mieux dans notre partie.

— C'est une bonne idée.

— Les idées de Parker le sont toujours. Mais encore faut-il trouver le temps de boucler un projet à présenter à un éditeur. Pour l'instant, nous avons trois mariages en trois jours, avec celui de samedi qui s'annonce compliqué. Tu devrais venir.

— Mais je ne suis pas invité.

— Tu ferais partie du personnel, décida Mac. Une personne de plus avec la tête sur les épaules ne serait franchement pas de trop sur ce coup-là. De temps à autre, il m'arrive de faire appel à un assistant. Le plus souvent, je préfère m'en passer mais, cette fois, je crois que cette précaution pourra s'avérer utile, vu l'ambiance explosive qui nous attend. Les deux personnes auxquelles j'ai recours habituellement ne sont pas disponibles. Alors tu es engagé.

— Je ne connais rien à la photographie.

— Moi, si. Tu me donneras ce que je te demanderai, tu prendras la pose pendant les réglages, tu aideras à porter le matériel, ce genre de trucs. As-tu un costume sombre ? Qui ne soit pas en tweed ?

— Je… Oui, mais…

Un sourire enjôleur éclaira lentement le visage de Mac.

— Il y aura du gâteau.

— Dans ce cas...

— Jack jouera au pied levé le cavalier de la demoiselle d'honneur, à cause du témoin infidèle. Et Del viendra aider à cause de Jack. Tu les connais. Tu nous connais, conclut-elle avant d'avaler une bouchée de pomme de terre. Et tu auras droit à de la pièce montée.

Aucun de ces arguments n'était décisif pour Carter. Ce fut la perspective d'être avec Mac qui fit la différence.

— D'accord, si tu es sûre.

— Quinze heures samedi. Ce sera formidable.

— Et ce sera à mon tour de te voir dans ton habitat naturel.

— À propos de gâteau, j'ai tellement bien mangé que je n'ai plus de place pour le dessert, pour l'instant. Je vais faire descendre ce délicieux repas en faisant la vaisselle.

— Non, je ne veux pas que tu t'embêtes avec ça.

— Tu as préparé à dîner, deux fois. Je m'occupe de nettoyer, pendant que tu prends un cognac et un cigare.

— Je n'ai ni cognac ni cigare.

Elle lui tapota l'épaule en se levant.

— Un professeur de littérature devrait être capable de reconnaître une métaphore. Bois donc encore un verre de vin, puisque tu ne conduis pas.

Mac le servit elle-même avant d'empiler les assiettes.

— En fait, j'aime bien faire la vaisselle. C'est la seule tâche ménagère qui me plaît.

Elle fit couler de l'eau dans l'évier, trouva le liquide vaisselle dans le placard au-dessous et s'attaqua aux casseroles.

Toujours assis à table, Carter aimait la regarder s'activer dans sa cuisine, occupée à ce travail d'une banalité touchante. Et il espérait qu'elle ne disait rien d'important, car son esprit était en train de s'embrumer.

Le vin n'était pas en cause. Non, seulement son imagination qui lui jouait des tours. Il la voyait s'affairer dans sa cuisine la semaine suivante, le mois suivant. L'année suivante. Il se voyait partageant les repas avec elle à cette même table, tous les jours de leur vie.

Trop loin, trop vite. Il en avait conscience, mais ne pouvait empêcher son esprit de s'emballer. Pris au piège des sentiments, il sentait son cœur dévaler à tombeau ouvert la pente abrupte du grand 8 qui menait à l'amour.

— Où ranges-tu tes torchons ?

— Pardon ?

— Les torchons, répéta-t-elle, ouvrant un tiroir au hasard.

— Non, pas là. De l'autre côté. Attends, je m'en occupe.

Il se leva, ouvrit le tiroir de droite et sortit un torchon bien repassé.

— Et si j'essuyais les casseroles ?

Quand il se retourna, il crut avoir une crise cardiaque.

La tête inclinée, Mac lisait avec intérêt la check-list de Bob.

— Tiens, tiens…

— Ce n'est pas à moi. Enfin, si. Mais je ne l'ai pas écrite. Mon Dieu…

La mine concentrée, elle poursuivit sa lecture.

— C'est très détaillé.

— C'est Bob. Tu l'as rencontré l'autre jour. C'est un malade – je ne pense pas l'avoir mentionné quand j'ai fait les présentations.

— Ça met en évidence les points importants.

— Écoute, je suis vraiment désolé. Sous prétexte qu'il est marié depuis deux ans – sa femme attend un bébé –, il s'est mis en tête de m'aider dans ma vie… sentimentale. Il l'a apportée mardi.

— Pour la répétition.

— C'est ça. J'aurais dû la jeter après son départ, mais je me suis contenté de la glisser dans le tiroir. Juste…

— Au cas où.

— Je suis impardonnable, je sais. Je ne peux pas t'en vouloir d'être fâchée.

Mac leva les yeux vers lui.

— Ai-je l'air fâchée ?

— Euh... non, maintenant que tu le dis. Ce qui est un soulagement. Dirais-tu plutôt que tu as l'air... amusée ?

— Plutôt ça, oui. D'après la liste de Bob, nous sommes dans les temps par rapport au programme.

— Je ne l'ai pas suivie. Juré, assura-t-il, une main levée comme s'il prêtait serment. J'ai ma propre liste. Dans ma tête. Qui, je m'en rends compte maintenant, est tout aussi stupide...

— Comment s'en sort-on avec la tienne ? s'enquit Mac avec un petit sourire indéchiffrable.

— Bien, très bien. Et si on mangeait le gâteau ?

Elle agita l'index sous son nez en signe de dénégation lorsqu'il voulut lui reprendre la feuille.

— Je lis ici que nous devions juste empiler les assiettes sales – sauf, est-il écrit entre parenthèses, si tu sens que je pourrais trouver ça négligé. Bob pense – et nous connaissons Bob – que faire la vaisselle ensemble, si nécessaire, pourrait faire office de préliminaires.

Mortifié, Carter ferma les yeux.

— Tue-moi, s'il te plaît.

— Désolée, ce n'est pas sur la liste. Celle-ci dit qu'après t'être assuré d'avoir mis la musique appropriée – il suggère Barry White – tu danses avec moi. Des slows, bien sûr, qui inaugureront la partie séduction de la soirée. Selon lui, tu devrais être capable de deviner à ce moment-là si je suis prête à me laisser entraîner à l'étage.

— Ou préfères-tu que je le tue ? J'y ai déjà pensé.

— Je n'entends pas Barry White.

— Je ne pense pas avoir le moindre... et même si j'en avais... N'ai-je pas dit tout à l'heure que Bob était un malade ?

— Quelque chose m'étonne, Carter, répliqua Mac qui posa la liste et plongea les yeux au fond des siens. Je me demande pourquoi tu ne danses pas avec moi.

Elle s'avança et noua les bras autour de son cou.

— Ah.

— Nous ne voudrions pas décevoir Bob, n'est-ce pas ?

— C'est quand même un bon ami.

Il cala sa joue contre le sommet de sa tête, et tout redevint normal.

— Je ne suis pas un bon danseur. Mes pieds sont trop grands. Si je marche sur les tiens, surtout ne…

Elle leva le visage vers lui.

— Tais-toi et embrasse-moi, Carter.

— Ça, je peux.

Tournant sur place avec précaution au rythme de la musique, il captura ses lèvres avec une douceur qui reflétait celle de l'instant. Mac glissa les doigts dans ses cheveux, et son soupir emplit son âme d'une brume enivrante.

Elle effleura sa mâchoire du bout des lèvres.

— Carter ?

— Hmm ?

— Si tu es attentif, tu devrais sentir que je suis prête, murmura-t-elle. Si tu m'emmenais à l'étage ?

Elle recula et lui tendit la main.

— Si tu veux de moi.

Carter lui prit la main et la porta à sa bouche.

— J'ai l'impression d'avoir passé toute ma vie à te désirer.

Il l'entraîna hors de la cuisine. Au pied de l'escalier, il marqua un temps d'arrêt pour l'embrasser de nouveau. Était-ce le vin ou le seul vertige de l'amour ? Il se demanda si Mac avait la tête qui tournait autant que la sienne en cet instant.

À chaque marche, le cœur de Carter s'emballait un peu plus.

— J'avais pensé acheter des fleurs, au cas où, dit-il lorsqu'ils entrèrent dans sa chambre. Puis je me suis

dit – normalement, je ne suis pas du genre supersti-
tieux – que ça risquait de me porter la poisse. Et je
tenais trop à t'avoir ici avec moi pour tenter le diable.

— Cette confidence vaut toutes les fleurs du monde,
crois-moi.

Comme le reste de la maison, la chambre convenait
à Carter, songea Mac. Lignes simples, couleurs apai-
santes, espace ordonné.

— Moi aussi, j'avais envie d'être ici avec toi. Dans ton
lit.

Elle s'en approcha et remarqua la photographie du
cardinal sur le mur opposé. Touchée, elle pivota vers
Carter, éperdue d'un désir dont elle ne se serait pas crue
capable.

Elle voulut déboutonner son chemisier.

— Non, s'il te plaît. Laisse-moi te déshabiller. Si tu
n'y vois pas d'inconvénient.

Elle laissa les bras retomber le long de ses flancs.

— Je n'en vois pas.

Carter se pencha vers la table de chevet et régla la
lampe au minimum.

— Et j'ai envie de pouvoir t'admirer en le faisant.

Il lui caressa la joue avec douceur et effleura son
corps à deux mains avant de l'attirer contre lui.

Puis il captura ses lèvres en un ardent baiser.

11

Comment les rôles avaient-ils pu s'enverser ainsi ? C'était *elle* qui avait envisagé de le séduire et de l'attirer dans son lit. Pourquoi le scénario ne se déroulait-il pas comme prévu ?

C'était censé être une relation simple. Basique. Juste histoire de lâcher un peu de vapeur, après tout ce désir accumulé.

Carter déposa une traînée de petits baisers sur ses joues, son front puis, ses yeux tranquilles au fond des siens, il lâcha le premier bouton. Il la touchait à peine et pourtant Mac était clouée sur place, presque incapable de respirer.

Une fois le chemisier ouvert, il suivit de l'index le dessin de sa clavicule, la courbe de son sein.

— Tu as froid ? s'inquiéta-t-il quand elle frissonna.

— Non.

Il sourit.

— Dans ce cas...

Avec une lenteur calculée, il fit glisser le chemisier de ses épaules et le laissa tomber sur le tapis.

— Joli, chuchota-t-il, frôlant du pouce la dentelle de son soutien-gorge.

Elle relâcha l'air emprisonné dans ses poumons.

— Carter, tu m'affoles.

Et cet aveu de faiblesse ne la dérangeait pas le moins du monde.

— J'adore tes yeux. On dirait deux lagons féeriques. Quel bonheur de les contempler quand je te caresse. Comme ça.

Il ouvrit le bouton de son pantalon, descendit la fermeture, puis fit glisser le tissu sur ses hanches, le long de ses jambes.

Il lui prit la main.

— Viens par là.

Mac fit un pas de côté, comme en transe, et sentit son pouls s'emballer lorsque le regard de Carter balaya sa peau nue avec une lenteur calculée.

Il sourit.

— J'aime ta tenue.

Elle baissa les yeux. En slip et soutien-gorge, elle portait encore aux pieds ses bottines noires à talons fins.

— Quel look.

Avec un sourire enjôleur, il accrocha un doigt dans l'élastique de son slip et attira Mac dans ses bras.

Cette fois, il captura ses lèvres avec fougue, avivant encore le brasier qui couvait en elle. Ensuite, sans lui laisser le temps de s'abandonner, il la fit pivoter d'un demi-tour, le dos plaqué contre lui.

De sa main libre, il explora le velours de ses courbes, tout en déboutonnant de l'autre sa chemise, puis son pantalon. Au contact délicieux de sa peau nue contre la sienne, Mac remonta un bras autour du cou de Carter et se pressa langoureusement contre son ventre brûlant.

Pas trop vite, s'adjura-t-il. Il voulait savourer chaque seconde, chaque caresse, chaque souffle.

Il sentait son cœur battre la chamade au creux de sa paume. Un petit miracle en soi, se dit-il. Elle était avec lui, elle le désirait.

La femme qu'il aimait en secret depuis toujours.

Finissant d'ôter son pantalon et ses chaussures, il prit le temps de savourer la texture de sa nuque avant de faire glisser, avec les dents, la bretelle de son soutien-gorge sur la courbe parfaite de son épaule.

Mac se cambra contre lui, le corps tout entier secoué par un frisson.

Maîtrisant avec une volonté méritoire son propre désir, il dégrafa le soutien-gorge, tandis que l'autre main se promenait sur le satin de son ventre, s'aventurait sur l'étroit triangle en dentelle, effleurait fugitivement l'intérieur de sa cuisse.

— Carter, le pressa-t-elle, une main plaquée sur la sienne.

Il la retourna vers lui et finit de la déshabiller.

— Un peu de patience.

Une fièvre inconnue embrasait ses grands yeux verts magiques, et son teint de porcelaine était rosi par la passion. La passion qu'elle éprouvait pour lui. Un miracle, décidément. Elle se pendit à son cou et l'embrassa avec une fougue presque désespérée.

Carter la fit doucement basculer sur le lit et s'allongea contre son corps nu.

— Les bottines, fit-elle remarquer.

— Elles me plaisent où elles sont, répondit-il avant de refermer la bouche sur la pointe d'un sein.

Ses lentes caresses savantes, ses lèvres expertes éveillaient en elle des sensations délicieuses, et lorsqu'il s'enhardit entre ses cuisses avec une habileté stupéfiante, elle s'abandonna avec ravissement au tsunami qui la submergea.

— Carter, je t'en supplie, murmura-t-elle, haletante.

Mettant fin à son supplice, il pénétra en elle. Les hanches cambrées contre les siennes, Mac l'accueillit avec un gémissement de plaisir auquel il fit écho. Il vit ses yeux se voiler quand il entama ses assauts.

Puis leurs ébats gagnèrent en intensité, de plus en plus sauvages. Et tous deux basculèrent dans un précipice de jouissance insoupçonnée, tandis qu'il murmurait son prénom. Mackensie.

Mac avait l'impression de flotter sur un nuage, même si, bizarrement, ses orteils semblaient lestés de plomb. Elle respirait à nouveau. Tant mieux, car elle était à peu près sûre d'être restée plusieurs fois en apnée prolongée pendant que Carter s'appliquait à... l'anéantir.

Couché sur elle, inerte comme s'il avait été assommé par quelque mauvais coup, leurs cœurs cognant l'un contre l'autre telles deux balles de tennis incontrôlables, il effleura du bout des lèvres le creux de son cou.

— Ça va ? chuchota-t-il.

Ça va ? Ce garçon avait perdu l'esprit. C'était la question qu'on posait par exemple à quelqu'un qui avait dérapé et s'était rattrapé de justesse au lieu de se fouler la cheville.

Pas lorsqu'on venait de faire l'aller-retour Terre-septième ciel à Mach 15.

— Ça va, répondit-elle. Et toi ?

Que dire d'autre ?

— Voyons, laisse-moi réfléchir... Je suis avec Mackensie, nue dans mon lit. Alors oui, franchement, ça va.

— J'ai encore mes bottines aux pieds.

— Encore mieux. Désolé, je dois être lourd.

Il la délesta de son poids et l'attira tendrement contre lui.

— Tu es si belle.

— Ce n'est pas vrai. Je le sais parce que je suis une professionnelle de l'image. J'ai un visage intéressant, certes, et je m'entends à mettre ses atouts en valeur. Par contre, côté silhouette, je ressemble à un cintre. Les vêtements font bonne impression dessus, mais une fois enlevés, il ne reste plus que du fil de fer.

— N'importe quoi. Tu es superbe et tu l'as toujours été. Tu me subjugues avec tes yeux de sirène et tes adorables fossettes.

Mac leva la tête pour lui sourire. Il avait fermé les yeux et son visage reflétait une béatitude parfaite. Il devait avoir cette expression quand il dormait, songea-t-elle. Si elle se réveillait avant lui, c'était le spectacle divin qui s'offrirait à sa vue.

Paresseusement, elle suivit la ligne de sa mâchoire du bout de l'index.

— Et quelle est cette intrigante petite cicatrice ici ? Un accident d'escrime ? Tu manies le fleuret, comme le capitaine Jack Sparrow ?

— Si seulement ! Je parie que tu as un faible pour Johnny Depp.

— Je suis une femme. Question suivante.

— Son sex-appeal irrésistible transcende les générations. Intéressant. Il fait l'unanimité aussi bien auprès des femmes adultes que des adolescentes à qui j'enseigne.

— Je l'ai vu la première. Mais en ce moment, c'est un autre qui exerce sur moi son sex-appeal irrésistible. Et qui essaie habilement de dévier la conversation. Alors, cette cicatrice ? insista-t-elle.

— Je tentais d'échapper à deux gamins qui voulaient se distraire en me démolissant le portrait. J'ai dû grimper sur une clôture et, avec mon agilité et ma grâce naturelles, j'ai réussi à glisser. En tombant, je me suis entaillé la peau contre le grillage.

— Aïe. C'était quand ?

— Pas plus tard que la semaine dernière.

Mac pouffa de rire et se lova contre lui.

— Sales petites brutes.

— En fait, j'avais dix ans. Mais oui, c'étaient de sales petites brutes.

— As-tu réussi à t'échapper ?

— Cette fois-là, oui.

Il tira gentiment sur ses mèches courtes pour attirer sa bouche vers la sienne et l'embrassa. Avec un soupir, elle nicha la tête dans le creux de son épaule.

Elle se sentait si bien, blottie ainsi. Sa peau nue contre la sienne, leurs cœurs battant à l'unisson, apaisés désormais. Elle aurait pu rester dans cette position des heures durant. Des jours. Tout ensommeillée et bien au chaud, enlacée avec l'adorable Carter Maguire. Et demain matin, ils...

Mac ouvrit brutalement les yeux. Que s'imaginait-elle donc ? Qu'est-ce qui lui prenait ? Demain matin ? Des heures, des jours ? Submergée d'un brusque accès de panique, elle se redressa d'un bond.

— Qu'y a-t-il ?

— Quoi ? Oh, rien. Rien du tout. Que veux-tu qu'il y ait ?

Carter s'assit à son tour, tout ébouriffé et si sexy que son cœur et ses hormones s'emballèrent de plus belle.

Elle devait partir d'ici. Au plus vite. Retourner dans le monde réel, celui où elle avait toute sa santé mentale, avant de commettre une bourde stupide comme tomber amoureuse.

— C'est juste que... Mon Dieu, tu as vu l'heure ? Je dois partir !

— Partir ? Mais...

— C'était génial. Tout était génial, vraiment.

Catastrophe, elle ne portait en tout et pour tout que ses bottines.

— J'ai vraiment perdu toute notion du temps, reprit-elle. Il est tard.

Sidéré, il regarda le réveil.

— Pas spécialement.

— Il y a école demain, tenta-t-elle d'argumenter d'un ton qu'elle espérait léger, tout en traquant ses sous-vêtements tandis que la panique galopait en elle tel un troupeau de mustangs.

Où était donc passé son soutien-gorge ?

Tant pis pour le soutien-gorge.

— J'ai un million de trucs à faire. Je dois commencer vraiment très tôt demain matin.

— Je mettrai le réveil. Je me lève à six heures de toute façon. Reste, Mackensie.

— J'aimerais vraiment. Vraiment.

Combien de fois allait-elle sortir « vraiment » à la minute ? Elle était en train de battre un record.

— Mais bon, le devoir m'appelle. Non, ne te lève pas.

Il ne l'écouta pas et sortit du lit.

— Reste, insista-t-il en lui caressant la joue alors qu'elle enfilait son chemisier. J'ai envie de dormir avec toi.

— Nous avons déjà rayé ce point-là de la liste, objecta-t-elle avec un sourire radieux.

— Vraiment dormir.

— C'est trop mignon, Carter. J'adorerais – une autre fois. Trois cérémonies, une présentation... je suis hyper occupée. Il faut que je file. Merci pour tout. Je t'appelle.

Sur ces mots, elle lui plaqua un baiser du bout des lèvres. Et s'empressa de prendre la fuite.

Quelle odieuse personne elle était. Et complètement frappée, se dit Mac sur le trajet du retour. Elle avait pourtant agi comme il fallait. C'était la seule solution. Pour elle, et pour Carter.

Pour Carter, assurément.

Elle avait eu le bon réflexe. Désormais, tout irait bien.

Tout irait parfaitement bien.

Il y avait de la lumière dans le manoir. Génial, se dit-elle. Parker et Laurel approuveraient sa réaction. C'était ce dont elle avait besoin, décida-t-elle, freinant dans un crissement de pneus devant le perron. Juste un peu d'approbation de la part de ses amies, histoire de se dénouer l'estomac.

Elle se précipita à l'intérieur et monta les marches quatre à quatre.

— Parker !

— Là-haut, répondit celle-ci qui sortit dans le couloir. Mon Dieu, qu'est-ce qui se passe ? Un accident ?

— Non.

— D'accord. Bon, apparemment, tu n'es pas blessée. Viens, nous sommes dans mon salon. Comme nous sommes encore debout, nous passons juste quelques derniers détails en revue.

— Emma aussi ?

— Oui.

— Bien, bien, encore mieux.

Elle passa en trombe devant Parker et se rua dans le salon où Laurel et Emma étaient installées devant un thé, une assiette de biscuits et leurs dossiers.

— Regardez qui voilà ! On croyait te voir rentrer demain matin, rasant les murs de honte, lui lança Laurel qui lâcha son crayon. On pensait installer une caméra vidéo.

— Alors, ce dîner, c'était comment ? s'enquit Emma.

— Je suis partie sans demander mon reste, répliqua Mac, les yeux vaguement hagards, en ôtant son manteau. Vous auriez fait la même chose.

— C'était si horrible que ça ? Tiens, prends donc un biscuit, proposa Laurel qui lui tendit l'assiette.

— Non, non. Tu n'y es pas du tout. Il a fait une répétition du dîner mardi. Vous imaginez ça ? Et ce soir, j'ai eu droit à un merveilleux repas aux chandelles avec du poulet mariné déglacé au vin blanc.

Parker reprit place dans son fauteuil.

— Déglacé au vin blanc ? Dieu merci, tu es vivante. Nous devrions appeler la police.

— Arrête de plaisanter, tu ne saisis pas bien la situation.

Mac se força à inspirer lentement à plusieurs reprises, histoire de se calmer les nerfs. Sans succès.

— Il s'est donné tant de mal. C'était vraiment adorable. Et amusant. Bob avait fait une liste.

— Qui diable est Bob ? s'étonna Laurel.

— Sans importance, mais Carter était si embarrassé. C'était trop mignon. Vous auriez vu sa tête. Le haut de ses oreilles a même rougi.

— Craquant, soupira Emma.

— Exactement. J'étais censée faire quoi, hein ? J'étais tellement sous le charme que je n'ai pas pu résister : j'ai couché avec lui.

— Moi, c'est pareil. Quand un homme se met à rougir des oreilles, je ne peux pas m'empêcher de déchirer

194

mes vêtements, ironisa Laurel qui préleva un autre biscuit. Alors comme ça, vous avez fait l'amour ?

— Bien plus que ça. Nous avons vécu les étreintes les plus passionnées, les plus étourdissantes, les plus époustouflantes de toute l'histoire de l'humanité.

— Rien que ça ? Là, ça devient intéressant, commenta Parker qui se cala au fond de son fauteuil, les jambes en tailleur. Est-ce que c'était le style tout en tendresse avec flou artistique à la Hamilton et petits cupidons émus aux larmes, ou le déchaînement bestial des forces de la nature genre « moi Tarzan, toi Jane » où on grimpe aux rideaux ?

— C'était... commença Mac qui soupira. Je n'avais jamais éprouvé des sentiments aussi intenses pour quelqu'un.

Elle s'assit sur l'accoudoir du fauteuil de Parker, le regard perdu dans les flammes, s'efforçant de trouver les mots.

— C'est à la fois extraordinaire et terrifiant de savoir qu'il ne voit que vous. Que vous êtes l'unique objet de ses pensées et de son désir.

Il y eut trois soupirs émus, suivis d'un silence respectueux.

— Qu'est-ce que tu fais ici, au lieu d'être sous la couette avec lui ? s'étonna Emma.

Mac la fusilla du regard.

— Bon sang ! Tu n'écoutes rien ou quoi ?

— Oh que si, j'écoute. J'imagine, j'envie.

— Je voulais rester, donc j'étais obligée de partir, argumenta Mac qui se leva d'un bond en gesticulant. Si j'avais pu, j'aurais vécu jusqu'à la fin de mes jours sous cette maudite couette !

— Tu as paniqué, avança Parker.

— Évidemment, que j'ai paniqué ! Qui n'aurait pas paniqué à ma place ? Je te le dis, j'étais comme hypnotisée, ou droguée. Il fallait à tout prix que je m'échappe et... Oh, c'est pas vrai, je me suis comportée comme un mec ! réalisa Mac avec horreur, le visage entre les

195

mains. Le genre de mec qui te plante là après avoir fait sa petite affaire en disant : « C'était génial, mais je dois filer. Je commence tôt demain, je t'appelle. »

— Oh, Mac, comment as-tu pu ?

Mac pointa un index vengeur sur Emma.

— J'étais *obligée*. C'était une question de survie. Pour moi comme pour Carter, d'ailleurs. Coucher avec lui était censé me dégriser, pas me rendre bêtement sentimentale. Il est trop bien pour moi, voilà tout. Il est mignon, drôle, intelligent et foncièrement gentil. Il est sexy, encore plus avec ses lunettes. Il adore enseigner. Je l'ai vu faire cours et c'est... Tout s'accumule ici, conclut-elle, une main sur la poitrine. C'est le chaos là-dedans.

Elle prit la tasse de thé la plus proche et la vida d'un trait.

— Il sait écouter, reprit-elle, et il réfléchit à ce que je dis. Et de son côté, il me fait réfléchir aussi.

— À l'évidence, il faut l'empêcher de nuire, décréta Laurel qui secoua la tête. C'est clair, ma grande, tu es amoureuse de lui.

— Ce n'est tout simplement pas envisageable. Pourquoi crois-tu que j'aie pris la fuite ? J'avais l'impression d'être aspirée par des sables mouvants. Des sables mouvants certes doux, chauds et enivrants, mais mortels quand même. Je n'ai pas la carrure. De toute façon, je ne crois pas à ce genre de relations. Elles ne durent jamais. C'est vrai, quoi, combien de clients avons-nous qui se marient pour la deuxième, voire la troisième fois, hein ? Je sais comment c'est quand ça se casse la figure. Ça n'en vaut pas la peine.

— Pour résumer, intervint Laurel, tu as la trouille d'être amoureuse d'un homme que tu viens de décrire comme le Mary Poppins masculin. Quasiment parfait à tout point de vue, précisa-t-elle devant les regards perplexes de ses amies. Tu veux que je te dise pourquoi tu as pris tes jambes à ton cou ? À cause de ta coureuse de mère, et je pèse mes mots.

— Laurel !

— Non, elle a raison, Emma, intervint Mac. Ma mère est une coureuse impénitente. Le hic, c'est qu'elle ne se voit pas ainsi. À ses yeux, elle est éternellement en quête du grand amour. C'est davantage une question de fric, de statut, de sécurité, mais elle jurerait ses grands dieux qu'il s'agit uniquement d'amour. Mon père l'a plaquée – ce dont je ne peux le blâmer – et m'a jetée avec l'eau du bain – ce dont je le blâme fortement – parce que l'effort n'en valait pas la peine.

— Tu n'es pas comme eux, assura Parker avec douceur.

— Je sais. Et c'est peut-être cynique de croire qu'ils sont davantage la norme que l'exception. Mais c'est toujours l'impression que j'ai. Et j'apprécie le cours qu'a pris ma vie.

Un peu calmée, Mac se rassit.

— Le problème avec Carter, c'est qu'il a un gros béguin pour moi depuis des années. Si je laisse la situation s'emballer, il va bientôt songer à faire appel à nous pour la cérémonie. Avec ses idées traditionnelles, je le vois déjà demander à Parker où acheter la bague. Je ne peux pas lui faire ça. J'ai eu raison de partir. Mieux vaut couper court tout de suite plutôt que...

— Risquer d'être heureuse avec un homme qui est fou de toi ? suggéra Emma.

— Présenté comme ça... Mais oui, de mon point de vue, c'est la meilleure solution.

— Je peux l'avoir ?

Mac foudroya Laurel du regard.

— Ce n'est pas drôle.

— Non, vraiment pas.

Emma dévisagea Mac de ses grands yeux noirs.

— Tu sais quoi ? À mon avis, le cœur du problème, c'est que jusqu'à présent tu n'avais jamais eu de relation sérieuse. Nous en sommes toutes là, je dirais. La différence avec moi, c'est que je ne cesse d'espérer que ça m'arrivera.

— D'où les rancards à la chaîne.

— Laisse tomber, Laurel, intervint Parker.

— Tu as raison, désolée. Je la ramène parce que je suis jalouse. Jalouse à mort. Personne n'a jamais eu d'yeux que pour moi.

— Mais il me voit à travers le filtre d'un ancien amour de lycée ! protesta Mac.

— Je ne le connais pas aussi bien que toi, dans tous les sens du terme, biblique compris, mais il me semble plus intelligent que ça.

— Amour et intelligence ne font en général pas bon ménage.

— Exact, approuva Laurel qui tendit les bras vers Mac. Et en voici la preuve vivante. Tu es raide dingue de ce garçon.

— Tu ne m'aides pas beaucoup. Parker ?

— Comme Carter est quelqu'un de fondamentalement bon, tu as peur de lui briser le cœur et de détruire sa vie.

— Un peu mélodramatique, mais oui, au fond, c'est quelque chose comme ça.

— Et tu es persuadée d'être incapable d'avoir une relation sérieuse et suivie. Non seulement tu te considères comme indigne d'un tel amour, mais tu doutes d'avoir le courage de t'investir pour qu'il dure.

— Le jugement est un peu sévère, mais…

— Je pense que tu le sous-estimes. Et toi avec, la coupa Parker qui se leva et alla prendre une photographie encadrée sur le manteau de la cheminée. Tu te souviens de cette photo ?

Le portrait des parents de Parker. Ils s'enlaçaient en souriant à l'objectif, les yeux pétillants de bonheur.

— Bien sûr.

— Tu l'as prise juste quelques mois avant leur décès. De toutes les photos que j'ai d'eux, c'est ma préférée. Tu sais pourquoi ?

Mac ne pouvait la regarder sans avoir les yeux qui piquaient. Cette fois ne fit pas exception.

— Parce qu'elle traduit toute la profondeur de leur amour, continua Parker. Il leur arrivait de se disputer, et j'imagine qu'il y a eu des fois où ils en avaient franchement ras le bol l'un de l'autre. Mais ils s'aimaient quand même. Pendant la moitié de leur vie, ils ont réussi à être heureux ensemble. C'est ce que tu as saisi dans ce cliché. Tu as su voir leur bonheur.

— Ils étaient exceptionnels.

— Toi aussi. Je n'ai pas pour habitude de perdre mon temps avec des amies qui ne le sont pas, répliqua Parker qui reposa le portrait à sa place. Respire un grand coup, Mac. L'amour fait peur, et parfois il est éphémère. Mais il vaut tous les risques et toutes les angoisses. Et même les peines.

Dans la totale incertitude où elle se trouvait, Mac savait qu'il n'y avait pour elle qu'une solution : mettre ses soucis personnels entre parenthèses et se consacrer à son travail. Ses associées et leurs clients avaient besoin de son implication. Il lui fallait donc se calmer et respecter les priorités. Pour commencer, une bonne nuit de repos ne serait pas de trop.

Hantée par ses interrogations, elle ne ferma pas l'œil jusqu'au matin. Elle songea avec amertume qu'elle n'avait plus gâché une nuit de sommeil pour un homme depuis ses seize ans.

Elle se prépara un café si fort que la petite cuillère tenait presque toute seule dans la tasse. Mais au moins, il noya la fatigue sous un flot de caféine. Dédaignant le paquet de Pop-Tart qui semblait trahir le goût – et l'instabilité émotionnelle – d'une gamine de six ans, elle opta pour ce qu'elle considérait comme un petit déjeuner d'adulte : yaourt, fruit frais et un muffin dérobé dans la réserve de Laurel.

Après avoir consciencieusement fait la vaisselle, elle révisa ses notes pour le mariage du jour et vérifia son équipement. La cérémonie se déroulerait en comité assez restreint, avec une seule demoiselle d'honneur. Les clients souhaitaient une fête simple et intime.

La mariée, se rappelait-elle, avait opté pour une robe de cocktail bleue et un chapeau très élégant à la place du voile et du diadème habituels. Elle porterait un bouquet de gardénias blancs aux tiges enserrées dans un ruban de satin.

Bon choix, approuva Mac, puisque c'était un second mariage pour les deux.

Une fois prête, elle jeta un coup d'œil à sa montre. Il lui restait largement le temps de consulter ses mails. Elle bascula sur sa boîte électronique, parcourut les nouveaux messages et repéra aussitôt un *MaguireC101*. Elle s'écarta brusquement du bureau et se mit à arpenter son studio tel un lion en cage.

Elle fonça à la cuisine avaler une autre tasse de café très serré.

Rien ne l'obligeait à ouvrir le mail maintenant. Mieux valait d'ailleurs s'en abstenir si elle tenait à demeurer concentrée sur son travail, n'est-ce pas ? C'était l'attitude la plus raisonnable. La plus adulte, comme le yaourt et le fruit frais.

Il ne pouvait s'agir d'une urgence. Sinon, il aurait téléphoné. Qu'avait-il à lui dire, de toute façon ?

« Je te fais grimper aux rideaux et toi, tu me plantes là comme une vieille chaussette ? »

Non, Carter n'emploierait pas un langage aussi grossier.

Elle allait monter prendre sa douche et s'habiller, puis se rendrait au manoir pour les derniers préparatifs. Les histoires personnelles, ce serait pour plus tard.

— Oh, je t'en prie, de qui te moques-tu ?

Elle revint d'un pas décidé à son ordinateur et ouvrit le mail de Carter.

Mackensie,
J'ai trouvé cette adresse sur ta carte de visite. J'espère que ça te va si je te contacte par ce biais. Sachant combien

tu serais occupée aujourd'hui, je n'ai pas voulu te déranger en téléphonant.

Je tenais d'abord à te dire combien j'ai apprécié notre soirée d'hier. Chaque minute de ta présence. Aujourd'hui, ma maison semble plus lumineuse, plus vivante.

Au nom de Bob, sa femme et leur enfant à naître, je t'exprime aussi mon soulagement de ne pas avoir été obligé de l'assassiner. Il te doit une fière chandelle.

Pour finir, au cas où tu le chercherais, j'ai trouvé un de tes gants par terre dans ma penderie. Il a dû tomber quand tu as récupéré ton manteau. J'ai d'abord eu l'intention de te demander si je pouvais le garder en souvenir, comme au Moyen Âge quand les chevaliers demandaient des gages d'amour à leurs dames. Réflexion faite, l'idée paraît un peu effrayante, même pour moi.

Je te le rapporterai.

Dans l'intervalle, j'espère que ton mariage du jour se passera bien. Tous mes vœux de bonheur à l'heureux couple.

Carter

12

Le samedi après-midi, Mac jugea qu'elle avait retrouvé son équilibre. Le mariage du vendredi s'était non seulement déroulé sans accroc, mais Vœux de Bonheur avait décroché un nouveau contrat : les parents du marié avaient réservé pour leur anniversaire de mariage en novembre.

De plus, elle avait eu affaire à une mariée joyeuse et détendue, qui s'était laissé photographier comme dans un rêve.

Sur sa lancée, elle avait travaillé sur les épreuves jusque bien après minuit.

Et elle n'avait relu le mail de Carter que deux fois, avant de s'effondrer dans son lit où elle avait aussitôt sombré dans un sommeil réparateur.

Tout était histoire de concentration. Il suffisait de ne pas perdre de vue ses forces, ses faiblesses, ses objectifs. Elle avait dû ralentir un peu le rythme avec Carter, réaffirmer les positions de chacun – et les limites qui en découlaient. Maintenant que tout était clair entre eux, ils prendraient du bon temps ensemble et personne ne souffrirait.

L'autre soir, elle avait réagi démesurément, mais un peu de distance et de temps avait suffi à rétablir l'équilibre. Le week-end de folie qui culminerait aujourd'hui avec le mariage de tous les dangers était l'antidote parfait. D'ici quelques jours, une semaine peut-être, ils auraient une conversation. Carter était un homme raisonnable. Il comprendrait l'absurdité de laisser ce *truc* entre eux échapper à tout contrôle.

Il avait déjà souffert d'une rupture, à cause de la mystérieuse Corrine. Il n'avait sûrement pas l'intention de répéter l'expérience. En fait, décida Mac, il était probablement sur la même longueur d'onde qu'elle et lui serait reconnaissant d'avoir su mettre les choses au point.

Elle choisit un tailleur gris perle au léger reflet moiré et des chaussures à talons à la fois élégantes et confortables, par égard pour ses pieds qui seraient mis à contribution la plus grande partie de la journée.

Rassemblant son matériel, elle passa une dernière fois en revue ses notes et impressions. La robe était spectaculaire, se souvenait-elle. Un bustier sans bretelles entièrement rebrodé de paillettes scintillantes sur des mètres et des mètres de jupons. La future mariée, une fanatique de culture physique, avait un corps superbe. Et le couple était amoureux depuis le lycée.

Mac eut à peine le temps de débarquer au manoir avec son équipement.

— Alerte rouge ! lui lança Emma, dévalant le grand escalier.

Mac écarquilla les yeux.

— Déjà ?

— Tu ne répondais pas au téléphone.

— Je viens juste de quitter le studio. Je n'ai pas encore allumé mon portable.

— La demoiselle d'honneur a eu vent que son ex envisage de faire venir sa copine à la réception. Son idée du compromis, dont il n'a pas pris la peine de faire part aux mariés. Ceux-ci ont des envies de meurtre – on les comprend – et je ne donne pas cher de la peau du frère si la rumeur se vérifie. Parker s'efforce d'éteindre l'incendie.

— Quelle poisse.

— Parker a imprimé une photo de la fille trouvée dans la presse. Il faut en distribuer une copie à tout le personnel, extras compris. Si elle est repérée, elle doit aussitôt être neutralisée, expliqua Emma, frappant du poing dans sa paume. Par tous les moyens, jusqu'à ce que Parker décide de son sort.

— Un plaquage dans le jardin, ça ferait une belle photo pour notre bêtisier.

— Laurel téléphone à Jack pour qu'il vienne plus tôt et exerce son charme sur la demoiselle d'honneur, histoire de lui faire oublier les représailles qu'elle pourrait être en train de mijoter. J'ai encore mon personnel à briefer avant de commencer à installer les fleurs. Laurel doit s'occuper des finitions sur la pièce montée. C'est Soie et Dentelle.

— Je sais. C'est dans mes notes.

— Elle pèse une tonne. Il lui faudra deux personnes pour l'aider à la transporter, autant de moins en patrouille. Le dernier briefing est annulé. On travaille en réactualisation permanente. Tu dois te tenir prête dans le grand hall. Tu seras prévenue sur ton bipeur quand la mariée sera en vue. Voilà, tu sais tout, conclut Emma qui reprit son souffle.

— Compris. Mais j'ai d'abord quelques détails à régler dans la suite de la mariée. Je redescends au plus vite. Sois forte.

— Franchement, il y a des coups de pied au cul qui se perdent.

À l'étage, Mac déposa son matériel dans la suite de la mariée et ne garda dans une sacoche qu'un appareil et un jeu d'objectifs. Avant de redescendre, elle passa voir où en était Parker.

Son amie ouvrait un nouveau rouleau de Mentos.

— C'est grave ?

— Non, non. Pour l'instant, tout est sous contrôle. Mais je suis furax. À la demande de la mariée, je viens de parler avec le CTV au téléphone – CTV pour Connard de Témoin Volage. Qui m'a aimablement informée que personne, y compris son frère, n'avait le droit de lui dire avec qui sortir. Putain de sale gosse égoïste.

— Tu as dit putain. Tu es vraiment furax.

— Et ensuite il m'a accusée d'interférer dans sa vie privée. J'ai encaissé le coup – il vaut mieux qu'il s'en prenne à moi qu'aux mariés – mais je vois rouge. J'ai réussi à le calmer, à en appeler au peu de décence et de considération qu'il possède. Il fera son devoir et a l'intention de partir immédiatement après son toast au nouveau couple – qui sera sans aucun doute d'une touchante sincérité.

— Tu lui fais confiance ?

Parker plissa les yeux.

— Pas une seconde. Il est tellement macho que si nous ne l'arrêtons pas, il va parader comme un coq à la réception avec cette femme. Nous allons intervenir, mais en toute discrétion. Aucun invité ne doit se rendre compte de rien.

Avec un soupir, Parker tendit à Mac une pile de photocopies avec la photo d'une séduisante blonde et, en légende :

ROXANNE POULSEN
ACCÈS INTERDIT

— Distribue ça au personnel. J'en donnerai aussi à Laurel pour les traiteurs.

— Je m'en occupe. Tu sais, Parker, parfois j'adore ce boulot au-delà du raisonnable. Bizarrement, c'est ce que je ressens aujourd'hui.

— Tout à fait d'accord avec toi, approuva Parker qui croqua un comprimé d'antiacide. On a sans doute besoin d'une thérapie.

Mac transmit les photos de la suspecte à Emma et son équipe – elle avait l'impression de jouer dans une série policière – et donna le reste à la petite ruche qui s'affairait dans le grand hall. Elle aida à dresser les tables – nappes bleu lavande clair et serviettes dans un ton plus foncé – ajoutant des couverts, tandis qu'Emma disposait les centres de table, de jolies coupes en verre dans lesquelles flottaient des lis blancs sur un lit de petites pierres scintillantes.

— Très réussi, la complimenta Mac.

Emma ajouta tout autour de petits soliflores ornés d'une rose joufflue, des lumignons blancs, et parsema l'ensemble de pétales de roses, de cœurs rouges et d'étoiles bleues.

— Encore plus réussi. Il n'en reste plus que dix-neuf. Dépêchons-nous, lança-t-elle à la cantonade, les rubans... Oh, bonjour, Carter.

Mac se retourna d'un bloc.

Dans un costume noir, Carter se tenait au milieu du chaos. On aurait dit un îlot de calme au milieu d'un océan de mouvements et de couleurs.

— Euh... une certaine Lois m'a dit qu'il vaudrait mieux revenir. La maison est en pleine effervescence. Je dérange sûrement.

— Bien sûr que non, lui assura Emma. Ici, toute personne valide est susceptible d'être mise à contribution.

— Je serai heureux d'aider, si je peux.

— Les mots magiques. Il nous reste cent quatre-vingt-dix-huit faveurs, plus les bouteilles de champagne et les bonbonnières à disposer. Mac, mets donc notre nouvel esclave au travail, d'accord ? Je dois encore superviser la décoration du salon d'honneur.

— Bien sûr.

Comment avait-elle pu oublier qu'elle lui avait demandé de venir ? Et que faire pour calmer ces étranges palpitations qu'elle ressentait au creux du ventre à chaque fois qu'elle le regardait ?

— Beau costume.

— Il n'est pas en tweed. Tu es à la fois superbe et professionnelle.

— Le personnel doit se fondre dans le décor. Désolée, je suis distraite, nous sommes en alerte rouge. Le CTV va peut-être essayer de faire entrer la PA à la réception.

207

— Attends, dit Carter avec un froncement de sourcils. Je ne saisis pas toutes les subtilités du code, mais je crois avoir compris en gros. Le témoin et l'associée avec qui il a une liaison. Il va se montrer avec elle. Quelle grossièreté !

— C'est le moins qu'on puisse dire. Les protagonistes pourraient en venir aux mains, expliqua Mac qui ouvrit la sacoche de son appareil et en sortit la photo imprimée par Parker. Voilà la cible. Si tu la vois, tu donnes l'alerte immédiatement, d'accord ?

Il examina la photo avec un petit sourire, puis la plia et la glissa dans la poche intérieure de sa veste.

— D'accord. Y a-t-il autre chose ? J'ai l'impression... Tu sembles contrariée.

— Contrariée ? Non, juste distraite. C'est la mariée qui est contrariée, ce qui risque de rejaillir sur les portraits, alors...

Assume, s'ordonna-t-elle. Explique-lui la situation avec franchise.

Elle l'entraîna par le bras dans un coin relativement calme du salon d'honneur qui bourdonnait telle une ruche.

— En fait, Carter, je pense qu'on devrait avoir une discussion... Zut !

Elle souleva le bipeur accroché à sa poche.

— La mariée arrive. Je dois y aller. Le mieux, c'est que tu m'accompagnes.

— Veux-tu que j'aille te chercher du matériel ? proposa-t-il, calquant son pas sur le sien.

— Non, j'ai tout ce qu'il faut. Le reste est déjà dans la suite où elle va se préparer. Mais j'ai besoin de clichés de son arrivée. Assure-toi surtout de rester hors champ.

Parker les rattrapa au pas de charge.

— Bonjour, Carter, dit-elle, glissant discrètement à Mac un regard interrogateur avant de passer en mode cent pour cent professionnel.

— La mariée est du genre hyper émotive. Elle a sans cesse besoin d'être réconfortée, soutenue.

— Pigé.

— Nous devons l'occuper là-haut le plus vite possible. J'ai déjà fait monter du champagne, mais attention : pas de Karen numéro deux.

— Pas de problème.

— La demoiselle d'honneur l'accompagne, ainsi que deux amies de sa suite et sa mère. Un roc, la mère. En cas de souci, si je ne suis pas disponible, fais appel à elle.

— Et Jack ? Il est en route ?

— Arrivée prévue dans un quart d'heure. Je l'enverrai directement là-haut.

— Qui est Karen ? s'enquit Carter.

— Une de nos précédentes mariées. Elle est arrivée à moitié ivre et a fini le travail avant qu'on ait pu l'en empêcher. Elle a vomi par-dessus la terrasse juste avant la cérémonie.

— Oh.

Mac et Parker prirent place au pied du perron dont les balustrades étaient déjà décorées de lumignons italiens et de guirlandes de tulle.

— Où sont vos manteaux ? demanda Carter. Je vais aller vous les chercher.

— Inutile, répliqua Mac qui sortit son appareil. L'adrénaline, ça réchauffe.

À l'instant où la limousine blanche s'avançait dans l'allée, Emma et Laurel sortirent à leur tour.

— Je voulais que l'équipe soit là au grand complet pour la rassurer, expliqua Parker. Tout le monde sourit !

La limousine s'arrêta devant le perron. La portière arrière s'ouvrit et Mac cadra la mariée qui s'apprêtait à descendre, affichant un sourire hésitant, visiblement forcé.

La poisse, songea-t-elle.

— Voilà enfin votre grand jour, lui lança Parker.

Le sourire s'épanouit, et Mac eut juste le temps d'actionner l'obturateur avant que le visage de la jeune

209

femme se décompose. Elle jaillit de la voiture, bras tendus.

— Oh, Parker !

Mac la coupa dans son élan.

— Eh ! Vous n'allez quand même pas avoir les yeux rouges et bouffis sur vos portraits à cause de cette femme. Allez, faites-moi un beau sourire. Une merveille qui la fera pleurer de jalousie quand elle verra la photo.

Comme par défi, le visage de la mariée s'illumina soudain.

— Je me marie !

La jeune femme saisit avec fougue la main de sa demoiselle d'honneur.

— On va leur montrer. Ensemble, solidaires !

— Voilà qui est parlé !

Mac s'appliqua à capturer mouvements et énergie tandis qu'elles sortaient leurs affaires, mais la tension demeurait palpable.

— Parker, s'enquit la mariée, que ferai-je si elle…

— Rien du tout, la rassura Parker. Nous maîtrisons la situation à cent pour cent. Tout ce que vous avez à faire, c'est être superbe et heureuse. Nous nous occupons du reste. Montons. Une bouteille de champagne vous attend.

Mac fit signe à Carter de la suivre et précéda en hâte la petite troupe à l'étage. Ils pénétrèrent dans la suite réservée à la mariée et ses demoiselles d'honneur.

— Charmant endroit, commenta Carter, découvrant la profusion de dentelle et de soie, de bougies et de fleurs. Euh… très féminin. Suis-je censé être ici ? Ça ne me paraît pas tout à fait… convenable.

Mac sortit son deuxième appareil photo et passa la bandoulière autour de son cou.

— Il se peut que j'aie besoin de toi. Mais pour l'instant, monte la garde devant la porte. Personne n'entre sans le mot de passe.

— Qui est ?

— Tu n'as qu'à en inventer un.

210

Il venait de se mettre à son poste lorsque Parker fit entrer la mariée. Une jolie brune s'immobilisa devant lui et l'étudia de la tête aux pieds avec une insistance qui le mit mal à l'aise.

— Jack ?

— Euh, non. Carter.

— Dommage, répondit-elle avec un sourire. Restez dans le coin. Vous pourriez m'être utile.

La porte se referma dans son dos avec un claquement sec. À travers le battant lui parvinrent le murmure des conversations, puis le *pop* joyeux d'un bouchon de champagne qui saute. Il interpréta l'éclat de rire qui suivit comme un bon signe.

Quelques instants plus tard, un petit groupe d'hommes et de femmes chargés de sacs se dirigea vers lui.

— Excusez-moi… commença-t-il.

Derrière lui, la porte s'ouvrit à la volée.

— C'est bon, Carter, ce sont les coiffeurs et visagistes, dit Parker qui les fit entrer. Laisse passer Jack quand il arrivera.

La porte se referma et le volume sonore monta d'un cran.

Il se demanda si c'était une situation classique que Mac et les autres répétaient plusieurs fois par semaine. Alertes rouges, codes mystérieux, oreillettes et bipeurs. On aurait dit une armée sur le pied de guerre.

Ou un show bien rodé de Broadway.

Dans l'un ou l'autre cas, conclut-il, il serait épuisé à la fin de chaque journée !

Mac ouvrit la porte et lui fourra une flûte de champagne entre les mains.

— Tiens.

La porte se referma.

Il fixa le verre, se demandant s'il était autorisé à boire en service commandé. Avec un haussement d'épaules amusé, il avala une gorgée.

Un homme déboucha sur le palier.

— Salut, Carter, comment vas-tu ?

Jack portait un élégant costume sombre égayé de fines rayures blanches.

— Tu es invité au mariage ?

— Non, j'aide.

— Moi aussi.

Il fourra les mains au fond de ses poches avec décontraction. Jack Cooke paraissait toujours détendu. Le flegme incarné.

— Ma cavalière doit être là-dedans. Tu as peut-être vu à quoi elle ressemble. Megan. Meg pour les intimes.

— Oh, la demoiselle d'honneur. Oui, elle est là.

— Alors ? Elle est comment ? Parker m'a dit qu'elle était canon, mais Parker a des intérêts en jeu. Je n'ai pas l'intention de me défiler, mais j'aimerais autant avoir un avis objectif.

— Très mignonne. Brune.

— Et côté caractère ?

— Un peu inquiétante, pour être franc. Je crois qu'elles se font coiffer en ce moment.

— Génial, soupira Jack. Ce qu'on ne ferait pas par amitié et pour une caisse de bon vin ! Allez, j'entre dans la fosse aux lions.

Il frappa. Parker ouvrit.

— Timing parfait, commenta-t-elle, puis elle le happa à l'intérieur.

Carter s'adossa contre le mur près de la porte, sirotant son champagne.

La porte s'ouvrit de nouveau et Mac l'attira dans la pièce. Autour des femmes protégées par de longs peignoirs, les coiffeurs s'affairaient avec des ustensiles qui avaient toujours mis Carter vaguement mal à l'aise. Les cheveux raides se frisaient avec un drôle de fer, et il en existait un autre pour lisser les cheveux frisés.

Pourquoi ? Telle était la question.

Mais il garda ses interrogations pour lui et tint le posemètre ou un objectif lorsqu'on le lui demanda, ou encore un métrage de dentelle blanche devant une fenêtre. Il ne vit pas d'inconvénient, même quand Jack déserta le terrain, à se retrouver seul au cœur du gynécée.

C'était la première fois qu'il voyait Mac travailler, et ce spectacle suffisait à son plaisir comme à son édification. Sûre d'elle, concentrée, douée d'une indéniable efficacité dans ses mouvements. Variant les angles, les appareils et les objectifs, elle se mouvait avec une grâce féline et parlait très peu aux personnes qu'elle photographiait.

Elle les laisse être elles-mêmes, réalisa-t-il.

Soudain, elle brancha son oreillette.

— Le marié arrive. On descend.

Carter la suivit jusqu'au perron. Le témoin n'accompagnait pas son frère. Mac fit son travail dans le froid, exhalant de petits nuages de vapeur.

— Le marié monte, annonça-t-elle dans son micro. Le CTV est aux abonnés absents. Compris.

Elle se tourna vers Carter.

— Une surveillance a été mise en place pour le témoin. Je dois me préparer pour les portraits officiels des mariés. Si tu allais te détendre un peu avec Jack et Del ?

— D'accord, répondit Carter, qui regarda à la ronde dans l'immense salon d'honneur occupé par des rangées de chaises drapées de housses blanches au milieu d'une profusion de bouquets et de bougies. Quelle métamorphose ! C'est de la magie.

— Oui, de la magie qui réclame de l'huile de coude. Je te retrouve après.

Carter traversa l'océan de fleurs, de tulle et de lumignons scintillants, puis déboucha dans le grand hall. Il découvrit Jack et Del assis au bar.

— Tu veux une bière ? lui lança Del.

— Non, merci. J'essaie juste de ne pas déranger.

— Ici, c'est la meilleure place pour nous, approuva Jack. Tu avais vu juste avec Megan, enchaîna-t-il, levant sa bouteille. Il y a des façons moins agréables de passer un samedi que de réconforter une jolie brune. Un petit creux ?

213

Carter examina l'assortiment de canapés disposés sur un petit plateau.

— Peut-être.

— Del a fait agir son charme en cuisine, expliqua Jack.

— Il y a des façons moins agréables de passer un samedi, c'est sûr, approuva le frère de Parker. Alors, Carter, maintenant que nous sommes seuls, que se passe-t-il entre ma copine et toi ?

— Ta… copine ?

— Tu as des vues sur ma Macadamia, à ce que j'ai remarqué.

— Del est très possessif. Tiens, prends un feuilleté à la crevette.

Moi aussi, songea Carter.

— Et depuis quand serait-elle ta copine ?

— Depuis ses deux ans environ. Descends de tes grands chevaux, Carter. C'est une question purement fraternelle.

— Alors, tu ferais mieux de la poser à elle.

— Très discret, commenta Del avec un hochement de tête approbateur. C'est une qualité. Si tu la fais souffrir, tu auras affaire à moi.

— Très protecteur. C'est une qualité, rétorqua Carter.

— Dans ce cas, nous sommes quittes. Et aussi repérés, précisa-t-il lorsque Emma entra.

Son abondante chevelure remontée en chignon, très élégante dans son tailleur bleu, elle navigua entre les tables d'un pas furibond.

— Il me semble vous avoir dit que cette zone était interdite au personnel. Où avez-vous trouvé cette nourriture ?

— C'est Del, lâcha Jack qui n'eut aucun scrupule à balancer son ami.

— Je ne veux ni bouteilles de bière ni miettes par ici. Sortez et emportez tout ça. Je m'attendais à un coup fourré de ce genre avec ces deux-là, ajouta Emma à l'adresse de Carter, mais toi, ça me surprend.

214

— Je suis juste... Je n'ai pris ni bière ni...

Elle le gratifia d'un regard glacial, l'index tendu vers la porte.

— Nous avions prévu de nettoyer, tu sais, se défendit Jack qui filait avec les autres et se retourna pour la regarder.

Carter le percuta sur le seuil.

— Désolé.

— Pas de mal.

À cet instant, le bipeur de Del sonna.

— Le CTV vient d'arriver. Il est seul. Ce qui signifie sans doute que nous n'aurons pas à sortir l'intimider, ni même à le bousculer un petit peu. Dommage.

Tout s'enchaînait sans la moindre anicroche, songea Carter. S'il n'avait pas eu accès aux coulisses, il aurait pu croire qu'organiser un mariage était une partie de plaisir. Les fleurs, la musique, la mariée radieuse dans la lumière dorée des bougies. À l'écart derrière l'assemblée attentive et émue, en compagnie de Del et de Jack, il regardait le couple se jurer un amour éternel.

Mais il ne pouvait détacher les yeux de Mac.

Elle se mouvait en silence avec fluidité. Pas comme une ombre, non. Elle était trop lumineuse pour l'ombre. Calculé et précis, chacun de ses gestes semblait fendre l'air sans bruit, son attention constamment concentrée sur le jeune couple devant l'autel.

— Méchamment mordu, hein ? lui murmura Del.

— Oui.

Quand les nouveaux mariés remontèrent la travée, Mac courut au fond de la salle et poussa Carter sur la gauche pour ne rien manquer de la procession. Dans le vestibule, elle abaissa brièvement son appareil.

— Je vais avoir besoin de toi pour les photos de groupe. Reste derrière moi.

Elle travaillait vite, remarqua-t-il, mais sans précipitation, mitraillant sans relâche à droite et à gauche –

et évitant avec habileté tout cliché qui rassemblerait la demoiselle d'honneur et le témoin désormais en froid.

À la minute où elle eut terminé, Parker prit la relève.

— Elle va mettre les invités en rang pour les félicitations, expliqua Mac. On va faire le tour par ici pour arriver avant tout le monde.

— Laisse-moi porter cette sacoche.

— Non, j'ai l'habitude.

Elle lui fit franchir plusieurs portes et, après avoir traversé la cuisine, ils se retrouvèrent dans le grand hall.

— Je vais prendre quelques photos à leur arrivée. Les mariés seront à la table d'honneur, là-bas. C'est un repas placé. Une fois tout le monde assis, il suffira de garder notre homme à l'œil. Alors, tu tiens le coup ?

— Sans problème. C'est toi qui fais tout le travail.

— Nous sommes toujours en alerte rouge. Il ne faut pas quitter le CTV des yeux. S'il sort de la salle, il faut s'assurer que c'est pour aller aux toilettes ou en griller une. Après le repas aura lieu le bal, et c'est là que les choses vont se corser. Les gens bougeront davantage et il sera plus difficile de l'avoir à l'œil.

Mac avait raison. Une fois le bal ouvert, l'animation redoubla. Les invités dansaient ou discutaient en petits groupes au milieu d'allées et venues incessantes.

Laurel les rejoignit.

— Je crois qu'on va pouvoir enfin baisser la garde. J'apporte la pièce montée après cette nouvelle série de danses, et il n'a encore rien tenté. Aucun signe de la cible non plus. Les mariés n'ont plus l'air de s'en préoccuper.

— L'image même du bonheur, approuva Mac. Plus qu'une heure et demie, et on poussera un grand ouf de soulagement.

— Je vais vérifier la desserte.

216

— Attends de goûter la pièce montée, dit Mac à Carter, comme Laurel s'éloignait d'un pas pressé. Un gâteau divin.

— Carter ? Mais oui !

Une jolie blonde en robe rouge se rua sur lui et le contempla à bout de bras avec un sourire radieux.

— Je me disais bien que c'était toi. Comment vas-tu ?

— Bien, euh…

— Steph. Stephanie Gorden. Une amie de Corrine. On oublie vite, à ce que je vois, plaisanta-t-elle en riant, avant de lui plaquer un baiser sur la joue. J'ignorais que tu étais ami avec Naomi et Brent.

— En fait, je…

— Brent est mon cousin. Quel magnifique mariage ! Cet endroit est tout bonnement fabuleux. Franchement, avoir une vraie salle de bal chez soi, tu imagines un peu ? Bien sûr, je suppose que les Brown sont obligés d'organiser ce genre d'événements dans leur maison parce qu'ils n'ont pas les moyens de l'entretenir. Où est donc passé Greg ? Tu te souviens de Greg, mon mari, n'est-ce pas ? Il va être si surpris de te voir. Ça fait au moins un an. Nous ne t'avons pas revu depuis que Corrine et toi…

Elle laissa sa phrase en suspens, couvant Carter d'un regard compatissant.

— Je suis navrée que ça n'ait pas marché entre vous. Nous vous trouvions parfaits l'un pour l'autre.

— Il faut croire que non. Voici Mackensie Elliot, la photographe du mariage.

— Enchantée. Vous devez être épuisée ! Je vous ai vue courir dans tous les sens avec votre appareil. Naomi doit vous faciliter la tâche. C'est une mariée sublime. J'ai pris moi aussi quelques superbes photos. Ces appareils numériques marchent pour ainsi dire tout seuls, n'est-ce pas ?

— Ils ont à peine besoin de mon intervention. Si vous voulez bien m'excuser, je dois continuer de faire semblant de travailler.

Lorsque Carter rejoignit Mac, elle prenait des instantanés sur la piste de danse.

— Je suis désolé. À mon avis, elle n'avait pas l'intention de se montrer insultante, mais la pauvre est d'une bêtise insondable. Elle n'y peut rien.

— Il n'y a pas de mal, assura Mac qui changea d'appareil et lui tendit l'autre. Il faut changer la carte mémoire. Tu te souviens comment on fait ?

— Oui.

— Ils sont en train de décorer la limousine. J'ai envie de la prendre avant que la pièce montée soit servie.

Elle sortit, Carter dans son sillage.

— Alors, ça remonte à un an ? La rupture ?

— Euh… oui, plus ou moins. Notre relation a duré à peu près ça et nous avons vécu ensemble huit ou neuf mois. Puis elle a décrété qu'elle voulait vivre avec un autre. Et elle est partie.

Mac s'arrêta sur le seuil et se tourna vers lui.

— Elle t'a fait souffrir.

— Pas autant qu'on aurait pu l'attendre dans ces circonstances. Ce qui prouve que nous n'étions pas faits l'un pour l'autre. Loin de là.

— Si tu as vécu avec elle, tu devais être amoureux, insista-t-elle, sortant sur le perron.

— Non. Je *voulais* être amoureux. Ce n'est pas la même chose du tout. Mackensie…

— Nom de Dieu, c'est pas vrai, bordel !

— Pardon ?

— Alerte rouge ! souffla-t-elle dans son micro. PA repérée au sud de l'entrée principale. Le CTV l'accompagne. Viens, Carter, nous devons les intercepter !

13

Carter n'avait pas une idée très claire de ses intentions, ni de celles de Mac. Mais quand elle coupa à travers la pelouse enneigée, il la souleva d'instinct dans ses bras.

— Eh !

— Tu es en chaussures.

— Toi aussi ! Pose-moi tout de suite ! Comment veux-tu que j'impose mon autorité si tu me portes ? Lâche-moi, bon sang, ils vont nous échapper !

À la seconde où ses pieds touchèrent le sol, elle s'élança dans la neige avec la grâce aérienne d'une gazelle. Sa course à lui n'avait rien de gracieux ou d'aérien, il en avait conscience, mais il savait se donner à fond lorsqu'il le fallait.

Il la dépassa. Son dérapage pas du tout contrôlé sur le sentier à cause de ses chaussures détrempées réduisit sans doute l'impact de son intervention, mais il réussit quand même à bloquer l'avancée du témoin furieux et de sa petite amie.

— Désolé, M. et Mme Lester refusent expressément l'admission de Mlle Poulsen à cette réception.

— Elle est avec moi, et nous allons entrer.

L'homme n'était pas seulement furieux, nota Carter, mais aussi un peu ivre.

— Vous comprenez bien qu'il nous faut respecter la volonté des mariés.

À peine essoufflée, Mac les rejoignit.

— On vous a déjà dit et répété que votre amie n'est pas autorisée à entrer.

Roxanne Poulsen tira sur la manche de son compagnon.

— Donny, tu m'avais assuré qu'il n'y avait pas de problème.

Un mélange de colère et d'embarras empourpra le visage de Donny.

— Il n'y en a pas. C'est le mariage de mon frère et j'ai le droit d'amener qui je veux. Meg est furax, mais elle n'a pas à régenter ma vie. Poussez-vous de mon chemin, les larbins, ordonna-t-il, l'index braqué sur Mac et Carter.

— Elle n'entre pas, insista Mac.

À l'évidence, il avait bu, réalisa-t-elle. Son amour-propre et son ressentiment pataugeaient dans une mare d'alcool. Où étaient donc les renforts ?

— Vous l'avez dit vous-même, c'est le mariage de votre frère, reprit-elle. Si Mlle Poulsen compte davantage à vos yeux que le bonheur de votre frère, alors faites demi-tour et partez avec elle. C'est une propriété privée, et sa présence n'est pas souhaitée aujourd'hui.

— Donny, répéta Roxanne qui voulut l'entraîner. À quoi bon…

— Tu viens avec moi, j'ai dit, la coupa-t-il avec hargne avant de faire volte-face vers Mac. Pour qui vous prenez-vous ? Je vous interdis de me parler de mon frère. Et maintenant, dégagez !

Le regard étincelant de rage, il plaqua une main sur l'épaule de Mac et la bouscula.

Aussitôt, Carter s'interposa.

— Vous n'avez pas intérêt à recommencer. Écoutez, vous êtes ivre, et manifestement long à la détente. Il faut vous calmer, car vous n'avez pas vraiment envie que ça dégénère.

— Oh, que si !

Il flanqua son poing dans la figure de Carter. Sa tête valdingua en arrière, mais il ne céda pas un pouce de terrain. Roxanne poussa un cri d'orfraie. Mac jura et voulut se précipiter, mais Carter l'attira derrière lui.

— Elle n'entre pas. Et vous non plus, ordonna-t-il d'un ton ferme, mais posé. Tout ce que vous avez prouvé, c'est votre égoïsme. Vous avez déjà mis Mlle Poulsen dans l'embarras. Vous n'allez pas recommencer avec votre frère et son épouse. Maintenant, vous partez de votre plein gré ou je vous donne un coup de main.

— Et si on donnait tous un coup de main ? suggéra Del, venu à la rescousse avec Jack.

— Je ne crois pas que ce sera nécessaire, intervint Parker qui arriva au pas de course sur ses talons hauts et se fraya un passage jusqu'au cœur de la mêlée.

Telle une reine des glaces en Armani, elle se planta devant le témoin, les bras croisés.

— Un problème, Donny ?

— Nous avons mieux à faire. Viens, Roxie. Cet endroit est un trou minable, de toute façon.

— Je m'assure qu'ils partent, soupira Del qui secoua la tête avec écœurement. Rentrez au chaud. Comment va ta figure, Carter ?

Celui-ci bougea sa mâchoire avec précaution.

— Ce n'est pas le premier coup qu'elle prend, mais ça fait toujours mal.

— Des glaçons, dit Parker qui suivait du regard le départ du couple importun. Emma.

— Viens avec moi, Carter.

— Ça va aller, vraiment.

— Des glaçons, insista Parker d'un ton sans appel. J'annonce la fin de l'alerte et nous rentrons tous. Pas un mot de l'incident.

— Vous avez vu ce qu'il a fait ? murmura Mac quand Carter se fut éloigné avec Emma.

— Qui ça ? demanda Del.

— Carter. À chaque fois que je pense l'avoir cerné, il arrive à me surprendre. Incroyable.

Encore une qui est méchamment mordue, songea Del.

Il fallut à Mac près de deux heures avant de pouvoir rejoindre Carter dans la cuisine de Laurel. Assis seul dans le coin-repas, il lisait. À son arrivée, il leva les yeux et ôta ses lunettes.

— C'est fini ?

— Plus ou moins. Désolée que ça ait pris si long-temps. Tu aurais dû rentrer. Il est minuit passé. J'aurais dû te prévenir. Oh, ton pauvre visage… compatit-elle avec une grimace en découvrant l'hématome sur sa joue.

— Ce n'est pas grave. En fait, nous avons décidé qu'il était préférable pour moi de rester ici. Si j'étais sorti, j'aurais dû expliquer la raison de mon état. Comme je suis un piètre menteur, c'était plus simple ainsi. Et puis, comme promis, il y avait le gâteau.

Mac se glissa sur la banquette en face de lui.

— Que lis-tu ?

— Parker m'a prêté ce roman de John Irving que je n'avais pas lu. Comme tu vois, j'ai été bien soigné et bien nourri. Jack et Del sont aussi venus me tenir compagnie un moment. J'ai passé une bonne soirée.

— Tu n'as même pas bronché.

— Pardon ?

— Quand cet idiot t'a frappé. Tu es resté solide comme un roc.

— Il était à moitié saoul et n'a pas tapé si fort que ça. Il n'aurait pas dû lever la main sur toi.

— En tout cas, tu lui as coupé la chique – je l'ai bien vu à son expression, même avant l'arrivée des renforts. Et à aucun moment tu n'as haussé le ton.

— Mon expérience de prof, je suppose. Et aussi une grande habitude des petites brutes en tout genre. Les nouveaux mariés sont partis pour leur lune de miel ?

— Oui. Ils ignorent tout de l'incident. Ils finiront par l'apprendre, j'imagine, mais l'important, c'était que le mariage soit réussi. Et tu y as grandement contribué.

— C'était une aventure, je dois dire. Tout ce que ça m'a coûté, c'est une mâchoire endolorie et une paire de chaussures.

— Et tu es encore là.

— Je t'attendais.

Elle le couva du regard, puis céda à l'étincelle attendrie qui lui réchauffait le cœur.

— Ce serait mieux si tu venais chez moi, j'imagine.

Il lui sourit.

— J'imagine aussi.

Personne n'est à l'abri d'une erreur, songea Mac en ouvrant la porte de son studio. Si elle venait d'en commettre une, elle la réparerait. Plus tard, lorsqu'elle aurait l'esprit plus clair. Pour l'instant, il était plus de minuit et il y avait Carter en costume trois-pièces avec ses chaussures fichues.

— Je ne suis pas aussi ordonnée que toi, tu sais.

— Ce mot a un petit côté désuet à mon goût, fit-il remarquer avec un sourire. Comme si tu parlais de ta grand-tante Margaret avec ses couvre-théières.

— Je n'ai pas de grand-tante Margaret.

— Si tu en avais une, elle serait probablement du genre à utiliser des couvre-théières. Je préfère le mot « organisée ».

Mac jeta son manteau sur l'accoudoir du canapé. À la différence de Carter, elle ne possédait pas de penderie.

— Je suis organisée dans mon travail.

Il posa le sien par-dessus.

— J'ai eu l'occasion de m'en rendre compte aujourd'hui. L'instinct créatif allié à l'organisation.

— Mais en dehors du boulot, je suis bordélique.

— Tout le monde l'est, Mackensie. Certains savent juste mieux que les autres planquer le bazar dans les

223

placards et les tiroirs – tout au moins quand du monde vient – mais le bazar est toujours là.

— Et certains ont plus de tiroirs et de placards que les autres. Mais la journée a été longue, alors quittons les hautes sphères de la réflexion philosophique et disons juste que ma chambre a déjà été mieux rangée.

— Tu attends une note ?

— Tant que le barème est généreux. Suivez-moi à l'étage, professeur Maguire.

— C'est l'ancien pavillon de billard, m'as-tu dit ? demanda Carter tandis qu'elle ouvrait la marche.

— Exact. Les Brown, qui recevaient beaucoup, l'avaient aménagé en une sorte de maison d'amis. Puis nous avons créé l'agence et fait des travaux. Mais là-haut, c'est mon domaine privé.

Une vaste suite s'étalait à l'étage, dont une partie était aménagée en salon où il l'imaginait lire, faire une sieste ou regarder la télévision.

La couleur était omniprésente avec un or pâle qui servait de toile de fond aux bleus, verts et rouges audacieux. On aurait dit une boîte à bijoux, avec un incroyable méli-mélo d'affaires et de bibelots dans tous les coins. Des pull-overs et chemisiers avaient été négligemment laissés sur les accoudoirs des fauteuils. Coussins et jetés se mêlaient en un joyeux désordre sur le lit et le canapé.

Un miroir à l'ornementation baroque trônait au-dessus d'un coffre peint qui faisait office de commode. Le dessus était couvert d'un assortiment hétéroclite de bijoux, magazines, flacons et pots. Aux murs s'étalait une collection des portraits qui lui étaient chers.

— Il y a tant de toi, ici.

— J'essaie de déblayer à la pelle de temps en temps.

— Je veux dire, l'endroit reflète ta personnalité.

— On en revient au point de départ : je suis une bordélique, répondit Mac qui ouvrit un tiroir et y fourra un pull-over qui traînait. Avec beaucoup de tiroirs.

— Il y a tellement de couleur et d'énergie ici. Comment fais-tu pour dormir ?

— J'éteins la lumière.

Elle s'avança vers lui et effleura d'un doigt sa joue endolorie.

— Tu as encore mal ?

— En fait... oui.

Maintenant qu'il se retrouvait seul avec Mac dans sa boîte à bijoux, il fit ce dont il avait eu envie toute la journée : il l'embrassa.

Elle se laissa aller contre lui avec un soupir d'aise, la tête nichée dans le creux de son épaule. Oui, elle réfléchirait plus tard. Dès qu'elle n'aurait plus l'esprit embrumé par la fatigue et le désir.

— Il est temps d'aller au lit, décréta-t-il en l'embrassant sur le sommet du crâne. Où est ton pyjama ?

Elle s'écarta pour le dévisager avec perplexité.

— Mon pyjama ?

Il lui caressa la joue avec le pouce.

— Tu es épuisée. Regarde comme tu es pâle.

— Ça s'appelle un teint de rousse, Carter.

Il déboutonna la veste de son tailleur avec dextérité.

— Tu dors avec quoi ? Oh, peut-être rien, suggéra-t-il, captant son regard.

Mac secoua la tête, mais le brouillard qui obscurcissait ses pensées ne se dissipa pas.

— Je... Tu ne viens pas au lit avec moi ?

— Si, mais pour dormir, parce que tu as besoin de sommeil.

— Mais...

Il l'embrassa lentement, avec tendresse.

— Alors, ce pyjama ? J'espère que tu en as un, sinon l'un de nous deux ne va pas beaucoup dormir.

— Tu es un homme étrange et troublant, Carter, dit Mac qui se tourna et ouvrit un tiroir dont elle sortit un pantalon en flanelle et un tee-shirt délavé. Voilà ce que j'appelle mon pyjama.

— Bien.

— Je n'ai rien en stock qui t'ira.

— Oh, mince...

225

Il fera moins le malin au lit, se dit Mac tandis qu'ils se déshabillaient. Mais ses bonnes intentions lui valaient des points. Il avait raison : elle tombait de fatigue, avait les pieds en compote et le cerveau ramolli. Cela ne signifiait pas pour autant qu'elle ne trouverait pas l'énergie de faire des galipettes.

Quand Carter se glissa sous la couette auprès d'elle, elle se lova contre lui, caressa son torse d'une main langoureuse, tendant la bouche vers la sienne, bien décidée à le séduire. Et ensuite...

— T'ai-je parlé du topo que je prépare sur l'analyse méthodologique et théorique du roman, avec un accent particulier sur la thématique du foyer – à la fois au sens littéral et métaphorique ?

— Euh... non.

Il sourit dans le noir, frottant doucement le dos de Mac avec la régularité d'un métronome.

— C'est pour mes élèves de terminale.

D'une voix monocorde, il se lança dans des explications si barbantes qu'elles auraient assommé un mort. Il estimait à cinq minutes, maxi, le temps qu'il lui faudrait pour l'endormir.

Elle piqua du nez au bout de deux minutes.

Satisfait, Carter posa la joue contre les cheveux de Mac, ferma les yeux et se laissa couler à son tour dans le sommeil.

Ce fut un rayon de soleil hivernal qui réveilla Mac, en oblique sur son visage. Elle baignait dans une douce chaleur, le dos calé contre Carter qui la serrait dans ses bras. Confortable, se dit-elle, reposée et détendue.

Il voulait qu'elle dorme. Elle avait dormi. Marrant comme ce garçon arrivait toujours à ses fins sans rien exiger.

Rusé.

Mais elle ne l'était pas moins.

Il avait un bras enroulé autour de sa taille. Mac lui prit la main et l'appliqua sur sa poitrine. *Caresse-moi.* Elle plaqua son dos contre lui, glissa une jambe entre les siennes.

Elle sourit en sentant les doigts de Carter se refermer sur son sein. Et ses lèvres se poser sur le creux de sa nuque. *Goûte-moi.*

Elle pivota vers lui et plongea son regard dans le bleu tranquille de ses yeux.

— Je me sens comme... régénérée, murmura-t-elle.

Les yeux toujours au fond des siens, elle glissa une main le long de son torse jusqu'à son ventre. Et plus bas.

— Tiens, toi aussi.

— Il arrive que certaines parties de mon corps se réveillent avant d'autres.

— Ah bon ? fit-elle mine de s'étonner en le faisant rouler sur le dos, avant de monter sur lui à califourchon. Il va falloir que j'en profite, alors.

— Je t'en prie, répondit-il, laissant ses mains courir paresseusement sur son buste et ses hanches. Hmm, tu es belle au réveil.

— J'ai les cheveux hérissés sur le crâne, mais la partie de toi-même qui se réveille en premier ne le remarque pas.

Bras croisés, elle attrapa l'ourlet de son tee-shirt, le passa par-dessus sa tête et le lança au petit bonheur.

— Maintenant, cette partie-là ne remarquera même pas que j'ai des cheveux.

— On dirait le soleil qui aurait pris feu.

— Tu as eu ce que tu voulais, Carter, prévint Mac qui se pencha vers lui et mordilla sa lèvre inférieure. À mon tour.

— D'accord. Mais est-ce que ça te dérange si je...

Il se redressa dans le même élan qu'elle, et emprisonna un sein dans sa bouche gourmande.

Elle se cambra avec une sensualité provocante.

— Non, ça ne me dérange pas du tout.

Et dans le silence feutré du dimanche matin, tous deux se laissèrent emporter par la force dévastatrice de leur désir, dans la chambre métamorphosée en palais des plaisirs.

Je flotte, se dit Mac. Elle avait l'impression de descendre une rivière au fil du courant. Une rivière chaude et claire. Et même si elle coulait, il serait là pour la rattraper.

Pourquoi ne pouvait-elle pas juste profiter de ce bonheur sans créer d'obstacles, craindre les erreurs et s'inquiéter du lendemain ? Pourquoi laisser les peut-être gâcher le présent ?

— J'aimerais rester comme ça toute la journée, soupira-t-elle.

— D'accord.

Elle sourit.

— Ça t'arrive de faire le paresseux ?

— Être avec toi, ce n'est pas de la paresse. Et si on faisait une expérience ? Combien de temps pouvons-nous rester dans ce lit sans boire ni manger et sans activités extérieures ? Combien de fois peut-on faire l'amour un dimanche ?

— J'aimerais bien le découvrir, mais je dois travailler. Nous avons un autre mariage aujourd'hui.

— À quelle heure ?

— Quinze heures. Ce qui signifie que je dois être là-bas pour treize heures. Et je dois charger les clichés d'hier.

— Tu veux que je te laisse tranquille.

— Non, je pensais à une douche et un café pour deux. Je pourrais même préparer des œufs brouillés, au lieu de t'offrir mon habituelle Pop-Tart.

— J'aime les Pop-Tart.

— Je parie que tu manges un petit déjeuner d'adulte.

— J'ai souvent recours aux Toaster Strudels, tu sais, les gâteaux surgelés qu'on met directement dans le grille-pain.

Elle souleva la tête.

— J'adore. Si je te fournis l'eau chaude, le café, des œufs brouillés et des Pop-Tart, envisageras-tu de rester pour le mariage du jour ?

— Pourquoi pas ? Si tu inclus une brosse à dents et un rasoir. J'imagine que tu n'as pas une paire de chaussures à me prêter ?

— J'en ai beaucoup, mais tu parles sans doute de chaussures pour hommes.

— De préférence. Les talons hauts me donnent des crampes aux orteils.

— Très drôle. En fait, nous allons peut-être pouvoir t'aider. Parker a tout un stock de chaussures habillées au cas où. Pour hommes et femmes.

— Quelle efficacité.

— Chez elle, c'est compulsif. Quelle pointure ?

— Quarante-huit.

Mac repoussa la couette pour examiner ses pieds.

— Tu as de vrais paquebots.

— Voilà pourquoi je me les emmêle souvent. Je ne pense pas que Parker pousse l'obsession jusqu'à avoir du quarante-huit.

— Non, là elle est dépassée. Désolée, mais je peux fournir la brosse à dents et le rasoir.

— Ça marche.

— Je crois qu'on devrait commencer par la douche. J'ai des envies de corps brûlants, mouillés, glissants…

Mac baissa le regard vers le ventre de Carter et afficha un sourire triomphant.

— Eh, regarde qui est de nouveau réveillé !

Hilare, elle jeta les jambes hors du lit et courut vers la douche.

Lorsqu'elle s'enroula dans sa serviette de bain, Mac avait eu l'occasion de se rendre compte que Carter était aussi créatif à la verticale qu'à l'horizontale. Merveilleusement détendue, elle sortit une brosse à dents neuve, un rasoir jetable et une bombe de mousse à raser en format de voyage. Elle se retourna.

— Tiens.

Au même instant, il se cogna le coude en sortant de la douche.

— J'ai une question. Comment se fait-il que tu ne sois pas maladroit quand tu fais l'amour ?

Il se massa le coude, sourcils froncés.

— Je fais plus attention, j'imagine. Et puis, tu m'as distrait avec ta serviette.

— Pendant que tu te rases, je vais préparer le café. Si je te distrais, tu risques de te lacérer le visage.

Elle tapota la joue de Carter, se retrouva plaquée contre lui et se laissa distraire au plus haut point. Quand elle parvint à se libérer, elle lui lança sa serviette.

— Prends-la, puisque c'est un problème.

Elle attrapa son peignoir suspendu derrière la porte et sortit d'un pas nonchalant de la salle de bains en tenue d'Ève.

Dans la cuisine, Mac mesura le café en chantonnant. Elle n'avait pas vraiment besoin d'un café pour avoir la pêche aujourd'hui. Carter s'en était chargé. Depuis combien de temps un homme ne l'avait-il comblée à ce point ? Voyons voir... Absolument jamais. Et par-dessus tout, elle se sentait heureuse.

Elle ouvrit le réfrigérateur et préleva quatre œufs – cela devrait suffire – puis sortit une jatte, un fouet et une poêle. Elle n'en revenait pas d'avoir envie de lui préparer le petit déjeuner. Une façon de le dorloter à son tour, sans doute.

C'était sûrement...

Ses pensées se dispersèrent telle une volée de moineaux lorsque la porte d'entrée s'ouvrit.

— Emma ? Si tu viens me taxer du café, tu ferais mieux de me rapporter d'abord un des mugs que tu m'as empruntés.

Elle se retourna, s'attendant à voir son amie. Ce fut sa mère qui entra dans la cuisine.

— Maman ? Que fais-tu ici ? s'exclama-t-elle, interdite.

— Je passe juste faire une petite visite à ma fille.

Avec un sourire radieux, Linda se précipita vers Mac et l'étreignit avec effusion.

— Oh, tu es si mince ! Tu aurais dû être mannequin. Du café, formidable. Tu as du lait écrémé ?

— Non, maman. Je suis désolée, tu tombes mal.

— Oh, pourquoi cherches-tu à me vexer ?

Linda excellait dans l'art de la moue – et le savait. Tandis que ses yeux bleus irradiaient l'innocence outragée, sa bouche rose pâle se retroussa avec un imperceptible tremblement.

— Ce n'est pas mon intention. C'est juste que… nous avons un mariage aujourd'hui et…

— Tu as *toujours* un mariage, la coupa Linda, balayant l'argument d'un revers de main. Tu peux bien accorder cinq minutes à ta mère, quand même.

Elle lâcha son manteau sur un tabouret.

— Si j'ai fait toute cette route, c'était parce que je voulais te remercier pour la thalasso. Et te présenter mes excuses, ajouta-t-elle, le regard voilé de larmes contenues. Je n'aurais pas dû m'emporter alors que tu as été si gentille avec moi. Je suis vraiment désolée.

Le pire, c'est qu'elle est sincère, songea Mac. Pour le temps que ça durera.

Elle sortit un mug. Donne-lui son café, qu'elle parte au plus vite, se dit-elle.

— Belle tenue. Tu es drôlement apprêtée, pour une simple petite visite.

— Oh, ça ?

Linda pivota sur ses talons tel un top model sur un podium, exhibant son tailleur rouge vermillon qui épousait ses formes à la perfection et faisait ressortir sa cascade de cheveux blond platine.

— Fabuleux, n'est-ce pas ?

Elle rejeta la tête en arrière avec un rire de gamine, qui finit par arracher un sourire crispé à Mac.

— Oui, surtout sur toi.

— Ces perles vont bien avec, non ? Qu'en penses-tu ? Ça ne fait pas trop dame ?

— Rien ne pourrait faire dame sur toi, répondit Mac qui lui tendit le mug.

— Oh, chérie, tu n'as pas de tasse avec une soucoupe, plutôt ?

— Non. Où vas-tu donc aussi bien habillée ?

— Prendre un brunch à Manhattan chez Elmo. Avec Ari.

— Qui ?

— Ari. Je l'ai rencontré au spa. Je t'en ai déjà parlé. Il habite New York. Il possède des oliveraies et des vignobles – enfin, je ne sais pas trop, mais c'est sans importance. C'est son fils qui gère la plupart de ses affaires, maintenant. Ari est veuf.

— Ah.

— C'est peut-être le bon, tu sais. Oh, Mac, s'enflamma Linda, renonçant à son café, c'est sûrement le destin qui m'a envoyée à ce spa en même temps que lui.

Plutôt mes trois mille dollars, songea Mac.

— Il est très beau, très distingué. Il voyage dans le monde entier. Il a une maison à Corfou, un pied-à-terre à Londres et une propriété d'été aux Hamptons. J'avais à peine franchi la porte en revenant de Floride qu'il me téléphonait pour m'inviter à ce brunch.

— Amuse-toi bien. Tu devrais y aller. La route est longue jusqu'à New York.

— Justement. Ma voiture fait un drôle de bruit depuis hier. J'ai besoin d'emprunter la tienne.

— Je ne peux pas te la prêter, maman. J'en ai besoin.

— Eh bien, tu peux avoir la mienne.

Avec le drôle de bruit, merci.

— Ta décapotable à deux places ne me convient pas. J'ai des rendez-vous chez des clients demain, et une séance photos en extérieur, ce qui implique du matériel. J'ai besoin de ma voiture.

— Je la rapporterai ce soir. Voyons, Mackensie...

— C'est déjà ce que tu m'as dit la dernière fois que je te l'ai prêtée. Et je ne l'ai pas revue pendant trois jours.

— C'était un week-end prolongé improvisé. Le problème avec toi, c'est que tu n'improvises jamais rien. Tout doit être planifié, organisé. Tu veux que je tombe en panne sur le bord de la route ? Ou que j'aie un accident ? Tu ne penses vraiment qu'à toi !

— Désolé d'interrompre, dit soudain Carter qui se tenait au pied de l'escalier. Bonjour, vous devez être la mère de Mackensie.

14

Les deux femmes n'auraient pu être plus différentes aux yeux de Carter. Une blonde menue aux courbes suggestives cintrée dans son tailleur rouge, et une grande perche rousse en peignoir écossais.

Elles se pétrifièrent pourtant dans un bel ensemble et le fixèrent avec une horreur mêlée d'embarras. Mais ce lien ténu ne dura pas : alors que les yeux de Mac reflétèrent très vite une immense détresse, ceux de sa mère se plissèrent avec une ruse calculatrice.

— Tiens, tiens... Mackensie m'avait caché qu'elle avait de la compagnie. Et quelle galante compagnie ! Mackensie, où sont donc tes bonnes manières ? On croirait que je l'ai élevée dans une ferme. Je suis Linda Barrington, la mère de Mackensie, et je suis ravie de vous rencontrer.

Sans avancer d'un pas, elle lui tendit la main. Carter traversa la pièce et voulut la serrer, mais elle la prit en sandwich entre les siennes.

— Carter Maguire.

— Bonjour, Carter. Où Mac a-t-elle donc bien pu vous trouver ?

— C'est plutôt moi qui l'ai trouvée, je crois.

— Quel charmeur, roucoula Linda avec un rire cristallin, rejetant sa chevelure en arrière. Êtes-vous de Greenwich, Carter ?

— Oui, ma famille est originaire d'ici.

— Maguire, Maguire... Je me demande si je ne les connais pas. Mackensie, voyons, offre un café à cet homme. Asseyez-vous, Carter, dit Linda, tapotant un tabouret en guise d'invitation. Et racontez-moi tout.

— J'aimerais en avoir le temps, mais Mackensie et moi devons nous préparer pour un mariage.

— Ah ? Vous êtes photographe, vous aussi ?

— Non, j'aide, c'est tout.

Elle le jaugea d'un regard aguicheur.

— Vous me paraissez assurément du genre efficace. Au moins, vous me tiendrez compagnie pendant que je bois mon café et que Mac s'habille. Mac, monte donc t'arranger un peu. On dirait une va-nu-pieds.

— J'étais justement en train de penser à quel point je te trouvais jolie, dit Carter à Mac. La beauté du dimanche matin.

Linda gloussa.

— Un charmeur, je le disais. Je les repère de loin. Méfie-toi, Mackensie, tu pourrais te le faire piquer. Et maintenant, Carter, asseyez-vous près de moi et racontez-moi tout sur vous. J'insiste.

Mac attrapa les clés dans le panier sur le plan de travail.

— Prends la voiture et fiche le camp.

— Franchement, Mackensie, inutile d'être grossière.

Mais Linda prit les clés.

— Tu veux la voiture, tu as les clés. L'offre tient exactement trente secondes.

Le menton levé avec défi, Linda récupéra son manteau.

— Je vous présente mes excuses pour le comportement de ma fille, Carter.

— Pas la peine, je vous assure.

— J'espère pour toi que celui-ci est tolérant, sinon tu finiras seule. Une fois de plus.

Avec un dernier regard assassin à Mac, Linda fit une sortie digne d'une reine.

— Eh bien, c'était tonifiant, ironisa Carter. J'aurais préféré que tu ne lui donnes pas tes clés.

Il voulut s'avancer vers elle, mais Mac l'arrêta d'une main.

— S'il te plaît, non. Je suis désolée de t'avoir mêlé à ça, dit-elle, reculant d'un pas. Je ne sais pas ce qui m'a pris. Je savais bien que c'était une erreur. Je me disais qu'il fallait arrêter avant que tout ça devienne trop compliqué. Mais je me suis laissé emballer. C'est de ma faute.

— Je suppose que tu ne parles plus de ta mère.

— Je suis tellement navrée, Carter. Toi et moi, ça ne peut mener nulle part. Pas où tu veux aller, en tout cas. Ce n'est pas à cause de toi, c'est...

— S'il te plaît, la coupa-t-il, ne tombe pas dans les clichés. Tu vaux mieux que ça. Nous valons mieux que ça.

— C'est *moi*, je te dis, insista-t-elle, tentant de raffermir sa voix qui menaçait de se briser. Je ne suis pas armée pour ce genre de relation. Le long terme, ce n'est pas mon truc. Je suis du style à paniquer et à m'enfuir en courant parce que ça devient trop confortable.

— Ah. Tout s'explique.

— Voilà comment je suis. Tu ne comprends pas ? Je ne suis pas celle que tu veux.

— Tu peux me dire ce que tu veux, Mackensie, mais pas ce que moi, je veux.

— Bien sûr que si ! Tu es assez... mordu pour t'imaginer que nous avons un avenir. Pour en souhaiter un. Tu es traditionnel jusqu'à la moelle, Carter, et il ne te faudra pas longtemps pour vouloir un engagement solide, un mariage, une famille et une maison avec un chat. C'est comme ça que tu fonctionnes. Chez moi, il doit y avoir un court-circuit quelque part.

Mac jeta dans l'évier le fouet dont elle ne s'était pas servie.

— Tu ne me connais même pas. Entre nous, c'était un flirt, un truc sexuel, une résurgence de ce vieux béguin qui te fascinait et me flattait. Nous nous sommes laissé embarquer trop loin, trop vite parce que, jusqu'à présent, la route était belle. Mais il y a toujours des ornières et des nids-de-poule. On ne s'est même pas encore disputés une seule fois, alors comment pouvons-nous croire…

— Ne t'en fais pas, l'interrompit Carter. Comme c'est parti, ça ne va pas tarder. J'ignore qui tu dévalues le plus de nous deux en ce moment. Est-ce que je veux un engagement solide, un mariage, une famille et une maison avec un chat – que j'ai déjà, soit dit en passant ? Oui, un jour. Ça ne fait pas de moi un idiot pour autant.

— Je n'ai pas dit…

— Des ornières et des nids-de-poule ? Bienvenue sur terre ! Le but du jeu, c'est d'apprendre à les éviter ou les surmonter. Ton problème, c'est que tu n'arrêtes pas de tomber dans ceux que te tend ta mère et que tu les laisses gâcher le reste du voyage. Ce n'est pas elle qu'il faut blâmer pour tes piètres talents de conductrice, mais toi-même.

— Je sais très bien… Une minute. Mes piètres talents de conductrice ? répéta-t-elle avec un soupçon d'énervement dans la voix. Je sais pertinemment où je vais, et comment y parvenir. J'ai juste fait un détour. Arrête de parler par métaphores.

Il haussa les sourcils.

— Un détour, tu parles ! Il y a une vraie alchimie entre nous. Nous ne l'avions peut-être pas anticipée ni l'un ni l'autre, mais elle existe.

— J'ai des sentiments pour toi, Carter. C'est l'évidence même. Voilà pourquoi je te dis qu'on doit lever le pied et réévaluer notre relation.

— Pourquoi laisses-tu ta mère diriger ta vie ?

— Quoi ? C'est faux.

— C'est une femme égocentrique qui te vide émotionnellement parce que tu la laisses faire. Tu lui cèdes, au lieu de lui tenir tête.

— C'est ridicule et injuste ! s'insurgea-t-elle avec une colère qui contrastait avec le calme de Carter et la fit se sentir bête. Je lui ai prêté cette maudite voiture pour me débarrasser d'elle. Ça n'a rien à voir !

238

— Dans ce cas, je dirais que tu as besoin de réévaluer cette relation malsaine.

— Ce sont mes affaires.

— Exactement.

Mac inspira un grand coup. Puis un autre.

— Écoute, je ne veux pas me disputer avec toi. Et même si je le voulais, je ne peux pas pour l'instant. J'ai du travail, des préparatifs pour cet après-midi...

— Compris. Je vais débarrasser le plancher.

Mac se passa une main dans les cheveux tandis qu'il reprenait son manteau.

— Carter, je n'ai pas envie qu'on soit fâchés. Je n'ai pas envie de te faire de la peine, ni te donner l'impression que tout ça m'est égal.

— Ça fait beaucoup de négations, Mackensie. Tu pourrais essayer de voir les choses à l'envers et réfléchir à ce qui te fait envie.

Il se dirigea vers la porte.

— Petite rectification : je ne suis pas mordu de toi. Je suis amoureux de toi. Une nuance qu'il nous faudra accepter tous les deux.

Sur ces mots, il sortit et referma la porte sans bruit.

— Vas-tu me dire ce qui ne va pas ? demanda Emma alors qu'elles contournaient la piste de danse.

— Non. Ce n'est ni le moment ni l'endroit.

— J'ai vu la voiture de ta mère devant ton studio. Et la tienne n'y est plus.

— Pas maintenant, Emma.

— La réception touche à sa fin. On parlera après.

— Je n'ai pas envie de parler. Je n'ai pas le temps. J'ai du travail.

Cause toujours, songea Emma qui se mit en quête de Parker. Elle la trouva dans le vestibule.

— Mac a un problème.

— Oui, je sais, répliqua celle-ci, occupée à superviser le transfert des cadeaux dans la limousine. Nous nous en occuperons après.

— Elle va essayer de s'esquiver, répondit Emma qui, comme Parker, arborait un sourire professionnel. Je m'inquiète parce qu'elle n'est pas en colère. D'habitude, quand elle a un problème avec sa mère, elle est remontée.

— Nous ne pouvons rien faire pour le moment. La dernière danse est pour bientôt, calcula Parker après un coup d'œil à sa montre. Elle va vouloir prendre les photos du départ à l'extérieur. Si elle broie sérieusement du noir, elle rentrera directement chez elle. Alors il va falloir prendre les devants.

Si Mac avait fait marcher ses méninges, elle aurait deviné le piège qui se préparait. Mais le soulagement d'avoir enfin cette journée derrière elle et de savoir qu'elle avait assuré dans son travail bloqua tout le reste.

Tandis que la limousine s'éloignait doucement dans l'allée, elle abaissa son appareil photo.

— Réunion expresse dès que tout le monde est parti, lui annonça Parker.

— Écoute, je rentre au studio. Je recopierai vos notes.

— Ça ne prendra pas longtemps. Nous devons nous assurer que tout est en ordre pour la présentation de demain. Bonne soirée, et soyez prudents sur la route ! lança Parker avec un large sourire à un groupe d'invités qui s'en allait. Je crois que c'étaient les derniers. Allons faire le tour. Tu prends l'étage, d'accord ?

Agacée, Mac monta de mauvaise grâce. Elle voulait rentrer, bon sang. Elle voulait être seule, travailler jusqu'à ce que sa vue se brouille. Puis elle irait se coucher et essaierait de dormir pour oublier ses malheurs.

Mais non, il fallait d'abord que tout soit à sa place. Ainsi en avait décidé la loi de Parker.

Les extras avaient déjà fait le ménage dans les suites des mariés, mais elle vérifia les salles de bains, au cas où. Une fois, elles avaient trouvé un invité endormi dans la baignoire à pattes de lion – le lendemain de la cérémonie.

Après avoir passé l'étage au peigne fin, Mac faillit s'éclipser par une porte latérale pour échapper à la réunion. Mais ça ne ferait qu'énerver les autres, qui viendraient de toute façon la débusquer.

Elle n'avait pas envie d'une confrontation. Elle avait déjà eu sa dose pour la journée. Alors elle allait gentiment se rendre à cette réunion. Ainsi, elle aurait moins le temps de réfléchir. Mieux valait éviter ce genre d'excentricité pour l'instant.

— Belle réception, n'est-ce pas ? commenta Laurel avec décontraction en apportant du thé et des mini-sandwichs comme le voulait l'habitude chez Vœux de Bonheur. Personne n'a donné de coup de poing, piétiné les massifs d'arbustes ou utilisé les locaux pour une partie de jambes en l'air impromptue.

— Le dimanche, les gens se tiennent plus correctement, fit remarquer Emma qui ôta ses escarpins et s'étira comme un chat.

— Tu oublies le mariage Greenburg-Fogelman.

— C'est vrai. Un florilège de tous les exemples précédemment cités.

Incapable de tenir en place, Mac s'approcha de la fenêtre.

— La neige commence à tomber. Au moins, le mauvais temps a attendu la fin.

— L'équipe de nettoyage attaque la salle de bal, annonça Parker en entrant. Mme Seaman voudra peut-être y jeter encore un coup d'œil demain. Il faut que ce soit impeccable. Laurel, le menu ?

— Un assortiment de mignardises, café, thé, jus d'orange frais. Puis, au cours de ma présentation, qui sera la dernière, dégustation de gâteaux. Je proposerai également un choix de chocolats gravés à la feuille d'or aux noms ou monogrammes des mariés. Il y aura différents styles. J'ai aussi les photos de tous les modèles de pièce montée, ainsi que les options réalisables pour le buffet de desserts. J'ai préparé des ballotins de chocolats que j'offrirai à la mariée et à sa mère, plus quelques autres au cas où elles viendraient accompagnées. Je pense avoir paré à toute éventualité.

— Parfait. Emma ?

— La mariée aime les tulipes et souhaiterait en faire la signature de son mariage. Comme il aura lieu en avril, je compte mettre en avant le thème « jardin de printemps » avec une profusion de tulipes et autres bulbes dans des vases en verre de différentes tailles et formes. Et des roses, bien sûr. J'ai préparé divers arrangements, plus les boutonnières et bouquets de corsage – tulipe blanche agrémentée d'un brin de lavande. Elles pourront en emporter plusieurs. J'ai aussi confectionné trois bouquets en soie spécialement pour la mariée, dont un qui met l'accent sur les tulipes.

Elle marqua un temps d'arrêt pour se masser le pied gauche, tout en consultant sa liste.

— Laurel m'a aidée à dessiner quelques projets pour la pergola. Par exemple, de jeunes cornouillers dans des grands pots blancs qui serviraient de toile de fond. Ils pourraient être décorés de guirlandes lumineuses.

— Nous avons des tas de photos de tous les espaces décorés sur le thème du printemps, dit Parker qui se tourna vers Mac.

— J'ai sélectionné les meilleurs exemples pour ces clients. Plus une série de clichés mettant les détails en valeur. Ainsi que nous l'avons dit, la météo est aléatoire au printemps et ils voudront des tentes.

— En soie, précisa Parker.

Mac hocha la tête.

— J'ai pris connaissance de ta proposition. Et vu les esquisses de Laurel. Nous n'avons pas de photos de cet agencement particulier, mais d'autres s'en approchent. J'ai aussi composé un important portfolio de portraits – fiançailles et mariages – plus un dossier de presse et mes plus beaux albums présentés en coffret. Pour finir, je ferai un portrait de la mère et de la fille ici même, pendant la présentation. J'irai l'imprimer et l'encadrer pour l'offrir à la mère.

— Excellent, approuva Parker avec un sourire conqué-
rant. De mon côté, j'ai trois scénarios de styles différents, avec toutes les étapes jusqu'au départ des mariés.
Après réflexion, j'ai choisi de commencer par celui qui
me paraît convenir le mieux.

— La princesse du XXIe siècle, acquiesça Emma. Mon
thème préféré.

— Nous avons déjà passé une centaine d'heures à
nous quatre sur ce projet, fit remarquer Laurel. Je croise
les doigts pour que ça marche.

Emma hocha la tête avec détermination.

— J'ai un bon pressentiment.

— Tu as toujours un bon pressentiment sur tout,
ironisa Mac. Bon, si c'est fini, j'ai une montagne de
travail.

Elle voulut se lever.

— Presque, l'arrêta Parker. Qu'est-ce qui ne va pas,
Mac ?

— Mes pieds, principalement. Ils me font un mal de
chien.

— Tu ferais mieux de cracher le morceau, intervint
Laurel qui choisit un sandwich. Nous sommes à trois
contre une.

— Il n'y a rien. Et je ne vois pas pourquoi il faudrait
s'épancher à chaque fois qu'une de nous a une saute
d'humeur.

— Parce que nous sommes des filles, lui rappela
Emma. Ta mère a pris ta voiture.

— Oui, ma mère a pris ma voiture. Elle m'a tendu
une embuscade ce matin et je suis énervée. Je le serai
encore plus quand elle se décidera à me la rendre, certainement avec le réservoir vide et une aile cabossée.
Fin de l'histoire.

— Je sais quand tu es énervée, dit Parker qui replia
les jambes en tailleur. Ce n'était pas le cas aujourd'hui.

— Maintenant, si.

— Carter était présent pendant l'embuscade, n'est-ce
pas ?

— Elle l'a dragué, comme tout ce qui possède un pénis. Pouvez-vous imaginer à quel point c'était gênant pour moi ?

— Il était fâché ? s'enquit Emma.

— À cause d'elle ? Je n'en sais rien, répondit Mac qui se leva et regagna la fenêtre. J'étais trop mortifiée pour le remarquer. Alors je lui ai donné mes clés pour qu'elle débarrasse le plancher.

— Ce qui m'étonne, c'est pourquoi tu es contrariée au sujet de Carter, dit Laurel qui se versa une tasse de thé.

— Faux. C'est à moi que j'en veux. Pour avoir laissé cette histoire aller si loin, pour avoir oublié de réfléchir et de garder les pieds sur terre.

— Tu ne parles plus de l'effrayante Linda, conclut Laurel.

— Oh, Mac, soupira Emma, le regard assombri de compassion, tu as eu une dispute avec Carter.

— Non, enfin oui… non.

Frustrée, Mac fit volte-face vers ses amies.

— On ne peut pas se disputer avec quelqu'un comme lui. Dans une dispute, les gens crient, tempêtent, sortent des horreurs qu'ils regrettent ensuite. Lui, tout ce qu'il sait faire, c'est rester raisonnable.

— Quel sale type, ironisa Laurel, ce qui lui valut un regard assassin de la part de Mac.

— J'ai beau essayer de lui faire comprendre qu'on fait fausse route, tous mes arguments se heurtent à une muraille de logique imperturbable.

— Tu as rompu avec lui.

Au ton de sa voix, Mac comprit que la compassion d'Emma venait de pencher nettement en faveur de Carter.

— Je ne sais pas. Et puis, comment rompre avec quelqu'un quand on n'a même pas dit qu'on est ensemble ? Officiellement. C'est de ma faute, mais il ne veut rien entendre. Je me suis emballée, je sais. Et quand ma mère s'est pointée ce matin, ça m'a fait l'effet d'une grosse claque bien sentie qui m'a ramenée à la réalité.

— Tu comptes la laisser tirer les ficelles dans cette histoire ? questionna Parker.

— Non, ce n'est pas ça, protesta Mac avec emportement, car au fond d'elle-même elle redoutait que ce ne soit exactement le scénario. Je ne veux pas lui faire de peine, voilà tout ce qui compte. Il s'imagine être amoureux de moi.

— S'imagine ? répéta Laurel.

— Il a tout idéalisé.

— Nous parlons bien du même homme ? Celui qui ne connaît que la raison ? La muraille de logique imperturbable ? souligna Parker, les lèvres pincées, la tête inclinée. Mais avec toi, il est prisonnier de ses fantasmes.

— Il peut avoir plusieurs facettes, argumenta Mac qui se sentait soudain très fatiguée.

— À mon avis, la question n'est pas de savoir ce que ressent Carter à ton sujet, mais ce que toi tu ressens. Es-tu amoureuse de lui, Mac ?

Elle dévisagea Parker.

— Je tiens à lui.

— Voilà ce que j'appelle noyer le poisson, commenta Laurel. On ne peut répondre à cette question que par oui ou non.

— Je n'en sais rien ! Je ne sais pas comment gérer tous ces sentiments qui se bousculent en moi. Il rentre dans ma vie, se cogne la tête au mur et c'est moi qui ai le vertige ! Dès le début, tu m'as dit qu'il n'était pas mon type. Et tu avais raison.

— En fait, je crois que c'est une des rares fois où je me suis trompée. Mais c'est à toi de décider. Ce qui me rendrait furax, Mac, ce qui me décevrait même au plus haut point, ce serait que tu te serves de Linda comme mètre étalon en matière d'amour.

— J'ai besoin d'un peu de temps pour trouver mon équilibre et mon rythme, voilà tout. Et quand je suis avec lui, je n'y arrive pas.

— Prends le temps qu'il faut, lui conseilla Parker. Tu dois être sûre.

— Oui, il le faut.

— Oh, une dernière chose. S'il t'aime, je suis de son bord.

Kathryn Seaman arriva en compagnie de sa fille Jessica à dix heures pile le lundi matin. Une ponctualité qui réchauffait le cœur de l'efficace Parker, Mac le savait, mais qui, quant à elle, l'effrayait quelque peu.

Le surmenage des derniers jours et le chaos émotionnel qui l'habitait créaient un curieux cocktail qui lui nouait l'estomac, alors qu'elle prenait place dans le salon avec ses associées et les clientes potentielles. La profusion de tulipes disposées dans la pièce par Emma y faisait entrer comme un air de printemps, tandis que la flambée qui crépitait dans l'imposante cheminée apportait un confort chaleureux. Parker avait sorti les sublimes services à thé et à café de sa grand-mère, en porcelaine de Meissen, les verres en cristal de Waterford et sa plus belle argenterie, un écrin de rêve pour les pâtisseries fines de Laurel.

L'image même du luxe et de la sophistication au féminin.

Après les banalités d'usage au sujet de la météo, Parker entra sans détour dans le vif du sujet.

— Nous sommes enthousiastes au plus haut point que vous envisagiez de faire appel à notre maison pour ce grand jour. Nous comprenons l'importance de tisser un lien de confiance afin de créer le mariage idéal, qui reflétera au mieux la personnalité des futurs époux et la profondeur de leur engagement. Votre objectif est le nôtre : une journée parfaite dans les moindres détails, avec à la clé une foule de souvenirs merveilleux pour la vie. Avant que je vous présente la première des propositions auxquelles nous avons réfléchi pour vous, avez-vous des questions ?

— Oui.

Kate Seaman ouvrit le carnet qu'elle avait posé sur ses genoux. Alors que sa fille levait les yeux au ciel en riant, elle entreprit de bombarder Parker de questions.

La réponse de celle-ci était invariablement oui. Et lorsque le sujet dévia sur la décoration florale, Emma prit le relais.

— Outre les fleurs prévues pour le mariage, nous utiliserons aussi des annuelles et plantes en pots dans nos massifs et parterres spécialement sélectionnées, pour mettre en valeur les arrangements choisis par Jessica. Le mariage aura lieu tôt dans la saison, mais je peux vous promettre le printemps.

— Si seulement ils avaient attendu jusqu'en mai.

Jessica tapota la main de sa mère.

— Maman, nous nous sommes rencontrés en avril. Ce mois a pour nous une grande valeur sentimentale. Il semble y avoir encore beaucoup de temps pour les préparatifs, mais il y a déjà un million de détails à régler.

— C'est justement notre rôle, la rassura Parker.

— Pour l'instant, il y a l'organisation de la fête de fiançailles au club et les faire-part.

— Nous pouvons nous en charger pour vous.

— Vraiment ?

— Absolument. Il vous suffit de nous communiquer votre liste d'invités et le modèle de faire-part. Un des styles les plus personnels consiste à créer une carte à partir de votre portrait de fiançailles, ou toute autre photographie que Josh et vous appréciez particulièrement.

— Cette idée me plaît, approuva Jessica.

À mon tour, se dit Mac.

— Le portrait de fiançailles peut vous aider à déterminer le ton que vous souhaitez donner à votre mariage.

— Vous avez certainement des exemples de photos que vous avez prises ?

— Bien sûr.

Mac se leva pour tendre un album à Jessica.

— Je considère le portrait de fiançailles aussi important que celui du mariage. C'est l'illustration de la promesse faite, la joie et l'attente du grand jour.

— La séance photos a lieu dans votre studio ? demanda Kate.

— Oui, ou dans tout autre lieu à la convenance du couple.

— Au club, décida Kate. Lors de la fête de fiançailles. Josh est très élégant en costume, et Jessie aura une robe sublime. Et les rubis de ma mère.

Les yeux embués, Kate Seaman prit la main de sa fille.

— C'est une excellente idée et je serais enchantée de la réaliser, déclara Mac. Mais puis-je vous en proposer une autre ? Josh et vous, Jessie, partagez la passion de l'équitation, n'est-ce pas ? J'aimerais vous photographier à cheval.

Kate fronça les sourcils.

— À cheval ? Je ne veux pas de Jessica en bombe et jodhpurs pour son portrait de fiançailles. Je veux qu'elle resplendisse.

— En réalité, je pensais à une ambiance très romantique, un peu féerique. Vous possédez un hongre alezan, n'est-ce pas ?

— Comment le savez-vous ?

— C'est notre métier de connaître nos clients. Sans pour autant leur donner la chair de poule, précisa Mac, ce qui fit rire Jessica. Je vous vois tous les deux chevauchant votre hongre, Josh en costume, la cravate un peu desserrée, le col de la chemise légèrement ouvert. Et vous derrière lui, en amazone, dans votre robe sublime – et avec les rubis de votre grand-mère. Vous auriez les bras noués autour de sa taille, les cheveux détachés flottant au vent.

Jessica en eut le souffle coupé.

— Je suis emballée par cette idée. Et toi, maman ?

— Je la trouve… spectaculaire. Magique.

— Et à mon avis, elle s'inscrit parfaitement dans le thème auquel nous avons pensé pour votre mariage, fit remarquer Mac. Parker ?

Celle-ci se leva et s'avança jusqu'au chevalet qu'elle avait préparé.

— Des photographies des projets que nous avons déjà réalisés vous montreront l'étendue de notre savoir-faire, mais comme votre mariage sera unique, nous allons vous présenter sur croquis notre vision de votre grand jour.

Elle souleva la feuille qui recouvrait le premier dessin.

— Un univers féerique d'exception, annonça-t-elle.

Et chacune de ses associées ressentit le même frisson en voyant la future mariée ouvrir des yeux émerveillés.

— Je pense que c'est dans la poche, vous ne croyez pas ? Bon sang, je suis épuisée, soupira Emma qui s'étira sur le canapé. Et un peu nauséeuse. J'ai mangé trop de sucreries pour me calmer les nerfs. Alors à votre avis, on le tient, ce contrat ?

— Si ce n'est pas le cas, j'assassine Kathryn Seaman, bougonna Laurel qui cala les pieds sur la pile d'albums entassés sur la table basse. Cette femme est une coriace.

— Elle adore sa fille, dit Parker.

— Oui, c'est ce que j'ai cru comprendre. Mais enfin, on a frôlé la perfection sans pour autant réussir à la faire signer.

— Elle va signer, promit Parker qui arpentait la pièce en se massant la nuque. Elle doit d'abord réfléchir, en discuter avec son mari, tout comme Jessica doit avoir l'opinion de Josh. C'est normal.

— C'est Kate qui tire les ficelles, fit remarquer Mac. À mon avis, elle s'amuse juste à nous torturer. Elle était complètement emballée par la pièce montée Palais royal.

— Tu crois ? s'inquiéta Laurel en se mordillant la lèvre.

— Ses yeux se sont mis à briller tels ceux d'un chat devant une souris. Je l'entendais penser : « Personne d'autre que ma fille chérie n'aura droit à ce gâteau de rêve. » Nous avons marqué tous les points possibles. Toutes les deux ont adoré les cornouillers d'Emma avec les guirlandes lumineuses. Sans parler de la cascade de tulipes pour le bouquet. Jessie n'en voudra pas un autre. Et quand maman a laissé tomber dans la conversation que son mari dansait comme un pied, et que Parker a sorti aussi sec les coordonnées d'un professeur de danse privé de son carnet d'adresses ?

— Oui, c'était bien joué, approuva Emma. De toute façon, maman veut ce que veut la fille chérie, et la fille chérie nous veut, je le sens.

Elle se leva avec un soupir.

— Bon, je file. J'ai cinquante-cinq potées de narcisses à préparer.

— Je vais voir si ma voiture est de retour. J'ai une séance photos à l'extérieur et quelques courses à faire, dit Mac qui se tourna vers Parker. Si elle n'est pas revenue, puis-je emprunter la tienne ?

Certains argueraient qu'elle se mêlait de ce qui ne la regardait pas. Ceux qui ne la connaissaient pas. Elle était douée pour régler les problèmes. Si elle n'essayait pas de résoudre ceux de sa meilleure amie, ce serait un comble.

Parker franchit le seuil du Coffee Talk, déterminée à faire de son mieux. Pour le bien de tous.

Plutôt fréquenté le dimanche soir, l'endroit bruissait du bourdonnement grave des conversations, entrecoupé par le sifflement de la buse vapeur pour la mousse de lait et le crépitement du broyeur à café. Après un regard à la ronde, elle localisa Carter à une petite table à deux places. Elle se dirigea vers lui, un sourire aux lèvres.

— Bonsoir, Carter. Merci d'avoir accepté de me rencontrer.

— Pas de problème. Il y avait un mariage aujourd'hui, n'est-ce pas ?

— Oui, cet après-midi. Tout s'est bien passé, commença Parker qui décida d'en venir droit au fait. Mac est malheureuse et bouleversée, mais elle a fait bonne figure devant les clients.

— Je suis désolé de lui avoir fait de la peine.

— C'est réciproque. Mais, continua-t-elle sans lui laisser le temps de parler, c'est sa mère qui est à la racine du mal. Nous le savons tous.

— Mackensie était gênée. C'était inutile. Pas avec moi.

— Sa mère l'embarrassera toujours, répondit Parker, levant les yeux vers la serveuse. Un thé au jasmin, merci.

— Et vous, monsieur Maguire ?

— La même chose.

— Carter, je veux te donner quelques infos de fond afin que tu comprennes le pourquoi de la situation. Ce que vous en ferez, Mac et toi, vous regarde.

Parker ôta ses gants et déboutonna son manteau.

— J'ignore ce qu'elle t'a déjà dit et elle m'en voudrait à mort de mettre mon grain de sel dans ses affaires, mais voilà. Ses parents ont divorcé quand elle avait quatre ans. Son père, qu'elle adorait, l'a abandonnée avec la même facilité qu'il a quitté Linda. C'est un homme insouciant. Pas calculateur comme Linda. Juste insouciant. Il est né avec une cuillère en argent dans la bouche et a hérité d'une fortune considérable. Ce commentaire peut paraître hypocrite de ma part, mais...

— Bien sûr que non. Del et toi, vos parents, vous n'avez jamais ménagé votre peine.

— Merci. Geoffrey Elliot va où ça lui chante, quand ça lui chante, et préfère éviter les crises. Linda, elle, a une vie chaotique et tous les moyens sont bons pour

251

obtenir ce qu'elle désire. Avec le divorce, elle a fait cracher une somme considérable au père de Mac, et a pour ainsi dire tout claqué.

Elle sourit.

— Les enfants entendent des choses, même s'ils ne sont pas censés en comprendre la signification.

— Il devait y avoir une pension alimentaire.

— Oui. Mac a toujours été très bien logée, nourrie, habillée. Tout comme sa mère, bien sûr. L'un comme l'autre étaient remariés avant les sept ans de Mac. Linda a de nouveau divorcé deux ans plus tard.

Elle marqua un temps d'arrêt lorsque la serveuse arriva avec leurs thés.

— Après, il y a eu beaucoup d'hommes, de liaisons, et beaucoup de drames. Linda se nourrit de drames. Geoffrey a de nouveau divorcé et s'est remarié. Il a un fils avec sa troisième femme et ils passent le plus clair de leur temps en Europe. Linda a une fille de son deuxième mari.

— Oui, Mac m'a dit qu'elle avait une demi-sœur.

— Elles se voient rarement. Eloisa a toujours passé beaucoup de temps chez son père, qui apparemment l'adore.

— Ça a dû être dur pour Mac de savoir que sa demi-sœur avait ce qui lui a été refusé.

— Oui. Et comme le plus souvent il n'y avait que Mac à la maison, Linda attendait toujours tout d'elle, multipliant les exigences. C'est sa façon d'être. Elle s'est remariée. À chaque fois, c'était une nouvelle maison, un nouveau quartier. Une autre école pour Mac. Linda l'a enlevée du lycée quand elle a divorcé de son troisième mari. Pour l'y réinscrire deux ans plus tard – très brièvement – parce qu'elle avait une liaison avec un membre du conseil d'administration – un homme marié.

— Jamais aucune stabilité. Personne sur qui elle puisse compter, murmura Carter.

Parker soupira.

— Toute sa vie, sa mère est venue pleurnicher sur son épaule à la plus insignifiante contrariété, la moindre peine de cœur. Linda a toujours été persuadée d'être le centre de l'univers et a tout fait pour éduquer Mac dans ce sens. C'est une fille solide, notre Mac. Intelligente, indépendante, brillante dans ce qu'elle entreprend. Mais il y a chez elle ce point vulnérable, comme une plaie à vif que Linda se plaît à gratter encore et encore. Mac redoute que la misère affective dans laquelle elle a grandi n'ait déteint sur elle.

— Elle a du mal à accorder sa confiance, car personne ne le lui a jamais appris.

— C'est vrai que tu sais écouter. C'est une des premières choses que Mac m'ait dites à ton sujet. Vois-tu, Carter, je vais te donner un avantage, ce dont elle ne me remercierait pas non plus. Mais je le fais parce qu'elle compte beaucoup pour moi.

— J'en ai bien besoin.

Parker se pencha et posa une main sur celle de Carter par-dessus la table.

— Jamais je ne l'avais vue avec quelqu'un comme elle est avec toi. Aussi investie, aussi concernée. Ce qu'elle découvre avec toi lui fait peur.

— Toi qui es son amie, que me conseillerais-tu de faire ?

— J'espérais que tu poserais la question, fit Parker avec un sourire chaleureux. Laisse-lui un peu d'espace, un peu de temps – mais pas trop. Et ne renonce pas à elle. Elle a besoin de toi.

Carter secoua la tête.

— Comment pourrais-je renoncer à elle ? Je l'attends depuis si longtemps…

15

Ni sa voiture ni sa mère ne firent leur réapparition le lundi. Le mardi, Mac appela sa mère et tomba directement sur la boîte vocale.

Le mercredi, elle envisagea sérieusement de déclarer le vol de sa voiture. Mais, dans ce cas, il lui faudrait payer la caution pour faire sortir sa mère de prison.

Elle préféra aller au manoir s'incruster pour le petit déjeuner.

— Parker a un appel en urgence, expliqua Laurel. La mariée de samedi prochain s'est réveillée avec un bouton, ou quelque chose du genre. Emma attend une livraison. Alors il n'y a que toi et moi.

— Tu veux dire qu'il n'y aura pas de pancakes ?

— Je n'ai pas le temps de faire des pancakes. J'aimerais que Mme G quitte ses cocotiers et rentre à la maison. J'ai toutes ces fleurs en pâte d'amandes à confectionner. Tiens, prends un muffin.

Laurel leva les yeux et cessa de rouler sa pâte.

— Ta voiture n'est toujours pas là ?

— Non, et Linda non plus. J'ai laissé une dizaine de messages. Ses oreilles vont siffler quand elle va les écouter. Je l'ai menacée de porter plainte pour vol.

— Fais-le. Le téléphone est là.

— Je serais probablement arrêtée pour avoir été assez bête de lui donner les clés. Je vais passer chez elle après ma séance photos. Je dois aussi aller chercher des passe-partout qui n'étaient pas prêts lundi. Et j'ai envie d'une nouvelle paire de chaussures.

— Des nouvelles de Carter ?

— Pourquoi cette question ?

— Parce que tu vas acheter des chaussures, ta façon à toi de te consoler. Tu lui as téléphoné ?

— Pour lui dire quoi ? Que je suis désolée ? Déjà fait. Que j'ai commis une erreur ? Je le sais déjà, mais cela ne change rien à mes sentiments.

— Qui sont ?

— Je me sens perdue, effrayée, stupide. Le tout en double car il me manque. J'ai envie de le voir, concéda-t-elle. J'ai envie de lui parler. Donc, je pense qu'il vaut mieux ni le voir ni lui parler.

— Ta logique n'a rien de commun avec la logique humaine.

— De toute façon, j'imagine qu'il n'en a pas envie non plus.

— Lâche.

— Peut-être. Une lâche sans voiture.

Elle attendit en silence, tandis que Laurel étalait sa pâte.

— Tu pourrais me prêter la tienne.

— Je pourrais, mais ce ne serait pas te rendre service. Je t'aime trop pour ça.

— C'est pour le travail, insista Mac. Je pourrais fourrer mon équipement dans sa ridicule voiture de poupée, mais c'est marrant : elle a laissé la voiture, pas les clés. Mes clients n'y sont pour rien si je suis bonne poire et ma mère une incorrigible égocentrique.

— Non, c'est vrai.

À l'aide d'un emporte-pièce, Laurel entreprit de découper les premières fleurs avec application.

— Je suis si furax. J'admets que cette colère contrebalance quelque peu la détresse que m'inspire la situation avec Carter, mais au point où j'en suis, je préférerais être juste malheureuse et avoir ma bagnole. Pourquoi fait-elle ça ? Et ne dis pas que c'est parce que je l'ai laissée faire. Je te jure, je n'avais pas du tout l'intention de lui prêter cette maudite voiture. Jamais je ne me serais mise dans cette situation sans ces circonstances exceptionnelles.

— J'aimerais te croire, mais c'est toi, Mac, qui paies la facture comme d'habitude, alors qu'à elle, ça ne lui coûte rien. Elle te rapportera ta voiture quand bon lui semblera. Tu lui demanderas des comptes, tu râleras, et elle te sortira son baratin habituel. Puis elle oubliera toute l'histoire car elle aura obtenu ce qu'elle voulait, plus le bonus d'avoir été, une fois de plus, le centre de ton univers pendant que tu récriminais contre elle.

— Que dois-je faire ? La battre à mort à coups de trépied ?

— Je t'aiderai à dissimuler le corps.

— Tu le ferais, en plus, soupira Mac, parce que tu es une vraie amie. Pourtant, je ne suis pas lâche ou du genre à me laisser marcher sur les pieds, tu le sais.

— Non, c'est vrai. Tout le contraire, même. Voilà pourquoi ça m'horripile doublement quand ça t'arrive. À cause d'elle. Fais-la payer, Mackensie. Je parie qu'une fois le pas franchi, le deuxième sera plus facile.

— Comment ? Je ne peux quand même pas porter plainte à la police. Je lui ai donné ces clés de mon plein gré. Et même si je pense – je sais, se corrigea-t-elle – que c'était de sa part une agression passive délibérée d'oublier de me laisser les siennes, elle n'en a pas moins…

— J'aime ce regard. Ce n'est pas celui d'une lâche ou d'une carpette. Crache le morceau.

— Elle n'en a pas moins laissé sa voiture.

— Chic, on va bousiller le jouet. Je vais chercher mon manteau et la vieille batte de base-ball de Del.

— Non. Dis donc, quel fond violent tu as !

— J'aime casser. C'est thérapeutique.

— Nous n'allons pas démolir la voiture. Je vais la faire enlever.

— Pas mal, mais si tu la fais ramener chez elle, elle n'aura même pas à se déranger pour venir la chercher.

— Qui te parle de la ramener chez elle ? la détrompa Mac qui échafaudait son plan, le front plissé. Tu te souviens de l'accident qu'a eu Del il y a quelques mois ? Ce type qui avait percuté l'arrière de sa voiture neuve ? Il avait fallu la faire remorquer par un garagiste. Comment s'appelait-il, déjà ? Où est Parker avec son carnet d'adresses magique ?

— Appelle Del, il s'en souviendra. Voilà pourquoi nous sommes amies, Mac. Tu es superbe quand tu commences à montrer les crocs.

— Alors prête-moi ta voiture.

— Passe ces coups de fil, et elle est à toi.

Mac se sentait forte, dans son bon droit. Après sa séance photos et ses courses, elle décida qu'elle avait bien mérité des chaussures neuves. Peut-être même aussi, vu le traumatisme subi ces dernières semaines, de nouvelles boucles d'oreilles.

Les boucles d'oreilles pour Linda, décréta-t-elle. Et les chaussures pour Carter.

Et si elle passait chez lui sur le trajet du retour ? Tant qu'elle se sentait forte et dans son bon droit. Ils étaient tous les deux intelligents et tenaient l'un à l'autre. Ils parviendraient sûrement à trouver un terrain d'entente.

Elle ne voulait pas le perdre.

Mac traversa la galerie commerciale jusqu'au Graal tant convoité : le rayon chaussures de Nordstrom.

Peut-être lui fallait-il aussi de nouvelles bottes. On n'en avait jamais trop. Des chaussures *et* des bottes neuves lui donneraient cette ferme assurance dont elle avait besoin pour aller chez Carter. Et si elle achetait une bouteille de vin, en gage de réconciliation ? Ils parleraient et il la couverait du regard comme il savait si bien le faire. Et... elle ne vaudrait pas mieux que sa mère, puisqu'elle monopoliserait la voiture de Laurel.

Mais elle pouvait toujours passer et l'inviter à dîner chez elle. La bouteille serait une sorte de boutade, histoire de détendre l'atmosphère. « Tiens, je te l'offre. Emporte-la chez moi ce soir, je t'invite à dîner. » Bien sûr, elle devrait s'arrêter en route pour acheter de quoi manger. À moins qu'elle ne fasse une razzia dans les réserves de Mme G.

Non, se dit-elle, choisissant une paire de bottines bleu électrique qui semblaient chanter son nom. Elle devait *cuisiner*. Lui montrer qu'il comptait pour elle – ce qui, soit dit en passant, était la raison pour laquelle elle avait tout gâché l'autre jour.

— Meredith, c'est ça ?

Mac se tourna vers une blonde qui lui paraissait vaguement familière.

— Non, désolée.

— Vous n'êtes pas photographe de mariage ?

— Si. Mais je m'appelle Mackensie.

— Bien sûr, excusez-moi. Stephanie Gorden. Nous nous sommes rencontrées au mariage de mon cousin, samedi dernier.

— C'est vrai. Comment allez-vous ?

— Entourée de chaussures, forcément bien. Quelles bottines sublimes ! Corrine et moi faisons du shopping cet après-midi. Corrine ! Viens que je te présente Mackensie.

Catastrophe.

Comment le destin pouvait-il lui jouer un sale tour pareil ?

— Corrine, voici Mackensie. Elle est photographe de mariage et une *très* bonne amie de Carter.

— Oh ?

Pour couronner le tout, Corrine était la perfection incarnée. Elle s'approcha d'une démarche féline, chaussée de ravissants escarpins rouges ouverts sur le devant. Sa chevelure brune aux reflets brillants ondulait en boucles romantiques sur ses épaules au rythme de ses pas. Alors que ses yeux d'un noir profond et sensuel balayaient Mac de la tête aux pieds, sa bouche pulpeuse dessina un sourire froid.

259

— Enchantée.

— De même. Jolies chaussures.

— Oui, je crois qu'elles vont m'appartenir.

Même sa voix était parfaite, songea Mac avec une pointe d'amertume. Grave, légèrement gutturale.

— Alors comme ça, vous connaissez Carter Maguire.

— Oui. Nous sommes allés au lycée ensemble. Quelque temps.

— Vraiment ? s'étonna Corrine qui prit distraitement une paire de mules dorées à petits talons. Il ne m'a jamais parlé de vous. Nous sommes pourtant restés ensemble un moment.

— Corrine et Carter, dit joyeusement Stephanie. Deux prénoms pour ainsi dire indissociables. C'est amusant de vous rencontrer maintenant. J'étais justement en train de dire à Corrine que, d'après ce que j'avais entendu dire, Carter fréquentait quelqu'un, et que je vous avais vus ensemble au mariage de Brent.

— Amusant, en effet.

— Comment va Carter ? questionna Corrine en reposant les mules. Toujours plongé dans ses bouquins ?

— Il semble trouver le temps de remonter à la surface.

— Vous ne le fréquentez pas depuis très longtemps, n'est-ce pas ?

— Suffisamment, merci.

— Vous devriez comparer vos notes, toutes les deux, suggéra Stephanie qui donna à son amie une bourrade amicale hanche contre hanche. Corrine pourrait vous donner des tas de conseils au sujet de Carter, Mackensie.

— Ce serait sûrement très amusant, mais j'ai le goût de la découverte. Carter a une personnalité trop fascinante et passionnante pour se résumer à quelques notes. Excusez-moi, je vois une paire d'escarpins à brides qui m'intéressent là-bas.

Sur ces mots, Mac les planta là et fila vers l'autre bout du rayon.

Stephanie haussa les sourcils.

— Fascinant ? Carter ? Il a dû évoluer depuis que tu l'as largué. Je dois dire qu'il était plutôt craquant quand je l'ai vu samedi. Tu aurais peut-être dû le garder sous le coude un peu plus longtemps.

— Qui a dit que je ne peux pas le récupérer quand je veux ? répliqua Corrine, admirant ses escarpins. En fait, je vais peut-être emmener mes chaussures neuves faire une petite visite.

Stephanie ricana.

— Vilaine fille.

Corrine lança un regard mauvais en direction de Mac.

— Et puis, pourquoi aurait-elle Carter ? C'est moi qui l'ai vu en premier.

— Je croyais qu'il t'ennuyait.

— C'était avant.

Avec un long soupir, Corrine s'assit et contempla la petite montagne de chaussures qu'elle avait sélectionnées.

— Le problème avec toi, Steph, c'est que tu es mariée. Tu as oublié le frisson de la traque, la compétition. Le goût de la victoire.

Elle ôta les escarpins et enfila une paire de sandales à talons aiguilles d'un rose métallique.

— Les hommes sont comme les chaussures. On les essaie et on les porte un temps – tant qu'elles vous vont bien. Puis on les jette au placard et on en achète d'autres.

Elle se leva et admira le résultat dans le miroir.

— Et de temps en temps, on sort une vieille paire pour voir ce que ça donne.

Nouveau regard de travers en direction de Mac.

— Le truc à ne pas faire, conclut Corrine, c'est laisser une autre fouiner dans le placard.

La routine a du bon, songea Carter. Outre le confort qu'elle procurait, elle permettait d'occuper les mains et l'esprit. Il suspendit son manteau et alla déposer son cartable dans son bureau. Puis il vérifia ses messages.

Son cœur se serra lorsque la voix de Mac ne résonna pas dans la pièce, mais ça aussi, c'était la routine.

Parker lui avait conseillé d'accorder un peu de temps à Mac. Il allait lui laisser encore un jour ou deux.

Il pouvait attendre. Il était doué pour ça.

Il descendit à la cuisine nourrir le chat et se préparer un thé. Il le but debout devant le plan de travail, tout en parcourant le courrier du jour.

Pouvait-on mener vie plus banale que la sienne ? Serait-il encore dans la même impasse l'année prochaine ? Dans dix ans ?

Cette existence lui convenait pourtant, avant de retrouver Mackensie.

— Ce n'est pas comme si j'avais décidé de rester seul jusqu'à la fin de mes jours, dit-il à Triade. J'ai à peine trente ans, bon sang. Et je parle à un chat, ce qui n'est pas la façon dont j'ai envie de passer mes soirées. Sans vouloir t'offenser. L'amour n'est pas un concept éthéré à l'usage des écrivains et poètes, une quête inaccessible. Non, c'est réel, nécessaire, vital même. L'amour change tout, bon sang. Je ne peux pas redevenir comme j'étais avant de l'aimer.

Le chat avait fini de manger. Il s'assit, contempla longuement Carter et commença sa toilette.

— Je vais te dire autre chose, tant que nous en sommes aux confidences. Je suis exactement l'homme qu'il lui faut. Je la comprends. Enfin, non, le terme est mal choisi. Je ne la comprends pas, mais je la connais, ce qui est différent. Et je sais que je pourrai la rendre heureuse, une fois qu'elle aura cessé d'être trop têtue pour l'admettre.

À cet instant, il décida de lui laisser encore vingt-quatre heures. Si elle ne venait pas à lui dans ce délai, il n'aurait d'autre choix que de prendre le contrôle de la situation. Il lui fallait un plan de ce qu'il dirait et ferait, une sorte de synopsis. Il se leva pour prendre du papier et un crayon.

— Pour l'amour du Ciel, laisse tomber les plans et improvise ! s'emporta-t-il contre lui-même.

Agacé, il se claqua le tiroir sur le doigt. Typique, se dit-il en suçant la phalange endolorie. Il décida de se consoler avec un croque-monsieur.

Il déposa le sandwich dans une poêle et allait sortir une assiette quand on frappa à la porte d'entrée. Il sursauta, manquant se cogner la tête à l'angle du placard.

Mackensie !

Il se précipita dans le vestibule. C'était Corrine.

— Bonjour, Carter.

Elle entra en riant et, avec un demi-tour gracieux, noua les bras autour de son cou. La tête rejetée en arrière, le regard de braise, elle plaqua la bouche sur la sienne.

— Surprise, ronronna-t-elle.

— Euh… oui, en effet, bredouilla Carter qui se dégagea de cette étreinte inattendue. Tu as l'air… en pleine forme.

— Oh, je suis une épave. J'ai bien dû faire trois fois le tour du quartier avant de trouver le courage de m'arrêter devant chez toi. Ne me brise pas le cœur, Carter, dis-moi que tu es content de me voir.

— Non, enfin, je veux dire… je ne m'y attendais pas.

— Tu ne m'invites pas à entrer ?

— Tu es déjà à l'intérieur.

— Tu prends toujours tout au pied de la lettre. Vas-tu fermer cette porte ou dois-je ramper dans le froid ?

— Désolé, marmonna-t-il en s'exécutant. Tu m'as pris au dépourvu. Que veux-tu, Corrine ?

— Plus que je ne le mérite.

Elle ôta son manteau et le lui tendit avec un regard suppliant.

— Écoute-moi jusqu'au bout, d'accord ?

Partagé entre bonnes manières et stupéfaction, il suspendit distraitement le vêtement.

— C'est ce que j'ai déjà fait, il me semble.

— J'ai été si stupide et odieuse avec toi. Tu aurais toutes les raisons de me jeter dehors, dit-elle en se dirigeant vers le salon. Quand je repense à ce que j'ai fait, à ce que j'ai dit... Carter, je suis morte de honte. Tu as été si gentil avec moi. Tu me rendais meilleure, tu sais. J'ai réfléchi à nous deux. En fait, je ne cesse de penser à toi.

— Et... James ? demanda Carter après avoir dû faire un effort pour retrouver le nom.

Elle leva les yeux au ciel.

— Quelle erreur j'ai commise ! J'ai été bien punie de t'avoir fait souffrir. Il ne m'a pas fallu longtemps pour réaliser qu'il n'était qu'une passade. C'était un gamin comparé à toi, Carter. Je t'en supplie, dis-moi que tu me pardonnes.

— C'est de l'histoire ancienne, Corrine.

Elle s'approcha et lui effleura la joue du bout des doigts.

— Laisse-moi une chance de me faire pardonner. Tu te souviens comme c'était bien, nous deux ? Nous pourrions retrouver tout ça, Carter, roucoula-t-elle, nouant les bras autour de sa taille. Tu pourrais m'avoir à nouveau. Il te suffit de me prendre.

Il essaya de la repousser.

— Je crois que nous devrions...

— Nous serons raisonnables plus tard, le coupa-t-elle en se plaquant contre lui. J'ai envie de toi. Tu m'obsèdes tellement que je suis incapable de penser à autre chose.

— Attends. Arrête !

— D'accord, c'est toi le patron.

Avec un sourire enjôleur, elle rejeta sa chevelure en arrière.

— Nous allons parler d'abord, si c'est ce que tu veux. Et si tu me versais un verre de vin ? Nous pourrions... Il n'y a pas quelque chose qui brûle ?

— Pas à ma... Nom de Dieu !

Carter se précipita à la cuisine, et le sourire de Corrine se durcit. Il allait lui falloir plus de temps et d'efforts que prévu, mais elle aimait le défi. En fait, cette résistance inattendue de Carter ne rendait la chasse que plus excitante. Et elle n'en savourerait que davantage l'instant où il succomberait.

Car s'il y avait un endroit où Carter Maguire n'était pas ennuyeux, c'était au lit.

Son sourire se fit onctueux lorsqu'elle l'entendit revenir.

— Désolé, j'avais quelque chose sur le feu. Écoute, Corrine, j'apprécie tes excuses et... ton offre, mais...

On frappa de nouveau.

— Désolé, répéta Carter.

— C'est bon, j'attends.

Dodelinant de la tête, il alla ouvrir. Déjà à la limite de la surchauffe, son cerveau atteignit brutalement le niveau d'alerte rouge. Mac.

— Salut. Cadeau de réconciliation, claironna-t-elle en lui tendant une bouteille de vin. J'ai mal géré la situation et j'espère que tu vas me donner une chance de me rattraper. Si le cœur t'en dit, tu pourrais venir dîner chez moi ce soir. Apporte donc du vin. Euh... c'est un bon cru que tu as là.

— Tu... je... Mackensie.

— Qui est-ce, Carter ?

Un seul mot s'imprima dans le cerveau tétanisé de Carter : *catastrophe*. Il vit le choc se peindre sur les traits de Mac quand Corrine sortit du salon d'un pas nonchalant.

— Ce n'est pas ce que...

— Oh, du vin, comme c'est gentil ! s'exclama Corrine qui prit la bouteille dans sa main. Carter se proposait justement de m'en offrir un verre.

— En fait, je... Mackensie Elliot, Corrine Melton.

— Oui, je sais, marmonna Mac. Eh bien, bonne dégustation.

Carter jaillit sur le perron et lui agrippa le bras.

— Non, attends ! Ne t'en va pas, entre un moment.

Mac se dégagea avec vigueur.

— Tu plaisantes ? Recommence et tu auras pire qu'un bleu à la mâchoire, fais-moi confiance.

D'un pas furibond, elle regagna une voiture qui, réalisa-t-il, n'était pas la sienne.

— Carter chéri, rentre ! Tu vas attraper froid ! lui lança Corrine sur le pas de la porte.

Lui qui craignait de tomber dans la routine...

Mac fit irruption dans le manoir.

— Où êtes-vous donc toutes passées ?

— Dans la cuisine ! lui cria Emma. On essayait justement de te joindre sur ton portable. Viens !

— Vous n'allez pas croire la journée que j'ai eue. Pour commencer, je suis tombée sur l'ex de Carter au rayon chaussures de Nordstrom, ce qui m'a presque gâché le plaisir mesquin que j'ai éprouvé à faire enlever la voiture de ma mère. Pourquoi personne n'a pris la peine de me dire que cette fille est sublime ? se lamenta Mac qui jeta son manteau sur un tabouret. Comme si ce n'était déjà pas assez grave de tomber sur cette bombe à la voix de Catwoman, j'ai dépensé soixante dollars pour une bouteille de vin que je destinais à Carter – petit cadeau de réconciliation – plus les quatre-vingts dollars de courses du dîner auquel j'allais l'inviter, histoire de recoller les morceaux. Je sonne chez lui et sur qui je tombe ? Je vous le donne en mille. Catwoman en personne, dans un pull-over noir en cachemire avec une encolure en V jusque-là ! Il laissait juste entrevoir un soupçon de dentelle rose qui semblait susurrer « vas-y, plonge, chéri ». Lui reste planté là, rouge comme une pivoine, et ne trouve rien de mieux à faire que les présentations ! À l'heure qu'il est, elle sirote tranquillement mon grand cru !

— Une minute, l'arrêta Parker, les mains levées. Carter était avec Corrine, son ex ?

— Qu'est-ce que je viens de dire ? Et vous ne devinerez jamais ce qu'elle lui a sorti ! « Carter chéri, rentre ! Tu vas attraper froid. » Mot pour mot, je vous jure ! Et il faisait cuire un truc. J'ai senti comme une odeur de pain brûlé. À la première petite dispute, monsieur lui fait griller des toasts et lui sert mon vin. Non, mais je rêve !

— Je ne vois vraiment pas Carter renouer avec elle, fit remarquer Emma, dodelinant de la tête. Impossible.

— Elle était chez lui, ça ne te suffit pas ? Et la dentelle rose affriolante ?

— Alors tu aurais dû leur botter le train à tous les deux et repartir avec ton vin, déclara Laurel qui s'approcha de Mac et lui frotta le dos en signe de réconfort. Mais je penche plutôt du côté d'Emma. Remontons le fil des événements jusqu'au rayon chaussures de Nordstrom. Pour commencer, as-tu fait des emplettes là-bas ?

— Nordstrom. À ton avis ?

— Tu nous les montreras plus tard. D'abord, comment savais-tu que c'était l'ex de Carter ? Elle te connaissait ?

— Elle était avec une copine à elle, une cousine du marié de samedi dernier qui m'a reconnue. Toutes les deux m'ont jaugée du regard, ce qui m'a fortement déplu. Très fortement. « Vous devriez comparer vos notes », glousse la copine. Une idiote de première.

— La coïncidence ne t'a pas paru étrange, intervint Parker, que juste le jour où tu rencontres cette fille, tu la retrouves chez Carter ? Si tu veux mon avis, ça sent le coup fourré à plein nez.

Emma et Laurel acquiescèrent avec un bel ensemble.

Écœurée, Mac se laissa choir sur un tabouret.

— Mince alors, je suis tombée dans le panneau. J'étais trop sidérée, furieuse et, je l'avoue, jalouse pour m'en rendre compte. Pourtant, elle ignorait que j'allais chez lui, alors comment...

— À mon avis, c'est le hasard, dit Emma. Un hasard qui a dû la ravir au plus haut point. Je la connais un

267

peu, souviens-toi. Elle a toujours été du genre à convoiter ce qui appartient aux autres. Elle est sans doute passée chez Carter pour lui jouer son numéro et essayer de te le piquer…

— Et moi, je lui donne bêtement ma bouteille de vin, se lamenta Mac qui se prit la tête à deux mains. Je suis vraiment trop nulle.

— Bien sûr que non, répliqua Parker. Tu n'es pas mesquine et manipulatrice comme elle, voilà tout. Et Carter non plus. Il n'était pas avec elle, Mac. Elle était là, c'est tout.

— Tu as raison. Et je suis partie en lui laissant le champ libre. Mais quand même, il a fait les présentations.

— Là, il a mal joué, je te l'accorde, jugea Parker avec un hochement de tête. Que vas-tu faire ?

— Je n'en sais rien. C'est trop, je me sens complètement vidée. Me gaver de glace et bouder, je suppose.

— Et si tu te gavais plutôt de caviar et de champagne ?

Mac dévisagea Parker avec une grimace perplexe.

— En quel honneur ? La débilité des relations amoureuses ?

— Non, le succès de Vœux de Bonheur. Nous avons décroché le contrat du mariage Seaman !

— Non ? Attends, laisse-moi juste le temps de réaliser…

Mac se frotta vigoureusement le visage à deux mains, s'efforçant de noyer sa colère sourde sous un tout nouveau sentiment de victoire.

— C'est vrai ? On l'a ?

— Ce magnum et cette belle boîte de béluga sont là pour en témoigner, répondit Parker. Nous t'attendions pour faire sauter le bouchon.

— Quelle journée bizarre, commenta Mac, les doigts plaqués sur ses yeux. Et vous savez quoi ? Elle se termine de la plus extraordinaire des façons. Fais péter le champagne, Parker !

— D'accord, mais interdiction de bouder.

— Bouder ? C'est déjà oublié.

Et quand le bouchon sauta, Mac se leva d'un bond avec un cri de joie.

16

Assis en face de Carter au Coffee Talk, Bob le dévisageait avec des yeux en boules de loto.

— La vache…

— Dès que j'ai réussi à me débarrasser de Corrine, j'ai essayé de joindre Mac. Chez elle, sur son portable. Mais elle n'a jamais répondu. J'ai pensé passer, mais si elle ne répondait déjà pas au téléphone… Elle s'est imaginé que j'avais… Elle n'aurait pas dû, mais étant donné les circonstances, je ne peux pas lui en vouloir.

Il rumina un instant, le nez plongé dans son thé vert.

— À l'évidence, je lui dois une explication, soupira-t-il. Mais je ne sais pas par où commencer.

— Deux filles qui te courent après. Deux ! Carter, mon vieux, tu es le mâle dominant de la meute !

— Arrête, tu n'y es pas du tout.

— Attends, c'est toi qui es à côté de la plaque, répliqua Bob avec un sourire de pure admiration. Deux nanas sublimes, en plus. Et à ce que j'ai entendu, il y a un truc entre Parker Brown et toi. Là, c'est carrément Charlie et ses drôles de dames !

— Je… Quoi ? Non ! Où as-tu entendu une débilité pareille ?

— Vous étiez tous les deux ici même en amoureux l'autre soir. Les gens causent, tu sais.

— Bon sang, quand ma vie est-elle devenue un feuilleton à l'eau de rose ? Nous avons bu un thé ensemble et parlé de Mackensie. Nous sommes justes amis. Pas tant que ça, d'ailleurs.

— Tant mieux, approuva Bob avec un hochement de tête docte, parce que j'allais te dire qu'il ne faut jamais, au grand jamais, sortir avec les copines. Non seulement ce n'est pas cool, mais en plus c'est fatal. Elles te réduiraient en chair à pâté et iraient faire du shopping ensemble dans la foulée.

— C'est bon à savoir, ironisa Carter. Mais je ne sors pas avec Parker. Et depuis quand un homme et une femme n'ont plus le droit de boire un thé dans un lieu public sans… Enfin bref, laisse tomber.

— Revenons à nos moutons. Deux belles nanas qui se disputent notre Carter. Je parie que si la rousse était entrée, elles en seraient venues aux mains. Tu imagines, Carter ? Une bagarre de filles chez toi !

Carter regrettait d'avoir craqué et vendu la mèche. Quelle mouche l'avait piqué de demander conseil à cet excité ?

— Tu t'égares, Bob.

— Je sais, mais je n'arrête pas d'avoir des flashs. Je les imagine en train de rouler par terre et de s'arracher leurs vêtements.

— Il n'y a pas eu de bagarre.

— C'était tout à fait dans le domaine du possible. Bon, tu ne veux pas essayer de jongler entre les deux. Dommage. À mon avis, tu aurais été doué. Mais je sens que tu vas me demander de t'aider à décider laquelle choisir.

Carter se prit la tête dans les mains.

— Non, non, non ! Il ne s'agit pas d'une étude comparative. Je suis amoureux de Mackensie.

— Amoureux ? Eh, tu ne m'avais jamais dit que c'était sérieux entre vous. Je croyais que c'était juste une petite aventure. Voilà qui change l'équation, déclara Bob qui se cala contre son dossier en se frottant le menton. Elle était très fâchée ?

— Devine et multiplie par deux.

272

Bob hocha la tête avec componction.

— Des excuses plus un bouquet de fleurs, ça ne suffira pas. Il te faut d'abord mettre le pied dans la porte. À condition bien sûr d'être innocent. Tu es innocent, n'est-ce pas ?

— Bob.

Bob sirota son café au lait écrémé à la cannelle.

— D'accord, voilà ce que je te conseille. Dans un premier temps, tu vas devoir la laisser te passer un savon. Ensuite, tu lui assures que tu n'es pour rien dans cette histoire. Et après, tu la supplies de te pardonner. Un truc qui brille dans un écrin renforcera peut-être tes arguments.

— Tu veux que je l'achète avec un bijou ?

— Tout de suite les grands mots ! C'est un cadeau d'excuse. Ton innocence n'a aucune espèce d'importance, Carter. Si tu tiens à la récupérer et coucher avec elle durant cette décennie, surprends-la avec un bijou. La Saint-Valentin approche, ça tombe bien.

— C'est superficiel et manipulateur.

— Exact.

Carter rit.

— Je garde ton idée de bijou en plan B. Mais à mon avis, tu as raison pour le reste. Surtout à propos du savon. Franchement, les apparences ne pouvaient pas être davantage contre moi.

— Tu as fait des galipettes avec la brune ?

— Bien sûr que non, voyons !

— Alors tu es un homme intègre. Mais, bon sang, tu es aussi un sacré mâle dominant et je suis fier de te connaître.

Dans son studio, Mac finit d'emballer une série d'épreuves pour un client avec ses tarifs, sa carte de visite et une liste d'options.

Avec un coup d'œil au téléphone, elle se félicita d'avoir le cran de rester muette aux appels de Carter.

Corrine lui avait peut-être monté un bateau, mais il ne s'était pas empressé de démentir.

Il lui faudrait davantage que des excuses au téléphone pour se faire pardonner. Et puis, s'il n'avait rien à se reprocher, pourquoi s'excuserait-il ?

Laisse tomber, se dit-elle, c'est sans importance.

Elle allait se récompenser de sa journée productive avec un bain moussant, un verre de vin et une soirée télé pop-corn. Un film d'action, décida-t-elle. Avec des explosions à la pelle et pas le moindre soupçon d'intrigue sentimentale.

Elle glissait la commande terminée dans un sac Vœux de Bonheur, quand la porte d'entrée s'ouvrit à la volée. Linda fit irruption dans le studio, folle de rage.

— Comment as-tu osé faire remorquer ma voiture dans ce garage pourri ? Figure-toi qu'on me réclame deux cents dollars pour la récupérer. Tu as intérêt à me signer un chèque illico !

Nouvelle épreuve de force, songea Mac. Et pour une fois, je suis prête.

— Jamais de la vie. Rends-moi mes clés.

— Je te les rendrai quand j'aurai mes deux cents dollars.

Sans un mot, Mac s'avança vers elle, lui arracha son sac et renversa le contenu sur le parquet. Sous le choc, Linda ne réagit pas lorsque sa fille s'accroupit, éparpilla les affaires et empocha son trousseau.

— Comment...

— Oses-tu ? termina Mac, glaciale. J'ose parce que tu m'as emprunté ma voiture dimanche et que tu n'as pas donné le moindre signe de vie en cinq jours. J'ose parce que j'en ai ma claque d'être une bonne poire. C'est fini et bien fini, tu peux me croire.

— Il neigeait. Tu ne voulais quand même pas que je prenne le risque de rentrer de New York dans une tempête de neige ? J'aurais pu avoir un accident. J'aurais pu...

— Téléphoner, la coupa Mac. Mais ce détail mis à part, il n'y a pas eu de tempête. À peine un petit centimètre, et seulement dimanche.

— Ari ne voulait pas que je prenne le volant. Il m'a invitée à rester et j'ai accepté, expliqua Linda avec un haussement d'épaules insouciant. Nous avons passé ces quelques jours ensemble à faire du shopping, à aller au spectacle. Pourquoi n'aurais-je pas le droit d'avoir une vie ?

— Oh, mais je t'en prie, vis ta vie ! Ailleurs.

— Ne fais donc pas l'enfant, Mackensie. Je t'avais prêté ma voiture.

— Tu m'as laissé une voiture que je n'aurais pas pu utiliser, même si tu avais pris la peine de me donner les clés.

— Un oubli malencontreux. Tu m'as mise à la porte si vite l'autre jour que ce n'est pas étonnant si je n'y ai pas pensé. Oh, et puis arrête de t'emporter contre moi ! J'ai le droit de chercher à saisir ma chance d'être heureuse, non ? Comment une fille peut-elle traiter ainsi sa propre mère ?

Elle fondit en larmes, qui inondèrent avec élégance son visage bouleversé.

Ça ne marchera pas, se promit Mac, l'estomac noué. Pas cette fois.

— Tu sais, rétorqua-t-elle, je me suis souvent posé cette question, en inversant les rôles. Je n'ai jamais réussi à trouver la réponse.

— Je suis désolée. Tellement désolée. Je suis amoureuse. Tu ne sais pas ce que c'est d'aimer quelqu'un. Il n'y a plus que lui et toi, tu en oublies tout le reste. Ce n'était qu'une voiture, Mackensie.

— Ce n'était que *ma* voiture.

— Regarde ce que tu as fait à la mienne ! Tu l'as fait remorquer par cet horrible garagiste qui la retient en otage !

— Alors paie la rançon, suggéra Mac.

— Je ne comprends pas comment tu peux être si méchante avec moi. Sans doute parce que tu es incapable de tout sentiment. Tu les photographies, c'est tout. Et maintenant, tu me punis parce que je ne suis pas insensible comme toi.

Mac s'accroupit de nouveau et fourra en vrac les affaires éparpillées par terre dans le sac de sa mère.

— Très bien. Puisque je suis insensible, puisque je suis une fille horrible, je veux que tu débarrasses le plancher immédiatement.

— J'ai besoin d'argent pour ma voiture.

— Tu ne l'obtiendras pas de moi.

— Mais… tu dois…

— Justement non, l'interrompit Mac qui fourra le sac entre les mains de Linda. Rien ne m'y oblige. C'est ton problème, tu te débrouilles.

Le menton de Linda se mit à trembler. Pas entièrement de la manipulation, devina Mac. Non, elle se considérait comme la victime dans cette affaire.

— Et je rentre comment ?

Mac décrocha le téléphone.

— Je t'appelle un taxi.

— Tu n'es pas ma fille.

— Malheureusement si.

— Je vais attendre dehors. Dans le froid. Pas question de rester dans la même pièce que toi une minute de plus.

— Il te prendra devant le bâtiment principal.

Mac se détourna et ferma les yeux lorsque la porte d'entrée claqua.

— Allô, il faudrait un taxi à la propriété des Brown. Le plus tôt possible.

L'estomac affreusement noué, elle alla verrouiller sa porte. Elle allait devoir ajouter de l'aspirine à son programme détente de la soirée. Un tube entier devrait faire l'affaire.

Elle avala deux comprimés avec un grand verre d'eau glacée, tant sa gorge était sèche comme du carton. Puis elle s'assit tout simplement sur le sol de la cuisine. Elle y demeura jusqu'à ce que ses genoux cessent de trembler et qu'elle parvienne à refouler une terrible envie d'éclater en sanglots.

Le téléphone sonna sur le plan de travail. Elle réussit à l'attraper. C'était Parker.

— Tout va bien.

— Je suis là, si tu en as besoin.

— Je sais, merci. Mais ça va. Je lui ai appelé un taxi. Il sera là d'ici quelques minutes. Ne la laisse pas entrer.

— Ne t'inquiète pas. Je suis là, répéta Parker.

— Parker ? Elle ne changera jamais, alors c'est à moi de changer. Je ne me doutais pas que ce serait si douloureux. Je pensais ressentir un profond soulagement, avec peut-être une pointe de triomphe. Mais en réalité, c'est affreux.

— Tu as fait ce qu'il fallait, Mac. Linda s'en remettra, tu le sais très bien.

Au bord des larmes, Mac pressa son visage contre ses genoux repliés.

— Je préférerais être furieuse contre elle. C'est tellement plus facile. Pourquoi ai-je le cœur brisé ?

— Elle est ta mère, et tu ne pourras rien y changer. Mais quand elle profite de toi, tu es malheureuse aussi.

— En ce moment, c'est bien pire. Mais tu as raison.

— Le taxi est là. Elle s'en va.

Mac ferma les yeux.

— D'accord. Ça va. On se parlera demain.

— Appelle-moi avant, en cas de besoin.

— Merci.

L'enthousiasme manqua à Mac pour la mousse, les bougies et le vin, mais elle prit quand même un bain chaud, puis enfila son plus vieux pantalon de pyjama en flanelle, un doux réconfort. Incapable de trouver le sommeil, elle décida de se jeter à corps perdu dans les tâches ménagères. Elle allait nettoyer sa chambre, ranger sa penderie et sa commode, et récurer la baignoire.

Voilà qui promettait de l'occuper pendant des heures. Voire des jours. Surtout, ce serait un acte symbolique de purification, dans la même veine que sa fermeté vis-à-vis de Linda.

Elle ouvrit la porte de la penderie, gonfla les joues et laissa échapper l'air tel un ballon de baudruche crevé. La seule méthode, songea-t-elle, était celle préconisée dans les émissions de déco à la télé : tout sortir, trier, jeter.

Peut-être devrait-elle tout brûler, histoire de faire table rase et de repartir sur des bases saines.

Redressant les épaules, Mac prit une pleine brassée de vêtements et la lâcha sur le lit. À la troisième, elle se demanda pourquoi diable il lui fallait tant de vêtements. À ce niveau-là, c'était pathologique. Personne n'avait besoin de quinze chemisiers blancs.

Purger cinquante pour cent de sa garde-robe, tel serait son objectif. Ensuite, elle achèterait de jolis cintres capitonnés aux coloris assortis. Et des boîtes à chaussures empilables en plastique transparent. Comme Parker.

Quand le contenu de son placard se retrouva entassé sur le lit et le canapé, elle contempla les pyramides avec de grands yeux. N'aurait-elle pas dû acheter *d'abord* les cintres et les boîtes ? Et un de ces kits de rangement pour penderie ? Et des séparateurs de tiroirs ? Maintenant, elle se retrouvait avec un désordre innommable, et plus d'endroit pour dormir.

— Voilà ta vie, Mackensie Elliot, bougonna-t-elle. De grandes piles de trucs dont tu n'es pas fichue de savoir que faire.

Elle allait y remédier, et pas plus tard que tout de suite. Elle avait jeté dehors sa propre mère, nom d'un petit bonhomme, ce n'était pas un tas de vêtements, chaussures et sacs à main qui allait lui faire peur ! Elle allait mettre de l'ordre dans sa vie. Dans sa tête. C'était décidé, elle optait pour le minimalisme.

Vive le style zen.

Aujourd'hui verrait la naissance d'une nouvelle Mackensie, plus forte, plus intelligente, plus redoutable. Elle descendit chercher un rouleau de sacs-poubelle.

À cet instant, on frappa à sa porte. Mac éprouva tant de soulagement qu'un frisson la parcourut. Parker, se dit-elle. Dieu merci, tu tombes à pic. Ce qu'il lui fallait, c'était justement les superpouvoirs de l'as du rangement.

L'œil hagard et le cheveu en bataille, elle ouvrit la porte à la volée.

— Parker, je... Oh. Oh. Évidemment. Il ne manquait plus que toi.

— Tu ne répondais pas au téléphone, dit Carter. Tu es fâchée, je sais. Laisse-moi juste entrer quelques minutes, que je puisse m'expliquer.

Elle leva les bras au ciel.

— Bien sûr. Pourquoi pas ? C'est le bouquet. On va boire un verre.

— Je n'ai pas envie de boire.

— C'est vrai, tu conduis. Eh bien, pas moi !

Agitant les mains en l'air, Mac se dirigea d'un pas furibond vers la cuisine. Elle claqua une bouteille de vin sur le plan de travail et sortit un tire-bouchon.

— Alors, pas de rancard ce soir ?

— Mackensie.

Décidément, ce garçon est doué, songea-t-elle, s'attaquant au bouchon. Par sa seule intonation, il avait exprimé avec son prénom une manière d'excuse teintée d'un léger reproche.

Il se plaça devant elle, de l'autre côté du comptoir.

— Les apparences étaient contre moi, j'en ai conscience. Mais tu fais fausse route. Corrine... Laisse-moi m'en occuper, dit-il comme elle se débattait avec le bouchon.

Pour toute réponse, elle pointa un index menaçant vers lui.

— Elle a débarqué à l'improviste, expliqua Carter.

Mac cala la bouteille entre ses genoux et tira de toutes ses forces sur le tire-bouchon.

— Laisse-moi te dire un truc. Ce n'est pas parce qu'on a eu une petite dispute, parce que j'ai ressenti le besoin, bien légitime d'ailleurs, de fixer certaines limites, que tu dois te jeter au cou de ta mystérieuse ex cinq minutes plus tard, si sexy soit-elle.

— Mais c'est faux, bon sang ! protesta-t-il, rattrapant la bouteille de justesse à la seconde où Mac la débouchait.

Son poing s'écrasa droit sur le menton de Carter, qui recula d'un pas sous le choc.

— Tu te sens mieux, maintenant ? bougonna-t-il.

— Je ne voulais pas... Ton visage s'est trouvé sur la trajectoire.

Mac posa la bouteille sur le plan de travail et plaqua une main sur sa bouche pour étouffer la soudaine crise de fou rire qui menaçait de s'emparer d'elle.

— Mon Dieu, c'est de plus en plus ridicule...

— Et si on s'asseyait ? proposa Carter.

Elle secoua la tête et alla se planter devant la fenêtre.

— Je ne m'assois pas quand je suis énervée. Je ne suis pas capable d'avoir une conversation calme et raisonnable.

— Ça, je l'avais remarqué. La dernière fois, tu as pris tes jambes à ton cou sans me laisser le temps d'expliquer la situation.

— Mais tu es libre, Carter. Nous n'avons jamais discuté d'une quelconque exclusivité.

— Dans mon esprit, elle allait de soi. Nous couchons ensemble. Quelles que soient les limites que tu souhaites, je sors avec toi, et rien qu'avec toi. Et j'attends la réciproque de ta part. Si ça fait de moi un type vieux jeu, je n'y peux rien.

— Tu n'es pas vieux jeu, mais intègre, nuance. Ce que j'essaie de te dire, c'est que, sur un certain plan, je n'avais absolument pas le droit d'être en colère, même si en fait c'est n'importe quoi, s'embrouilla Mac. Le véritable problème, c'est que nous avons eu une dispute, et quand je suis passée chez toi pour essayer d'arranger les choses, tu étais avec elle.

— Je n'étais pas avec elle. Elle était là, c'est tout.

— Et tu allais lui servir à boire. Mon vin.

— Je ne lui ai pas servi ton vin !

— C'est déjà ça.

— Je ne lui ai rien servi du tout. Je lui ai demandé de partir. Elle était en larmes quand je l'ai mise à la porte, révéla Carter qui, à ce souvenir, se massa la nuque, mal à l'aise. Si seulement tu avais attendu, si tu m'avais laissé une chance de t'expliquer...

— Tu as fait très poliment les présentations.

— Je... Oui.

— J'ai failli t'assommer avec ma bouteille à cause de ça. « Oh, bonjour, Mac. Voici la femme avec qui j'ai vécu presque un an et dont je prends soin de te parler le moins possible. » Et l'autre avec son décolleté jusqu'au nombril qui te réclame un verre du vin que moi, pauvre cloche, j'ai eu la bonne idée d'apporter !

— Je...

— Sans mentionner le fait que nous nous étions croisées deux heures plus tôt au rayon chaussures de Nordstrom.

— Pardon ?

— Je suis tombée sur ta copine Machinchouette de l'autre jour, au mariage. Elle faisait du shopping avec ton ex dans *mon* rayon chaussures pendant *ma* séance de shopping thérapeutique.

À cette seule pensée, Mac sortit de ses gonds. Elle planta un index vengeur dans le torse de Carter.

— Figure-toi que ton ex a eu l'audace de me snober. Elle a haussé un sourcil dédaigneux et j'ai eu droit à un petit sourire en coin pendant qu'elle me détaillait de la tête aux pieds. Je n'ai pas apprécié du tout cette attitude, mais j'ai laissé filer. J'allais acheter mes sublimes bottines bleues et ces adorables escarpins argentés à bride, plus une bonne bouteille de vin pour passer chez toi – après m'être arrêtée au rayon maquillage pour acheter un nouvel eyeliner, histoire d'être à mon avantage. Surtout après avoir vu à quoi elle ressemblait.

281

Puis je suis tombée sur cette adorable veste DKNY, et le cachemire était en solde. Voilà pourquoi d'ailleurs j'ai décidé d'opter pour le zen. Enfin, c'est en partie à cause du remorquage et du chaos émotionnel qui s'en est suivi, mais oui, au départ, c'était la raison.

Sonné, Carter laissa échapper un long soupir.

— J'ai changé d'avis. Pour finir, je vais prendre un verre.

— Et je ne sais pas comment tu as pu imaginer une seule seconde que j'allais rester, reprit-elle, sortant un verre. Qu'est-ce que tu espérais ? Qu'on se crêpe le chignon, toutes les deux ?

— Non. Ça, c'était Bob.

— Si tu étais en possession de l'unique cerveau que les hommes semblent se passer entre eux, tu m'aurais présentée comme la femme avec qui tu sors. Pas comme une vulgaire livreuse.

— Tu as absolument raison. Je n'ai pas assuré. Ma seule excuse, c'est que j'étais complètement dépassé par la situation. J'ai même brûlé un croque-monsieur.

— Tu lui as fait un croque-monsieur ?

— Non ! Il était pour moi. À son arrivée, j'étais en train de le préparer et je l'ai oublié dans la poêle quand elle m'a...

Réalisant qu'il n'était guère judicieux de s'étendre sur cet épisode, il s'empressa d'avaler une gorgée de vin.

— ... interrompu. Alors comme ça, tu as rencontré Corrine et Stephanie Gorden en faisant du shopping ?

— Je viens de te le dire.

— Je vois, marmonna-t-il. Voilà qui expliquerait...

Terrain glissant, à nouveau.

— Ce que je veux dire, c'est que je ne voulais pas qu'elle vienne. C'est toi que j'avais envie de voir. C'est toi que j'aime.

— Ne prononce pas ce mot quand je suis en pleine crise. Tu veux me rendre encore plus folle ?

— C'est possible, tu crois ? Non, évidemment, je ne le veux pas.

— Elle avait sorti le grand jeu.

— Pardon ?

— Ne t'imagine pas que j'ignore pourquoi elle est passée chez toi. Un regard lui a suffi pour penser : « Pff, celle-là, je n'en ferai qu'une bouchée. » Juste le temps de se pomponner et elle débarque à l'improviste. Elle t'a dragué, ne le nie pas.

Les épaules de Carter menacèrent de se voûter et il dut faire un réel effort pour les redresser.

— Je me préparais un croque-monsieur en pensant à toi. J'étais à mille lieues d'imaginer qu'elle allait frapper à ma porte et m'embrasser.

— Elle t'a *embrassé* ?

— Quelle galère... J'aurais dû écouter Bob avec le truc qui brille. Elle a juste... Enfin, son geste m'a pris au dépourvu.

— Et toi, tu as sûrement repoussé ses avances malvenues avec toute la virulence que la situation imposait, n'est-ce pas ?

— Je n'ai pas... Non, tu es jalouse ? Sérieusement ?

Mac croisa les bras.

— Apparemment. Et ne le prends pas comme un compliment.

— Désolé, je ne peux pas m'en empêcher, répondit Carter avec un sourire. Elle n'est rien pour moi. C'est à toi que j'ai pensé tout le temps.

— Très drôle, ironisa Mac qui sirota une gorgée de vin. Elle est très belle.

— Oui, c'est vrai.

Elle le fusilla du regard.

— Tu ne comprends rien à rien. Est-ce qu'il te faut le mode d'emploi de Bob pour savoir que tu dois répondre un truc du genre « Elle est beaucoup moins bien que toi » ?

— C'est vrai aussi.

— Par pitié, tu l'as bien regardée ?

Elle but une autre gorgée.

— C'est superficiel de la détester pour sa beauté, je sais, mais je ne fais pas le poids, il faut bien l'avouer.

Tout ce que je sais, c'est que tu as eu une liaison sérieuse avec cette femme et que c'est elle qui a rompu, pas toi. Tu l'aimais et elle t'a fait souffrir.

— Je ne l'aimais pas vraiment, Mac. Je me rends compte qu'en évitant d'en parler, j'ai laissé cette histoire prendre des proportions exagérées. Je l'ai rencontrée à une soirée chez les Gorden, la copine Machinchouette. Je n'étais revenu que depuis quelques mois. Nous avons commencé à nous voir, d'abord de temps en temps, puis plus, euh… sérieusement.

— Vous avez commencé à coucher ensemble. Je traduis, professeur.

— Elle pensait que je finirais par retourner à Yale et ne comprenait pas pourquoi je tenais à enseigner ici. Mais au début, je n'ai pas prêté attention à cette légère divergence de vues. Et le hasard a fait que nous avons habité ensemble.

— Comment fait-on pour habiter ensemble « par hasard » ?

— Elle allait déménager pour un appartement plus grand. Je ne me souviens plus en détail pourquoi ça ne s'est pas fait. Le problème, c'est qu'elle avait déjà donné son préavis et devait quitter son logement. Chez moi, j'avais de la place et ce ne devait être que pour quelques semaines, un mois tout au plus, jusqu'à ce qu'elle trouve une solution de rechange. Et pour une raison ou une autre…

— Elle n'a jamais trouvé un nouvel appartement.

— Il faut dire que j'ai laissé faire. C'était agréable d'avoir de la compagnie en rentrant à la maison, quelqu'un pour sortir au restaurant. En y réfléchissant, nous sortions beaucoup au restaurant. Au bout d'un moment, j'ai même songé à la demander en mariage. Puis j'ai réalisé que c'était ce que tout le monde attendait. La suite logique. Alors j'ai culpabilisé parce que je n'avais pas envie de l'épouser. Et pourtant je vivais avec elle, je couchais avec elle, je payais ses factures, je…

D'une main levée, Mac l'interrompit net.

— Tu payais ses factures ?

Carter haussa les épaules.

— Au début, elle essayait d'économiser pour son propre appartement, et puis... c'est devenu l'habitude. Ce que je veux dire, c'est que nous vivions ensemble à peu près comme un couple marié, et pourtant, au fond de moi, je ne l'aimais pas vraiment. J'aurais voulu, mais... Elle a dû le sentir et je me rendais compte qu'elle n'était pas complètement heureuse. Elle s'est mise à sortir seule. Pourquoi aurait-elle dû rester cloîtrée à la maison quand j'étais plongé dans mes livres et mes copies ? Lorsqu'elle a réalisé que je n'étais pas celui qu'il lui fallait, elle a trouvé quelqu'un d'autre.

Il regardait sans le voir le verre de vin posé devant lui.

— Je ne l'aimais peut-être pas, mais c'est douloureux et humiliant d'être trompé. Elle avait une liaison dont je ne m'étais pas rendu compte. Ce que j'aurais dû, je l'admets, si je lui avais davantage prêté attention. Elle m'a quitté pour lui et si c'était blessant, j'ai néanmoins ressenti un certain soulagement.

Mac prit un moment pour digérer ces informations.

— Laisse-moi résumer et simplifier l'équation. Parce que c'est une équation que je connais par cœur : elle t'a manipulé pour que tu l'héberges gratuitement.

— Je ne pouvais quand même pas lui réclamer un loyer.

— Elle ne partageait aucune dépense du foyer et t'a même embobiné pour que tu assumes les siennes. Tu lui prêtais sans doute du liquide de temps à autre – tu avais déjà compris que tu ne reverrais jamais cet argent. Tu lui offrais des petits cadeaux, vêtements, bijoux. Et si jamais tu rechignais, elle trouvait toujours le moyen de parvenir à ses fins, en général par les larmes ou le chantage par le sexe.

— J'imagine, mais...

— Laisse-moi finir. Quand elle en a eu assez, elle a eu recours au mensonge et à la tromperie, puis t'a mis toute la responsabilité sur le dos en affirmant que tu ne tenais pas assez à elle. C'est à peu près ça ?

— Oui, mais il n'y a aucun rapport avec...

Mac le fit taire à nouveau d'un signe de la main.

— Elle est comme Linda. On devrait l'appeler... Corrinda. C'est le portrait de ma mère tout craché, dans une version plus jeune. Je connais ce scénario par cœur, Carter. J'y ai eu droit toute ma vie – à part le chantage par le sexe. Toi et moi, nous sommes deux parfaits pigeons. Pire, nous les laissons nous convaincre que nous sommes coupables de leur comportement égoïste et humiliant.

— Il n'en est pas moins vrai que j'ai contribué à créer cette situation sans savoir ensuite y mettre un terme, alors que je ne l'aimais pas.

— J'aime ma mère. Dieu seul sait pourquoi, mais c'est la vérité. Malgré le ressentiment, la frustration et la colère, je l'aime. Et de son côté, derrière son égocentrisme forcené et ses pleurnicheries, elle m'aime aussi – à son étrange façon. Ou tout au moins, c'est ce que je me plais à penser. Mais jamais nous n'aurons une relation saine. Une relation mère-fille comme je l'entends. Ce n'est pas de ma faute, tout comme ce n'est pas de la tienne avec Corrinda – désolée, mais maintenant je ne pourrai plus l'appeler autrement.

— Je regrette que cette histoire t'ait fait du mal. J'aurais aimé savoir la gérer plus intelligemment.

— La prochaine fois que nous la croiserons, tu pourrais me présenter comme la femme avec qui tu sors.

Les yeux bleus paisibles de Carter accrochèrent les siens.

— C'est comme ça que tu vois notre situation ? Nous sortons ensemble ?

— Sauras-tu t'en contenter ? Es-tu capable de comprendre que mes émotions sont un bazar sans nom dans lequel j'essaie de mettre de l'ordre ? Et que j'ignore combien de temps il me faudra pour y parvenir ?

— Je suis amoureux de toi. Je ne veux pas que tu restes avec moi parce que tu t'y sens obligée. Prends tout le temps qu'il faudra pour mettre de l'ordre dans tes émotions. Je veux savoir que c'est la vérité quand tu me diras « Je t'aime ».

— Si j'en suis capable un jour, ce sera la première fois que je dirai ces mots à un homme. Et ce sera la vérité.

Il lui prit la main et l'embrassa.

— Je sais. J'attendrai.

Mac porta leurs mains jointes à sa joue. Oui, sa place était ici auprès d'elle, c'était le sentiment qu'elle avait.

— Je crois que nous devrions monter finir de nous réconcilier.

17

Mac embrassa Carter dans l'escalier et sentit aussitôt la fatigue de cette longue journée refluer. Elle se blottit un instant contre lui, puis prit sa main pour l'entraîner à l'étage.

— Pas étonnant que nous soyons attirés l'un par l'autre. Nous portons tous les deux le gène du pigeon. Ça doit avoir le même effet qu'une phéromone.

— Parle pour toi. Je préfère croire que nous sommes charitables et philanthropes par nature.

— Oui, c'est ça, deux beaux gros pigeons.

Mac pouffa de rire, puis s'immobilisa devant la stupéfaction qui se peignait sur le visage de Carter.

— Quoi ? Oh, c'est vrai !

Tous deux contemplèrent le chaos qui régnait dans sa chambre, qui semblait avoir été dévastée par un ouragan.

— J'avais oublié... de te dire qu'en fait je suis une espionne internationale, un agent double. Et mon ennemi juré s'est introduit dans ma chambre à la recherche d'un code secret. La lutte a été acharnée.

— J'aimerais pouvoir te croire.

— C'est à cause du zen.

— Ton ennemi juré ?

— Non, mon but ultime. Écoute, va donc attendre en bas, le temps que je range. Je n'en ai pas pour longtemps.

— Il y a de quoi ouvrir une boutique, fit remarquer Carter, médusé.

Mac ramassa une brassée de vêtements.

— Franchement, donne-moi dix minutes. La situation est moins dramatique qu'elle n'y paraît.

— J'applaudis à ton optimisme. Mackensie, je suis désolé que ce qui est arrivé t'ait bouleversée à ce point.

— Comment as-tu deviné que...

— J'ai deux sœurs et une mère. Je sais reconnaître les symptômes d'une crise subite de rangement post-traumatique.

Elle relâcha son fardeau sur le canapé.

— J'avais oublié que tu connaissais les principes de base de la psychologie féminine.

— Puisque je suis à l'origine du problème, je vais t'aider à ranger tout ça.

— Non, enfin si, tu es à l'origine du problème. La pointe émergée de l'iceberg, pourrait-on dire. Mais sous la surface, le reste est vraiment... colossal. Comme dans *Titanic*.

Mac reprit une pile de vêtements.

— Ma mère ne m'a pas rapporté ma voiture. Et comme elle ne voulait pas rentrer parce qu'elle passait du bon temps à New York, elle s'est bien gardée de répondre à mes appels.

Après avoir suspendu les cintres, elle se détourna de la penderie et se retrouva nez à nez avec Carter qui lui en tendait d'autres.

— Merci. Elle avait aussi oublié de me laisser les clés de la sienne, que je n'ai donc pas pu utiliser. Si bien que, hier matin, j'étais prête à commettre un meurtre. Mais après une conversation avec Laurel, qui n'est pas du genre à se laisser marcher sur les pieds – ce que j'admire chez elle –, je me suis contentée de faire remorquer la voiture de ma mère jusqu'à un garage du coin.

— Excellente idée. Représailles appropriées à un comportement inapproprié.

— Merci pour cet aphorisme, professeur Maguire. Appropriées peut-être, mais vachardes quand même.

— Puisque ta voiture est garée devant chez toi, je suppose qu'elle a fini par te la rapporter. Elle a dû être furieuse que la sienne ait été enlevée.

— Et comment ! J'ai eu droit à une scène terrible. J'avais beau savoir que j'avais raison, j'étais super mal. J'ai fini par lui appeler un taxi et la mettre dehors.

— Bien. Elle y réfléchira à deux fois avant de recommencer.

— Voilà ce qui s'appelle être optimiste. Elle ne réfléchit jamais à deux fois, Carter. Le même scénario se reproduira, et ce sera à moi de tenir bon.

— Tu y arriveras.

— Je n'ai pas le choix. Enfin bref, j'ai décidé de me calmer les nerfs en rangeant mon bazar. Résultat, j'ai mis encore plus de désordre qu'avant, mais c'est pour désencombrer et...

Les bras chargés d'une nouvelle pile, elle venait d'apercevoir son reflet dans le miroir.

— Mon Dieu ! On dirait que je me suis échappée d'un asile pour débraillés en phase terminale ! Tu n'aurais pas pu me dire que j'avais les cheveux dressés sur la tête comme si j'avais mis les doigts dans une prise ?

— Je t'aime bien comme ça.

Elle passa en hâte les doigts dans sa tignasse hirsute.

— Encore un agacement de plus. Le soir où je suis passée chez toi, j'étais vraiment contente de mon look. En plus, j'avais craqué pour du La Perla et je le portais. Ma carte de crédit en a pris un coup, mais maintenant que nous avons décroché le mariage Seaman, mon compte va être généreusement renfloué. N'empêche, je...

— Vous avez le contrat ? Bravo !

Il la souleva du sol et la fit tournoyer dans ses bras.

— J'avais acheté une bouteille de champagne pour trinquer quand ce serait fait. Mais je ne l'ai pas apportée.

— Tu avais acheté du champagne ? s'extasia Mac dont les pupilles se dilatèrent presque en forme de cœurs. Tu es le plus gentil des hommes.

— Nous trinquerons demain.

— Demain soir, nous avons un mariage.

— À la première occasion, alors. Félicitations, c'est génial.

— Génialissimement génial, tu veux dire. Ce sera l'événement de l'année. Toutes nos compétences vont être mises à l'épreuve. Et notre créativité aussi.

— Au fait, qu'est-ce c'est, La Perla ?

Un sourire malicieux éclaira le visage de Mac.

— Malgré une mère et deux sœurs, il vous reste des choses à apprendre, professeur Maguire. Descends.

— Je n'ai pas envie de descendre, protesta-t-il avant de lui picorer les lèvres avec tendresse. Tu m'as trop manqué.

L'index planté sur son torse, elle le poussa vers la sortie.

— Je te dirai quand remonter. Tu me remercieras.

— Et si je te disais merci maintenant ?

— Dehors !

Une fois en bas, Carter arpenta le studio, étudia les photographies aux murs, dispersa distraitement quelques magazines sur une table basse. Une joie immense l'habitait, mêlée d'une impatience dévorante. Mackensie était en haut, c'était formidable. Mackensie était en haut, mais pas lui. Et ça le rendait fou.

Il alla à la porte d'entrée s'assurer qu'elle était fermée à clé, se demandant s'il devait prendre le vin. Il n'en voulait pas, mais peut-être…

— Alors, tu montes ?

Pas trop tôt, songea-t-il, et la bouteille resta sur le comptoir.

De l'escalier, il réalisa qu'elle avait allumé des bougies. Leur parfum subtil parvenait jusqu'à ses narines. Il aurait dû, pour le vin.

Lorsqu'il franchit le seuil de la chambre, son cœur s'arrêta.

Dans la lumière mouvante et les ombres dorées, elle était étendue sur le lit, tournée vers lui, la tête calée sur son coude. Elle avait lissé ses cheveux, et le maquillage discret qu'elle avait appliqué conférait à son visage un charme exotique. Son sublime corps longiligne arborait des dessous de dentelle noire vaporeuse très minimalistes.

— La Perla, c'est ça, dit-elle, l'invitant de l'index à approcher. Viens donc jeter un coup d'œil de plus près.

— Tu es belle à couper le souffle, murmura-t-il, s'avançant jusqu'au lit.

Il s'assit auprès d'elle et effleura du bout des doigts la courbe de sa hanche.

— Tu portais ça l'autre soir ?

— Hmm.

— Si je l'avais su, tu n'aurais jamais regagné la voiture.

— Vraiment ? Et si tu me montrais ce que tu aurais fait si tu l'avais su ?

Carter se pencha vers elle et captura ses lèvres avec tendresse tout d'abord, puis leur baiser gagna en ardeur et la passion ne tarda pas à les emporter. Très vite, le superbe ensemble La Perla se retrouva au pied du lit.

D'une main fébrile, Mac lui enleva sa chemise, tandis que son corps tendu vers lui explosait sous ses caresses. Sans ménagement, il la fit rouler sur le dos et la chevaucha avec fougue. Tout en lui maintenant les mains au-dessus de la tête, il plongea en elle encore et encore, intensifiant ses coups de reins avec une force primale qui les propulsa dans une extase d'anthologie.

Quand il s'effondra sur elle, leurs mains restèrent unies. Il tourna la tête et embrassa Mac avec une douceur infinie.

— Je me suis laissé emporter, murmura-t-il. Est-ce que je...

— Tu sais quoi ? l'interrompit-elle, souriant dans la lueur des bougies qui faisait luire leurs corps moites.

293

Je vais retourner à Nordstrom acheter tout leur stock de La Perla. Pas un modèle à ma taille ne doit m'échapper. Plus jamais je ne porterai d'autres sous-vêtements.

— Tant que tu y es, passe aussi acheter des vitamines. Des tas de vitamines. Et des minéraux.

Mac pouffa de rire et roula sur le flanc en même temps que lui. Ils se retrouvèrent face à face.

— Tu as des yeux si tranquilles. Personne ne se douterait que tu es une bête au lit.

— C'est ton corps qui m'inspire. Tu n'as pas froid ?

— Pas pour l'instant, peut-être même plus jamais de ma vie. Tu peux rester ?

— Oui.

— Bien. Je te dois des œufs brouillés.

Les mains sur les hanches, Emmaline contemplait le capharnaüm dans la chambre de Mac.

— Franchement, je n'avais aucune idée que Carter et toi étiez des bêtes de sexe à ce point.

— C'est moi l'unique responsable. Je réorganise.

— En général, réorganiser signifie ranger les choses à leur place.

— Ça viendra. Ce sac te fait-il envie ? Je ne m'en sers jamais.

Emma contourna les monticules de vêtements et d'accessoires pour prendre le sac en cuir brun à rabat.

— Quelle couleur. On dirait une crotte de chien séchée. Tu ne t'en sers pas parce qu'il est hideux.

— C'est vrai. Je ne sais pas ce qui m'a pris, le jour où j'ai acheté cette horreur. Mets-le dans la pile « À jeter ».

Emma lâcha le sac sur le tas d'affaires que Mac lui désignait.

— Tu te débarrasses de ces chaussures ?

Mac se retourna vers son amie qui examinait un escarpin vert citron au talon vertigineux.

— Elles me tuent les pieds. J'attrape des ampoules chaque fois que je les porte.

— Elles sont vraiment géniales.

— Elles ne sont pas à ta taille.

— Je sais. C'est injuste que Laurel et Parker aient la même taille et que nous deux soyons hors concours.

Elle fit un petit cercle avec la chaussure qu'elle tenait toujours à la main.

— Comment faites-vous pour trouver vos aises ici, Carter et toi ?

— La plupart du temps, on va chez lui. À chaque fois qu'il voit ce bazar, il veut m'aider. Un homme ne peut pas participer au rangement d'une garde-robe. Figure-toi qu'il avait commencé à compter mes chaussures.

— Ils ne comprennent jamais, pour les chaussures.

— À ce propos, repose donc celles-ci dans la pile « À conserver » là-bas. Elles sont trop belles pour être données. Je les porterai dans les occasions où je serai souvent assise.

— Je préfère cette idée.

— Et ce chemisier ? Il ressemble beaucoup à celui-ci. J'ai envie de me débarrasser de l'un ou l'autre, mais lequel ?

Emma étudia les deux chemises sahariennes.

— On n'a jamais assez de chemisiers noirs. C'est basique dans une garde-robe.

— Tu vois ? Voilà pourquoi je t'ai demandé de passer.

— C'est à Parker que tu dois faire appel, Mac. Tu dis que tu as commencé jeudi. Jeudi dernier.

— Parker ne peut pas venir ici. Un coup d'œil à ce capharnaüm et son système nerveux imploserait. Elle serait dans le coma pendant des mois. Je ne veux pas lui faire ce coup-là. Et puis j'ai commandé des boîtes à chaussures, des cintres. Et aussi ce drôle de truc avec des anneaux pour suspendre les foulards et les ceintures. J'ai regardé les aménagements de placards, mais je m'y perds un peu. De toute façon, je me débarrasse de vingt-cinq pour cent. J'avais prévu cinquante, mais c'était avant de reprendre mes esprits.

— Tu t'en occupes depuis presque une semaine.

— Le temps m'a manqué, entre le travail et Carter. Mais ce soir, sérieux, je m'y colle.

— Tu ne vois pas Carter ?

— Il a une réunion au lycée.

— Tu as l'air en pleine forme, en tout cas. Il te rend heureuse.

— C'est vrai. À part un truc.

— Aïe.

— Non, je te jure, juste un tout petit truc. Il dit que je pourrais laisser des affaires chez lui. Des affaires à moi.

— Des vêtements de rechange, une brosse à dents. Mac...

— Je sais. C'est logique, et gentil de sa part. N'empêche, j'ai senti la panique monter. Je n'ai pas craqué, mais j'ai pris sur moi. Et puis, regarde ce bazar. J'ai beaucoup trop d'affaires. Si je commence à les mélanger avec les siennes, comment vais-je m'y retrouver ? Et si je laisse quelque chose là-bas dont j'aie besoin ici ?

— Tu as conscience de chercher la petite bête, n'est-ce pas ?

— Comprends-moi, je suis juste en train de m'habituer à être avec lui – un couple officiel –, et maintenant il me fait de la place dans sa penderie alors que j'essaie de m'occuper de la mienne.

— Et tu accomplis un travail remarquable.

Mac contempla les piles sans conviction.

— Ça avance petit à petit.

— Comme ta relation avec Carter.

— Tu as raison, je sais. C'est juste que... j'ai envie que tout trouve sa place, expliqua Mac avec un soupir. Je veux que ma vie soit organisée et sous contrôle. Je veux de la visibilité.

— Tu l'aimes ?

— Comment peut-on savoir une chose pareille ? Je ne cesse de me poser cette question et la réponse est invariablement oui. Mais l'amour, ça va, ça vient. Tomber amoureux, c'est à la fois excitant et effrayant, mais quand on ne l'est plus, c'est carrément l'horreur. Pour l'instant, tout se passe pour le mieux, alors j'ai juste envie que ça dure.

— Si tu savais à quel point je voudrais être amoureuse d'un homme qui m'aime.

— Tu ne me donnes pas l'impression de vouloir te caser.

— Tu te trompes sur toute la ligne. Si j'avais ce que tu as la chance d'avoir, je ne resterais pas ici à essayer de mettre un peu d'ordre dans ce bazar. Je…

Elle laissa sa phrase en suspens en entendant la porte d'entrée claquer en bas.

— Mac, tu es là ?

— Que fait Jack ici ? s'étonna Emma.

— Oh, j'avais oublié. À l'étage ! Il venait voir Parker, alors je lui ai demandé de passer. Vu ma perplexité devant les aménagements de placards, je me suis dit qu'un architecte serait de bon conseil.

— Tu veux qu'un architecte – un homme – organise ta garde-robe ?

— Non, qu'il m'élabore un concept d'aménagement pour un rangement optimal.

Jack se tenait sur le seuil, en chemise de travail, jean et chaussures de sécurité. Un look très viril.

— Pas question de mettre un pied dans cette pièce. Il ne faut toucher à rien sur une scène de crime.

— Le seul crime, c'est ça, rétorqua Mac, l'index pointé sur sa penderie. Une garde-robe vide avec une barre et une bête étagère. J'ai besoin de ton aide.

— Je t'avais dit qu'on aurait dû s'occuper aussi du placard, quand on a fait les travaux d'aménagement.

— À l'époque, j'étais pressée. Maintenant, non. Il me faut au moins deux barres. Et plus d'étagères. Peut-être aussi quelques tiroirs.

Il jeta un coup d'œil à la ronde.

— Il va falloir pousser les murs.

— Je suis en train de purger. Ne me cherche pas.

Jack examina le placard, les pouces coincés dans les passants de son ceinturon.

— Spacieux.

— Oui, c'est justement le problème. Je me sens obligée de remplir tout cet espace. Tu peux sûrement en tirer meilleur parti.

— Évidemment, que je peux en tirer meilleur parti. Un kit de Home Depot y suffirait déjà.

— J'y ai jeté un coup d'œil. En fait, j'aimerais quelque chose de plus… enfin plus, quoi.

— On pourrait en profiter pour poser un placage en cèdre. Il doit y avoir assez de place pour plusieurs caissons encastrés par ici. Une tringle courte de ce côté, peut-être quelques étagères coulissantes par là. Je vais y réfléchir. Je connais un gars qui pourrait t'installer tout ça.

Mac le gratifia d'un sourire radieux.

— Je savais que tu saurais quoi faire.

— Le rangement de tout ce bazar reste à ta charge.

— Cela va sans dire. Tant que tu es ici…

— Tu voudrais que je réaménage ton placard à balais ?

— Non, mais c'est une idée. En fait, je voudrais un point de vue masculin.

— Je suis l'homme de la situation.

— Qu'est-ce que ça signifie quand tu dis à une femme qu'elle peut laisser quelques affaires personnelles chez toi si elle le souhaite ?

— Il faudrait que j'aie pris un sacré coup sur le crâne.

— Typique, bougonna Emma.

— Elle me pose la question, je réponds.

— Il s'agit d'une femme avec qui tu as une relation sérieuse et exclusive, précisa Mac.

— Ouais, maintenant elle veut laisser ses produits et flacons bizarres dans la salle de bains. Et d'ici peu, il lui faudra un tiroir. Avant que tu aies eu le temps de dire ouf, elle achètera des coussins pour le lit et ta bière devra faire de la place dans le frigo à ses boissons light et ses yaourts à zéro pour cent. Et là, vlan, tu te retrouveras à faire les antiquaires le dimanche après-midi au lieu de regarder le match de foot.

— C'est ça, ta vision d'une relation ? s'offusqua Emma. Faire des galipettes dans ton lit avec une fille, pas de problème, mais qu'elle ne s'avise pas de laisser une brosse à dents dans *ta* salle de bains, sinon tu cries au sacrilège ! Sans parler d'occuper quelques centimètres d'un tiroir. Bien trop intrusif ! Pourquoi ne pas laisser l'argent sur la table de nuit et appeler les choses par leur nom ?

— Eh ! Ce n'est pas ce que je…

— Pourquoi devrait-elle se sentir un peu à l'aise, pourquoi devrait-elle attendre de toi que tu lui fasses la moindre petite place dans ta vie ? Pas question qu'elle empiète sur ton temps précieux, sur ton territoire sacré ! Tu es vraiment pathétique. Vous êtes pathétiques, tous les deux !

Sur quoi, elle quitta la pièce d'un pas furibond.

Jack fixait la porte avec incompréhension.

— Pourquoi est-elle si furax contre moi ?

— À l'origine, c'est à cause de moi.

— La prochaine fois, préviens-moi, que j'évite les balles perdues. Elle sort avec quelqu'un qui lui pose problème ?

— Pas que je sache. En fait, c'est moi qui sors avec quelqu'un, et elle est frustrée parce qu'elle trouve que je ne l'apprécie pas à sa juste valeur. Ce en quoi elle se trompe. Mais mon raisonnement s'est engagé sur une mauvaise pente, la même que toi. En fait, elle a raison, c'est pathétique.

— Ce n'est pas forcément une mauvaise pente. On peut avoir envie de yaourts zéro pour cent ou d'antiquaires. Ça dépend.

— De quoi ?

— De la personne qui laisse ses affaires dans ton tiroir. Tu as de la bière ?

— Oui.

— On s'en boit une ? Je vais faire un croquis. Si ça te plaît, je demanderai à ce type que je connais de venir prendre les mesures et de t'installer ça.

— Ça vaut bien une bière.

— Alors, Carter Maguire et toi… ?

— Carter Maguire et moi, acquiesça-t-elle comme ils descendaient l'escalier. C'est bizarre ?

— Pourquoi ça le serait ?

— Je n'en sais rien. Peut-être parce qu'on se connaît depuis le lycée, quand j'étais dans ma phase artiste à l'esprit libre et lui, l'intello de service. Et à l'époque où je flashais sur Del, il lui donnait des cours.

— Tu as eu le béguin pour Del ?

— Le béguin de rigueur, cinq minutes à tout casser, précisa-t-elle, sortant les bières du réfrigérateur. En fait, je crois qu'il n'a duré que trois minutes. Cinq, c'était Emma.

— Emma… Hmm.

— Du coup, j'en ai zappé Carter. À l'époque, car maintenant je me suis bien rattrapée.

— Ça te réussit plutôt.

Mac tendit une bière à Jack et trinqua avec lui.

— Oui, la plupart du temps. Lorsque je n'ai pas la frousse. Je n'avais encore jamais été vraiment amoureuse. Moi, amoureuse d'un prof ! Je suis la seule d'entre nous à ne pas avoir été à l'université. Cours de photographie, un peu d'études de commerce, mais jamais la totale avec campus et résidence universitaire. Et me voilà avec quelqu'un qui corrige des copies, donne des devoirs et conduit des discussions sur Shakespeare. Quand on y réfléchit, c'est avec toi que j'aurais dû sortir.

Jack la dévisagea avec perplexité.

— Moi ?

— Inutile de faire cette tête paniquée. Je dis juste que tu aurais été un choix plus logique. Nous pensons tous les deux en termes d'images et de concepts. Nous avons besoin de visualiser pour créer. Nous avons chacun notre boîte et l'habitude de travailler avec des clients. Nous avons des parents divorcés, des demi-frères et sœurs – quoique les tiens soient sympas. Nous avons un cercle étroit d'amis mutuels, la phobie de l'engagement. Et nous apprécions une petite bière à l'occasion. Et en plus, réalisa-t-elle, nos prénoms riment.

— Tu as raison. Vite, montons faire l'amour.

Mac éclata de rire.

— Le coche est définitivement loupé.

— Oui, j'imagine.

Amusée, elle but une gorgée.

— Tu n'as jamais fait le premier pas.

— Si j'avais bougé le petit doigt, Del m'aurait massacré. Personne n'a le droit de toucher à ses filles.

— Il sait pourtant que nous ne sommes pas des saintes.

— Il préfère fermer les yeux, mais aucune de vous n'a jamais couché avec moi. Pas de bol.

— Pauvre Jack. Mais, malgré nos points communs évidents, ça n'aurait sans doute pas collé entre nous. On se serait disputés sur l'occupation des tiroirs et on aurait fini par se détester. Carter, lui, sait naturellement s'ouvrir à autrui.

— Regardez-moi ces jolis yeux pleins d'étoiles, plaisanta Jack. Alors, qui prendra les photos quand tu t'avanceras vers l'autel ?

Mac manqua s'étrangler.

— L'autel ? Pas question. Qu'est-ce qui te fait croire qu'on aurait l'idée de se marier ?

— Oh, je ne sais pas. À part les étoiles dans tes yeux…

Il désigna les portraits de mariées qui tapissaient les murs.

— C'est mon métier, Jack. Je ne pense pas pour autant mariage pour mon propre compte. C'est ridicule !

— D'accord, pas la peine de monter sur tes grands chevaux.

— Oh, mais je ne m'énerve pas. C'est juste que…

Préférant en rester là, Mac alla chercher un grand carnet et un crayon sur son bureau.

— Tiens, dessine. Mérite ta bière.

Comme prévu, Mac continua avec application son programme de rangement durant le reste de la soirée. Au fur et à mesure que les piles devenaient plus gérables, son stress reflua peu à peu, cédant la place au sentiment du devoir sinon accompli, tout au moins en bonne voie.

Et puis, c'était agréable de s'occuper tranquillement de ses affaires dans son espace à soi, tout en pensant à Carter qui lui manquait.

Le téléphone l'interrompit dans son rangement. Elle jeta un coup d'œil à l'écran.

Linda.

Mac ferma les yeux. Elle ne pourrait ignorer les appels de sa mère indéfiniment. C'était puéril. Affronte-la et tiens bon, s'encouragea-t-elle.

— Allô, maman.

— Mackensie, je t'en supplie, viens tout de suite !

La panique effaça aussitôt l'agacement.

— Dépêche-toi ! Je ne sais pas quoi faire.

— Es-tu blessée ?

— Blessée ? Oui, oui ! Viens à mon secours, par pitié !

— Appelle les urgences. J'arrive !

Mac se précipita dehors, attrapant son manteau au passage. Un torrent d'images, toutes plus horribles les unes que les autres, lui saturaient l'esprit. Tentative de suicide, accident, effraction qui aurait mal tourné…

Les routes sont traîtres ce soir, songea-t-elle, fonçant à tombeau ouvert sous la pluie verglaçante. Imprudente comme elle l'était au volant, Linda avait pu mettre sa voiture dans le décor et…

Non, non. Elle avait appelé de son fixe, pas du portable. Sa mère était chez elle.

Parvenue devant la maison de poupée qu'habitait sa mère à Cape Cod, Mac freina en catastrophe, puis s'élança dans l'allée glissante. La porte d'entrée n'était pas verrouillée. Elle se précipita à l'intérieur, affolée à l'idée d'une possible agression.

Sa mère avait-elle été frappée ? Violée ?

Elle évita d'un bond un bouquet de roses éparpillées au milieu de débris de verre et fit irruption dans le salon. Recroquevillée sur le tapis, Linda pleurait.

— Maman ! Je suis là.

Mac se laissa tomber auprès d'elle et chercha les blessures avec frénésie.

— Où as-tu mal ? As-tu prévenu la police ? Une ambulance ?

Linda enfouit contre l'épaule de Mac son visage ravagé par les larmes.

— J'ai envie de mourir ! C'est trop dur à supporter !

— Non, ne dis pas ça. Ce n'est pas de ta faute. Je vais appeler les secours et nous...

— Ne m'abandonne pas !

Elle berça sa mère dans ses bras, lui caressant doucement les cheveux.

— Non, non, bien sûr. Tout va s'arranger, je te le promets.

— Comment veux-tu ? Il est parti. Il m'a laissée ici.

— Est-ce que tu pourrais le reconnaître ? C'est quelqu'un que tu connais ?

— Je croyais le connaître. Je lui faisais confiance de toute mon âme. Et il est parti !

L'angoisse céda le pas à la colère dans le cœur de Mac.

— Qui ? Qui t'a fait ça ?

— Ari, évidemment. Je pensais compter pour lui. Il m'a dit que j'étais la lumière qui manquait à sa vie. Il m'a dit toutes ces choses, et maintenant ça ! Comment a-t-il pu être aussi cruel ?

— Ça va aller. Il paiera pour ce qu'il a fait.

— Il a dit que c'était une urgence. Que le temps manquait. Qu'il devait partir ce soir. Quelques jours de plus ou de moins, quelle différence ça aurait fait, hein ? Comment pouvais-je savoir que mon passeport avait expiré ?

Mac se redressa brusquement.

— Qu'est-ce que tu racontes ? Que t'a-t-il fait exactement ?

— Il est parti à Paris. À Paris, Mac. Sans moi ! Il m'a téléphoné de l'avion. Il a été obligé de partir ce soir pour je ne sais quelle affaire qui ne peut soi-disant pas attendre, alors qu'il m'avait promis qu'on réglerait d'abord cette histoire de passeport. Mais il ment, je le sais. Il y a une autre femme. Sans doute une putain française. Il m'avait promis et il est parti !

Mac se releva avec lassitude, tandis que sa mère pleurait de plus belle, le visage enfoui dans ses mains.

— Tu me fais venir à cette heure du soir, tu me fais croire que tu es blessée...

— Mais c'est vrai ! Regarde dans quel état je suis !

— Je te regarde, et je vois une gamine qui fait un caprice parce qu'elle n'est pas parvenue à ses fins.

— Je l'aime.

— Tu ne sais pas ce que ce mot veut dire. Bon sang, j'ai risqué ma vie sur la route pour arriver jusqu'ici...

— J'avais besoin de toi. J'avais besoin d'une présence. Tu ne comprendras jamais ce que ça fait.

— J'espère que non. Il y a de l'eau et des éclats de verre partout sur le parquet. Tu ferais mieux de nettoyer les dégâts.

— Tu ne vas pas partir, quand même ? Tu ne vas pas me laisser toute seule dans cet état ?

— Si. Et la prochaine fois, je ne viendrai pas. Pour l'amour du Ciel, Linda, grandis un peu !

Avec un coup de pied dans le vase cassé qui lui barrait le chemin, Mac sortit d'un pas rageur.

18

Mac rassembla son matériel pour la répétition et relut ses notes, tandis que Carter corrigeait des copies, assis au comptoir de la cuisine. De l'étage leur provenaient les claquements sourds d'une cloueuse électrique.

— Comment peux-tu te concentrer avec un boucan pareil ?

— J'enseigne à des ados, répondit Carter qui notait ses commentaires en rouge dans la marge. Si nécessaire, je pourrais me concentrer durant une guerre thermonucléaire.

Avec curiosité, Mac regarda par-dessus son épaule.

— Un B. Pas mal.

— Un réel progrès pour cet élève. Il est en train de s'affirmer. Tu es prête à partir ?

— J'ai encore un peu de temps. Désolée d'avoir oublié de te dire que je travaillais ce soir.

— Tu t'es déjà excusée. Ce n'est pas grave.

— La Saint-Valentin, c'est toujours une grosse journée pour nous. Parker et moi devons être présentes à chaque étape de la répétition. Et demain pour le grand jour, bien entendu, ajouta-t-elle en se penchant pour l'embrasser. Dans mon métier, on est souvent amené à travailler le jour de la Saint-Valentin.

— Compris.

— Je t'enverrai une carte bien sirupeuse par Internet. J'ai aussi un cadeau pour toi. Une étape à marquer d'une pierre blanche : mon premier cadeau de la Saint-Valentin.

Elle alla ouvrir un tiroir dans son bureau et en sortit un paquet plat.

— Je te le donne maintenant, au cas où la répétition se prolongerait au-delà de l'heure prévue et où tu déciderais de rentrer.

— J'attendrai, dit-il, ôtant ses lunettes qu'il posa sur sa pile de copies. C'est le deuxième cadeau que tu me fais. Le cardinal, tu t'en souviens ?

— C'était davantage un souvenir. Ça, c'est un vrai cadeau. Ouvre-le.

Carter dénoua le ruban et souleva le couvercle de la boîte. Elle contenait une édition ancienne en cuir pleine fleur rehaussé de dorures.

— *Comme il vous plaira.*

— Il a attiré mon regard parce qu'il est tout abîmé et usé. Il semble avoir été lu un million de fois.

— C'est vrai, et il est parfait ainsi.

Il nicha la joue de Mac dans le creux de sa paume et l'attira à lui pour l'embrasser.

— Merci, Mac. Je suis très touché. Tu veux le tien ?

— Attends que je réfléchisse à la réponse... Évidemment !

De son porte-documents, il extirpa une petite boîte enveloppée d'un papier glacé blanc orné d'un ruban rouge. Intriguée par sa taille et sa forme, Mac sentit son cœur faire le grand plongeon.

— Carter.

— Tu es ma Valentine. Ouvre-le.

Elle retint son souffle, souleva le couvercle. Et lâcha l'air emprisonné dans ses poumons en découvrant une paire de boucles d'oreilles scintillantes.

Deux minuscules diamants en forme de cœur ornaient chacune.

— Mon Dieu, Carter, elles sont magnifiques !

— Je ne peux pas m'en attribuer tout le mérite. Sherry m'a aidé à les choisir.

Elle se jeta à son cou.

— Merci ! Elles sont sublimes et je les adore. Il faut vite que je les essaie.

Elle se détourna pour enlever les anneaux tout simples à ses oreilles et mettre les nouvelles à la place, puis se précipita devant le miroir de l'autre côté de son bureau.

— Mazette, elles brillent !

Inclinant la tête d'un côté, puis de l'autre, elle admira les bijoux scintillants.

— Si tu les portes tout de suite, j'en déduis qu'elles te plaisent.

— Je serais folle de ne pas les aimer. De quoi ont-elles l'air sur moi ?

— Un peu ternes en comparaison avec tes yeux, mais elles feront l'affaire.

— Carter, ce cadeau me laisse sans voix. Je ne saurai jamais comment... Attends.

Prise d'une soudaine inspiration, Mac courut chercher un trépied.

— Je vais être en retard, mais de fabuleuses boucles d'oreilles pour la Saint-Valentin comptent plus que la ponctualité. Même Parker me donnerait son aval sur ce coup-là.

— Que fais-tu ?

— Deux petites minutes. Ne bouge surtout pas, lui dit-elle, sortant son appareil de la sacoche.

— Tu veux faire mon portrait ? s'alarma Carter qui s'agita sur son tabouret. J'ai toujours l'air coincé sur les photos.

— J'y remédierai. Je suis une pro, n'oublie pas, le rassura Mac avec un sourire par-dessus l'appareil qu'elle fixait sur le trépied. Tu es vraiment très mignon.

— Arrête, je vais être encore plus gêné...

Elle régla l'angle et le cadrage.

— La lumière est bonne, il me semble. On va faire un essai.

La télécommande au creux de sa paume, elle rejoignit Carter.

— Joyeuse Saint-Valentin !

Mac noua les bras autour de son cou et posa la bouche sur la sienne. Savourant le baiser, elle attendit que Carter resserre un peu son étreinte avant de capturer l'instant. Lorsqu'elle se redressa et plongea son regard dans le sien, elle appuya de nouveau sur le déclencheur.

— Et maintenant, un petit sourire, murmura-t-elle, plaquant la joue contre la sienne.

Elle actionna la télécommande, puis une deuxième fois dans la foulée par sécurité.

— Voilà, c'est fini, dit-elle, frottant son nez contre celui de Carter. Tu vois, ce n'était pas si terrible.

Il glissa la main sur la nuque de Mac.

— On devrait peut-être recommencer. Je crois que j'ai cligné des yeux.

— Je dois y aller, protesta-t-elle en riant.

Elle se dégagea de son étreinte et alla vérifier ses prises avant de dévisser l'appareil du trépied.

— Tu ne me les montres pas ?

— Pas avant d'avoir fini de les bricoler. Lorsque les tirages seront prêts, tu pourras les considérer comme la deuxième partie de ton cadeau.

— J'espérais autre chose comme cadeau à ton retour.

— Voyez-vous ça, professeur Maguire…

Elle remballa son appareil.

— D'accord, disons que ce sera un cadeau en trois parties.

Carter se leva pour l'aider à enfiler son manteau. Mac jeta sa sacoche sur son épaule.

— Mais pour l'instant, tu dois faire preuve de patience.

— Je suis doué pour ça, répliqua-t-il en lui ouvrant la porte, tandis qu'elle s'élançait au pas de course vers la maison principale.

— Je ne sais pas comment me défiler. Il y a sûrement une solution.

Parker brandit la flûte à champagne à la lumière en quête de la moindre trace, avant de la poser sur la table dans la suite de la mariée.

— Mac, ce n'est qu'un dîner.

— Tu sais bien que non. C'est un dîner où on rencontre les parents. Un dîner de *famille*.

— Tu sors avec Carter depuis deux mois, maintenant. Il est temps.

— Ah oui ? C'est écrit où ?

Mac flanqua les serviettes sur la nappe avec une brutalité qui arracha un soupir excédé à Parker, puis les arrangea convenablement.

— Tu sais bien ce que ça veut dire, reprit-elle, quand un homme tient à ce que tu rencontres sa mère.

— Oui, je sais. Il veut que les deux femmes importantes dans sa vie fassent connaissance. Il veut les exhiber toutes les deux.

— Je ne veux pas être exhibée. Je ne suis pas un caniche. Pourquoi ne pas juste continuer comme avant ? Lui et moi ?

Laurel entra mettre la dernière main avec un plateau de fruits et de fromages.

— Si c'est comme ça, Mac, pourquoi n'as-tu pas simplement décliné l'invitation ?

Mac braqua les index sur les petits cœurs qui pendaient à ses oreilles.

— Boucles d'oreilles en diamant. Je me suis laissé éblouir par leur scintillement. Et puis, Carter est finaud : quand je lui ai dit qu'on finissait tôt aujourd'hui, il en a profité pour glisser sans avoir l'air d'y toucher qu'on pourrait faire quelque chose ensemble après. Je me suis fait gentiment piéger.

— Bêtasse, plaisanta Laurel.

— Ouais, soupira Mac. J'ai beau savoir que si je freine des quatre fers, c'est à cause de ma phobie de la mère, je me retrouve quand même coincée.

— Tu aurais pu le lui dire, intervint Parker.

— C'est important pour lui. Je l'ai bien vu, même s'il s'efforçait de rester détaché. Il mérite quelqu'un qui accepte d'aller à un dîner de famille et de rencontrer sa mère. J'aurais préféré attendre un peu, ou avoir déjà cette épreuve derrière moi, du genre la semaine dernière – mais ses parents étaient en Espagne la semaine dernière. De toute façon, si ça avait été la semaine dernière, j'aurais souhaité que ce soit encore une semaine avant.

— On te connaît vraiment par cœur, ironisa Laurel. Toutes les deux, on l'avait déjà compris.

— À chaque fois que je pense contrôler la situation, une nouvelle épreuve surgit. Ils vont tous me jauger, parler de moi… Quelle angoisse.

Laurel recula d'un pas et inspecta la table.

— Personnellement, je trouve qu'il vaut mieux faire le grand plongeon direct dans la piscine familiale. C'est plus facile et plus rapide que d'entrer dans l'eau petit à petit.

— Tu as sans doute raison, approuva Mac après un instant de réflexion.

— Tu es d'une nature sociable, fit remarquer Parker. Amène-les à parler d'eux-mêmes. Essaie de les cerner. Tu te sentiras plus à l'aise.

— Bonne idée. Et puis restons positives : ce mariage tranquille tournera peut-être à la fiesta bien arrosée qui durera jusqu'au bout de la nuit.

— Le père de la mariée me fait l'effet d'un fauteur de troubles potentiel, leur confia Laurel.

Réconfortée, Mac serra ses amies dans ses bras.

— Il ne reste plus qu'à croiser les doigts. Je crois qu'on ferait mieux de descendre aider Emma à finir. C'est bientôt l'heure du lever de rideau.

Il n'y eut pas de fiesta bien arrosée, et aucune échappatoire possible. Heureusement, Mac avait eu la bonne idée d'insister pour retrouver Carter directement chez ses parents. Elle profita donc du trajet en solitaire pour essayer de se préparer psychologiquement.

Le grand plongeon dans la piscine. Par chance, elle était bonne nageuse. En général.

Elle suivit l'itinéraire que Carter lui avait dessiné jusqu'au quartier résidentiel aisé et tranquille où il avait grandi.

L'endroit ressemblait exactement à ce qu'elle attendait. Une belle propriété typique de la Nouvelle-Angleterre, qui dénotait un certain train de vie. Derrière les haies bien taillées et les clôtures impeccables, les vastes pelouses plantées d'arbres à l'allure vénérable arboraient çà et là des plaques de neige qui commençaient à fondre.

Digne, mais pas guindé. Cossu, sans être m'as-tu-vu.

Seigneur, que faisait-elle donc ici ?

La gorge nouée, elle se gara sur la voie de gauche dans la double allée, derrière la Volvo de Carter. Il y avait un nombre un peu affolant de voitures près de cette solide bâtisse d'un étage, agrémentée d'une confortable terrasse couverte sur le devant.

Elle abaissa le miroir de courtoisie, histoire de vérifier son maquillage. Et si quelqu'un regarde ? s'inquiéta-t-elle soudain. Elle paraîtrait vaniteuse et superficielle. Fais un effort, Mac, assure un peu. Elle descendit et contourna le capot pour prendre la composition florale sur le siège du passager. Elle avait réfléchi une demi-douzaine de fois à ce simple geste. Offrir des fleurs qui restaient d'un mariage à la maîtresse de maison, était-ce vulgaire ?

De toute façon, c'était trop tard.

Mac gravit les marches de la terrasse, regrettant fugacement de ne pas avoir vérifié quand même son maquillage. Elle frappa.

La porte s'ouvrit au bout de quelques secondes – catastrophe, elle n'était pas prête ! – mais à son immense soulagement, elle reconnut le visage familier de Sherry.

— Bonjour ! Oh, regardez-moi ces fleurs ! Maman va adorer. Bienvenue dans la maison de fous des Maguire !

Elle fit entrer Mac et l'entraîna en direction des rires et des cris.

— On a acheté une console à mon père pour Noël. Nick et Sam, mon beau-frère, font une partie de base-ball contre les enfants. Tiens, donne-moi ça pendant que tu enlèves ton manteau. Presque tout le monde est au salon. Oh, tu portes les boucles d'oreilles ! Elles sont sublimes, n'est-ce pas ? Tiens, laisse-moi prendre ton manteau.

Sherry redonna le panier de fleurs à Mac et attrapa le manteau. Réalisant qu'elle n'avait pas encore eu un mot à dire, Mac sourit.

— Maman prépare le dîner. Elle est nerveuse. Toi aussi ? La première fois que j'ai rencontré la famille de Nick, j'étais si nerveuse que je suis restée cachée dix minutes aux toilettes. Jamais je n'aurais imaginé que Georgia – la mère de Nick – serait nerveuse aussi. Par la suite, elle m'a avoué avoir changé trois fois de tenue avant mon arrivée. Du coup, je me suis sentie mieux. Alors voilà, maman est nerveuse. Détends-toi.

— Merci. Je me sens déjà mieux.

Sans transition, Sherry fit entrer Mac dans une vaste pièce lumineuse qui lui parut pleine de gens et d'animation. Elle vit Carter rire avec un homme séduisant aux cheveux blancs et au collier de barbe bien taillée. De bonnes odeurs de cuisine parvinrent à ses narines.

Un moment de bonheur familial, se dit Mac. Elle n'en avait jamais connu elle-même, mais l'évidence s'imposa dans son esprit.

— Eh, tout le monde, Mac est arrivée !

Soudain, tout se figea – arrêt sur image, songea Mac – et l'attention se focalisa sur elle.

Carter fut le premier à bouger. Il se décolla du plan de travail contre lequel il était adossé et s'avança vers elle.

— Tu as réussi à te libérer.

Il effleura sa bouche d'un baiser par-dessus les fleurs odorantes – lis blancs et roses Bianca. Comme elle avait

les mains crispées sur le panier, il lui caressa doucement l'épaule en se retournant.

— Maman, je te présente Mackensie.

La femme qui se détourna de la cuisinière pour les
rejoindre avait les traits énergiques et les yeux clairs.
Elle lui adressa un sourire poli, teinté de chaleur, et,
constata Mac, d'une pointe de timidité.

— Enchantée de faire enfin votre connaissance.

— Merci de me recevoir chez vous, madame Maguire,
répondit Mac qui lui offrit le panier. C'est Emma – vous
la connaissez – qui a préparé cette composition. Nous
espérons qu'elle vous plaira.

— Ces fleurs sont superbes. Et elles sentent délicieusement bon. Merci beaucoup. Sherry, pose-les donc sur
la table basse, veux-tu ? Comme ça, tout le monde en
profitera. Un verre de vin ?

— Avec plaisir.

— Diane, sers un verre de vin à Mackensie.

— Ma sœur Diane, la présenta Carter.

— Enchantée. Cabernet ou pinot ? Nous mangeons
du poulet.

— Euh… du pinot, merci.

— Mon père, Michael Maguire. Papa.

— Bienvenue, dit celui-ci, serrant la main de Mac
d'une poigne vigoureuse. Irlandaise, n'est-ce pas ?

— Euh… en partie.

— Ma grand-mère avait des cheveux comme les vôtres.
Flamboyants comme un coucher de soleil. Alors, vous
êtes photographe.

— Oui. Merci, dit-elle à Diane qui lui tendait un verre.
Mes associées et moi dirigeons une agence de mariage.
Enfin, vous êtes au courant, puisque nous nous occupons
de celui de Sherry.

Il lui adressa un sourire taquin.

— En tant que père de la mariée, je reçois juste les
factures.

— Oh, papa !

Il fit un clin d'œil à Mac, tandis que Sherry levait
les yeux au ciel.

— Nous vous enverrons une bouteille avec la dernière, plaisanta Mac.

Mike Maguire éclata d'un rire franc et chaleureux.

— Ton amie me plaît, Carter.

Le temps que tout le monde prenne place à table pour le repas, Mac avait déjà à peu près cerné les protagonistes.

Mike Maguire aimait rire et adorait sa famille – c'était réciproque. Il formait à l'évidence un couple soudé avec son épouse, mais lorsqu'on en venait aux choses sérieuses, tout chirurgien réputé qu'il fût, c'était Pam qui menait la barque.

Sherry était le bébé de la famille, une boule d'énergie et de drôlerie, sûre d'elle, charmante et très amoureuse. Son fiancé se comportait comme un fils, et était traité comme tel par ses futurs beaux-parents. Le bonheur évident que lui inspirait Sherry l'avait forcément aidé à marquer des points.

Diane, l'aînée, était du genre à mener son monde à la baguette. La maternité lui allait bien et les enfants étaient épanouis, mais elle paraissait vaguement insatisfaite. Elle n'était plus jeune, à l'aube de sa vie d'adulte comme Sherry, et pas non plus tranquille et affirmée dans son rôle à l'image de sa mère. Du genre accommodant, son mari aimait rire et s'amuser avec ses enfants. Sa nature imperturbable, devina Mac, agaçait souvent sa femme.

Ces conversations en famille devant le dîner du dimanche étaient une tradition. Les fragments de vie s'échangeaient avec autant de naturel que les plats passant de l'un à l'autre.

Mac, elle, était le corps étranger – tout au moins pour l'instant – et sa présence modifiait quelque peu la donne.

— Vous devez être occupée surtout le week-end, dit Pamela.

— En général. Mais nous organisons aussi des soirées en semaine.

— Et puis, il faut prévoir beaucoup de préparation, fit remarquer Carter. Il ne suffit pas de prendre les photos le jour de la cérémonie. Et ensuite il y a le travail de retouche, de tirage. J'ai vu quelques albums créés par Mackensie. Ce sont des œuvres d'art.

— Tout se fait par numérique maintenant, intervint Diane avec un haussement d'épaules, jouant avec son poulet du bout de sa fourchette.

— Essentiellement. Mais je travaille encore de temps à autre en argentique. Ce repas est vraiment délicieux, madame Maguire. Vous devez adorer cuisiner.

— C'est vrai. J'ai toujours grand plaisir à préparer un repas pour une grande tablée. Mais appelez-moi Pam, je vous en prie... Ce qui me plaît aussi, c'est cette idée de quatre amies travaillant ensemble. Diriger sa propre entreprise exige beaucoup d'énergie et de motivation, sans parler de créativité.

— C'est une maison tellement joyeuse ! intervint Sherry. On a l'impression d'une fête permanente. Toutes ces fleurs et ces robes sublimes, la musique, le champagne...

— Les mariages deviennent de plus en plus sophistiqués, objecta Diane avec une moue. Tout ce temps, cet argent dépensé pour une seule journée. Les gens se préoccupent davantage du plan de table ou de la couleur des rubans que de la signification profonde d'une union. Et les mariés sont si épuisés et stressés que la journée passe comme dans un brouillard.

— Parle pour toi, protesta Sherry avec une petite flamme dans le regard. Ne me gâche pas mon grand jour.

— Tout ce que je veux dire, c'est qu'en arrivant devant l'autel, j'étais si vannée que je me rappelle à peine avoir dit oui.

Son mari lui sourit.

— Je confirme. Et tu étais resplendissante.

— Si tu le dis.

— Vous avez absolument raison, concéda Mac. La préparation d'un mariage peut s'avérer épuisante, si bien que ce qui devrait être le plus beau jour d'une vie risque d'en pâtir, au point même d'en devenir fastidieux. Notre mission consiste justement à l'éviter. Croyez-moi, si vous aviez fait appel à notre agence, le jour de votre mariage ne serait pas passé comme dans un brouillard.

— Loin de moi l'idée de critiquer ce que vous faites. Je dis juste que si les personnes concernées ne se sentaient pas obligées d'en faire autant, elles n'auraient pas besoin d'une entreprise comme la vôtre qui prenne tout en charge.

— C'est sans doute vrai, admit Mac avec flegme. Néanmoins, une future mariée stresse et se tracasse toujours, parfois jusqu'à l'obsession, mais elle a la possibilité de se décharger sur nous de tous les détails. Elle est la reine de la fête, et notre préoccupation essentielle durant les mois qui précèdent le grand jour. Voilà en quoi consiste notre travail.

— Et je suis sûre que vous le faites très bien. Tout ce que j'ai entendu sur votre agence le confirme. Je préfère la simplicité, c'est tout.

— Tout est question de goût personnel, n'est-ce pas ? intervint Pam. Qui veut un morceau de pain ?

— Moi, la simplicité, ça ne m'intéresse pas, fit valoir Sherry. Je veux une fête amusante.

— Nous l'avons bien compris, lui assura Mac avec un sourire fugace. Cela dit, la simplicité réclame aussi beaucoup d'investissement et le sens du détail. Nous avons organisé un mariage en petit comité aujourd'hui. Une cérémonie toute simple en fin de matinée. La mariée n'avait que sa sœur dans sa suite et, à la place de l'habituel voile, quelques fleurs dans les cheveux assorties à son bouquet. Après la cérémonie, il y avait un brunch au champagne avec un trio de jazz. C'était charmant et la mariée était radieuse. Pourtant, selon mes estimations, nous avons consacré environ cent cinquante

316

heures à la réalisation de ce projet afin qu'il soit parfait pour elle. Je pense pouvoir affirmer qu'elle se souviendra de chaque instant.

De retour chez lui après la soirée, Carter attendit d'être à l'intérieur pour serrer Mac dans ses bras.

— Merci. J'imagine que ça doit être éprouvant de se retrouver au milieu d'une horde pareille.

— Crois-tu que j'aie réussi l'audition ?

— Haut la main.

Elle se pencha pour caresser le chat venu à leur rencontre.

— Tu as une famille adorable. Je savais que ce serait le cas. Vous vous aimez beaucoup, ça se voit.

— C'est vrai. Je te présente mes excuses pour Diane. Elle a toujours tendance à voir les choses du mauvais côté.

— Je la comprends, ça m'arrive souvent aussi. À la différence près que j'intériorise davantage. Je les aime bien, même elle. Ils sont si… normaux. Ça me donne des envies de famille.

— Tu peux partager les miennes. Et j'aimerais pouvoir dire ça sans que tu me regardes avec ces yeux-là.

— Moi aussi. C'est mon défaut fatal, pas le tien.

— C'est une connerie.

Mac en resta bouche bée. C'était la première fois qu'elle l'entendait utiliser ce genre de mot.

— Tu as l'habitude chevillée au corps de considérer le mariage sous un seul angle : celui de l'échec assuré, ajouta-t-il.

— C'est peut-être vrai. Probablement, même. Mais avec toi, pour toi, j'ai fait des progrès plus qu'avec quiconque. Je ne sais pas si je pourrai aller au-delà.

— Je n'ai pas l'intention de te forcer la main, mais je mentirais en disant que je n'ai pas songé à construire ma vie avec toi.

— J'ai peur de te faire du mal, bien davantage que de souffrir moi-même. Tu comprends ?

— Je n'ai pas besoin de ta protection, répondit-il, agitant de l'index les petits diamants qui pendaient à son oreille. Quand je t'ai offert ces boucles d'oreilles l'autre jour, tu as eu peur de découvrir une bague de fiançailles, avoue.

— Carter...

— Je me demande ce que tu aurais dit si tel avait été le cas.

— Tu es trop bien pour moi.

— Je me répète, je sais, mais c'est une connerie.

— Faux. Et ne te méprends pas, je me tiens plutôt en haute estime. En réalité, Carter, c'est moi qui devrais te supplier à genoux de vouloir de moi. Mais les mots restent coincés là, expliqua-t-elle, le poing contre la poitrine. Et à chaque fois que l'étau se relâche d'un cran, il se resserre à la première occasion. Je ne te mérite pas.

Il la prit par les épaules.

— Ne dis pas de bêtises.

— Je ne sais pas ce que j'aurais dit s'il y avait eu une bague dans cet écrin. Et ça me fait peur. J'ai conscience que l'angle est mauvais. Ou plutôt, c'est carrément l'objectif qui est défectueux. Mais je suis prête à faire un effort pour y remédier, enchaîna-t-elle avec gravité en s'écartant de lui. Chez moi, il s'agit d'une première.

— C'est un début et je m'en contenterai. Pour l'instant.

— Je ne veux pas que tu t'attendes à un miracle.

— Tu seras toujours celle que j'aime, Mac. Demain comme dans cinquante ans.

— C'est la première fois qu'on m'aime comme ça, tu sais...

Carter se rapprocha d'elle.

— Tu t'y habitueras.

Il lui souleva le menton et joignit ses lèvres aux siennes.

— Pourquoi suis-je celle que tu aimes ?

— Parce que ma vie s'est illuminée quand tu y es entrée.

Submergée par l'émotion, elle l'étreignit de toutes ses forces, le visage enfoui contre son épaule.

— Si tu me posais la question fatidique, je serais incapable de dire non.

— Ce n'est pas assez. Ni pour l'un ni pour l'autre. Quand je la poserai, tu devras avoir envie de répondre oui.

19

Mac entendit un choc sourd, suivi d'un chuintement de douleur. Elle ouvrit un œil. Blottie sous la couette, elle distingua la silhouette de Carter qui récupérait ses chaussures en sautillant sur un pied.

— Quelle heure est-il ?

— Tôt. Rendors-toi. J'ai réussi à me lever, prendre ma douche et presque m'habiller avant de me cogner contre le lit, ce qui t'a réveillée.

— Ce n'est pas grave. Je devrais me lever moi aussi et commencer tôt, dit Mac qui sentit ses paupières lourdes se refermer.

Ses chaussures à la main, Carter revint vers le lit clopin-clopant et l'embrassa sur les cheveux. Avec un soupir d'aise, elle replongea aussitôt dans les bras de Morphée.

Lorsque Mac émergea de nouveau, le soleil entrait à flots dans la chambre.

Commencer tôt, tu parles, se dit-elle en s'extrayant du lit. Mais bon, un des avantages d'avoir sa propre affaire, c'était de pouvoir s'accorder une petite grasse matinée de temps en temps. Elle se dirigea vers la salle de bains, puis se ravisa et revint faire le lit.

Tu es la nouvelle Mac, se rappela-t-elle avec autorité. Une Mackensie Elliot ordonnée et organisée dans tous les domaines de sa vie personnelle et professionnelle. Jusqu'à sa penderie neuve fabuleusement aménagée où chaque chose avait sa place – et s'y trouvait effectivement.

Elle redonna du gonflant aux oreillers, lissa les draps et étala la couette avec soin. Tu vois, se dit-elle, ça ne t'a pris que deux minutes. Avec un hochement de tête satisfait, elle embrassa la chambre du regard.

Aucun vêtement ne traînait, pas de chaussures abandonnées sous un fauteuil, pas de bijoux éparpillés au petit bonheur sur la commode. C'était la chambre d'une adulte responsable, femme de goût de surcroît.

Elle prit sa douche, sans oublier d'accrocher correctement la serviette à la fin. De retour dans la chambre, elle ouvrit sa garde-robe pour le seul plaisir de l'admirer.

Classés par couleur et catégorie, ses vêtements étaient suspendus en rangs serrés comme à la parade. Son impressionnante collection de chaussures avait pris place par paires dans des boîtes en plastique transparent, elles-mêmes triées par genre.

La beauté à l'état pur.

Les sacs à main, également rangés par couleur et fonction, avaient élu domicile dans des casiers aisément accessibles, et une rangée de tiroirs blancs laqués abritaient désormais foulards et écharpes, pliés avec soin, ainsi que ses sous-vêtements et les piles de pull-overs impeccables.

S'habiller était devenu un bonheur ineffable. Adieu le stress, les traques infructueuses, les bordées de gros mots. Fini de se demander vainement où elle avait pu fourrer son chemisier bleu à manchettes mousquetaire pour porter son choix sur un autre, au bord de la crise de nerfs.

Car ledit chemisier bleu était juste là, à sa place.

Elle enfila un pull-over à col en V bleu marine sur un polo blanc et un jean, une tenue qui conviendrait au travail en studio de la matinée comme à la séance photos prévue en début d'après-midi. Non sans fierté, elle sortit de sa chambre.

Pour y revenir aussitôt et fourrer son pyjama dans la panière.

Elle arriva au rez-de-chaussée à l'instant où Emma poussait la porte d'entrée.

— Je n'ai plus de café. Tu peux me dépanner ?

— Bien sûr. J'allais justement… Oh, Carter a dû en préparer avant de partir.

— Loin de moi l'idée de te haïr parce que tu as quelqu'un qui fait ton café pendant ton sommeil, mais j'ai besoin de caféine pour réveiller mon côté altruiste.

Emma se versa une tasse et savoura la première gorgée en inhalant l'arôme avec extase.

— Ah ! Je renais à la vie !

Mac se servit et but à son tour.

— Tu veux voir ma penderie ?

— Je l'ai déjà vue trois fois. Oui, c'est la reine des penderies du monde entier.

— Enfin, après le dressing de Parker.

— Parker est hors concours. La mariée de samedi prochain a appelé, lui apprit Emma. Elle veut changer les pétales de roses que portera la demoiselle d'honneur dans son panier contre un pot-pourri rose incarnat.

— Je croyais qu'elle avait déjà choisi l'inverse.

— C'est le cas. Et je ne te parle pas de son bouquet. Tous mes modèles y sont déjà passés, soupira Emma qui ferma ses grands yeux noirs et se massa la nuque. J'ai hâte d'être à dimanche.

— Elle est du genre à donner raison à la sœur de Carter.

— Sherry ?

— Non, sa sœur aînée qui trouve qu'un mariage, c'est trop de stress et de tralala pour une seule journée.

— C'est *le* grand jour, quand même. Et accessoirement, notre gagne-pain.

— Exact. N'empêche, la mariée de samedi est du genre prise de tête. Elle m'a téléphoné hier pour me faxer une photo qu'elle a dénichée dans un magazine.

Elle veut que je la reproduise samedi. Pas de problème, à part le fait que la robe est complètement différente, sans parler de sa morphologie et de sa coiffure. Petit détail quand même : nous n'avons pas sous la main l'arche en pierre d'un château fort irlandais sous laquelle elle s'est mis en tête de prendre la pose.

— C'est juste le stress. Le stress d'un dragon qui aime tout régenter. Bon, une dernière dose et je me mets au travail, déclara Emma qui remplit sa tasse. Je te la rapporterai.

— C'est ce que tu dis toujours.

— Je te rapporterai toute la collection, promit Emma qui se dépêcha de filer sans demander son reste.

Mac ouvrit un placard. Une dose de sucre et de conservateurs, voilà ce qu'il lui fallait avec son café. Devant le paquet de Pop-Tart, elle trouva une pomme rouge rutilante. Un message était calé dessus : *Mange-moi aussi !*

Elle pouffa de rire et posa le mot sur le plan de travail. Il est gentil, songea-t-elle, croquant à pleines dents dans le fruit. Et marrant. Quelle idée pouvait-elle trouver pour lui faire plaisir, à part l'épouser ?

Elle l'avait déjà subjugué en La Perla. Elle lui avait cuisiné un vrai repas...

La photographie !

Mac se précipita à son bureau et alluma l'ordinateur.

— Ça ne devrait prendre guère plus d'une minute, marmonna-t-elle, tapotant sur le clavier.

À peine trois quarts d'heure plus tard, elle avait sélectionné le cliché – un de la série post-baiser, joue contre joue. Carter avait l'air si détendu et heureux, et elle-même... en parfaite osmose avec lui, songea Mac, admirant le résultat imprimé et encadré. Soucieuse du moindre détail, elle emballa le cadre dans une boîte-cadeau qu'elle orna d'un ruban rouge et, pour la touche finale, glissa un brin de muguet en soie dans le nœud.

Satisfaite, elle imprima un autre cliché de la série pour elle-même et, après l'avoir encadré, glissa le tout dans un tiroir. Pas question d'exposer cette photo avant de lui avoir offert la sienne.

Mac mit de la musique en sourdine, histoire d'avoir un fond sonore agréable pour travailler, ce qu'elle fit dans la bonne humeur jusqu'à ce que l'alarme qu'elle avait réglée la prévienne qu'il était temps de se préparer pour sa séance photos.

Un portrait de fiançailles. Elle était médecin, lui musicien. Mac avait déjà quelques idées en tête et demandé au fiancé d'apporter sa guitare. Fond gris moyen. Elle prévoyait de les faire asseoir par terre.

Un coussin de sol ventru dans les bras, elle se tourna lorsque la porte d'entrée s'ouvrit à la volée. Sa mère fit irruption dans le studio, arborant une veste neuve en vison argenté.

— Mackensie ! Regarde !

Elle pivota sur elle-même, terminant par un déhanchement digne d'un top model sur un podium.

— Tu ne peux pas rester ici, protesta Mac d'un ton catégorique. J'ai des clients qui vont arriver.

— Je suis ici comme cliente. Je suis d'abord venue te voir, toi. Mais il va falloir rassembler le reste de l'équipe. Oh, Mac ! s'exclama Linda qui s'élança à petits pas empressés sur ses talons aiguilles et lui sauta au cou. Je me marie !

Suffoquant presque dans l'étreinte parfumée de sa mère, Mac ferma les yeux.

— Félicitations. Une fois de plus.

Linda s'écarta et la tint à bout de bras.

— Ne le prends pas comme ça, la gronda-t-elle avec une moue, avant de se lancer en riant dans une nouvelle pirouette. Réjouis-toi donc pour moi. Je suis si heureuse ! Regarde ce qu'Ari m'a rapporté de Paris !

— Belle veste.

— Somptueuse, tu veux dire, rectifia Linda qui caressa la fourrure du menton. Mais ce n'est pas tout !

Elle tendit brusquement la main et agita les doigts. Mac découvrit un énorme diamant carré monté sur une bague en platine.

— Impressionnant.

— Quel amour ! Ari était malheureux sans moi. Il m'a appelée jour et nuit de Paris, expliqua-t-elle, pirouettant de plus belle. Mais je n'ai pas voulu lui parler les trois premiers jours. Il avait été si méchant de partir sans moi. Et bien entendu, j'ai refusé de le voir à son retour.

— Bien entendu, ironisa Mac.

— Il m'a suppliée de venir à New York et m'a envoyé une limousine avec chauffeur. À l'intérieur, il y avait des roses partout, et un magnum de Dom Pérignon. Les premiers jours, pour se faire pardonner, il m'a couverte de roses. Par douzaines, tous les jours ! J'ai dû lui céder et je l'ai rejoint. Comme c'était romantique ! s'extasia Linda qui ferma les yeux, les bras croisés sur la poitrine. Comme dans un rêve ou un film. Nous avons dîné en tête à tête aux chandelles à la maison. Il avait fait livrer tous mes mets favoris. Il m'a avoué qu'il ne pouvait vivre sans moi et m'a offert le solitaire. As-tu déjà vu un diamant aussi sublime ?

Mac considéra sa mère.

— J'espère que vous serez très heureux ensemble. Sincèrement. Mais pour l'instant, j'ai une séance photos.

— Tu n'as qu'à la repousser, suggéra Linda avec un revers de main indifférent. Ce n'est pas tous les jours que ta mère se marie.

— C'est la quatrième fois, maman.

— Et la dernière. Avec l'homme idéal. Je veux que Vœux de Bonheur se charge du mariage, naturellement. Ari m'a dit de ne pas regarder à la dépense. Je veux une fête somptueuse, romantique, élégante. Le summum du luxe et de la sophistication. Je pense à une robe rose pâle. De chez Valentino, peut-être. Ou alors dans le style Hollywood des années 1930. Et un chapeau de rêve plutôt qu'un voile.

Le regard pétillant, elle se passa une main dans les cheveux et les fit bouffer.

— Le chignon devra être sublime, lui aussi. Je convaincrai Ari de m'offrir de superbes boucles d'oreilles. Des diamants roses, je pense. Et une profusion de roses blanches et roses. J'en parlerai à Emmaline. Il va falloir lancer les invitations immédiatement. Parker s'en chargera. Et il y a le gâteau. J'en veux un énorme. Le Taj Mahal des pièces montées. Laurel va devoir se surpasser. Et...

— Quand ? l'interrompit Mac.

— Quand quoi ?

— Quand prévois-tu ce mariage ?

— Oh, en juin. Je veux profiter du beau temps, des jardins et...

— Juin de cette année ? Dans trois mois ? Tout est réservé.

Linda balaya ce détail d'un rire insouciant.

— Déplacez quelqu'un.

— On ne déplace pas un client, maman. On ne peut pas gâcher le mariage de quelqu'un d'autre parce que tu veux une date en juin à la dernière minute.

La peine – une peine sincère, Mac le savait – et la stupéfaction se peignirent sur le visage de Linda.

— Pourquoi dois-tu toujours être méchante avec moi ? Pourquoi gâches-tu mon bonheur ? Ne vois-tu donc pas que je suis heureuse ?

— Si, je vois, et je m'en réjouis pour toi. Mais je ne peux pas te donner ce que tu souhaites, voilà tout.

— Tu veux juste me punir. Tu n'as pas envie que je sois heureuse.

— Ce n'est pas vrai.

— Qu'est-ce qu'il y a, alors ? Je me marie et ma fille est organisatrice de mariages. Il est logique que je m'adresse à toi.

— En juin, ce n'est pas possible. Toutes les dates sont prises depuis des mois, presque un an.

— Tu as entendu ce que j'ai dit ? L'argent n'est pas un problème. Il paiera, quel que soit le prix demandé. Tout ce que vous avez à faire, c'est déplacer quelqu'un.

— Il ne s'agit pas d'argent. C'est une question d'intégrité envers les clients.

327

— Ces gens comptent plus que moi ? Que ta propre mère ?

— Ces gens ont réservé la date, envoyé leurs invitations, bouclé tous les préparatifs. Alors oui, ils comptent plus que toi.

Les yeux de Linda lancèrent de petits poignards acérés.

— C'est ce que nous allons voir, menaça-t-elle d'une voix pincée qui avait monté d'une octave. Tout le monde sait que c'est Parker qui dirige la maison. Tu seras bien obligée de revenir à la raison quand elle t'aura remise à ta place.

Elle se dirigea vers la porte d'un pas furieux et fit volte-face sur le seuil.

— Tu devrais avoir honte de me traiter ainsi.

Sur quoi, elle claqua la porte d'un geste théâtral.

Avec lassitude, Mac alla décrocher le téléphone sur son bureau.

— Avant toute chose, je tiens à te dire que je suis désolée, commença-t-elle lorsque Parker décrocha. Ma mère va débarquer chez toi d'une seconde à l'autre. J'ai bien peur que tu doives la recevoir.

— D'accord.

— Elle convole de nouveau en justes noces.

— Quel choc !

Mac ne put s'empêcher de rire, malgré les larmes qui lui picotaient les yeux.

— Elle veut que le mariage ait lieu ici, en juin prochain.

— Impossible. Tout est réservé.

— Je sais, je le lui ai dit. Mais c'est toi la patronne ici.

— Je m'occupe d'elle. Pas de problème. Je te rappelle.

Dans son bureau à l'étage, Parker alla vérifier son reflet dans un miroir. Elle se lissa les cheveux et rafraîchit son rouge à lèvres. L'image d'une guerrière se préparant à l'affrontement lui traversa l'esprit. Elle sourit.

Depuis le temps qu'elle attendait ce moment.

Elle prit son temps pour descendre, même lorsque la sonnerie se fit insistante. Elle s'arrêta pour arranger une rose dans le vase qui trônait sur la console du vestibule. Puis, un sourire froid plaqué sur la figure, elle ouvrit calmement la porte.

— Bonjour, Linda. À ce que j'apprends, les félicitations sont de rigueur ?

— Elle n'a pas perdu de temps, persifla celle-ci qui entra comme en terrain conquis. Ça doit vous faire drôle d'ouvrir votre maison à des étrangers, ajouta-t-elle avec un bref regard à la ronde. Contre rétribution.

— En fait, je trouve cette activité des plus gratifiantes, répliqua Parker qui l'invita d'un geste à passer au salon. Installons-nous ici.

Linda ôta sa veste d'un haussement d'épaules et se dirigea vers un canapé. Elle lâcha négligemment la fourrure sur l'accoudoir, puis se cala contre le dossier et croisa les jambes.

— J'aurais mieux fait de venir vous voir directement, mais ma sentimentalité a d'abord porté mes pas vers ma fille. Je voulais lui apprendre moi-même la bonne nouvelle.

— Bien sûr, dit Parker qui s'assit face à elle et imita sa pose. Vous devez être aux anges. Quelle bague superbe.

— N'est-ce pas ? s'exclama Linda qui retrouva le sourire et admira de nouveau le bijou. Ari est si attentionné, si romantique. Il ne lui a pas fallu longtemps pour conquérir mon cœur.

— Il me semble avoir entendu Mac dire qu'il vit à New York. Vous allez déménager ?

— Très bientôt. Mais j'ai d'abord un millier de détails à régler. Ma maison, mes affaires.

— Et Eloisa. Je suis sûre qu'elle est excitée à l'idée d'habiter à New York pendant les vacances.

Parker inclina légèrement la tête devant la mine interdite de Linda.

— Oh... Eloisa est prête à voler de ses propres ailes. Bien sûr, il y aura une chambre pour la recevoir lorsqu'elle viendra en visite. Mais pour l'instant, j'ai un mariage à planifier. Je ne voudrais personne d'autre que Vœux de Bonheur pour l'organiser. Naturellement, nous souhaitons un événement à la hauteur de la position d'Ari. C'est un homme très important et il a les moyens de s'offrir le *nec plus ultra*.

— Vœux de Bonheur ne pourra se charger de votre mariage, Linda. Nous n'avons plus de date libre en juin. En fait, nous sommes complets tout l'été et l'automne.

— Parker, vous êtes une femme d'affaires, insista Linda, les paumes ouvertes. Je vous fais une offre exceptionnelle, le genre de contrat qui braquera les projecteurs sur votre agence et vous apportera de futurs clients. Ari connaît des gens importants, je parle donc de *gros* clients. Comme je tiens à tout prix à me marier ici, dans la demeure d'une vieille amie – qui me manque toujours –, nous vous dédommagerons pour le dérangement. Combien voudriez-vous pour nous libérer une date en juin ? Disons, le troisième samedi.

— Vous avez raison, je suis une femme d'affaires, répliqua Parker qui vit Linda arborer un sourire satisfait. Mon rôle consiste à offrir des services à une clientèle qui nous fait confiance. Le troisième samedi de juin est déjà pris. Nous avons signé un contrat avec ces clients. Quand je m'engage, je tiens parole. Vous devriez organiser votre mariage à New York. Si vous le souhaitez, je peux vous fournir des noms d'organisateurs.

— Je n'en veux pas ! J'ai dit que je voulais me marier ici. Ce lieu me tient tellement à cœur, Parker. J'ai envie d'un endroit où je me sente chez moi, entourée de gens que j'aime et qui ont toute ma confiance pour planifier le moindre détail. Je veux...

— Les larmes ne marcheront pas avec moi, l'interrompit Parker d'un ton glacial. Et je me moque de ce que vous voulez. Votre mariage ne pourra avoir lieu ici aux conditions exigées. Bon, ajouta-t-elle en se levant, si nous en avons fini, je suis occupée.

— Vous vous êtes toujours considérée comme meilleure que nous, à nous regarder de haut. Une Brown du Connecticut. Et vous voilà aujourd'hui obligée de louer votre grande baraque et de jouer les larbins.

— Je suis en effet une Brown du Connecticut et, respectant une longue tradition familiale, je gagne ma vie, rétorqua Parker qui tendit sa veste à Linda. Je vous raccompagne.

— Quand je raconterai à Ari comment vous m'avez traitée, il vous fera fermer boutique. Vous ne pourrez même plus organiser un goûter d'anniversaire ici. Nous vous mettrons sur la paille !

— Oh, Linda, vous n'avez pas idée à quel point je me réjouis d'entendre ces paroles, parce qu'elles m'autorisent à une franchise qui me démange depuis des années. Toutes ces années où je vous ai vue traiter ma meilleure amie comme votre jouet, l'exposer à votre chantage émotionnel permanent au gré de vos caprices.

Sous le choc, Linda blêmit.

— Je vous interdis de me parler sur ce ton.

— Puisque j'ai commencé, autant finir. Vous n'êtes pas la bienvenue dans cette maison. En fait, vous ne l'avez jamais été, juste tolérée. Mais à compter d'aujourd'hui, c'est terminé. Vous ne serez autorisée à franchir cette porte que si Mac le souhaite. Et maintenant sortez, montez dans votre voiture et disparaissez de ma propriété.

— Quand je pense que je voulais vous faire une faveur !

Debout sur le perron, Parker regarda Linda se glisser au volant de sa voiture. Elle attendit jusqu'à ce que le véhicule s'éloigne à toute allure dans l'allée, puis attrapa une veste et se précipita au studio de Mac.

Son amie lui ouvrit la porte.

— Parker, je…

— Ne t'excuse pas, ça m'énerverait, la coupa-t-elle, remarquant le rideau de fond abaissé, les coussins sur le sol. C'est vrai, tu as ce portrait de fiançailles. Bientôt, réalisa-t-elle après un coup d'œil à sa montre.

— Comment s'est passé l'entretien ?

— Nous n'avons pas le contrat.

— A-t-elle pleuré, ou crié ?

— Un peu des deux, entre le chantage et les insultes.

— Elle est tout bonnement sidérante. Elle croit dur comme fer que l'univers tourne autour de son nombril, soupira Mac qui se massa les yeux avec lassitude. D'ici une heure, elle aura retourné la situation à son avantage et prétendra avoir souhaité nous rendre service. Je parie qu'intérieurement, elle était soulagée de notre refus, persuadée que son mariage est un événement trop exceptionnel pour notre agence.

— Elle en était déjà à moitié convaincue en sortant d'ici.

— C'est un talent qui ne s'improvise pas. Peut-être va-t-il durer, cette fois. Le mariage, je veux dire. À l'évidence, cet homme est riche. Très riche.

— Le côté positif, c'est qu'elle va s'installer à New York.

Mac garda le silence un instant.

— Je n'y avais pas pensé. C'est un côté *très* positif.

Avec un soupir, elle posa la tête sur l'épaule de Parker.

— Bon sang, cette femme m'épuise…

Son amie l'étreignit avec vigueur.

— Je sais. Tiens le coup.

— D'accord.

— Ça te dit de venir manger une glace après ta séance photos ?

— C'est une idée.

— Voilà tes clients. Je te laisse.

— Parker ? Même si nous avions eu une date libre…

— Tu rigoles ! s'exclama Parker en se dirigeant vers la porte. C'était hors de question !

Dodelinant de la tête, Mac s'interdit de culpabiliser. Elle attendrait après la séance.

Carter pénétra dans le studio de Mac d'un pas léger avec une grande pizza. Il la trouva assise sur le canapé, les pieds calés sur la table basse.

— À table ! lança-t-il, allant poser le carton dans la cuisine. Je savais que tu avais une séance cet après-midi et j'ai un cartable plein de copies à corriger, alors j'ai pensé à une pizza. Et puis c'est festif, la pizza. J'ai eu une excellente journée.

Elle laissa échapper un faible gémissement. Carter la rejoignit.

— Ça va ?

— Oui. Enfin, à peu près. De la pizza, hein ? J'ai au moins deux litres de glace dans l'estomac. Peut-être trois.

Il s'assit sur la table basse.

— De la glace ? Il y a eu une fête ?

— Non. Enfin, peut-être. Ça dépend de ta définition du mot « fête ». Raconte-moi donc ton excellente journée.

— Je viens de vivre un grand moment, à mon sens en tout cas. J'ai un élève qui pose problème, le genre qui a un interrupteur dans la tête et qui déconnecte dès qu'il s'assoit en cours.

— Je connais. Moi aussi, j'avais cet interrupteur. Très pratique, surtout pendant les cours sur la guerre d'Indépendance, ou les barrières douanières. Avec les barrières douanières, l'interrupteur s'enclenchait direct. Alors, ton élève à problèmes a bien travaillé aujourd'hui ?

— Il s'en sort pas mal du tout. J'ai réussi à trouver un autre interrupteur, celui qui fait naître l'intérêt et les idées. Qui allume une lueur dans le regard.

— Vraiment ?

— Garrett est le genre d'élève qui force un enseignant à travailler un peu plus dur. Et lorsqu'on a la chance de

333

trouver le fameux interrupteur, la gratification est immense. C'est lui qui a eu un B le jour de la Saint-Valentin, ou plutôt la veille. Tu t'en souviens ?

— Bien sûr. Bravo, Garrett.

— Eh bien, sa mère est venue me voir aujourd'hui après les cours. La plupart du temps, quand un parent veut rencontrer un prof, ce n'est pas pour lui tresser des lauriers. Là, j'ai eu droit à une forêt entière.

Mac inclina la tête avec curiosité.

— Elle t'a remercié ?

— Oui. Il semblerait que j'aie trouvé l'interrupteur de Garrett, et elle tenait à me remercier pour sa motivation toute neuve.

Elle sourit.

— Tu as changé une vie. Tu changes des vies.

— Là, tu exagères un peu.

— Non, c'est vrai. Moi, j'en fixe certaines étapes. Et c'est important. Mais toi, tu as le pouvoir de les changer. C'est extraordinaire. Je vais te couper une part de pizza. Désolée de ne pas t'accompagner, ajouta-t-elle en se levant. À cause de mon estomac.

— Pourquoi en as-tu mangé deux litres, peut-être trois ?

— Par gourmandise, mentit-elle d'un ton faussement léger tandis qu'il la suivait dans la cuisine.

— Tu m'as dit un jour que tu te jetais sur la glace quand tu avais des soucis.

Elle regarda par-dessus son épaule en sortant une assiette.

— J'oublie parfois que tu retiens tout ce qu'on te dit. Disons simplement que ma journée n'a pas été aussi excellente que la tienne. Ou peut-être que si, rectifia-t-elle après réflexion. Ça dépend de quel point de vue on se place.

— Raconte.

— C'est sans importance. Mange la pizza. Veux-tu un verre de vin avec ?

— Seulement si tu en prends un aussi. On peut continuer à tourner autour du pot si tu veux, mais tu gagneras du temps à me raconter maintenant ce qui te tracasse.

— Tu as raison. Tourner autour du pot, ce serait donner à l'événement davantage d'importance qu'il n'en a, décida Mac.

Une mauvaise habitude de plus à corriger.

— Ma mère se remarie.

Carter la dévisagea.

— Oh. Et tu n'aimes pas cet homme.

— Je n'en sais rien. Je ne l'ai jamais rencontré.

— Je vois.

— Non, tu ne vois pas, objecta-t-elle, posant brièvement une main sur la sienne. Tu ne peux pas concevoir qu'une mère puisse se marier sans que sa fille soit capable d'identifier l'heureux élu. Je doute qu'Eloisa ait fait sa connaissance non plus, ou qu'il soit venu à l'esprit de Linda que ce serait une bonne idée de le présenter à ses filles. Enfin bref, chez les Elliot Meyers Barrington… plus un nom encore à déterminer, il n'y a pas de repas de famille. Connaître le dernier de la liste n'est donc pas une priorité.

— Je suis désolé que cette situation te fasse de la peine.

— Je ne sais pas pourquoi elle me surprend. La dernière fois que j'avais vu ma mère, c'était en pleine crise d'hystérie. Elle m'a téléphoné vers minuit et j'ai débarqué chez elle en catastrophe malgré le verglas. Je l'imaginais agressée, violée ou…

Carter saisit la main de Mac, alarmé.

— Quand ça ? Elle était blessée ?

— C'était le soir de ta réunion au lycée, et non, elle n'avait rien. Sauf que, dans son petit univers, c'était la fin du monde. J'allais appeler la police et une ambulance quand elle s'est mise à pleurnicher, vautrée par terre, à l'agonie parce que Ari – le nouveau fiancé – avait dû partir à Paris pour affaires sans l'emmener. J'ai tourné les talons et je l'ai plantée là. Un sacré progrès de ma part.

— Pourquoi ne m'en as-tu rien dit ?

— Sincèrement, je n'en sais rien, soupira Mac en secouant la tête. Ce n'était pas un de ces moments mère-fille qui inspirent la fierté, alors j'ai sans doute préféré ne plus y penser. Entre autres choses bien senties, je lui ai dit que la prochaine fois elle pourrait toujours attendre que je vienne, et je suis partie.

— Tu as bien fait.

— Et aujourd'hui, la voilà qui débarque la bouche en cœur, avec une nouvelle fourrure et un diamant de la taille d'un œuf, comme si rien ne s'était passé ! Elle m'apprend qu'elle épouse Ari en juin. Le traître est pardonné – merci, la fourrure, le diamant et la demande en mariage. Sur quoi, elle décrète qu'elle se mariera ici et pas ailleurs. Juin, c'est la pleine saison pour nous. J'ai eu beau lui expliquer que nous n'avions plus une date libre, elle a piqué sa crise. Du coup, elle est allée se plaindre à Parker qui lui a cloué le bec et l'a mise à la porte – j'aurais aimé voir ça.

Elle sirota une gorgée de vin.

— Enfin bref, je préfère ta journée à la mienne.

— Elle devait savoir que vous n'auriez plus de disponibilités.

— Franchement, je crois que l'idée ne l'a même pas effleurée, tant elle est aveuglée par ses propres désirs. Elle a la maturité émotionnelle d'une mouche drosophile, encouragée par une mère qui lui passait tous ses caprices et l'a convaincue qu'elle était le centre de l'univers.

— Elle n'a pas pour autant le droit de te traiter comme ça.

— Si, puisque tel est son bon plaisir. J'ai compris que c'est à moi d'apprendre à gérer mes réactions. J'y travaille et, comme Garrett, je fais des progrès. La preuve, elle n'a pas obtenu ce qu'elle exigeait.

— Ce n'est que le résultat, pas la cause profonde. À la première occasion, le cycle infernal recommencera. Mais la prochaine fois, elle aura affaire à moi.

— Carter, je ne veux pas que tu t'en mêles. C'est gentil, mais...

— Ce n'est pas une question de gentillesse. Je mettrai les choses au point avec elle.

Mac se souvint du coup de poing qu'il avait reçu en prenant sa défense.

— Je sais que tu es doué pour gérer les cas difficiles, mais elle est ma mère et c'est à moi de m'en charger.

— L'ADN que vous partagez n'en fait pas ta mère pour autant.

Mac garda le silence un moment.

— C'est vrai, approuva-t-elle. Loin de là.

20

La neige se mit à tomber en fin de matinée et à midi, l'extérieur du studio n'était plus qu'une tourmente blanche oppressante. Les épais flocons s'abattaient en nuées drues, effaçant le bref dégel de la fin février.

Les tourbillons incessants et les hurlements furieux du vent donnaient envie à Mac de se pelotonner sous la couette, avec un livre et une tasse de chocolat à portée de main. Sauf qu'elle avait une répétition prévue à dix-sept heures. Apparemment, la mariée dictatoriale du lendemain n'avait pas réussi à imposer sa volonté à mère nature.

Habituée à la marche à suivre en ces circonstances, Mac se prépara à s'emmitoufler et à protéger son matériel. Elle glissa ses notes dans la housse de son appareil, ouvrit le tiroir où elle rangeait son stock de cartes mémoire – et tomba sur la photographie encadrée d'elle avec Carter, posée sur le paquet qu'elle lui destinait.

— Troisième partie du cadeau encore à livrer, dit-elle à voix haute.

En guise de pense-bête, elle plaça le portrait sur son bureau avant de monter se changer.

À peine arrivée dans sa chambre, elle fut interrompue par le téléphone.

— Salut, professeur. Tu appelles d'où ?

— De la maison. Avec ce temps exécrable, j'ai dû passer chercher quelques affaires, plus le chat. Je ne veux pas le laisser seul ici, au cas où je ne réussirais pas à rentrer demain.

Mac s'approcha de la fenêtre. Dehors, les arbres ployaient sous les coups de boutoir du vent.

— Ne ressors pas avec cette tempête. Reste au chaud à la maison, que je n'aie pas à m'inquiéter de te savoir sur les routes. De toute façon, je vais bientôt au manoir. Il y a une répétition à dix-sept heures.

— Malgré la neige ?

— Nous avons des plans de secours qui incluent le sacrifice rituel d'un poulet.

— Je pourrais aider. Sauf pour le poulet.

— C'est vrai, ou tu pourrais finir contre un arbre ou dans une congère. Moi, j'ai à peine une centaine de mètres à parcourir.

Tout en parlant, elle passait en revue ses options vestimentaires et choisit un solide pantalon de velours avec un col roulé.

— Au besoin, nous organiserons une téléconférence ou une répétition virtuelle si les clients ont les capacités informatiques nécessaires. Évidemment, il faudra déneiger. Mais la situation n'a rien de nouveau pour nous. Sauf blizzard complet, le mariage aura bel et bien lieu demain. Tu pourrais être mon cavalier. Et emmène le chat. Vous passerez tous les deux le week-end ici.

— Ça marche. Je préférerais être avec toi ce soir qu'ici à corriger des copies, soupira-t-il.

Mac enfila le pantalon.

— Et moi, je préférerais être avec toi que d'affronter une future mariée hystérique et limite obsessionnelle.

— N'attrape pas froid. Si tu veux, appelle-moi plus tard. Tu me raconteras comment ça s'est passé.

— D'accord. Oh, attends. Dans les copies que tu vas corriger, il y a celle de Garrett ?

— En effet.

— J'espère qu'il aura un A. À tout à l'heure.

Mac raccrocha, puis échangea son sweat-shirt contre le pull-over. Elle prit aussi une paire de bottes fourrées et sa trousse à maquillage.

Cinq minutes plus tard, elle affrontait les bourrasques glaciales, épaules voûtées, progressant tant bien que mal dans la neige. Il faudrait un miracle pour que la tempête se calme dans les prochaines heures. Et même avec un miracle, le taux d'annulation grimperait en flèche parmi les invités. Et tout son talent serait nécessaire pour arracher un sourire à la cliente au moment des photos.

Elle lâcha son barda dans l'entrée du personnel, puis secoua la neige de ses vêtements et ses chaussures. Après s'être débarrassée, elle pénétra dans la cuisine.

Laurel était occupée à napper le deuxième étage de sa pièce montée d'une couche de fondant rose pâle.

— Attends, s'étonna Mac, j'avais noté modèle façon marqueterie, glaçage blanc, fleurs roses et lavande avec, en décor, les traditionnels mariés.

— Eh bien, maintenant c'est le modèle plissé, rose pâle avec un bouquet de violettes anglaises sur le dessus. Tu n'as pas dû recevoir mon rectificatif – pour être franche, je l'ai su si tard que je n'en ai sans doute même pas envoyé.

— Pas de problème. Je note, dit Mac qui sortit son calepin. À ton avis, combien de mecs a-t-elle essayés avant de fixer son choix sur celui qu'elle épouse demain ?

— J'en frémis rien que d'y penser. La météo prévoit entre trente et quarante centimètres de neige.

— Ça reste gérable.

— Pour nous, oui. Mais pour la mariée, j'ai des doutes, fit remarquer Laurel qui s'attaqua au dernier étage. Parker est au téléphone avec elle pour ainsi dire depuis le premier flocon.

Laurel se tut, le temps de prendre un bouton de rose. Elle le tint devant le gâteau.

— J'avais pour tâche d'assortir la couleur du fondant à cette fleur. Mission accomplie. Et maintenant fiche le camp. Je dois encore plisser des mètres de pâte d'amandes avant de pouvoir assembler cette petite merveille.

— Je vais aider Parker.

Dans son bureau, Parker parlait d'une voix apaisante dans le micro de son casque, allongée sur le tapis, paupières closes.

— Je sais, Whitney. C'est vraiment injuste. Mais... Non, je ne vous en veux pas le moins du monde. Je vous comprends parfaitement.

Elle ouvrit les yeux, aperçut Mac. Les referma.

— Nous sommes à votre entière disposition et avons d'ailleurs quelques idées qui pourraient... Whitney ! S'il vous plaît, arrêtez. Écoutez-moi. Respirez bien à fond. Voilà, respirez et écoutez-moi. Nous ne maîtrisons pas la météo. Dans la vie, certaines choses échappent tout simplement à notre contrôle. Mais demain, vous allez épouser l'homme que vous aimez et débuter une vie merveilleuse ensemble. Et le temps n'y changera rien.

Écoutant d'une oreille distraite, Mac ouvrit le mini-bar de son amie et lui sortit une bouteille d'eau fraîche.

— Ne pleurez pas. Voilà ce que nous allons faire. À dix-sept heures, nous allons passer toutes les étapes en revue par téléconférence avec Vince et vous, vos parents et les autres participants. Attendez... Nous prendrons le temps qu'il faudra. Je sais que vous attendiez avec impatience la répétition du dîner ce soir.

Les yeux clos, Parker écouta de longues secondes.

— Oui, Whitney, mais je partage l'avis de votre mère, et de Vince. Inutile d'essayer de rassembler tout le monde ici. Les routes sont trop dangereuses. J'ai demandé à un traiteur de ma connaissance de vous préparer un repas divin. Elle n'est qu'à quelques rues. Si vous êtes d'accord, elle s'occupera de tout. À vous de voir si vous voulez faire de ce contretemps une tragédie ou une fête, Whitney. J'en ai parlé à votre mère. Cette idée l'enchante.

Mac se pencha et tapota la bouteille contre la main de Parker, qui la prit.

— Elle se réjouit d'accueillir les parents et les amis pour cette soirée impromptue. Dîner gastronomique, vins fins, belle flambée dans la cheminée, vous allez passer un moment délicieux qui restera un souvenir unique.

— Quel talent, murmura Mac.

Parker leva les yeux au ciel.

— Voilà, c'est ça. Quant à moi, je m'occupe de demain. Je vous promets de vous offrir la plus merveilleuse des journées. Et maintenant, je veux que vous vous détendiez et profitiez de votre soirée. Je vous rappelle. Oui, c'est promis. Allez aider votre mère.

Parker ôta son casque.

— Seigneur !

— Je parie qu'elle ne te casse plus la tête avec des détails insignifiants.

— Non, elle est bien trop occupée à maudire les dieux, répondit Parker qui se redressa, ouvrit la bouteille et but une longue gorgée. Je ne lui en veux pas d'être contrariée. On le serait à moins. Mais quand on se marie début mars dans le Connecticut, on ne peut exclure le risque de neige, non ? Dans son esprit, la neige est une insulte personnelle destinée à gâcher sa vie. Trente à quarante centimètres.

— J'ai eu le bulletin.

— Il faut faire déneiger les allées, le parking, le perron et les terrasses. Les chasse-neige sont de sortie. On va devoir leur faire confiance pour assurer leur mission. L'agence de location est d'accord pour échanger la limousine contre un Hummer. Le marié renonce à la sienne et prendra son SUV avec sa suite. J'ai contacté tout le personnel. Il ne devrait pas y avoir de problème de transport.

— Bon, je ferais mieux d'aller chercher une pelle.

Vers vingt heures, la neige ne tombait déjà plus que par intermittence. Mac se retrouva avec ses amies dans la cuisine, pour dévorer une assiette du délicieux bœuf-carottes de Mme G.

— Quand rentre-t-elle ? demanda-t-elle. Nos réserves s'épuisent à vue d'œil.

— Le 1er avril, comme d'habitude, répondit Parker. Nous allons y arriver. Et demain aussi. Je viens juste de parler à une future mariée ravie et légèrement pompette. Ils passent une soirée merveilleuse. Ils ont un karaoké.

— La météo prévoit une belle journée demain. Le vent tombe déjà. La pièce montée est au frais. Une petite merveille.

Emma adressa un hochement de tête approbateur à Laurel.

— Les fleurs sont prêtes aussi.

— Les garçons seront ici à la première heure demain matin pour déneiger le parking, les allées et les terrasses, ajouta Parker. Un souci de moins sur notre liste.

— Dieu merci, fit Emma avec soulagement.

— J'ai demandé au père de la mariée de prendre des photos de la soirée avec son appareil numérique. J'en ferai quelque chose d'amusant dans un petit album que nous offrirons aux nouveaux époux. Et maintenant, conclut Mac en se levant, moi et ma pauvre carcasse allons rentrer prendre un bain bien mérité.

Lorsqu'elle emprunta l'allée enneigée ponctuée de lumière, elle pensa à sa première promenade avec Carter.

Elle allait l'appeler. Après avoir allumé quelques bougies, elle se glisserait dans son bain chaud avec un verre de vin et bavarderait avec lui. Comment réagirait-il à une séance de sexe au téléphone ? se demanda-t-elle, pouffant de rire. Lui qui savait toujours si bien la surprendre, elle était prête à parier qu'il se révélerait très doué.

Mac poussa la porte et écouta le silence. Elle adorait son espace, sa tranquillité. C'était bizarre, mais Carter ne perturbait ni l'un ni l'autre par sa présence. Grâce à lui, le singulier se conjuguait au pluriel.

Drôle de pensée.

Tandis qu'elle enlevait son manteau, son regard tomba sur la photo encadrée près de son ordinateur. Peut-être pas si bizarre que ça, après tout. Ils allaient si bien ensemble.

Elle monta dans sa chambre et ôta ses boucles d'oreilles qu'elle lâcha sur la commode. Soudain elle se pétrifia, effarée. Elle n'avait pas fait le lit ce matin. Des vêtements étaient abandonnés en désordre sur l'accoudoir du fauteuil, sous lequel il y avait aussi des chaussettes. Et sa belle penderie… Ce n'était pas un désastre, mais pourquoi avait-elle mélangé ce chemisier gris avec les blancs ? Et cette jupe noire avait sa place avec les autres jupes, pas avec les vestes. Et celle-ci appartenait à Carter.

Je suis retombée dans mes anciens travers, songea-t-elle avec écœurement. Pourtant, chaque chose avait sa place désormais, alors pourquoi n'était-elle pas capable de ranger ?

Parce que je suis bordélique, admit-elle. Parce que la vie est bordélique. Le lit est en désordre ? Quelle importance ? La veste de Carter est suspendue avec les miennes ? La belle affaire !

Il arrivait qu'il neige le jour d'un mariage. Et qu'y pouvait-elle si elle avait une mère égocentrique et un père absent ?

Qu'avait dit Parker, déjà ?

Certaines choses échappent à notre contrôle. Il ne dépend que de nous d'en faire une tragédie ou une fête.

Ou de refuser d'aller de l'avant parce qu'on redoute de perdre un jour ce qu'on désire le plus au monde.

Mac dévala les marches quatre à quatre, prit le portrait et l'observa longuement.

345

— Il a fait irruption dans ma vie, murmura-t-elle. Et tout a changé.

Elle leva les yeux vers la photo des trois fillettes sous la tonnelle aux roses. Et le papillon bleu.

Bien sûr, c'était l'évidence même…

— Idiote ! Qu'est-ce que tu attends ?

Avec le chat qui lui chauffait les pieds et la musique en sourdine, Carter lisait allongé sur le canapé du salon.

Il avait l'habitude de ces soirées d'hiver avec son chat et un livre pour toute compagnie, et c'était toujours pour lui un moment agréable.

Par contre, il aurait aimé avoir une cheminée. Une belle flambée apporterait une touche de confort supplémentaire.

Professeur lisant avec son chat au coin du feu… Il imaginait sans peine la photo qu'en ferait Mackensie. Un portrait un brin suranné qui l'amuserait sûrement autant que lui.

Il aurait voulu qu'elle soit là, étendue à l'autre extrémité du canapé, afin qu'il voie son visage lorsqu'il lèverait les yeux de son livre. Partageant la douce tranquillité d'une soirée d'hiver.

Un jour, se rassura-t-il, lorsqu'elle sera prête.

Il ne pouvait lui en vouloir d'avoir besoin de temps.

— Enfin, un peu quand même, dit-il à Triade. Pas tellement pour avoir besoin de temps, mais pour son manque de confiance en elle. Comment une femme qui a tant à donner peut-elle redouter à ce point de se fier à ses sentiments ? Je sais, je sais… Sa chère maman. Le père invisible. Beaucoup de cicatrices.

Alors il attendrait le temps qu'il faudrait.

Carter se replongea dans sa lecture et se laissa bercer par le silence et le fil du récit. Il prit son verre de whisky et sirota une petite gorgée. Soudain, on tambourina à la porte, si fort qu'il sursauta et renversa du whisky sur sa chemise.

— Mince.

Il ôta ses lunettes et les posa sur la table basse avec le livre.

Quand il ouvrit, Mac lui sauta au cou.

— Carter !

Une angoisse brutale lui noua l'estomac.

— Mackensie, qu'est-il arrivé ?

Elle écrasa sa bouche sur la sienne.

— Tu ne peux pas imaginer !

— Un problème à la propriété ?

— Non ! s'esclaffa-t-elle, l'étreignant avec fougue. Tu m'as trouvée !

— Tu es glacée. Rentre donc au chaud. Tu vas t'asseoir et m'ex...

— J'ai oublié mes gants, le coupa-t-elle, riant de plus belle. J'ai oublié d'allumer le chauffage dans la voiture. Et aussi de faire le lit. Je me demande bien pourquoi je pensais que c'était important.

— Tu t'es cogné la tête ? s'inquiéta Carter qui s'arracha à son étreinte et la dévisagea avec appréhension.

Elle ne paraissait pas en état de choc, même s'il y avait dans son regard une lueur d'exaltation fébrile.

— Tu as bu ? Et tu conduis dans cet état ? Ce n'est pas...

— Je n'ai pas bu. Enfin, j'envisageais un verre de vin et une conversation coquine au téléphone dans la baignoire, mais c'était avant de me rendre compte que je n'avais pas fait le lit, ni même rangé mes chaussettes dans le panier à linge. Mais quelqu'un boit ici, ajouta-t-elle en reniflant. C'est du whisky ? Tu bois du whisky ?

— Ça m'arrive. Il fait froid et il neige...

— Tu vois ! Tu me surprends toujours. Carter boit du whisky les froides soirées d'hiver.

Elle tournoya sur elle-même sans lui lâcher la main et retomba dans ses bras.

— Et il sait encaisser un coup de poing dans la figure. Il m'offre des boucles d'oreilles en diamant et

347

rit avec son père dans la cuisine. Si tu savais comme j'aurais aimé avoir mon appareil pour voler ce moment et te le montrer ! Il faudra me donner une deuxième chance. Mais en attendant, j'ai autre chose pour toi.

Elle extirpa un paquet de la grande poche de son manteau.

— La troisième partie du cadeau.

— Non ! Tu as fait toute cette route par ce temps pour me donner une photo ? Tu aurais pu avoir un accident.

— J'aurais pu. Ce sont des choses qui arrivent. Mais je suis là, indemne. Ouvre.

Carter se passa une main dans les cheveux.

— Laisse-moi prendre ton manteau.

— Je peux l'enlever moi-même. Regarde, enchaîna Mac qui joignit le geste à la parole et jeta le vêtement en travers de la rampe. Voilà comment je range les manteaux. Alors, Carter, tu l'ouvres ?

Il dénoua le ruban, ouvrit la boîte et découvrit Mackensie qui lui souriait, la joue collée à la sienne. Le portrait raviva son souvenir du baiser, la douceur de sa peau veloutée.

— Elle est superbe.

— Je trouve aussi. Moi, j'en ai une du baiser. Tu ne t'es pas rendu compte quand je l'ai prise. Elle est géniale, mais celle-ci, c'est nous. Prêts à aller de l'avant, regardant avec foi vers l'avenir. Ce soir, après le travail et tous ces imprévus qui échappent à notre contrôle, la penderie a été la goutte d'eau. J'avais mélangé mes chemisiers et ta veste était suspendue avec les miennes.

— Oh, j'ai dû la ranger là quand…

— C'est sans importance. Voilà ce que je veux dire. C'est sans importance que ma mère soit ma mère, ou que les choses ne tournent pas toujours exactement comme on le voudrait. Ce sont les moments qui comptent, quelle que soit leur brièveté. Car les moments finissent toujours par passer. Tu es le papillon bleu, c'est ça l'essentiel.

— Je… Pardon ?

— Voyons, professeur Maguire, le roi de la métaphore, de l'analogie et du symbolisme ! Tu t'es posé un jour dans ma vie sans crier gare. Un peu comme un miracle. Et l'image s'est formée. Il m'a juste fallu du temps pour la voir.

— Tu parles de la photo que tu avais prise quand tu étais petite ?

— Je parle de révélations. J'en avais eu une à l'époque. Et ce soir aussi.

Mac lui prit le cadre des mains, regarda à la ronde et choisit un emplacement sur une étagère.

— Elle semble à sa place ici, non ?

L'émotion étreignit le cœur de Carter.

— Oui, c'est sa place.

— C'est livré sans garantie. Normal, il ne s'agit pas d'une voiture ou d'un ordinateur. C'est la vie. Et la vie, c'est bordélique. Il y a parfois de la casse. Je te promets d'essayer, Carter.

Elle prit son visage entre ses mains.

— Carter Maguire, je t'aime.

Le poing qui enserrait le cœur de Carter se desserra brusquement. Il baissa la tête vers elle.

— Répète un peu ça.

— C'est la première fois que je le dis à quelqu'un. Je ne sais pas pourquoi j'imaginais que ce serait difficile. Ça ne l'est pas. Je t'aime, et j'aime le couple que nous formons. Je ferai sûrement des erreurs. Toi aussi, d'ailleurs. Tu n'es pas parfait. Par-delà l'amour, il y aura forcément des joies et des peines. Mais je veux qu'on se promette de ne jamais renoncer l'un à l'autre.

Carter joignit leurs lèvres. C'était la promesse qu'il avait si ardemment attendue. Mackensie l'aimait.

— Je suis tellement content que tu n'aies pas fait ton lit.

Après un rire étouffé contre sa bouche, elle bascula la tête en arrière.

— C'est un des nombreux éléments qui ont fusionné en un moment de lucidité absolue. Il fallait que je te le dise. Je n'ai pas pu attendre. De nous deux, c'est toi qui es patient.

— Je ne regrette pas de l'avoir été.

— J'ai une confidence à te faire. Le soir de la Saint-Valentin, quand j'ai vu que ce n'était pas une bague dans l'écrin, une partie de moi-même a été déçue. C'est ce qui m'a effrayée. Maintenant, je n'ai plus peur.

Carter plongea son regard au fond du sien, et ce qu'il y découvrit le bouleversa au plus haut point. Avec tendresse, il effleura son front du bout des lèvres.

— J'aime ton visage, et tes mains.

Il les prit entre les siennes et déposa un baiser sur ses paumes.

— J'aime te regarder quand tu travailles avec ton appareil photo ou penchée sur ton ordinateur. De toi, j'ai des dizaines d'images et d'instants dans la tête. Dans le cœur. Et je voudrais que toute ma vie il en soit ainsi. Mackensie, veux-tu m'épouser ?

— Oui.

Il l'étreignit avec fougue.

— Elle a dit oui ! Marions-nous en juin.

Mac s'écarta brusquement.

— En juin ? Toutes nos dates sont prises. Ce n'est...

Devant le sourire taquin de Carter, elle fronça les sourcils.

— Vous êtes un comique, professeur Maguire.

Hilare, il l'enlaça de nouveau.

— Alors j'accepte la première date libre, si cela te convient.

— Marché conclu. Au nom de mes associées, je peux t'assurer que l'agence Vœux de Bonheur sera enchantée d'offrir ses services et aura à cœur d'organiser un mariage parfait.

— Je t'ai. Mon bonheur est déjà parfait.

Tout au long du baiser passionné qui suivit, Mac serra Carter de toutes ses forces. Puis, nichée dans le cercle rassurant de ses bras, elle posa la tête sur son épaule avec un soupir ému.

De l'étagère, leurs deux visages radieux lui souriaient. Les moments vont et viennent, se dit-elle, mais c'est l'amour qui les relie et construit une vie.

L'amour, elle l'avait désormais.